Jornada na Escuridão

David Anthony Durham

Jornada na Escuridão

TRADUÇÃO
Débora S. Guimarães Isidoro

2003

EDITORA BEST SELLER

Título original: *Walk Through Darkness*
Copyright © 2002 by David Anthony Durham
Licença editorial para a Editora Nova Cultural Ltda.
Todos os direitos reservados.

Coordenação editorial
Janice Flórido

Editores
Eliel Silveira Cunha
Fernanda Cardoso

Edição
Frank de Oliveira

Editoras de arte
Ana Suely S. Dobón
Mônica Maldonado

Revisão
Tereza Gouveia

Editoração eletrônica
Dany Editora Ltda.

EDITORA NOVA CULTURAL LTDA.
Direitos exclusivos da edição em língua portuguesa no Brasil
adquiridos por Editora Nova Cultural Ltda.,
que se reserva a propriedade desta tradução.

EDITORA BEST SELLER
uma divisão da Editora Nova Cultural Ltda.
Rua Paes Leme, 524 – 10º andar
CEP 05424-010 – São Paulo – SP
www.editorabestseller.com.br

2003

Impressão e acabamento:
RR Donnelley América Latina
Fone: (55 11) 4166-3500

*Para minha mãe, de quem me lembro todos os dias,
e cuja falta sinto profundamente.*

PARTE UM

Um

Noite úmida de julho. Lua alta e brilhante no céu. Um pequeno bosque de árvores perto de uma queda de água, centrado em torno de um grande carvalho, uma coisa monstruosa, cujos galhos mais baixos eram tão grossos quanto uma pessoa. À sombra desse carvalho, um homem recuperava o fôlego, descansava e planejava. Seu corpo estava quase todo no escuro, mas raios de luar atravessavam a barreira dos galhos e desenhavam reflexos em seus traços. Seu rosto era belo mesmo à luz pálida e fragmentada. Linhas definidas do queixo. Nariz fino que se distendia nas narinas. Olhos escuros que pareciam repousar pesado sobre as pálpebras inferiores. Sua compleição era difícil de classificar, nem pálida nem realmente escura, mas de algum tom entre os dois. O rosto traía culturas diversas, fragmentos e porções de terras estrangeiras colocados lado a lado e, de alguma forma, mais belos por isso.

Embora ele estivesse quieto, sua mente vibrava cheia de energia. Já havia escapado da plantação onde trabalhara, mas a noite ainda nem chegara ao meio. Rastejara de seu colchão de palha e engatinhara para os fundos da cabana, passando pela casa onde dormia o homem branco e seguindo pelo meio do mato. Os pés mal haviam causado algum ruído nos primeiros quilômetros, mas pouco depois ele abrira mão da cautela e seguira pelo leito raso de um riacho. Em um vão sob uma ponte de madeira, arranjara a estranha coleção de provisões que mantivera escondida ao longo da última semana: órgãos internos de porcos, inflados e fechados hermeticamente; tiras de couro e cordas de sisal; e uma faca de colher milho, roubada na noite anterior. Enfiara todas essas coisas em um saco e correra. Passara correndo pelos limites de vários campos de tabaco, indo de um para o outro, buscando a proteção da vegetação. Sentindo cada quilômetro ficar para trás, quase começara a acreditar no próprio plano. A princípio correra para o norte, mas logo havia se desviado para o oeste na direção do litoral da baía. Todo o plano dependia desse movimento.

Conseguira todas essas proezas em apenas metade da noite, mas era a travessia ainda por vir que realmente o preocupava. Ouvia as ondas quebrando na praia cerca de setenta quilômetros dali. Elas o chamavam, mas precisava de mais alguns minutos para estabilizar-se, para fortalecer a mente. Só alguns momentos para aceitar a magnitude da jornada que se estendia diante dele e para lembrar por que devia enfrentá-la.

Nascera escravo. Emergira para o mundo com um rosto velho, da cor da areia escura molhada, com cabelos negros grudados em sua cabeça. Quando a mãe oferecera um seio, ele o tomara faminto, os olhos bem fechados, uma mecha de cabelos entre os dedos pequeninos. Ao olhar para ele, sua mãe fora inundada por uma emoção que não pudera conter. Naquele momento ela soubera que ainda havia alegrias a serem encontradas na vida. Ainda havia um significado a ser adivinhado. Havia um Deus, e Ela geria todos os nascimentos, porque nenhum homem poderia inventar aquele amor. Sua mãe repetira essa mesma história para o filho muitas vezes ao longo da vida, embaraçosa, blasfemadora, linda. Sua mãe. Não havia ninguém mais como ela.

O proprietário escrevera em seu livro-razão: "Menino, nascido em quinze de março, mil oitocentos e trinta e dois, Annapolis, Maryland. Avaliado em vinte dólares". Ele instruíra a mãe para criá-lo em boa saúde, de forma que o garoto pudesse sobreviver aos perigosos primeiros anos de vida e crescer para trabalhar para seu senhor. Sem consultar a mãe, ele dera ao menino o nome de William. Simplesmente William, e, no caso de um sobrenome ser necessário, ele emprestaria o seu, mais como uma etiqueta de identificação do que como um nome de verdade.

Antecipando o que a vida reservava para seu filho, a mulher o mantivera apertado contra o corpo por muito tempo, tanto quanto havia sido possível. Amara sentir seu peso, a forte sucção da boca pequenina e faminta em seu seio. Ele era uma lembrança diária de alegria, um segredo em uma vida medida pela labuta.

À noite, no abrigo arejado da cabana onde moravam, ela falava sobre seu pai.

— Tem alguns homens bons neste mundo — dizia. — Ele atravessou toda aquela água para plantar sua semente dentro de mim. Foi o que ele fez: entrou em mim e saiu em você, e por isso ele não está realmente morto. Você é ele eternizado; e seus filhos vão ser você e ele e todo o resto vivendo para sempre. Esse não é um ato de pouca importância no mundo.

Ela admitira para o filho, como teria feito para um adulto, que não era fácil ser mãe de um escravo, amar uma criança que outro ser humano considerava sua propriedade. Algumas mães tentavam não amar tanto, evitando estabelecer laços com o que não era delas. Algumas mulheres tentavam lidar com a frieza tornando-se frias. Ela dizia que outras escravas podiam ter esquecido que eram seres humanos e aceitado o papel de bestas de carga, mas ela jamais se conformaria, e era melhor que seu filho também não se conformasse. Eram muito melhores do que isso. Não havia vergonha neles. A vergonha estava no mundo dos homens por ocultarem a verdade, e um dia eles pagariam por isso.

Aos oito anos William fora avaliado em setecentos dólares e posto no mercado para ser alugado. Passara o ano longe da mãe, como companheiro de uma criança branca. Estava sempre com aquele menino, brincando quando ele brincava, rezando quando ele rezava, recitando em silêncio enquanto o garoto o fazia em voz alta. Ouvia quando não devia ouvir e pensava nas coisas que escutara. Mas, na alegria do conhecimento, esquecera-se de si mesmo. Um dia apontara um erro no caderno do menino. Por isso fora despido e chicoteado nas costas e nas nádegas. Unira as mãos diante dele, escondendo a própria nudez, sentindo mais intensamente a vergonha de seu corpo do que a dor das chicotadas. Abandonara a leitura e nunca mais voltara a falar. Mantivera selados seus pensamentos mais íntimos, agarrando-se a eles e tentando ser inteiro ao menos na alma, dentro de si mesmo.

Fora alugado outras vezes: para o trabalho nos campos, no estaleiro, na cozinha da taverna. Dava nome e alimento aos porcos, e depois os matava quando chegava o tempo. Desviava-se do caminho para deixar os brancos passarem, resmungando as respostas que eles desejavam ouvir, baixando os olhos e fingindo que suas costas não eram largas, que seus braços não exibiam as cordas dos músculos. Enquanto fingia ser menos que um homem, crescia e transformava-se em um. Ainda amava a mãe, mas havia uma distância entre eles. Raramente a via, e quando isso acontecia ela o deixava incomodado. Abraçava-o e deslizava os dedos por seus cabelos crespos, falando em voz baixa sobre o passado, sobre coisas que não conseguia lembrar e nas quais não acreditava.

Aos vinte e dois anos, dois acontecimentos mudaram o curso de sua vida. Primeiro, sua mãe morrera durante as chuvas de abril. Não a vira morta, porque havia sido alugado para trabalhar longe da cidade. Não estivera presente quando seu corpo fora posto para repousar no seio da terra. Só alguns meses mais tarde pudera olhar pela primeira vez para o local onde o solo a acolhera. Havia olhado para a grama nova crescendo ali, sem saber como medir suas emoções. Havia algo parecido com remorso, algo semelhante à raiva, alguma coisa como a fome de uma criança amamentada pelo seio materno. Sentira todas essas coisas, mas haviam sido emoções silenciosas e sufocadas que tentara manter distante.

No verão abrasador daquele mesmo ano ele conhecera uma mulher. Dover. Ela era negra como a água profunda, forjada pelo sangue de outra terra, nomeada pela ironia daquele país onde viviam. Sua pele refletia a lua em azul. Ela era astuta, toda espírito e fúria, uma lâmina que tentava romper os fios de sua escravidão. Embora esse mesmo fio às vezes o ferisse, ele a abraçava e adorava tudo nela. A última lembrança que gravara do primeiro ato de amor não havia sido o ato em si, mas os momentos depois dele, quando sentira o peso do corpo feminino sobre o dele, seu hálito morno no peito, as pestanas longas acariciando sua pele.

Aos vinte e três anos, seu proprietário o avaliara em mil e quinhentos dólares. Mais uma vez, ele fora oferecido para um ano de aluguel. Permanecera com os outros no ar cristalino de janeiro, as árvores lembrando esqueletos à luz pálida do amanhecer, cintilantes naquela rigidez torturada. Homens brancos andavam entre eles, exalando nuvens de fumaça, esfregando as mãos a fim de aquecê-las. Eles mandavam os negros levantarem suas camisas, abrirem as bocas e mostrarem os dentes. Examinavam a pele escura com atenção e ordenavam que caminhassem para a frente e para trás. Formulavam as perguntas de rotina, obtendo as respostas que haviam sido embutidas desde muito cedo na educação de cada uma daquelas criaturas.

Havia sido naquele dia que William conhecera St. John Humboldt. Lembraria para sempre o gosto do dedo do homem em sua boca, examinando seus dentes. O rosto do plantador era vermelho, emoldurado por cabelos muito negros, a boca bem definida como uma peça moldada em argila, o nariz inchado e corado como o de um bebedor de uísque. Comparados ao tamanho de suas costas e à circunferência da cabeça, seus olhos eram pequeninos, dois girinos que se haviam metido entre suas pálpebras. O homem o alugara e levara para o outro lado da baía, para sua fazenda. No dia seguinte ele arrancara tiras de carne de suas costas para provar que podia espancá-lo e que o espancaria, com ou sem razão.

William trabalhara ao longo de dias gelados com as mãos grotadas, em carne viva. Cortava e arrastava madeira, consertava cercas e cavava o chão extraindo as raízes mais profundas das árvores, abrindo e limpando novos campos. O solo era um leito de gelo. Suas mãos ficavam tão entorpecidas que ele mal podia sustentar as ferramentas. Às vezes a pá escapava de seus dedos, e ele passava algum tempo batendo as mãos contra as próprias coxas.

À noite, ele se encolhia diante do fogo no qual os escravos assavam seus biscoitos, gemendo por conta da dor provocada pelo retorno da vida aos dedos adormecidos. Certa vez mostrara o estado de suas mãos para um velho sentado a seu lado. O homem as segurara e virara para examiná-las com atenção, tocando com os polegares as áreas mais feridas. Depois de alguns momentos de inspeção, o velho descalçara suas botas e exibira o verdadeiro dano causado pelo congelamento dos membros. E assim William aprendera a guardar para si mesmo suas dores, seu sofrimento. Trabalhara sem reclamar, contando os dias do ano, rezando para que, concluídos os doze meses, ele fosse devolvido a seu proprietário e a seu amor. Sabia que essas coisas nunca eram certas, mas orava com a fé de um escravo, com a esperança de um escravo.

No calor do verão um mensageiro chegara do outro lado da água. Ele se colocara diante de William para informar que Dover havia partido. Não nos braços da morte, mas para o norte. E não era só isso. Ela carregava no ventre um pedaço de William, o começo de uma nova vida.

Por isso ele estava sentado sob um carvalho frondoso, com tremores sacudindo suas pernas, suando como se corresse sob o sol escaldante, embora estivesse quieto. Tentava bloquear todas as coisas que tinha a temer e ouvir apenas as ondas quebrando na praia. Contava-as, não com números, mas com a própria respiração. Elas possuíam um ritmo que ele tentava aprender. Fechando os olhos, pediu às dúvidas para flutuarem para longe dele. Elas não se afastaram por completo, mas, quando sentiu as ondas contidas em sua respiração, ele experimentou uma nova calma. Sem pressa, levantou-se e escolheu um caminho sob as árvores para chegar à praia.

A água se movia como uma coisa viva, um ser escorregadio e agitado mais escuro do que o céu noturno. Pontos luminosos marcavam o litoral distante. Ele escolheu um daqueles pontos, uma luz mais brilhante do que as outras, isolada e radiante como uma estrela flutuando sobre o mar. Aquela seria sua meta. William abriu o cadarço que amarrava o saco de provisões e espalhou o conteúdo do estranho pacote diante dele. Amarrou os órgãos de porco numa fileira, medindo com cuidado as tiras de couro, criando um estranho artefato sobre a areia.

Quando o material foi arranjado a seu gosto, ele levantou a fileira de órgãos de porco e tiras de couro e pendurou-a no pescoço. Movia-se com cautela, ajustando as tiras em torno do peito, suportando a dor do contato entre o material áspero e as feridas recentemente abertas em suas costas. Sentia o peso da faca entre suas espáduas. Puxou o cordão que fechava a boca do saco de forma a tê-lo bem apertado e, como fizera com o restante de seus minguados pertences, pendurou-o no pescoço. Depois levantou-se, experimentou o peso do estranho vestuário, e caminhou lentamente para a baía.

A água era mais quente do que havia esperado, quase mais quente do que o ar, e salgada o bastante para fazer arder suas feridas. Ao alcançar a altura de seu peito, ela inflou os órgãos amarrados em torno dele, presos às costas na altura dos ombros. William parou quando a água tocou seu queixo, só então começando a sentir o auxílio de sua bóia improvisada. Então tirou os pés do fundo arenoso e sentiu as pernas se movendo sob o corpo, como quando era criança, quando aprendera a nadar respondendo a um desafio de seus companheiros. Puxou as cordas até que os órgãos se acomodassem um em cada axila e o restante em torno das costas. Boiar era mais fácil com o aparato nessa posição. Sim, a invenção o ajudaria na difícil jornada. Ele cravou os olhos naquela luz como pôde e nadou para a frente, chutando a água e movimentando os braços. Puxava a água em sua direção e a empurrava para trás, repetindo o mesmo gesto centenas de vezes, até perder a conta. Mantinha a cabeça erguida para impedir que o líquido salgado invadisse sua boca. Sentiu a fadiga depois da primeira centena de movimentos, mas trabalhava melhor quando estava cansado. O corpo havia aprendido os movimentos e ele os repetia muitas vezes, perdendo-se na monotonia da empreitada.

Perto da metade da travessia ele se deu conta de que a distância a ser percorrida era muito maior do que aquela de um litoral ao outro. Cada vez que olhava para a frente, o alvo luminoso dançava e mudava de lugar. Era como se esquiasse sobre a superfície da água, escorregando de um lado para o outro, obrigando-o a ajustar o curso com freqüência exaustiva. Ele parou de nadar e boiou. Os braços flutuavam ao lado do corpo com um torpor que era ao mesmo tempo relaxante e efervescente, como se os membros estivessem desligados do restante do corpo, como tábuas que se chocavam contra ele. Temia que eles não pudessem mais levá-lo através da água. E as pernas não tinham mais forças para impulsioná-lo pelos muitos quilômetros que ainda o separavam da terra firme, pelas florestas e campos e colinas. Perseguia um único ser em todo o universo, uma mulher a quilômetros e quilômetros de distância, e não tinha uma idéia concreta sobre como poderia encontrá-la. Sussurrava seu nome, Dover, como se ela pudesse ouvi-lo e, mesmo distante, oferecer alguma resposta.

Um momento mais tarde, algo roçou em suas pernas. Sabia que aquele não era um dos pequenos peixes que haviam mordiscado pedaços de sua carne exposta. Encurvou o corpo para a frente, mas não antes de experimentar a terrível sensação de um corpo pesado e escorregadio cortando a água bem atrás dele. Os braços se moveram para garantir o equilíbrio. Estendendo o corpo na horizontal, buscou com os olhos a luz no horizonte. Encontrou-a, ou o que esperava ser ela, e retomou a travessia com energia renovada. Cada onda, corrente ou fenda na água parecia disfarçar as costas em crista de um leviatã. Não tinha idéia de que criatura era aquela, de qual era seu temperamento ou sua espécie, nem podia explicar a horrível sensação. Tudo que sabia era que tinha de nadar para fugir.

William alcançou a terra com a chegada dos primeiros raios de sol. Exausto, caiu sobre a areia com os órgãos de porco amontoados em torno de seu corpo, olhando para o céu por entre as pálpebras inchadas. Estava acabado. Não havia mais como voltar. Humboldt já devia ter descoberto seu desaparecimento. Aquele homem branco estaria consumido pela ira, gritando e praguejando. As artérias em sua testa inchariam e se enrugariam como minhocas sob sua pele. Os outros escravos correriam para suas tarefas, mas ele encontraria um para surrar e submeter a abusos. Desabafaria a raiva rasgando a pele negra até vê-la vermelha. E quando tudo estivesse concluído, ele enviaria um grito de alerta que atravessaria para o continente. Chamaria os diversos agentes da escravidão e os convidaria para uma caçada.

Naquela noite William encolheu-se perto de uma fonte, coberto mais uma vez por uma fina camada de suor, gotas que não escorriam nem evaporavam, mas permaneciam coladas nele como parte de sua pele. Tentou contar os minutos e calcular a hora, mas já nem sabia mais ao certo se o tempo estava passando. A cantoria dos insetos nunca mudava. A água da fonte era silenciosa em seu curso, lenta e enganadora por sua falsa aparência de inércia. Um minuto se desdobrava em outro sem deixar sinais verdadeiros de sua passagem. Mas ele esperava como havia concordado anteriormente.

Foi com um suspiro aliviado que ele ouviu a mulher se aproximando. Ela se movia cautelosa, parando em intervalos irregulares, o estalido dos galhos secos e as folhas marcando seu progresso no lado mais distante da água. Ela atravessou a nascente e emergiu com os tornozelos molhados, as botinas encharcadas fazendo um ruído típico a cada passo dado. William levantou-se e começou a interrogá-la antes mesmo de ver a mulher alcançá-lo, mas ela o silenciou com um gesto imperioso. Responderia a todas as perguntas, prometeu, mas antes abaixou-se para descarregar as provisões que haviam tornado a caminhada ainda mais difícil e lenta: pedaços duros de pão integral, um saco de fubá e algumas fatias de toucinho embrulhadas em um papel encharcado de gordura. Os alimentos serviriam para sustentá-lo em sua jornada. Para saciar sua fome imediata, ela ofereceu cinco ovos de galinha cozidos e ainda mornos.

— Kate, de onde tirou tudo isso? — ele quis saber. — Não posso aceitar tudo isso.

— Não se preocupa com isso. Não é todo dia que um fugitivo aparece na nossa porta pedindo ajuda. Desculpe se não consegui nada além disso.

William ainda hesitou antes de aceitar as oferendas, mas Kate garantiu que não haveria mais nenhuma conversa enquanto ele não comesse. Ela se ajoelhou cerca de meio metro distante dele. Kate era dez anos mais velha do que Dover, filha de um pai diferente, e não havia quase nenhuma semelhança entre as duas. Ela era alta e corpulenta, enquanto Dover era esguia e compacta. Havia uma energia ansiosa nos cantos de sua boca, embora o corpo se movesse com a segurança calma da idade e da maternidade. Elas eram parecidas apenas no que se referia à região em torno dos olhos e na testa alta, mas esses traços eram suficientes para marcá-las como as irmãs que eram.

— Quem contou? — ela perguntou sem rodeios.

William parou com um ovo meio descascado entre os dedos.

— Dois escravos de Humboldt caíram doentes com uma febre qualquer. Nance foi mandado lá para fazer parte do trabalho dos dois. Ele me contou, mas não sabia se devia acreditar... Quero dizer, claro que acreditei nele, mas precisava ver com meus olhos.

Kate assentiu e fez um gesto para indicar que ele devia continuar comendo.

— Nance disse a verdade — ela confirmou. — E também não vou mentir. Dover partiu na primavera, a caminho do norte com a sinhá Sacks. Não pense que ela decidiu fugir ou coisa parecida. Não foi nada disso. A sinhá Sacks voltou para sua gente na Filadélfia. Como sabe, ela é de uma família de muito dinheiro. Nunca gostou muito daqui. Um belo dia, pegou o sinhô Sacks em cima da menina Sally. Aquela cena fez ela decidir. A mulher arrumou as malas e deixou a casa na mesma noite. Dois dias depois contratou um coche para voltar para a Filadélfia.

Kate parou de falar e olhou em volta, ouvindo os sons da noite. Depois de alguns instantes, continuou:

— Até aí, essa história não tem nada a ver conosco. O ponto foi ela levar Dover. Deu uma única noite para arrumar suas coisas, só aquela noite, e foi isso que minha menina fez. Passou a noite chorando e juntando os poucos pertences, e na manhã seguinte foi embora. Sei que é doloroso para você ouvir tudo isso, mas não é todo dia que uma escrava é levada para um estado livre. Pense nisso. Não sei o que aconteceu com ela depois disso, mas tenho certeza que Dover está vivendo melhor do que todos nós por aqui. O problema é ela não ter mais a família por perto. E não ter você com ela.

William começou a comer o quarto ovo cozido. Embora os primeiros houvessem sido ricos e saborosos, já não sentia mais o gosto da massa que estava engolindo. Apenas mastigava a substância macia e a engolia, removendo as cascas que ficavam grudadas na ponta de seus dedos. Kate não havia dito nada diferente do que ele imaginara. Nance já havia fornecido uma versão abreviada da mesma história. Acabara de confirmá-la, só isso. Mas sempre alimentara a esperança de que Nance houvesse cometido algum engano. Talvez a sra. Sacks houvesse partido para uma temporada na casa de campo. Talvez Dover nunca houvesse entrado naquele coche. Talvez a senhora houvesse mudado de idéia e voltado da metade do caminho. Parte dele acreditara que encontraria Dover ali, no mesmo lugar onde a deixara. Então só teria de encerrar a jornada, repousar os olhos e as mãos naquele corpo mais uma vez, e depois retornar para mais uma surra e mais trabalho em Kent Island.

Um cachorro latiu longe dali. Três notas entrecortadas que deixavam o mundo um pouco diferente. Os dedos de William tocaram o chão, prontos para ajudá-lo a pôr-se em pé, caso fosse necessário. Mas os latidos cessaram, e os outros sons noturnos preencheram a lacuna momentânea. O homem removeu os dedos do chão. Havia algo mais que desejava indagar, e ambos esperavam pela pergunta.

— E o bebê?

Kate o observou em silêncio antes de responder:

— Parece que Nance contou tudo, não é? Sim, ela está grávida. Dover está esperando um filho teu.

William ouviu a notícia de olhos fechados, o rosto imóvel, rígido.

— Escuta aqui, William — Kate começou. Mas, por falta das palavras adequadas, parou para pensar. Depois estendeu a mão e pousou-a sobre o ombro do escravo fugitivo. — Dover não teve como escolher o que queria. A sinhá anunciou sua decisão e deu as ordens. Ela não pediu a opinião dela nem quis saber qual era sua vontade. Só disse e ordenou. Mesmo assim, Dover quase deixou de ir, e tudo por sua causa. Mas ela teve a chance de levar o filho para um estado livre. Por isso seguiu a sinhá, por pensar apenas no que seria melhor para aquela criança. Lembra disso antes de perder a esperança, antes de ficar zangado ou de sair correndo atrás dela. Ela só pensou no melhor para o filho de vocês. Talvez queira fazer o mesmo. — Kate removeu a mão, sem saber onde colocá-la ou se o contato entre eles havia sido útil de alguma maneira.

— Eu devia saber — William disse com voz fraca. Ele abriu os olhos, mas não olhou para Kate. — Como pude viver todos esses meses sem saber? Me levantava todo dia de manhã e vivia um dia depois do outro. Não acha isso errado? Um homem devia saber disso. Tem obrigação de saber.

— Não comece a te preocupar com o que é certo ou errado. Não podia saber nada. Sei que tem a sensação de que você deveria saber, mas não é assim que Deus nos faz funcionar. — Kate parou para estudá-lo. Ele ainda mantinha os olhos voltados para um ponto qualquer longe dela. — Gostaria de ter alguma sabedoria, qualquer coisa para confortar você.

William balançou a cabeça, consciente de que o gesto podia dar a entender que não precisava de sua sabedoria, ou que era grato pelo que já havia recebido dela. Mas, por dentro, ele a estava afastando. Aquela mulher não podia ter nenhuma idéia de seus sentimentos. Sim, ela tinha um companheiro cuja perda poderia imaginar. Sim, Kate era mãe de três filhos. Mas aquela era *sua* dor. Parte *dele* havia sido arrancada. Era como se os dedos de um Deus vingador o houvessem tocado, removendo Dover de sua vida. E não era apenas de sua presença física que sentia falta. Mais do que isso, fora roubado de todos os meios pelos quais ela tornava a vida mais tolerável. Entendia algo que não havia entendido antes: teria sido capaz de passar toda a vida como escravo, desde que a tivesse a seu lado, ajudando-o a viver. E quanto ao bebê... Nem conhecia aquela criatura. Nunca vira seu rosto. Nunca o tocara. Mas, mesmo antes de nascer, ele já era parte do mundo. Sabia disso agora, e sabia também que, com toda a probabilidade, aquela criança nasceria, cresceria e morreria sem nunca ter conhecido o rosto de seu pai. Até que ponto outra pessoa poderia sentir e compreender essa dor completamente?

William começou a guardar os suprimentos no saco, incluindo o único ovo que restava de sua refeição. Sabia que seu comportamento podia parecer rude, mas não suportava mais ficar ali diante dela, não com todas as emoções que ameaçavam inundá-lo. Concentrou-se no trabalho das próprias mãos. Estavam tremendo, mas isso só tornava a realização da tarefa ainda mais rápida. Jogando a carga sobre um ombro, testou seu peso. Quando terminou, voltou a encontrar o olhar da mulher.

— Kate — disse —, tem mais uma coisa que preciso saber. Essa gente com quem Dover está vivendo... Como chama?

— O nome da família é Carr. É tudo que sei.

— Carr. — Ele repetiu o nome várias vezes. Quando o escutou ecoando dentro de sua mente, despediu-se com um aceno rápido e um gesto de agradecimento.

— Sabe o que está fazendo? — perguntou Kate.

William compreendeu a questão, mas não ofereceu uma resposta imediata. Era evidente que não sabia o que estava fazendo. Não tinha a menor idéia da geografia do país que se estendia diante dele. Tinha nomes de cidade e noções das coisas do norte, mas só em termos muito vagos. Não possuía estratégias reais para enfrentar e superar os obstáculos que certamente surgiriam, apenas o movimento, a vontade e todo o instinto de que pudesse dispor. A questão era assustadora demais para ser respondida em todos os detalhes, por isso disse simplesmente:

— Vou procurar por Dover. Quero chegar perto dela e desse meu bebê e ver se a gente pode construir uma vida, os três. Não estou pedindo demais, estou?

Os dois se despediram com um abraço hesitante. Kate desapareceu como havia surgido, atravessando a nascente e caminhando pela margem do outro lado até ser tragada pela escuridão da noite. William estava em pé com os suprimentos pendurados sobre um ombro, os olhos examinando cada sombra, a consciência da própria solidão ainda mais aguda, agora que a mulher desaparecera. Não estava muito longe do lugar onde encontrara Dover pela última vez. Mas aquela havia sido outra estação. Gelada. Silenciosa. Frágil. Parado e sozinho naquela noite quente, retardando a próxima etapa da ousada viagem, ele lembrou a última noite que passara com a mulher amada. Havia sido em janeiro, pouco antes de Humboldt decidir o destino do próximo ano de sua vida.

Havia esperado por ela atrás da casa dos Sacks. Sussurrara suas notícias no ar cristalino da noite, e os dois caminharam juntos para a cabana onde ela morava com a família. Sentaram-se sobre a palha seca que servia de cama para Dover. Uma vela de sebo queimava no chão entre eles. Estava chegando ao fim, resumindo-se a uma pequena poça de gordura sobre a qual o pavio se equilibrava de maneira precária. Banhada por aquela luminosidade trêmula, Dover parecera ainda mais linda. Ela era esguia, um conjunto conciso de músculos e ossos, embora fosse possível esquecer essa característica quando olhava para ela. Havia orgulho na amplidão da boca carnuda, no tom majestoso e escuro de sua pele marrom. As faces eram encurvadas para cima em suaves linhas diagonais. O nariz era fino, com narinas pequenas e afastadas. Os olhos mais fundos do que o habitual pareciam olhar para o mundo com uma objetividade desafiante. Ela raramente desviava o olhar da pessoa com quem falava.

— William — Dover havia sussurrado —, tem de ser agora!

Não tivera nenhuma dúvida sobre o significado de sua exclamação. Não havia sido a primeira vez que ela lançara a proposta.

— Dover, a gente está no auge do inverno — ele havia protestado. — A gente não pode correr agora. — Colocando o braço sobre seus ombros, percebera como um deles se encaixava com perfeição em sua mão. Sentia o cheiro de seus cabelos, uma fragrância que ele não poderia descrever comparando com qualquer outra coisa. Inalando-o, explicara mais uma vez que aquela não era a época mais apropriada do ano. Não tinham as roupas adequadas para o clima. Congelariam antes de conseguirem deixar o país. E como comeriam? No verão poderiam roubar o produto dos campos férteis, mas àquela altura do inverno não haveria alimento a ser saqueado. Deixariam rastros na neve que qualquer idiota branco poderia seguir. E de que adiantaria tentarem algo que, sabiam, estava destinado ao fracasso? Não fazia sentido. Paciência era a palavra-chave.

— De qualquer maneira — concluíra — vai ser só um ano. Sei que vai ser doloroso e difícil, sei que o tempo não vai passar, mas vai ser só uma impressão. O tempo vai continuar passando. E vou estar de volta antes que você perceba que fiquei longe daqui.

— Um ano? Acha mesmo que é só isso?

— Não, não é o que eu quis dizer. Não é de jeito nenhum, mas...

Dover afastara-se para encará-lo.

— Quantos anos pensa que a gente ainda tem? Essa gente está comendo nossa vida, William. Eles devoram a gente e você permite isso. Você parece feliz por estar na mesa do jantar, mesmo que seja como prato principal.

Ele tentou interrompê-la, mas os olhos de Dover o mantinham silencioso. Ela continuou, usando as pausas em seu discurso para expressar como suas palavras eram bem pensadas, consideradas, ponderadas. Disse tudo que sentia por ele, como o desejara a seu lado e dentro dela desde a primeira vez em que o vira. Havia uma parte de seu coração que era completamente dele. Mas Dover queria mais, e não só para ela. Para ambos. Queria a liberdade, e às vezes tinha a sensação de que o estava rebocando por uma corda muito esticada. Puxava com força para mantê-lo por perto, mas ele não se movia, e o esforço a estava esgotando. A corda começava a escorregar por entre seus dedos.

— Você está me ouvindo? — ela perguntara furiosa. — Essa corda quer me queimar, mas não vou deixar me machucar. Ouviu o que eu disse? William, um dia você vai conhecer a fúria, a paixão. Se já é bonito agora, nesse dia vai ser mais ainda.

Essas palavras haviam sido algumas das últimas que ouvira de Dover. Depois disso a tomara nos braços e murmurara desculpas sem sentido, pedindo paciência e repetindo dezenas de vezes que o momento tinha de ser certo. Ele a cobrira de beijos e despira seu corpo, e fizera amor com ela com uma urgência dolorosa. Talvez houvesse acontecido naquela noite. Talvez naquele último abraço houvesse plantado a semente de uma nova vida. Era óbvio que não tivera meios para saber, mas de repente tudo parecia muito claro. Parte dele sentia raiva dela por ter partido levando seu filho no ventre, mas já estava esquecendo essa raiva. Aos poucos ela afrouxava os dedos e o soltava. Dover não tinha culpa. Não tivera escolha. Afinal, havia sido ele quem a sobrecarregara com sua relutância. Não fora capaz de reconhecer a determinação por trás das palavras fortes e criara o cenário para os eventos que ocorreriam em seguida. Agora estava finalmente começando a jornada que ela propusera. Era estranho que estivesse a caminho da terra da liberdade sem ouvir a voz de Dover sussurrando em seu ouvido. Estranho que nem estivesse pensando em liberdade, mas apenas nela, no filho que ainda não havia nascido, no amor. Tinha muito o que consertar. Muitas coisas a estabelecer. E a liberdade não estava em primeiro lugar nessa lista.

Dois

Quando Morrison apareceu além das margens do Chesapeake, ele há havia percorrido mil e quinhentos quilômetros. Se estivesse com disposição para falar, teria mais de mil histórias para contar. Entrara em Maryland pela garganta de Cumberland, deixando para trás os envelhecidos Apalaches e as colinas e as planícies e a cidade de St. Louis, que havia sido seu portão para o coração do continente por cerca de vinte anos. Estivera no extremo oeste, na cadeia frontal das Rochosas, e ao norte, tanto que penetrara uma terra pantanosa de lagos e estranhos insetos, e ao sul, tão longe que vira um panorama de crateras, espaços desérticos, e protrusões esqueléticas que traíam a mortalidade da terra. Caminhara através de terras nativas, enfrentara guerreiros nativos e se deitara com mulheres nativas. Vira um homem ser escalpelado, vira outros serem enforcados e espiara de longe quando um grupo de soldados cercara uma aldeia de velhos e enfermos e incendiara o lugar. Ganhara a vida com a morte. Portanto, conhecia as estruturas internas dos castores e dos quatis, dos veados e dos caribus, dos ursos pardos, dos leões da montanha e dos búfalos. Havia um período de anos nesse passado, uma época em que descobrira possuir um talento extraordinário para tirar a vida humana. Seu corpo e sua mente encontravam por meio da violência uma clareza de que não dispunha nos momentos de tranqüilidade. Fizera tudo isso para poder esquecer o país onde nascera e deixar para trás as lembranças de sua juventude, para preencher seus dias com imagens de sublime beleza ou violência instintiva. Ao retornar para a terra de águas escuras, ele sabia ter fracassado em todas essas empreitadas. Um bilhete o levara de volta, um pedaço de papel, trinta e duas sentenças escritas por uma mão trêmula.

Era um homem magro, vestido com simplicidade. A calça era de tecido grosso da cor da terra, o pano desbotado reforçado com pedaços de couro na região das canelas e das nádegas. A camisa tinha uma construção similar, como se ele houvesse feito as próprias adições e subtrações de forma a preencher funções práticas, sem nenhuma preocupação com a aparência. Nas costas o homem carregava uma mochila de lona e um saco de dormir, e sobre um ombro transportava um rifle, uma arma sólida de cano curto que pesava cerca de cinco quilos. Ele caminhava com o queixo erguido, o corpo ligeiramente inclinado para a frente, os braços flexionados nos cotovelos. A linha da mandíbula ainda se mostrava firme como em sua juventude, o nariz era proeminente e as sobrancelhas mantinham o mesmo contorno bem traçado de sempre. Nada em sua aparência disfarçava os cinqüenta e tantos anos de vida dura que ele havia levado, mas os traços também não haviam sido enfraquecidos por esses anos. Não de um jeito que o mundo pudesse notar.

Ao lado dele seguia um cão de caça de pernas longas e linhagem questionável. A cadela era magra a ponto de exibir as costelas e estreita quando vista pela frente ou pelas costas. Seu pêlo era composto de uma mistura heterogênea de fios, que pareciam estar em constante guerra uns contra os outros, uma camada inferior de fios cinzentos e outra mais visível de pêlos pretos e lisos, grossos e recalcitrantes como aparas de metal. As patas eram grandes e desajeitadas, e a cabeça era tão reta acima dos olhos que dava a impressão de ter sido modelada com a ajuda de um prato. Mas, apesar da estranha aparência, a cadela era uma companheira fiel. Ela observava o mestre com olhos quietos e ajustava sua disposição e seu temperamento de acordo com o dele.

Os dois viajantes permaneceram por algum tempo na periferia de Annapolis, olhando para as ruínas do que um dia fora uma cabana. A construção era apenas um amontoado de tábuas partidas, uma obra à beira do desmoronamento, como o entulho transportado pela correnteza de um rio e jogado contra uma árvore. O que havia de mais notável nela era o grande tronco de carvalho que ainda servia de centro para o casebre. Ele constituía o apoio central, uma viga viva em torno da qual a casa fora construída. Ultrapassava o limite do teto e subia majestoso como um colossal acidente de arquitetura. O homem estudou-o por algum tempo, humilde diante da evidência do dano que podia causar ao mundo a passagem do tempo, admirado com a nitidez das lembranças. Por fim, ele assobiou e a cadela aproximou-se.

O homem parou perto da casa da viúva de um fazendeiro no centro de Annapolis. Reuniu todas as informações que conseguiu obter e seguiu em frente para o depósito de madeira de alguém com quem não falava havia anos, com quem não poderia mais falar, porque o homem em questão estava morto. Passou o início da tarde em uma taberna, *onde obteve informações ainda mais úteis. Antes das duas ele já estava patrulhando a região do cais, e às três embarcou em uma chalupa que partiu de imediato, impelida por um vento forte. Ao anoitecer bateu à porta da casa de um fazendeiro em Kent Island. Perguntou pelo senhor daquele lugar, certo St. John Humboldt. Ao ser atendido, Morrison fez suas perguntas e ofereceu seus serviços.*

Humboldt analisou o homem e o animal com olhos céticos. Depois quis saber se ele tinha experiência em perseguir negros.

Morrison mantinha os olhos baixos. Não, ele confessou, mas revelou ter experiência em caçar todos os outros tipos de criaturas. Um homem não podia ser muito diferente.

— *Ah, mas eles são muito diferentes. Pode acreditar em mim. E você é um pouco velho para ingressar no ramo. De onde vem?*

— *St. Louis.*

— *St. Louis? Inferno, não pode ser de lá. De onde veio antes de passar por St. Louis? Quero dizer, onde nasceu?*

Morrison olhou do chão para o homem e do homem para o chão mais uma vez. Alguns momentos se passaram, o suficiente para ficar claro que nenhuma outra resposta seria oferecida.

O fazendeiro refletiu em silêncio por um instante e depois olhou para a cadela.

— *Tem um animal e tanto — disse. — O que é isso? Uma mistura de rato e cavalo? — Sorrindo, ele convidava ao humor, mas o outro não se deixou envolver.*

— *E então? Quer que eu vá atrás do sujeito, ou não?*

Humboldt disse que ele poderia ir, se quisesse, embora já houvesse outros procurando pelo negro. Depois contou tudo que sabia sobre o fugitivo e sobre as circunstâncias de sua fuga e entregou ao caçador uma camisa ainda impregnada por seu suor. Morrison colocou-a diante do focinho da cadela e explicou a situação. O animal parecia entender com clareza as circunstâncias. Respirava fundo e os músculos de suas costas começaram a tremer.

Humboldt voltou a falar.

— *Não pense que o estou contratando em troca de um salário ou coisa parecida. A questão aqui envolve pagamento contra entrega, ou não haverá nenhum pagamento. E quero aquele negro inteiro e saudável. Ele não vai me servir de nada se voltar morto.*

O fazendeiro rasgou um pedaço da camisa para deixar com o caçador e disse a ele por onde poderia começar sua jornada. Quando terminou de falar, encarou-o como se o estivesse vendo por outro ângulo, descobrindo coisas novas.

— Não tem um cavalo? — perguntou. — Não pode estar pensando em ir a pé atrás de um negro fujão.

— Sim — Morrison respondeu. — Estou a pé. Não posso comprar um cavalo.

Com isso o caçador virou-se e partiu, a mochila encobrindo suas costas e o rifle pendendo do ombro numa posição horizontal em relação ao solo e apontando a direção a seguir, como a ponta de um compasso. A cadela seguia na frente de seu mestre, parava e olhava para trás a fim de verificar o progresso do homem, depois retomava a viagem com ritmo entusiasmado. Logo a dupla alcançou uma estrada de três pistas, por onde seguiu caminhando no calor daquele anoitecer de julho.

Três

No terceiro dia de fuga começou a chuva. As primeiras gotas caíram logo depois do anoitecer. Grandes como pedregulhos, elas provocavam um som estrondoso ao atingirem as folhas sobre a cabeça de William. Já sentia a água através do tecido fino da camisa, nos joelhos da calça e escorrendo pelos ombros, depois nas mãos, que empurravam os galhos para longe do caminho. A princípio a sensação foi agradável, toques refrescantes de umidade, mas em pouco tempo tudo mudou. Aquelas primeiras gotas foram as mensageiras da horda que estava por vir, e a tempestade desabou conduzida pelo vento e embalada pelos trovões. Minutos depois ele já se sentia ensopado. O frio penetrava em sua pele e escorria pelas costas, detendo-se nas linhas do rosto e nos espaços entre os dedos dos pés. A floresta transformou-se em um emaranhado de formas escuras e molhadas, o solo escorregadio e traiçoeiro, a enxurrada servindo de esconderijo para pedaços de galhos, protrusões e espinhos que poderiam rasgar sua pele.

Naquela mesma noite, mais tarde, ele escorregou e caiu, e por um tempo duvidou da própria força para levantar-se. Estivera muito mais cansado antes, e não era esse o problema. Nem o incomodavam tanto as feridas que marcavam suas costas, porque estava entorpecido demais para senti-las. O problema era que a natureza parecia determinada a derrotá-lo. Estava cercado por um mundo grandioso, no qual perambulava absolutamente sozinho. Qual era o exato tamanho da provação em que se envolvera? Sem ter consciência do gesto, uma das mãos subiu pelo peito através da abertura da camisa. Os dedos buscaram um objeto costurado no tecido e escondido dos olhos alheios, um pequenino disco de metal do tamanho de uma moeda. Ele o segurou entre os dedos, apertando-o com força, um conforto, embora nem tivesse consciência da ação.

William mal notou o nascer do sol por trás das nuvens, embora sua luz devolvesse ao mundo alguns contornos pálidos. Fraco, ele se levantou e retomou a jornada. A chuva não cessou nesse dia, nem naquela noite, nem no dia seguinte. Movia-se por um mundo gotejante além das margens da sociedade humana, por quilômetros de geografia que nunca vira em mapa ou carta. A baía tinha muitos braços que se atravessavam em seu caminho, tornando a rota meio terrestre, meio marítima. Juncos erguiam-se da terra molhada formando paredes impenetráveis que alcançavam quase o dobro de sua estatura. Ele as contornava, escorregando as mãos pelas estacas naturais como uma criança que percorre a extensão de uma cerca de madeira.

Mais de algumas poucas desventuras marcaram aqueles primeiros dias. Fazendas haviam surgido em seu caminho e cães ladraram delatando sua presença e latifundiários gritaram na noite, espingardas em punho. Cavaleiros passaram pela floresta, campos abertos foram atravessados sob a luz prateada da lua, e ele se atreveu a percorrer estradas rurais por curtas distâncias. Lembrava-se do grunhido assustador de um animal que não chegara a ver, mas cuja presença sentira durante toda uma noite de jornada. E em certa tarde uma menina passara diante de seu esconderijo no litoral flutuando em uma barcaça. Ela o vira escondido entre a vegetação e o estudara com interesse, a cabeça loura inclinada para um lado, a chuva escorrendo pela testa, o nariz e o queixo. Uma única palavra que ela houvesse sussurrado e todos os homens no interior daquela embarcação teriam disparado uma chuva de balas contra o alvo de uma ira irracional e incontrolável. Mas ela guardara silêncio. O barco seguira flutuando envolto numa névoa que acabara por tragá-lo, e o incidente não tivera nenhuma conseqüência.

Por fim, a chuva perdeu força e o calor retornou. William passou pela periferia de uma cidade coberta por nuvens de fumaça, como se um incêndio recente houvesse sido debelado pouco antes. Ele a circulara descrevendo um arco amplo que o levara a uma paisagem completamente diferente: colinas de vários tamanhos, terra cultivada e faixas arruinadas que um dia haviam integrado a floresta. Grandes porções de vegetação haviam sido destruídas para a obtenção de combustível ou lenha, e a retirada da madeira deixara uma esteira de tocos sem vida, uma visão desoladora. Alguns desses restos eram enormes, plataformas largas sobre as quais cresciam estranhos parasitas, pedestais cobertos por massas disformes de verde e branco. Entre os troncos cortados a floresta tentava recriar-se. Em alguns trechos a vida parecia estar retornando àquela área tão maltratada pela mão humana, mas em outros a flora era apenas um emaranhado de sumagre, ambrósia e trepadeiras que se misturavam aos arbustos espinhosos. William precisou de duas noites para contornar aquela cidade, e três dias depois ele ainda tinha a impressão de poder ver suas luzes iluminando o céu do entardecer.

Uma noite ele passou pelo interior do tronco de um gigantesco carvalho morto. Entrou no espaço oco impelido pelo cansaço, e foi seguido por um bando tão numeroso de mosquitos que desistiu de espantá-los. Ficou ali cercado pela casca da árvore, o céu sobre sua cabeça emoldurado pelo círculo aberto no topo. O cheiro de podre era intenso no espaço apertado. Sua essência fluía da madeira como um óleo, aderindo a cada quadrante de seu corpo suado. Era estranho, mas tirava certo conforto dessas sensações. Elas despertavam a lembrança de Dover. Algo no lugar o levava a pensar em deslizar os dedos por suas costas nuas, desenhando uma linha reta sobre sua pele, uma pista deixada na esteira de seu toque e esquecida pela carne diante da sensação seguinte. Os momentos de intimidade haviam sido ainda mais intensos e frágeis pela proximidade constante de outras pessoas. Tinham sussurrado, cochichado e gemido apenas para eles mesmos. Ele costumava falar com os lábios colados na orelha de Dover, enchendo os pulmões com a fragrância de seus cabelos. Ela provava seu sabor com a ponta da língua. Dover sempre dizia que amava sentir seu suor, que o desejava ainda mais quando tocava sua pele molhada, porque então ele parecia ser ainda mais viril. Às vezes ela deslizava as mãos por seus ombros suados. O gesto parecia ter a intenção de limpá-lo, mas William sabia que ela só queria absorver seu cheiro com a ponta dos dedos, transferi-lo para seu corpo de forma a poder carregá-lo sempre com ela.

Certa manhã perto do final da segunda semana de fuga, William notou uma estrada estreita à beira da floresta. Parou escondido entre os arbustos, guardando uma distância prudente, e esperou para ver que tipo de tráfego havia ali. O caminho seguia sinuoso para o leste, desaparecendo em meio às árvores; para o oeste, ele acompanhava o traçado ascendente de uma colina e sumia do outro lado do cume. Durante vinte minutos, nenhum veículo passou por ali. Ele havia decidido atravessar a estrada e seguir viagem pelo outro lado, quando um movimento o deteve. Um homem, denunciado a princípio por seu proeminente adereço de cabeça, surgiu no topo da colina a oeste e seguiu descendo a estrada com passos apressados. Era um homem branco, e embora ele se movesse apenas com a força dos próprios pés, suas roupas sugeriam uma boa posição social, porém abaixo da nobreza. William parou. Seu primeiro pensamento foi sobre a fragilidade da situação. Mais uma vez, vivia ali um momento de providência. Se houvesse abandonado o esconderijo um minuto antes... Se, em algum tempo, por alguma razão, Deus e as circunstâncias conspirassem contra ele... Tinha de ser ainda mais cuidadoso. Assustado, pressionou o corpo contra o chão. Foi dali, com o nariz tocando as folhas que cobriam o solo da floresta, que ele notou que o homem não estava sozinho.

Um menino negro o seguia. Era pequeno, estava descalço e vestia apenas a camisa rústica da infância, as pernas despidas. A cada passo do adulto, ele era forçado a dar dois dos seus para acompanhá-lo. Parecia ansioso com seu trabalho, os olhos fixos nas costas do homem, a atenção concentrada em seus movimentos de forma a não perdê-lo de vista. William viu algo de desesperado nos passos daquele menino e tentou adivinhar que variação particular da maldição da escravidão aquela criança estaria vivendo. Teria sido vendido e afastado da mãe? Seria aquele seu primeiro dia com um novo senhor? Talvez ele nem se lembrasse da mãe. Seria aquele adulto e seus caprichos tudo que o menino possuía para manter-se ligado ao mundo? Ele era jovem demais para trabalhar duro, mas era impossível prever que tipo de serviço um homem branco podia requisitar.

William sentiu o estômago contraído. Aquela única imagem despertou nele o medo da paternidade. Uma coisa era sofrer na pele uma vida de escravidão, mas colocar uma criança naquele mundo, expô-la a todos os seus perigos e indignidades... O pensamento foi suficiente para mantê-lo paralisado por muito tempo depois de homem e menino terem desaparecido na estrada, entre as árvores. A imagem dos dois permaneceu nítida em sua memória, trazendo de volta lembranças de sua infância, de seu senhor, morto havia alguns anos, mas ainda vivo em suas recordações.

Howard Mason havia sido considerado um bom senhor pela maioria dos negros. Ele nunca forçava os escravos a ultrapassar seus limites, a ir além do que podiam suportar. Não os surrava por tolices, não separava famílias permanentemente, nem tomava liberdades com as mulheres cativas. Estudioso e homem de Deus, como ele mesmo gostava de se intitular, Howard Mason se esforçava para viver de acordo com os princípios cristãos. Sustentava as finanças da família com o trabalho de cinqüenta ou sessenta escravos, mas só o fazia com a permissão de Deus. Pelo menos ele acreditava nisso. Suas idéias tinham o fundamento do texto religioso que ele difundia sem reservas, e ele mesmo havia explicado todas essas coisas para William dois dias depois de seu oitavo aniversário.

Mason se aproximara cavalgando e o cumprimentara com cordialidade, um ato que fizera o menino tremer da cabeça aos pés descalços. Ele ouvira alguém falar sobre seu aniversário e oferecera um presente, uma grande e suculenta maçã. Era uma notável proeza para um negro chegar com saúde a uma idade apropriada para o trabalho, dissera. William era um bom menino por ter sobrevivido e crescido. Ele desmontara, deixara o cavalo pastando e convidara o garoto a sentar-se à sombra de uma árvore frutífera. Depois o encorajara a comer a maçã.

William passava a fruta de uma mão para a outra. Levara-a à boca e chegara a experimentar a textura da casca com os dentes, mas não conseguira mordê-la. Ainda tremia muito, e temia que qualquer gesto, inclusive o de mastigar, pudesse traí-lo. Era difícil conter o impulso de encolher-se a cada movimento do homem, por mais inocente que fosse: erguer uma das mãos para espantar as moscas, tirar um lenço do bolso, tossir. Jamais estivera tão perto de seu senhor. O odor de Mason era opressor. Um pó perfumado se desprendia de suas roupas, uma substância que tinha o efeito irritante do pólen. William mantinha a maçã bem perto do rosto e tentava não tossir.

Mason abrira um livro e lera sobre a criação do mundo, sobre a escuridão que reinava naquele vácuo desprovido de qualquer forma de vida e sobre como Deus o preenchera com luz, vida, água e todas as criaturas que habitavam a terra. Ele lera parte da história do primeiro casal humano. Depois pulara algumas páginas e falara sobre o diabo que tão depressa passara a dominar a terra, sobre o dilúvio que Deus enviara para limpá-la do mal. Ele falara de Noé e seus filhos, Sem, Cam e Jafé, de quem todas as pessoas do mundo eram descendentes. Àquela altura o poderoso senhor havia parado e estudado o menino por um momento. Depois de enxugar o suor da testa com o lenço, perguntara se ele reconhecia a Verdade contida naquele livro. Sabia que ele havia sido escrito sob o comando do único Deus de toda a criação? Compreendia que suas doutrinas eram a Palavra do Senhor e que nunca poderiam ser questionadas, porque duvidar delas era pecado e no pecado residia a eterna condenação?

William respondera murmurando:

— Sim, sinhô.

— Esse seu "sim, senhor" diz respeito a tudo que li até agora? *Tudo?*

William hesitara. Não soubera como responder. O homem queria ouvi-lo dizer que havia entendido tudo, não? Ou era o contrário? Talvez ele quisesse ouvi-lo declarar que não havia entendido nada. Indeciso, não havia pensado em oferecer uma resposta verdadeira.

— Sinhô? — dissera, usando a palavra como um meio-termo entre uma afirmação e uma pergunta.

— Você... Bem, quero dizer, você... — Mason exalara o ar de um jeito exasperado, que fizera o coração infantil bater ainda mais depressa. — Sei que estou pedindo demais de alguém como você. Há poucos dias tive uma conversa com um homem muito culto da Virgínia, e ele jurou que era inútil tentar instruir os negros a respeito das verdades bíblicas, porque a raça é biológica e moralmente incapaz da verdadeira compreensão. Não concordo com ele. Não preciso inquietar sua mente com os complicados detalhes de tudo isso, mas não há mal algum em tentar transmitir uma versão simplificada dos pontos principais. Sem mencionar, como disse ao cavalheiro, que você e sua raça têm um lugar aqui.

— Ele enfatizara sua declaração batendo com o dedo indicador sobre o livro aberto. — Sim, vocês também têm um lugar nisso tudo. E foi sobre isso que falamos durante horas. Deixe-me ver...

William sentira uma formiga mordendo o dedo de seu pé. Deixara os olhos estudarem o inseto, mas só por um segundo. Depois tentara focalizar o olhar no espaço vazio que havia bem na frente de seu rosto.

— *Sendo Noé lavrador passou a plantar uma vinha. Bebendo do vinho, embriagou-se e se pôs nu dentro de sua tenda. Cam, pai de Canaã, vendo a nudez do pai, fê-lo saber, fora, a seus dois irmãos. Então, Sem e Jafé tomaram uma capa, puseram-na sobre os próprios ombros de ambos e, andando de costas, rostos desviados, cobriram a nudez do pai, sem que a vissem. Despertando Noé do seu vinho, soube o que lhe fizera o filho mais moço e disse: "Maldito seja Canaã; seja servo dos servos a seus irmãos".* — Mason erguera um dedo como se esperasse que William o interrompesse. — *E ajuntou: "Bendito seja o Senhor, Deus de Sem; e Canaã lhe seja servo. Engrandeça Deus a Jafé, e habite ele nas tendas de Sem; e Canaã lhe seja servo".*

O homem fechara o livro. Depois de alguns instantes, continuara falando:

— E desses três homens todas as pessoas da terra são descendentes. Eu e meus semelhantes de Sem e Jafé; você e sua raça do amaldiçoado Cam. Entenda, os descendentes de Cam... — Ele abrira o livro mais uma vez e lera uma longa lista de nomes sem nenhum significado para William. Concluída a leitura, ele havia explicado que aquelas eram as nações da África, das quais William era descendente. — Seu sangue não é completamente negro, é verdade, mas você deve orgulhar-se dele da mesma maneira. Alguns afirmam que o negro não é sequer um homem, mas outra forma inteiramente diferente de ser. Eu, no entanto, não posso desprezar as palavras do Senhor. Você e eu somos ambos descendentes de um dos escolhidos de Deus. Minha raça, no entanto, foi abençoada com o domínio do mundo, enquanto a sua recebeu um lugar logo abaixo de mim. Cada raça foi colocada de tal forma a permitir que todos brilhem. Compreende a lógica nessa ordem, não é?

William assentira e resmungara:

— Sim, sinhô.

Aquela era a divina ordem das coisas, Mason explicara. Quando essa ordem era ameaçada, o caos se impunha sobre o mundo. Pense em todos os negros supostamente livres em Maryland. Eles vivem vidas maravilhosas com essa liberdade? Prosperam e enriquecem e se satisfazem como fazem os melhores homens brancos? É claro que não, pois são muitos os desafios além de sua capacidade, e foi a crueldade do homem branco do norte que os levou a espalhar tais mentiras. Mason escolhera um ex-escravo como exemplo, um homem cuja liberdade havia sido comprada por outro negro livre. Para ele, a liberdade só levara à mais baixa degradação. Ele passara a roubar e desenvolvera apetites e necessidades que nunca havia conhecido como escravo. Passara a insultar mulheres brancas e desenvolvera um forte apetite pelo álcool. Vagava pelas ruas como um pária dos tempos bíblicos. Em pouco tempo havia sido encontrado morto, pendurado em uma árvore pelas pernas, a cabeça esmagada por golpes violentos, os genitais cortados de seu corpo de forma que ele não representasse mais uma ameaça à virtude feminina.

Mason havia estudado o rosto do menino, buscando ver nele o efeito de suas palavras.

— Essas coisas jamais acontecerão com um de meus negros. Isso nunca vai acontecer com você. Enquanto me for fiel, certamente estará protegido. Será sempre resguardado da fúria de outros homens brancos, dos venenos que se espalham a partir do norte e de sua própria natureza baixa. Considero seu bem-estar como uma questão de honra. Entendeu?

— Sim, sinhô.

— Ótimo. Sempre estive muito satisfeito com você, William. É um bom menino, apesar dos infortúnios de sua família, e sei que me será sempre fiel e obediente.

Três dias mais tarde, William havia sido alugado por uma família de arquitetos navais e sua vida de trabalho começara. Na verdade, não vira nada sequer semelhante à lógica nas palavras do homem. Aos oito anos de idade, nem tentara compreendê-las. Ficara ali sentado desejando que a entrevista terminasse, consciente de que a mãe o interrogaria depois sobre aquela conversa, furioso consigo mesmo por saber que não seria capaz de mentir para ela. Só muito mais tarde, quando ouvira aquelas mesmas teorias repetidas, buscara encontrar algum sentido nelas. Jamais conseguira. Não sabia nem mesmo se entendia qual tinha sido o crime de Cam. Ele havia sido amaldiçoado por ter testemunhado a depravação do pai? Por que Deus atenderia aos desejos de um bêbado, um homem que acordara atordoado por ter se embriagado com vinho? Teria sido simplesmente que Cam olhara para ele e o vira como realmente era, enquanto os outros filhos desviavam os olhos? Era um amaldiçoado por conhecer a verdade sobre o homem de quem todo mundo descendia?

O início da terceira semana de fuga encontrou William depauperado, uma versão fantasmagórica de sua antiga personalidade. A comida terminara havia muitos dias. Era preciso amarrar com força o cordão que mantinha a calça presa na cintura. O rosto tinha aquele ar típico dos famintos e dos debilitados, dos santos. Os olhos pareciam ter afundado nas órbitas. A carne do nariz era apenas um fino véu sobre os contornos dos ossos e das cartilagens que o compunham. Fora tomado por uma fome que jamais conhecera, nem mesmo em seus piores dias, e depois empurrado para além dela, para uma área de torpor que era o avesso da fome. Visões estranhas o atormentavam. Ou talvez estivesse vendo as coisas de sempre, coisas normais que só agora considerava estranhas. Em determinada manhã ele acordou com vários milípedes enrolados em pequenas bolas dormindo encostados em seu corpo quente. Em outra tarde se debruçara para beber de uma fonte, mas havia parado com as mãos unidas pouco antes de tocar a superfície da água, chocado com a visão de uma enorme aranha coberta de pintinhas devorando um peixe que tinha o dobro de seu tamanho. E uma noite, quando parou para examinar o terreno diante dele, olhou para baixo e viu meia dúzia de criaturas de pernas longas e finas subindo por sua calça.

Também era tomado por episódios ocasionais de profecia. Tinha sonhos nos quais o chicote caía das mãos de seu senhor e se contorcia como uma serpente no chão, cenas de homens brancos engajados nos mais desesperados atos de autoflagelação, visões de rabos escapando de calças e imitando a textura e o formato da cauda dos suínos. Havia visões de Dover como a vira pela última vez, recordações tão distantes que nem confiava nelas. Ela aparecia num prisma fragmentado de imagens, um mosaico no qual cada parte dela surgia com clareza singular. Os caracóis dos cabelos se aninhavam sobre a nuca escura. Os olhos se dilatavam no momento do prazer. O peso flácido dos seios em suas mãos. Os caninos castigando o lábio inferior num episódio de fúria. Certa vez ele acordou com a imagem de uma menina girando para longe de sua companheira de folguedos, a cabeça inclinada para trás e a boca aberta numa gargalhada. Embora não houvesse sonhado com Dover, aquela imagem o fez pensar nela. Sempre se lembrava de sua força e de sua segurança, mas a menina trouxera de volta também a lembrança de seu riso. Ela era dona de uma risada maravilhosa, de uma alegria que começava na parte mais baixa da garganta e subia pelo corpo com uma força física que jogava sua cabeça para trás. Sim, ela era capaz de rir com entusiasmo, mas só compartilhava de seu riso esporadicamente, em momentos raros e imprevisíveis.

Apesar de ter a mente cheia de imagens, William não descuidava de suas defesas. Certa noite, já bem perto da madrugada, ele percebeu que estava sendo seguido. Não via seu perseguidor, mas sabia que havia alguém atrás dele, embora fora do alcance da visão. Passou a caminhar mais depressa. Seguia por uma terra selvagem, cujo solo era cortado por sulcos muito largos e por riachos traiçoeiros. Atirou-se em um fosso e seguiu em frente, passando por cima de pedras enormes e escorregadias e vencendo grutas tomadas pela água. Tentava manifestar o medo por meio do movimento, extravasar a adrenalina que inundava. Mas, quando alcançou um amplo patamar de pinheiros brancos, a apreensão já se misturava à raiva. A pessoa ainda o seguia, uma sombra da qual não conseguia se libertar. Então, William decidiu mudar de tática.

Correu pela perfumada floresta de pinheiros, inclinando o corpo e buscando a proteção dos galhos mais baixos. A luz do amanhecer era pálida, mas suficiente para dar aos pinheiros cor e textura. Ele escolheu uma árvore ao acaso. Agarrou-se aos galhos mais baixos, envolveu o tronco com as pernas e apertou os calcanhares contra ele. Nessa posição, foi impulsionando o corpo para cima até encontrar outro apoio para as mãos. Utilizando esse procedimento doloroso, ele conseguiu escalar a porção mais baixa do tronco. Quando os braços envolveram um galho mais firme e grosso, William lançou uma das pernas para o lado, enganchando o tornozelo no galho. Em um segundo estava montado sobre ele, e no segundo seguinte passava desse galho a outro mais alto. O pinheiro permitiu uma escalada rápida e fácil a partir de seus galhos mais sólidos, como se o espaço entre eles houvesse sido medido justamente para esse propósito. Encolhido em um galho mais ou menos na metade da árvore, acalmou a respiração e esperou.

Seu perseguidor surgiu no alto da elevação, arrastando os pés e mancando, aparentemente cansado, respirando com dificuldade e carregando um saco pendurado no ombro. Não havia nada de furtivo ou malicioso em seu progresso. Visto através da cortina de folhas, ele se movia com passos largos e estranhos, as pernas arqueadas para as laterais do corpo. O homem passou por baixo de William, inclinando a cabeça para evitar os galhos mais baixos, resmungando palavrões numa torrente tão constante que era como se fossem necessários a seu progresso. William não podia ver seu rosto ou os cabelos, pois estavam ocultos pela aba do chapéu, mas a voz tinha uma cadência rouca, uma riqueza que ele reconhecia. A constatação o encheu de espanto, porque imaginara seu caçador de várias formas, mas nenhuma se assemelhava àquela. Nos poucos momentos necessários para essa conclusão, o homem desapareceu, deixando em seu rastro um silêncio ainda maior do que aquele que o precedera.

William permaneceu sentado por alguns minutos. Olhou em volta de uma árvore para outra, mas não havia nenhuma companhia com quem conversar. Inclinado, estudou o solo, como se lá pudesse encontrar alguma informação. Era estranho, mas foi exatamente isso que aconteceu. Havia um cheiro no ar, um aroma que sobrepujava a fragrância do pinheiro com sua força, um odor pungente, repulsivo e, ao mesmo tempo, delicioso. Era o cheiro do queijo curado além do ponto. Ele atingiu seu cérebro com uma força que fez a boca se encher de água. William balançou a cabeça para a própria estupidez, mas começou a descer da árvore mesmo assim. Ao atingir o chão, partiu atrás do homem com passos apressados. Havia muito descartara o saco que carregava no início, mas ainda levava com ele a faca de colher milho. Enquanto corria puxou a arma que estava sob a camisa e segurou-a junto à lateral do corpo.

Quando alcançou o desconhecido, ele se encontrava em pé ao lado do leito seco de um riacho, sob a força do sol escaldante. Com movimentos alternados, o homem inclinava-se para estudar o solo e erguia a cabeça para espiar além dos galhos das árvores mais próximas. Ele coçou o traseiro, depois ergueu o chapéu e abanou o rosto. William seguiu em sua direção, mantendo certa inclinação para o lado, como se pretendesse saltar para a esquerda a qualquer momento. O revestimento natural da floresta estalava sob seus pés, mas o ruído era mínimo, insuficiente para trair sua presença.

À medida que se aproximava, ganhando assim uma imagem mais clara das costas estreitas e dos braços magros do homem, sua atitude ia mudando. A postura tornava-se mais ereta, os passos mais firmes. As linhas em torno de sua boca se aprofundavam, como se ele se preparasse para cuspir. Se as ações seguintes foram ou não pensadas era impossível determinar. Tudo aconteceu muito depressa, gestos alimentados por uma súbita onda de raiva. A faca dançava de uma mão para a outra. Sem alterar o ritmo dos passos, ele se abaixou, pegou uma pequena pedra, levou o braço ao alto, atrás da cabeça, e realizou um arremesso perfeito. A pedra voou com um ruído ameaçador e atingiu a nuca do desconhecido, jogando-o no chão. Por alguns momentos o sujeito se manteve imóvel, e então, de repente, como se lembrasse de si mesmo, levantou-se e olhou em volta. Assustado e silencioso, viu William caminhar em sua direção com a faca na mão.

O homem era um negro magro. Ele puxou o chapéu de palha sobre a cabeça, como se quisesse conter a massa de cabelos crespos e escuros que tentava se libertar. Uma deformidade na altura do quadril fazia com que a metade superior de seu corpo descrevesse uma curva para um lado, como alguém que carrega um balde muito pesado em uma das mãos. Suas roupas eram tão velhas quanto as de qualquer trabalhador rural, embora os sapatos fossem de melhor qualidade do que as botinas rústicas distribuídas entre a maioria dos escravos. Ele coçava a nuca com persistência, como se o objeto que o houvesse atingido ainda estivesse ali para ser removido.

— Por que fez isso? — perguntou depois de alguns instantes.
— Por que está me seguindo?
— Seguindo você? Não estou seguindo ninguém. — Os traços do homem eram uma coleção de partes mal-ajustadas, olhos inclinados em ângulos divergentes, testa excepcionalmente larga, tufos de cabelo perdidos pela face. Ele usava o corpo todo quando falava, os ombros girando em torno das articulações, o pescoço impelido para a frente e para trás pelo esforço do movimento.
— Já tinha visto você há algum tempo — ele contou. — Imaginei se a gente não podia viajar juntos. Não quero incomodar você. Pode estar certo disso. — O homem ergueu as mãos para mostrar que estava desarmado, suas intenções tão claras quanto as palmas que exibia. — Quero dizer, por sua aparência, a gente está na mesma situação. Também é um fugitivo, não é? Só pergunto porque confesso que estou nas mesmas circunstâncias.

William mudou a faca de mão e voltou a empunhá-la como antes, com a mão direita.

O homem recuou alguns passos.

— Está pensando em atacar-me com isso aí? Depois de ter me explicado como um sujeito civilizado? Não pensei que fosse um bandido. Imaginei que fosse um cristão, pelo menos.

William usou a mão livre para limpar o suor da testa.

— Que diferença faz?

Como se a questão estabelecesse certa confiança entre os dois, o homem explicou que, de acordo com sua experiência pessoal, os cristãos eram sempre a melhor companhia. E isso era tudo que ele estava buscando, um pouco de companhia para sua jornada. Tinha mais suprimentos do que o bom Deus devia ter proporcionado para um só ser humano, e julgava melhor compartilhar suas posses com outros que delas necessitassem.

— Sentiu o cheiro do queijo, não é? Não cheira muito bem, reconheço, mas o sabor é muito bom.

William sugou o lábio inferior, contrapondo as demandas de sua fome e os riscos de viajar com alguém que não conhecia. Era uma decisão difícil.

— Não sei se quero companhia. Onde conseguiu essa comida?
— Roubei.
— Então, deve ter gente te caçando.

O outro balançou a cabeça.

— Não notei nada. Não sou digno de tanto esforço. Tenho uma constituição fraca, sabe? É o que eles dizem.

— Deve ter sido a primeira coisa honesta que você disse.

O sujeito não se mostrou ofendido. Pelo contrário, assentiu e sorriu.

— Por falar nisso, a gente não se apresentou. Meu nome é Oli. Se isso não diz muita coisa, talvez um torrão de açúcar impressione você. Tenho um saco cheio deles.

William praguejou em voz baixa, baixou a faca e aproximou-se do homem para examinar o conteúdo do saco de provisões.

— A gente vai se esconder — decidiu. — Pelo menos por enquanto, até decidir o que fazer com você.

Quatro

A caçada havia começado como uma tarefa simples. A cadela encontrou o rastro do fugitivo sem grandes dificuldades. Sua única confusão residia em separar o cheiro do caçado daquele dos outros perseguidores que já seguiam sua pista. Resolvida essa questão, o animal partira seguido de perto por Morrison. Iniciaram a jornada pela cabana do escravo e foram para a floresta, acompanhando o curso de um riacho e passando por cima de uma ponte antes de voltarem à margem. A chuva começou pouco depois de deixarem a fazenda. Ao ver a cadela hesitar, o homem julgou ser essa a causa. Ele a encorajou a prosseguir com um assobio animado e alguns tapinhas no ombro. Tomou a dianteira por um momento, certo de que ela o ultrapassaria, renovada por seu incentivo. Mas ela tinha outros planos: girava em círculos, farejando o ar, até finalmente concluir que o rastro os levava para o oeste. O homem quase a chamou de volta, porque os sinais dos outros caçadores eram claros para quem quisesse vê-los, levando ao norte em linha com o progresso do escravo até ali. Mas ele se conteve, porque o animal já estava bem longe dali.

Quando venceu a barreira da vegetação e chegou à praia, a tempestade o atingiu no rosto com a força de uma bofetada. A chuva se chocava com a água da baía e parecia voltar ao céu. As gotas seguiam tanto na vertical quanto na horizontal, impelidas pela ventania como pedras contra sua cabeça. Ele afastou as pernas para garantir o equilíbrio e protegeu os olhos com a mão. A cadela caminhava de um lado para o outro pela praia, tomada pelo desespero, sem se importar com a tempestade. Quando viu o homem, ela o encarou por um segundo e depois se virou para a baía, uivando e latindo para o outro lado da água. O homem entendia a mensagem, mas não sabia ao certo o que fazer com ela.

A chuva havia perdido força quando Morrison retornou à fazenda. Ele se apresentou ao fazendeiro e relatou seus progressos até aquele momento, falando sobre a conclusão da cadela e de como tentara convencê-la de que o cheiro ainda estava ali para ser seguido. Chegara ao extremo de amarrá-la e puxá-la pelo caminho seguido pelos outros na esperança de ajudá-la a reencontrar o rastro do negro fugitivo. Suplicara para que ela deixasse de ser teimosa e ouvisse a voz da razão. Oferecera até um suborno na forma de uma pequena tira de carne defumada. Embora houvesse aceito a oferta e devorado a carne como se a merecesse, o animal não se deixara demover de suas crenças, e assim o homem acabara cedendo.

— O rapaz entrou na água — Morrison concluiu. — Não me havia falado sobre esse fato.

— Isso não é um fato — respondeu Humboldt. Ele estava certo de que o rapaz em questão morria de medo da água, como todos os outros. Disse que a chuva havia simplesmente apagado seu rastro. Depois parou, olhou para a cadela e voltou a encarar o caçador para comentar que, talvez, o animal não fosse tão bom farejador como ele atestara.

Morrison também estudou a cadela. Ela sustentou seu olhar intenso.

— Não creio que o problema seja ela — disse.

Mais uma vez, o fazendeiro protestou, dizendo que todos os outros caçadores de escravo haviam direcionado seus farejadores para o norte e já deviam estar a meio caminho de Delaware, provavelmente nos calcanhares do fugitivo. Ele disse que não havia mais nada a ser feito ali.

— Um negro não desaparece no ar. E um negro não atravessa a baía de Chesapeake nadando. Conheci três homens em toda a minha vida que sabiam nadar, ele contou, e nenhum deles tinha uma gota de sangue negro no corpo.

Morrison sabia do que ele estava falando e, já que havia citado o fato, não lhe restava nenhuma dúvida. Ele procedeu com cautela, evitando revelar muito de seus pensamentos para aquele homem, mas tentando obter ajuda a fim de suprir a falta de conhecimentos locais. Perguntou se o fugitivo não podia ter atravessado a baía em um barco, mas Humboldt duvidou de tal hipótese. Não havia barcos naquela área imediata, e os poucos que por ali existiam permaneciam intactos. Nenhum havia desaparecido. Não duvidava de que um quacre ou outros filhos-da-puta esquecidos por Deus pudessem ajudar um escravo a fugir, mas tinha absoluta certeza de que nenhum desses elementos tivera acesso àquele rapaz em particular.

Então era isso, Humboldt concluíra. O negro não havia roubado um barco, não fora transportado por uma embarcação dirigida por outro ser humano, e certamente não havia nadado até o outro lado da baía. O rapaz fugira para o norte, ele afirmou.

— *Siga nessa mesma direção e talvez consiga pegá-lo. Caso contrário, está me fazendo perder tempo.*

Ele se virou para partir, mas o caçador o deteve com uma última pergunta.

O escravo fugitivo tinha parentes do outro lado da baía?

Humboldt girou sobre os calcanhares, a testa franzida denotando impaciência e contrariedade. Não, nenhum parente, respondeu. Mas havia uma mulher por quem ele ardia.

— Uma mulher?

— Sim, uma mulher — confirmou o fazendeiro. — Em seguida, como se sentisse piedade do caçador e reconhecesse seu esforço, ele passou a contar tudo que sabia sobre a tal mulher e seus senhores.

Cinco

Os dois homens se abrigaram no espaço entre um tronco de carvalho caído e a base de outro ainda em pé. Enquanto Oli desembrulhava o queijo, William engolia várias vezes para conter a saliva que inundava sua boca. O bloco tinha uma aparência assustadora, gorduroso por conta do calor do dia e coberto em algumas partes pelo crescimento de fungos. Mas, quando a faca de Oli rompeu a substância branca e de aroma pungente, ela se abriu para revelar o interior cremoso e limpo, tão macio que derretia de imediato ao entrar em contato com a língua. Para acompanhar, os dois ainda dispunham de fatias generosas de pão de milho, porções de peixe defumado e ervilhas frescas, que comeram cruas, tão crocantes que explodiam entre os dentes. Beberam de uma grande botelha de couro que continha cerveja aguada. Água pura teria sido melhor, mas William consumiu o líquido sem reclamar.

Oli gostava de falar. Enquanto comiam, ele contava uma história de dor e sofrimento vivida em uma fazenda da Virgínia. Havia sido uma criança doente, o único dos seis irmãos a sobreviver além do segundo ano de vida. Crescera e transformara-se em um homem doente, incapaz de suportar o trabalho duro a que era submetido. Todos os anos seu senhor tentava vendê-lo sem sucesso. Oli passara a suspeitar de que o poderoso fazendeiro planejava alguma solução diabólica para seu caso. Ele havia sido abordado por um negociante de escravos que se dispunha a comprá-lo por um preço baixo e revendê-lo na região mais afastada do sudoeste, nas terras lendárias da malária e da disenteria, onde os senhores dos negros nunca esperavam que seus escravos sobrevivessem por mais do que um verão. Obtinham todo o trabalho que podiam conseguir deles, depois escreviam seus nomes numa folha do livro de registros de nascimentos e mortes, registrando assim mais uma perda inevitável de um bem sem grande valor. Oli não pudera suportar essa perspectiva. Por isso fugira para o norte, os olhos voltados para o horizonte canadense.

O dia desaparecia aos poucos, tragado pela escuridão do anoitecer. No interior da floresta, onde estavam, o esconderijo já se mostrava completamente escuro. Os galhos sobre a cabeça escondiam o céu e confundiam o relógio biológico que marcava a passagem das horas. Pela primeira vez em dias, William havia esquecido de medir a jornada do sol pelo céu. Seguindo uma sugestão de Oli, acenderam um pequeno fogo que mantiveram contido em uma terrina e alimentaram com gravetos. William voltou ao último riacho que haviam atravessado para encher a botelha de couro com água. Quando retornou ao esconderijo, ele encontrou Oli sorrindo.

— Gosta disto? — perguntou o outro negro, exibindo uma garrafa contendo um líquido dourado.

— Uísque?

— Isso mesmo. Estava reservando esta delícia para um momento especial. Acho que é um bom momento pra gente beber. Vamos, bebe um gole.

Enquanto William sorvia alguns goles furtivos e hesitantes, Oli começou uma longa coleção de relatos sobre escravos fugitivos. Ele parecia dispor de uma biblioteca completa de tais histórias em sua cabeça, aperfeiçoadas, sem dúvida, por muitos toques e retoques pessoais. Ele falou sobre três escravos que haviam invadido a casa de seu senhor em certa noite e matado o homem a pauladas. Eles o arrastaram para fora da casa, quebraram seu pescoço e passaram o resto da noite arranjando meios para disfarçar a verdadeira causa da morte. Um escravo cavalgara atrás do morto, marcando o solo de um jeito peculiar, e depois jogara o corpo da montaria, afrouxara a sela e a colocara de lado no animal, que espantara com uma palmada violenta no flanco. As autoridades haviam determinado que a morte do poderoso fazendeiro fora acidental, embora a maioria dos escravos daquela região conhecesse a verdade. Em outra história, dois escravos fugiram da fazenda de seu senhor cavalgando, dividindo um pônei que mal podia transportá-los. Um deles tinha os ombros de um touro e uma cabeça em forma de projétil que brilhava por causa do suor; o outro tinha um tronco deformado que media apenas trinta centímetros do pescoço aos genitais. A visão era tão estranha para aqueles que com ela deparavam que ninguém tentava detê-los. Era como se as pessoas se divertissem com o que viam, desistindo assim de qualquer ação. Havia escravos que fugiam levando arcas cheias de ouro, outros que violavam suas senhoras, e outros que vingavam antigas ofensas antes de partir. Havia bandos lendários de negros que vagavam pelas terras mais altas e selvagens ainda por serem desbravadas, roubando os brancos que por elas se aventuravam e semeando o caos por onde passavam. E havia Nat Tuner e a onda de terror por ele espalhada na Virgínia, uma espécie de encarnação dos piores pesadelos de todo homem branco. Viviam tempos de loucura, Oli concluiu, e ele não reconhecia nenhum sinal de sanidade no horizonte.

Questionado sobre sua intenção de percorrer toda a distância até o Canadá, Oli ergueu os olhos e estudou William por um momento. Havia algo neles que William não podia decifrar, mas imaginava que fossem espelhos de seus pensamentos. Um lugar como a terra da liberdade ficava muito distante do local onde haviam nascido. Como poderiam saber se o país os aceitaria? Como ter certeza de que o chão sob seus pés seria o mesmo, ou de que o ar em seus pulmões seria idêntico ao que respiravam? E quanto aos parentes e aos amigos, aos lugares conhecidos que nunca mais voltariam a ver? A resposta de Oli não continha nenhum dado que pudesse indicar pensamentos diferentes dos de William.

— Sim — ele disse —, acho que não tem outro jeito de ser livre senão indo embora deste país para sempre. Aqui não tem lugar seguro para um negro. É um fato, uma realidade. Não me importo muito com as coisas que vou deixar pra trás. Não tenho ninguém. Mas e você? Está sofrendo? Quero dizer, deixou alguém importante quando partiu?

— Sofrimento... Parece que foi pra isso que botaram a gente aqui. Para sofrer...

— Agora disse uma verdade. Está na Bíblia.

— Na Bíblia?

— Pelo que tenho visto não se pode ir contra o Livro.

— A gente pensa diferente nisso.

— Não tem como pensar diferente...

— Prefiro não falar nisso — William declarou. Sua voz soou exasperada, o suficiente para sufocar qualquer protesto de Oli. Mas, tendo falado com rispidez, ele cheirou o conteúdo da garrafa e levantou-a num brinde. — Acho que estou começando a gostar deste uísque.

As horas noturnas foram passando, e os dois homens tornaram-se mais loquazes em sua conversação. A princípio, William tentou moderar o discurso, preferindo não revelar muito de si a um estranho. Mas, com o passar do tempo, a fluência verbal do negro magro e malformado provou ser contagiante. O uísque se espalhou pelo corpo de William, soltando sua língua, baixando a guarda. Oli já nem parecia mais um estranho, afinal, e era bom conversar com alguém depois de ter passado tanto tempo sozinho. Ele falou sobre seu lar em Annapolis, sobre as várias tarefas que já havia desempenhado, sobre Kent Island e St. John Humboldt. Admitiu que as cicatrizes em suas costas eram recentes, feridas abertas pelo chicote de Humboldt pouco antes de sua fuga.

— Ele foi me procurar no campo — contou. — Aconteceu dois dias depois de alguém me contar que minha mulher deixou Annapolis. Humboldt queria saber por que eu tinha relaxado com o trabalho nos dois dias anteriores.

— O que você disse? — perguntou Oli.

— Disse que não sabia. Que não me lembrava. Que não sabia do que estava falando.

— Ele não gostou da resposta. — O negro devolveu a garrafa de uísque.

William aceitou-a e levou-a diretamente aos lábios. De olhos fechados, sorveu um gole generoso da bebida, sentindo que o líquido já não queimava sua garganta como antes. Ele confirmou que sua resposta não havia agradado ao poderoso Humboldt.

— Nada que eu dissesse ele iria gostar. Ele não estava querendo respostas. Disse que já sabia qual era o problema. Disse que eu tinha um amor de negro. Foi o que ele disse: "Amor de negro".

— Mas ele estava certo, não?

William cravou os olhos no outro fugitivo, tentando lançar um aviso, embora faltasse firmeza ao gesto. Ele devolveu a garrafa. Oli perguntou o que havia acontecido em seguida, mas William encolheu os ombros. Nada que pudesse surpreender. O fazendeiro o pusera de joelhos e fizera chover golpes de chicote sobre suas costas.

— Ele me espancou — resumiu. — O que acha que ia fazer?

— O homem fez todo esse estrago? Arrancou teu sangue?

— Bem... Ele não foi o único que me espancou. Estava lá de joelhos, com aquele homem branco em cima de mim, arrancando minha pele, praguejando contra mim, dizendo sobre as escravas que ele já tinha possuído e sobre as coisas que fez com elas... Fiquei com raiva. Não só com a surra, mas com as coisas que ele disse. Estendi a mão e agarrei a ponta daquele chicote. Aí vi que o homem era um filho-da-puta cruel, mas fraco. Eu podia ter arrancado o chicote da mão dele. Podia ter voltado contra ele e surrado o desgraçado até a morte. Podia ter arrancado o nariz dele com os dentes e cuspido de volta a carne no rosto dele. Podia ter feito qualquer coisa, de tanto ódio que tinha dele.

— Fez isso? — Oli perguntou. — Mordeu ele?

— Não. Só segurei o chicote enrolado no braço. Fiquei com ele pronto. Esperei para ver o que ele ia fazer, e o que eu ia fazer. Mas ele não fez nada. Disse pra eu levantar e voltar pro trabalho.

— Ele não te bateu depois disso?

— Não.

— Não? Então... você assustou ele? Pôs nele o medo do negro?

— Eu disse que *ele* não me bateu. Mas ele chamou um moço, o escravo enorme John, para me surrar. E o negro fez o que ele mandou. Aquela surra quase me matou. Mas, quando acordei, tinha um plano, e depois disso vivi para esse plano. Assim, as cicatrizes nas costas não me incomodam. É só lembrança do dia que tomei juízo e fui sinhô de mim mesmo.

Ele estendeu a mão pedindo a garrafa. Depois de beber, continuou falando, contando sobre como havia atravessado a baía nadando, um feito que arrancou exclamações admiradas de Oli e o fez proclamá-lo o negro mais nadador de quem já se ouvira falar. William falou de sua fadiga e da chuva e do frio. Era muito fácil compartilhar essas coisas, mas ele só revelou alguns poucos detalhes sobre Dover. Quando ficou em silêncio e Oli tomou a palavra, ele lembrou o rosto e as partes do corpo feminino que tão bem conhecia. Era incrível que um dia a houvesse apertado entre os braços e falado com ela dos eventos casuais de suas vidas, que houvesse acariciado seu rosto e tocado sua pele com os lábios. Parecia ainda mais estranho que ela o houvesse tratado com algum afeto, com ternura similar, que o houvesse tocado e sussurrado em seu ouvido e suplicado para que ele fizesse coisas com seu corpo que jamais teria ousado de outra maneira. Tentou encontrar consolo nessas lembranças, mas só conseguia aumentar seu desconforto. Talvez nada houvesse sido como imaginara. Nunca. Com o álcool penetrando em sua memória, ele começou a ver um significado mais sombrio para todas as lembranças de Dover.

Lembrou-se da primeira vez em que a vira. Na fúria de agosto. Estava ajoelhado entre duas roseiras, segurando uma tesoura para podar com as duas mãos, trabalhando no jardim que cercava a casa principal da propriedade dos Mason. A ferramenta era grande demais para o espaço restrito, o que tornava o trabalho perigoso, e ele era forçado a inclinar-se nos mais incômodos e estranhos ângulos para realizar os cortes necessários, sempre evitando os espinhos da planta. Estava concentrado no trabalho, imaginando formas perfeitas para as roseiras e tentando torná-las reais. Uma voz feminina interrompeu seus pensamentos. Ela entoava uma canção em voz baixa, de forma que era impossível ouvir as palavras. William reconhecera a melodia, embora não pudesse localizá-la com exatidão. Aquela voz era linda e desconhecida. Ele se levantara e, ao fazê-lo, apoiara as costas nos espinhos. Um grito involuntário brotara de sua garganta, e ele saltara para a frente e ferira o peito nos espinhos da segunda roseira. Girando os braços para não cair, acabara por arranhá-los também. Quando finalmente se libertara e olhara para a desconhecida, ele a encontrara parada, atenta a seus movimentos desastrados. Ficara sem fala. Haviam dividido um longo momento de silêncio e reconhecimento, mas no final ela se havia virado e retornado ao trabalho sem pronunciar uma única palavra. Não haviam rompido aquele silêncio. Por mais que tentasse, William não conseguia mais ver a graça ou a dignidade que antes julgara existir naquele momento. O primeiro encontro com Dover havia sido difícil, doloroso e embaraçoso. Ela o roubara de algo importante. Fora embora levando um pedaço dele, e ainda não conseguira recuperar-se daquela perda.

William mal notou quando Oli ofereceu outra garrafa, esta menor do que a primeira e mais elaborada. Ele a aceitou e ouviu o negro fugitivo contar mais uma de suas histórias. Jamais se lembraria de ter levado aquela outra garrafa à boca. Estava tão cheio de outras lembranças, tão confuso com os movimentos nebulosos e lentos do mundo diante de seus olhos e tão preocupado com as enormes ondas que pareciam se formar em seu estômago que não conseguia concentrar-se no que o outro dizia. Era difícil distinguir o verdadeiro Oli dos outros dois fantasmas que o acompanhavam. Embora o observasse com cuidado, não conseguia ver nenhuma diferença nos olhos de Oli e nos olhos das sombras. Só quando sentiu que estava perdendo a consciência ele se deu conta de que havia consumido sozinho o conteúdo da segunda garrafa, enquanto Oli bebia apenas água.

William acordou com a certeza de que ouvia as vozes há algum tempo. Sentira movimento em torno dele. Seu corpo fora puxado e manipulado, arrastado e carregado. Mas, apesar de toda essa agitação, estivera apenas vagamente envolvido. As sensações eram abafadas, distantes. Não havia pensado em reagir a esse mundo, até que um líquido frio atingiu seu rosto num jato, despertando-o. William abriu os olhos e deparou com uma cena confusa e turva. As mãos doíam, apesar da sensibilidade reduzida dos membros. Tentou levá-las ao rosto, mas os braços foram contidos por correntes. Tentou sentar-se, mas não tinha equilíbrio nem para isso. A cabeça estava cheia de pedras que se chocavam e atacavam as laterais de seu crânio ao menor movimento, provocando uma dor que impedia o raciocínio.

O rosto de um homem branco surgiu em seu campo de visão, miúdo no queixo porém amplo na testa. Sua pele era vermelha e descascava pela exposição excessiva ao sol. Antigas cicatrizes deixadas pelo sarampo cobriam as faces e o pescoço, e ele tinha um pequeno furo no queixo que devia ser resultado de uma ferida supurada.

— Dormiu sobre o próprio vômito — disse o homem. — Odeio ver um homem adulto nesse estado.

Fragmentos do dia anterior começaram a desfilar por sua memória; o outro homem negro, o magricela que contava histórias, o cheiro do queijo, o banquete oferecido pelo desconhecido, dois homens sobre um pônei, uma miragem de três rostos que se afastavam e se uniam num só, uísque, riso e... E haviam sido encontrados. Caçadores de escravo os surpreenderam e acorrentaram enquanto dormiam. A compreensão o inundou com clareza aterrorizante. Haviam sido pegos, ele e o outro, o negro com a espinha torta...

Mas Oli estava em pé logo atrás do homem branco, a alguns passos de distância, o chapéu escondendo novamente a massa de cabelos crespos. William tentou enxergá-lo com nitidez, mas a imagem parecia dançar, real o bastante para confirmar a identidade, mas sem detalhes. Ele estava em pé, sem nenhuma corrente a imobilizá-lo, assistindo a tudo como um simples espectador. William pensou em sua faca, mas em seguida concluiu que ela já devia ter sido tirada de suas roupas.

— Oli, providencie um espaço para esse aí na carroça. — O branco aproximou-se um pouco mais, inclinando o corpo até que seu rosto estivesse bem perto do de William. — Lamento acordá-lo assim. Sei que não é uma atitude civilizada, mas temos uma boa distância a percorrer de volta ao acampamento. Você pode estar um pouco confuso a respeito dos detalhes do que está acontecendo aqui, mas vou lhe dizer uma coisa para que não haja nenhum mal-entendido entre nós. Você está na merda, menino. Espero que tenha aproveitado seus dias de liberdade, porque eles chegaram ao fim. Acabaram. É um final tão certo quanto dois e dois são quatro. Está de volta à escravidão. Meu negro Oli cuidou de trazê-lo de volta.

O homem nem tentou fazer William levantar-se. Em vez disso, apenas o arrastou pelos pés. A camisa erguida nas costas expôs a pele aos espinhos e às pedras do chão. Pelo menos não foi uma longa jornada. A carroça estava bem perto dali. Os dois homens o levantaram e jogaram seu corpo entre caixas, pacotes e um objeto mole que ele logo percebeu ser a carcaça de um veado. A carroça começou a se mover, balançando no caminho entre as árvores até encontrar uma trilha de terra batida e sólida. Só então William percebeu que não haviam acampado em área selvagem, conforme imaginara. Havia uma estrada bem ao lado da ponte, cerca de quatrocentos metros dali de onde haviam dormido. Era por essa estrada que viajavam.

À medida que a manhã passava, seus pensamentos foram ganhando nitidez e ele começou a olhar em volta tentando identificar uma arma ou uma ferramenta qualquer, alguma coisa com que ele pudesse atacar seus captores. Pensou até em lançar mão da carcaça do veado, calculando quanta força seria necessária para erguê-la, imaginando o dano físico que um ataque desse tipo poderia provocar. Mas os dois homens não haviam deixado nada que pudesse ser realmente utilizado contra eles. Assim, ele passou a imaginar planos nos quais usava as mãos como armas, os dedos como pinças para arrancar os olhos do homem branco, os punhos como marretas que esmagariam o nariz daquele homem negro. Mas suas mãos estavam presas, unidas por correntes tão apertadas que já nem podia senti-las. Experimentava uma dor estranha, como se tivesse parte do corpo mergulhado no gelo, e, por maior que fosse o esforço, não conseguia libertar-se. Todos os planos terminavam na mesma conclusão. Era inútil. Havia sido pego, e a culpa era toda dele por ter sido tão tolo.

Por último, William desistiu de escapar e passou a tarde deitado na carroça, apoiando-se de um lado e do outro do corpo, às vezes sobre as costas. Evitava pensar em Dover, pois temia que tais pensamentos pudessem enlouquecê-lo. Via os galhos das árvores formarem túneis por onde passavam, observava o desenho das folhas e a dança da luz que conseguia penetrar as copas frondosas. Um dos cascos do veado marcava o limite de sua visão. Ele balançava descrevendo círculos, afastando as moscas que tentavam a todo momento pousar em seu corpo. O membro morto transformou-se em uma criatura animada, completo em si mesmo, seus movimentos imitando uma crítica severa direcionada ao céu. De tempos em tempos, a cabeça de Oli aparecia diante de seus olhos. William conhecia seus traços, mas tinha a sensação de estar olhando para um estranho que, de alguma forma, se apossara de um rosto familiar. Os cabelos ainda eram crespos e desalinhados sob o chapéu de palha, mas ele já não sorria. Olhava para William com o ar crítico de um médico que examinava a condição física do paciente. Satisfeito, ele desaparecia sem dizer nada.

O acampamento naquela noite foi montado em uma clareira estreita no meio da floresta, uma confusão de panelas e utensílios e ferramentas. O homem branco providenciou o fogo, alimentando as chamas com tanta lenha que era quase como se houvesse usado uma árvore inteira. A madeira verde estalava e cuspia sua seiva quando era atingida pelo fogo. Oli tirou William da carroça e colocou-o em pé. Ele o levou até um carvalho oco no limite da clareira e o fez sentar-se sobre o tronco sem vida. Usando outra corrente, passou-a em torno de seus punhos, de seu peito e da árvore, prendendo-a com outro cadeado. Nenhuma palavra foi pronunciada durante todo esse procedimento, e era difícil reconhecer no taciturno carcereiro o mesmo companheiro animado e falante da noite anterior.

William sentou-se com o peso das novas correntes sobre as pernas. Quando Oli já se havia virado para deixá-lo, ele disse:

— Tudo que você disse era mentira.

O negro magro e aleijado assentiu e refletiu por alguns segundos antes de responder:

— Sim, tem razão. Eu menti um pouco.

— Nunca foi escravo?

— Oh, claro que sim! Durante vinte anos de minha vida. Quase como eu contei ontem à noite. Fui escravo até sinhô Wolfe comprar-me. — Ele olhou para o homem branco. — Ele me comprou quando ninguém mais me queria. Agora a gente é parceiro. Ele me trata bem. Foi o primeiro ser humano a me tratar com decência.

William fitou-o, os traços tensos, o corpo todo tremendo de raiva. As mãos ansiavam pela oportunidade de apagar do rosto negro e magro aquela expressão estúpida, satisfeita. Mas seria inútil tentar. As correntes o deteriam e ele pareceria um idiota ainda maior por estar se esforçando em vão.

— Por que está olhando para mim como quisesses me esfolar vivo? — Oli indagou sorrindo. — Todo mundo tem trabalho a fazer. Eu só consegui escolher o meu. E você foi pego por causa desse trabalho. A culpa é sua. Foi você quem se embebedou.

William cuspiu.

O cuspe caiu perto do pé de Oli, que o ignorou.

— Por que o desespero? Vai ter de voltar a trabalhar como escravo. E daí? Não vai enfrentar nada que já não viveu.

— O ponto não é esse! Não me importo com trabalho. Me importo com outra coisa completamente diferente, em toda uma vida... — William respirou fundo e olhou para os próprios pulsos. Depois piscou uma vez, duas, três... Com os olhos fechados, disse: — Não pensou que eu não estava correndo de alguma coisa, mas *para* alguma coisa?

Oli observou-o por alguns segundos antes de responder.

— Não posso pensar muito nisso. Acho que você é apenas um negro em muitos. E nesses muitos cada um tem os próprios anseios. Cada um tem um motivo para que eu ajude eles. Mas quantos deles teriam me ajudado? Diga-me. Quantos? A gente vive num tempo difícil. E não é nem o mais difícil, se acreditar na Bíblia. A gente tem de viver pensando apenas na gente. Sei que meu caminho atravessou o seu, mas foi assim que Deus achou melhor. Os negros podem dizer o mesmo sobre os brancos. As mulheres podem dizer o mesmo sobre os homens. É assim, vou dizer uma coisa pra você... Sou só um pobre negro. Não quero mudar o mundo. Só quero sobreviver. E você faz o mesmo. Lembra quem atirou aquela pedra em quem. Lembra quem puxou a faca para quem. É melhor lembrar isso, porque eu não vou esquecer nada. — Com isso, ele se virou e voltou para perto do fogo e da companhia do homem branco.

A carroça viajou durante todo o dia seguinte passando por um vilarejo pobre de casas caindo aos pedaços. Algumas das estruturas estavam penduradas na beira da estrada como se quisessem impedir o tráfego infreqüente. As que se localizavam mais afastadas da pista haviam sido construídas com implementos abandonados de ferro e madeira, pedaços de coisas que nunca formaram um todo, mas que pareciam indispensáveis naqueles casebres. Cães erguiam a cabeça ao verem a carroça, latiam e acompanhavam sua passagem com os olhos, mas não se davam ao trabalho de ficar em pé, certamente por estarem fracos demais. No final da tarde, passaram por um vilarejo composto de dois prédios de pedras construídos frente a frente, um em cada lado da rua. Wolfe desceu da carroça e foi comprar suprimentos no armazém. William ficou sentado na parte de trás do veículo, correspondendo ao olhar duro das pessoas que por ali passavam. Wolfe voltou em poucos minutos, e logo eles retomaram a viagem num ritmo mais acelerado do que o anterior.

Com a pequenina cidade ainda no horizonte atrás deles, Wolfe deteve a carroça, desceu e caminhou até a parte traseira dela. A aba larga do chapéu cobria todo o seu rosto, mas a luz do sol refletida pelo solo iluminava seus traços com um brilho estranho, quase sobrenatural. Ele mascava tabaco, um ato que punha em movimento todos os componentes de seu rosto. O homem brandiu um pedaço de papel diante de William, depois fez um gesto indicando que ele devia dar uma olhada no documento.

William mantinha os olhos fixos no rosto do homem.

— Não sabe ler, não é? — Incapaz de provocar uma resposta, Wolfe cuspiu para o lado, irritado com o silêncio do cativo. A saliva marrom escorreu por seu queixo, e ele a limpou antes de tossir algumas vezes e começar a ler a mensagem. Sua voz era entrecortada, como convinha ao estilo do anúncio. — Ouça o que diz aqui: *"Fugiu de minha fazenda em dois de junho um mulato chamado William, mais ou menos vinte e dois anos, cerca de um metro e oitenta de altura... Quando fugiu vestia uma camisa de algodão, pantalona e botinas, e tinha as costas marcadas por chicotadas provocadas por seu comportamento orgulhoso e arrogante... tenta alcançar um estado livre... também pode tentar encontrar uma mulher negra... Vinte dólares serão oferecidos a quem me trouxer de volta o referido mulato... Quero muito tê-lo de volta".* — Wolfe deslizou os dedos pela parte frontal da aba de seu chapéu. — O que estou dizendo é que temos um dilema aqui. Será que devo levá-lo de volta para o sr. St. John Humboldt e receber meus vinte dólares? Normalmente, não hesitaria em ganhar esse dinheiro, mas já fiz negócios com esse homem antes, e confesso que não simpatizo nada com ele. Digamos que ele não honra sua palavra. Além do mais, teria de viajar por mais alguns dias além do previsto para levá-lo até lá. Ou devo deixá-lo com um amigo em Baltimore, um traficante de escravos com quem negocio em ocasiões esporádicas? Ele está preparando um carregamento para o sudoeste e pretende enviar a remessa no final da semana, e aposto que ele me pagaria os mesmos vinte dólares oferecidos por Humboldt, porém sem me causar tantos problemas e sem me fazer perder tempo. Ele o levaria para longe daqui tão depressa, que Humboldt nunca desconfiaria de nada. O que acha?

— Humboldt não é meu dono.

— Não? — O homem leu a mensagem mais uma vez. — A quem você pertence, então?

— Por que está perguntando, se até agora não quis saber? Wolfe riu.

— Só queria ser gentil. Tenho meus momentos, sabe? De qualquer maneira, Humboldt registrou a queixa por seu desaparecimento. Quer que eu o leve de volta para a fazenda desse sujeito?

— Prefiro que me mate.

O homem branco pensou no que acabara de ouvir. Enfiou dois dedos na boca e tentou remover um resto de tabaco preso entre os dentes do fundo. Quando conseguiu retirar as folhas, ele as estudou com grande interesse.

— Bem, lamento, mas a nota não menciona nenhum pagamento por um negro morto. Matá-lo não me traria benefício algum. — Ele jogou longe as folhas de tabaco e cuspiu para concluir a limpeza. Depois olhou novamente para William. — Muito bem. De minha parte, Humboldt pode ir para o inferno. — O bilhete amassado foi jogado no chão entre os arbustos.

Acamparam a oito ou dez quilômetros da cidade e retomaram a viagem antes do nascer do sol no dia seguinte. William dormiu pouco naquela noite, mas ao amanhecer sentiu-se sonolento com o movimento monótono da carroça. Assim, quando os primeiros raios de sol tingiram a terra de dourado, ele adormeceu e só despertou quando o veículo parou de repente. O dia se tornara denso, pesado. O céu estava encoberto por uma grossa camada cinzenta, que flutuava logo acima do edifício diante do qual haviam parado. Vista da estrada, a fachada parecia inocente com seus tijolos vermelhos. Havia uma entrada em forma de arco que lembrava as estruturas do governo local, talvez um posto do correio.

Oli fez William descer da carroça. Passaram pela arcada e seguiram por um corredor escuro de piso de pedras. Ultrapassaram várias portas e outro corredor ocupado em toda a sua extensão por muito entulho, pilhas e mais pilhas que se apoiavam nas paredes e subiam até quase tocarem o teto. Pararam diante de um aposento, uma sala onde Wolfe já se havia sentado e conversava com dois outros homens. Um deles saiu e submeteu William a uma minuciosa inspeção: olhos, dente e respiração eram sempre os pontos principais. Um momento mais tarde ele era obrigado a se mover novamente. Outro homem branco ocupou o lugar que até então havia sido de Oli. Ele empurrou William até o fim do corredor, através de um pequeno pátio aberto. Lá, entregou o prisioneiro para outro homem atrás de um portão fechado. Daí William arrastou-se para o confinamento que seria sua casa temporária. Ele se virou e olhou para trás, como se esperasse algum gesto de despedida de Oli e Wolfe, mas os dois já haviam desaparecido.

Os muros do cercado tinham cinco ou seis metros de altura, e sobre eles centenas de cacos de vidro refletiam a luz do sol. Todo o resto da paisagem era marrom, embora em tonalidades diversas. A pele dos homens e das mulheres, a sujeira do chão, o tecido das roupas rústicas dos cativos. A sombra de que dispunham era proporcionada pelo muro leste. Junto dele, quase todos os escravos permaneciam quietos e encolhidos, duas dúzias no total, homens e mulheres. Alguns estavam em pé, apoiados no muro, outros se haviam deitado, mas a maioria esperava sentada sob a proteção dos tijolos escuros, observando o recém-chegado. Seus rostos eram inexpressivos e tristes, os cabelos escuros e emaranhados por conta da poeira e dos gravetos, das folhas e da sujeira em geral. Nesses lamentáveis detalhes eles não eram diferentes dos muitos trabalhadores rurais que William já havia visto. Eram seus olhos que abrigavam a maior diferença. Eram olhos enlouquecidos pelo tédio da espera, por dias passados em correntes contemplando um futuro de escravidão, sem sequer a distração do trabalho, da família ou da natureza para confortá-los.

William parou no centro da área cercada por muros. O portão se fechou atrás dele com um ruído típico de ferros se chocando e o silêncio caiu pesado sobre o lugar, quebrado apenas pela fricção das correntes de um ou outro escravo que mudava de posição. Sentia todos os olhos nele. Por um momento pareceram estranhos e invasivos, como os dos homens brancos que o examinavam nos leilões. Tendo esgotado os espaços nus dos muros, ele olhou para os pulsos e para as argolas de ferro que os envolviam, como se todos os seus problemas estivessem ali, naqueles artefatos.

Poderia ter ficado ali por tempo indefinido, não fosse um movimento para chamar sua atenção. Ele levantou a cabeça. Um dos escravos se virou sobre o próprio corpo e, ainda deitado, apoiou-se num cotovelo. Fez um gesto com a mão em concha. Disse alguma coisa, mas a voz era tão baixa que William teve certa dificuldade para entendê-lo. Depois de pensar um pouco, as palavras sussurradas foram se ordenando e formando um significado. O homem o convidara a aproximar-se, sugerindo com termos simples que ele buscasse a proteção da sombra. Depois disso, William os viu com outros olhos. Percebeu que os reconhecia. Todos eles. Podia não saber seus nomes. Não identificava seus rostos nem conhecia suas famílias, mas todas aquelas pessoas faziam parte de seu povo, afinal. Carregavam as mesmas correntes. Em silêncio, caminhou na direção do grupo e ocupou seu lugar entre eles.

Seis

Morrison e a cadela deixaram Kent Island a bordo de um pesqueiro de cerca de trinta pés. Eram os únicos passageiros e formavam, com o próprio capitão, uma tripulação de três integrantes. A embarcação era aberta como uma enorme canoa, com um único mastro cravado em seu centro. Seu desenho não permitia a navegação em alta velocidade, mas o vento contrário praticamente impedia o avanço. Homem e animal viam a margem distante aparecer e sumir, como se, com o passar das horas, estivessem realmente se afastando mais e mais do destino. Uma névoa caiu sobre a água, e contornos antes claros tornaram-se confusos. Por volta do final da tarde, o capitão desistiu de viajar impelido pelo vento e pediu a ajuda de Morrison para que prosseguissem remando, cada homem se incumbindo de um remo. O trabalho era estranho a Morrison. A tarefa fatigava ombros e costas de um jeito ao qual não estava habituado, e o progresso era tão lento quanto antes, quando contavam apenas com a vela. A cadela observava o esforço dos dois humanos com olhar crítico.

Uma vez na praia, Morrison olhou para a água, para a margem distante. Pensou, não pela primeira vez, que se o fugitivo houvesse nadado para a liberdade, já a teria encontrado no fundo lodoso da baía. Annapolis mudara desde que deixara o lugar havia alguns anos, e ele só encontrou a casa que procurava horas mais tarde, naquela noite. Ficou parado diante dela, contemplando as luzes nas janelas, estudando a riqueza traduzida pelos jardins impecáveis, pela fachada branca e pelos rostos negros dos criados que passavam por trás das vidraças. Pensou em formular suas perguntas de imediato, mas desistiu em seguida.

Naquela noite ele se hospedou em um quarto pequenino e modesto da taverna perto da igreja, um lugar que despertava lembranças que ele preferia manter enterradas. Amarrou a cadela do lado de fora da casa e ouviu seus latidos ao longo da noite, enquanto consumia toda a garrafa de uísque que havia comprado a caminho dali. Depois de ingerir o líquido dourado, ficou deitado de costas na cama, vendo o teto girar sobre *sua cabeça. Vasculhou o interior de sua bagagem e encontrou a carta amassada. Leu novamente a mensagem, embora as palavras dançassem na página, buscando uma nova ordem sem coerência. Devia queimar aquele estúpido pedaço de papel e acabar com a história de uma vez por todas. Sim, devia queimar a carta e continuar vivendo sua vida lamentável. Mas não tinha forças para se levantar e pôr em prática a decisão.*

Acordou com a cabeça lembrando um prato de metal no qual toda a humanidade batia com os punhos cerrados. A carta estava sobre seu peito, ainda mais amassada do que antes, mas inteira. Levando bagagem e cadela, ele se encontrou mais uma vez diante da imponente propriedade por volta das oito da manhã. Bateu na porta, fez sua solicitação e obteve uma audiência com a própria viúva. Ela ofereceu respostas curtas para suas perguntas, e isso apenas porque escravos fugitivos eram um flagelo constante para a instituição da escravidão e todos os esforços deviam ser feitos para conter o fluxo. Foi o que ela disse. Até propôs chamar a mulher em questão, mas Morrison a deteve. Melhor seria que ela se limitasse a descrevê-la. Melhor seria que ele a seguisse sem que sua presença fosse anunciada.

E foi o que fez. A mulher deixou a casa pela porta dos fundos. O caçador permitiu que ela se afastasse e misturou-se aos outros transeuntes. Quase a perdeu de vista uma vez, quando uma carroça atravessou seu caminho e ele não conseguiu ver que rua a mulher havia escolhido dentre três possibilidades. Escolheu uma delas ao acaso, aumentou a velocidade dos passos e descobriu que a sorte o ajudara.

A caminhada levou pouco mais de dez minutos, mas nesse espaço de tempo foi como se um mundo mergulhasse em outro. As casas grandiosas desapareceram, como os rostos brancos e as ruas limpas e todos os outros sinais de riqueza. A mulher penetrou em um território de casebres decrépitos, quase todos vazios, uma vez que seus ocupantes estavam trabalhando. Cães vira-latas aproximavam-se da cadela e o homem os chutava de volta, sempre atento ao avanço da mulher. Ela parou diante de uma choupana que era semelhante às outras daquela região, feita com materiais que haviam visto dias melhores em outras construções num passado distante. Uma mulher idosa apareceu na porta. Algumas crianças de pernas tortas a seguiram vestindo camisas que cobriam seus joelhos. Morrison podia ouvir a voz da mulher, mas era impossível decifrar as palavras pronunciadas em tom alegre. Ela convidou a visitante a entrar.

Morrison chamou a cadela para um esconderijo. Juntos, encontraram arbustos na beira da estrada, de onde era possível ter uma boa visão da casa. Mal se haviam acomodado entre as folhas quando o animal ficou agitado. O focinho se dilatava farejando o ar e os olhos estudavam a floresta além da casa humilde. As patas dianteiras cavavam o chão diante dela, como se assim ela pudesse trazer para mais perto o objeto de seu interesse. Morrison a vira agir daquela mesma maneira antes e soube que ela havia encontrado o rastro do fugitivo. Tentou acalmá-la, surpreso por terem retomado a pista com tanta facilidade. Ao ver que a cadela insistia naquela atitude, ele desferiu uma bofetada sobre sua cabeça e segurou-a com firmeza pela coleira.

A mulher reapareceu quinze minutos mais tarde, despedindo-se em voz alta. Nessa segunda vez, Morrison experimentou uma estranha sensação, algo que raramente sentia em sua vida solitária, algo que não devia sentir por aquela mulher, já que não existia nenhuma relação entre eles. A mulher carregava o mesmo fardo e caminhava como antes, mas algo nela parecia diferente. Ela se movia com uma graça que não notara antes. Morrison descobriu-se tentando adivinhar se havia alguma semelhança entre ela e a irmã. Nesse caso, poderia entender o ardor do fugitivo. Ele a observou de longe.

Concentrado como estava, esqueceu a mão que segurava a coleira da cadela. Sentindo que a pressão diminuía, o animal tentou puxar o homem para a frente, mas ele a conteve por mais um momento, os olhos fixos no ponto onde a mulher havia desaparecido. Quase desejou ter algum motivo para ir falar com ela, mas já conseguira reencontrar o rastro do fugitivo, e assim ela serviria ao propósito por ele determinado. A cadela olhou em volta e mostrou os dentes num gesto ameaçador. O homem continuou olhando para o espaço onde a mulher desaparecera e não soltou o animal. Não era a primeira vez que hesitava no cumprimento de sua missão desde que entrara na região da baía. Mas não podia dar as costas para aquilo a que se propusera, e sabia bem disso. Morrison flexionou os dedos. A cadela escapou ruidosa e ansiosa, mais uma vez no rastro do fugitivo. O homem levantou-se e foi atrás dela. Estava na trilha novamente.

Sete

Os muros de argamassa e o chão de terra batida do cercado absorviam o calor do dia, transformando o espaço em um verdadeiro forno. William estava sentado, sentindo o corpo molhado de suor como o de todos os outros cativos. Todos estavam sujos e empoeirados. Durante as horas mais quentes do dia, seus movimentos se limitavam ao mínimo necessário, como espantar as moscas, observar o progresso das nuvens e coçar as regiões picadas por insetos. Embora raramente fossem vistos, os cativeiros representavam uma ameaça constante. O único vigia visível de onde estavam era o guarda que ficava no balcão do edifício principal, olhando para eles com desinteresse. Na maior parte do tempo ele se mantinha sentado, os pés apoiados na balaustrada da sacada, os olhos atentos aos escravos. O alimento que recebiam consistia em mingau de farinha de milho, uma substância sem sabor nem textura definida. Para beber, todos compartilhavam um balde de água temperada com uísque, que era enchido várias vezes ao dia. O álcool era acrescentado à água por suas qualidades anti-sépticas. Para William, o gosto fraco da bebida causava uma náusea persistente, que era difícil de conter. Eles também tinham de dividir um único banheiro, uma enorme bacia deixada no centro do cercado. Homens e mulheres tinham de se acocorar sobre o recipiente, à vista de todos os outros, sob o céu aberto.

Apesar do torpor lânguido do dia, era impossível não estabelecer contato visual com alguém, não cumprimentar com gestos ou até formular uma pergunta. Havia sido assim que William conhecera seus companheiros de cativeiro. O homem que o chamara e aconselhara a procurar uma sombra era um escravo da Louisiana e se chamava Lemuel. Ele havia sido vendido quatro vezes ao longo da vida, duas vezes para o delta distante, uma vez em Delaware, mais em conseqüência de dívidas de jogo do que de uma transação comercial, e outra vez para os traficantes que agora possuíam sua vida e seu destino. Imaginava que logo seria negociado pela quinta vez. Só esperava não ser levado para nenhum lugar próximo de onde nascera, porque nenhum escravo desejaria ver aquelas paragens duas vezes na mesma vida. Seus dias naquele delta pantanoso haviam sido de dificuldades constantes, trabalho incessante, calor, insetos e crueldade, uma vida de cana e algodão na qual as estações eram marcadas nos catálogos dos mortos.

— Não desejo aquela vida para homem nenhum — Lemuel concluiu. Ele estava sentado ao lado de William, com as pernas cruzadas diante do corpo. Seus olhos tinham o mesmo tom castanho avermelhado da pele e moviam-se com lentidão, detendo-se em um objeto e estudando sua forma e função antes de passar a outro alvo de estudo. Ele possuía uma cicatriz em forma de crescente sobre uma sobrancelha. Era uma ferida antiga, inchada como uma marca deixada por um ferro em brasa. Às vezes ele a tocava enquanto falava. — Nem mesmo para meu pior inimigo. Já viu algum ser vivo ser atacado e morto por abutres?

— Não.

— Eu vi. Estou dizendo para você, fica longe daquelas terras de pântano.

— Você viu um homem ser morto? — William perguntou impressionado, imaginando o corpo dilacerado pelos bicos vorazes.

— Não. Eu disse um ser vivo. Um animal. Mas, se aconteceu com um animal, pode acontecer também com um homem. A gente não é tão diferente assim. Não me entenda mal. Aquela região tem uma beleza, também. Lembro de ficar deitado em algumas noites, ouvindo a cantoria dos sapos abençoados por Deus, sentindo o cheiro das coisas da noite. Sim, tem uma beleza em tudo aquilo. Só em ouvir, sentir o gosto do mundo e respirar nele. É verdade... Mas, por causa disso, prefiro nunca mais pisar naquele lugar.

Outro integrante do grupo era um fugitivo chamado Dante. Ele havia sido capturado na Pensilvânia, em solo que alguns chamavam de livre, mas onde não encontrara nenhuma proteção. Um bando de sabujos havia arrancado parte da carne de seu braço, e as feridas abertas produziam uma secreção purulenta. Ele se havia sentado perto o bastante para participar da conversa, mas seus pensamentos sempre começavam e terminavam em tragédia. Era como se houvesse perdido a vontade de viver, tanto que nem se esforçava mais para afugentar as moscas que o atormentavam. William o observava com olhares furtivos, julgando difícil olhar para aquele homem, mas ainda mais difícil não olhar para ele. Seus olhos eram atraídos pelas feridas do negro. Ele espantava as moscas quando podia, embora o fizesse de maneira discreta, como se pressentisse que poderia aborrecer Dante com sua piedade.

Dois daqueles homens se mantinham afastados do grupo. Eles formavam uma dupla estranha, embora ninguém tivesse coragem de comentar tal coisa. O mais notável dos dois era um gigante chamado Saxon. Ele estava nu da cintura para cima. A calça se rasgara no traseiro de forma a expor suas partes íntimas ao mundo sempre que ele se movia. O corpo era algo digno de espanto. Ele devia pesar o dobro de qualquer outro homem naquele cercado, e a massa muscular era igualmente distribuída. Os músculos em torno do pescoço se contraíam ao menor movimento. A pele dos ombros e dos bíceps era rasgada por dezenas de estrias. Comparado a esse monumento à força humana, o outro homem era insignificante. Mulato de pele cor de mel, pernas longas e barriga saliente, era o oposto de seu companheiro. Ele e Saxon estavam sempre juntos e afastados dos outros. Falavam em voz baixa, murmurando coisas estranhas que pareciam palavras de outro idioma. Em alguns momentos ficavam muito quietos, como se fossem estátuas. Em outros levantam-se do chão, batendo contra os corpos com a palma das mãos, abanando o ar como se lutassem contra exércitos inteiros de insetos invisíveis.

Aqueles dois eram um mistério para William, até Lemuel explicar que faziam parte do povo Gullah das ilhas da Carolina. Viviam vidas isoladas de incrível trabalho. Formavam uma cultura única em si mesma, com linguagem e costumes próprios e uma religião originária da mistura de preceitos cristãos, islâmicos e africanos. Havia comentários sobre a prática de poderosa magia negra entre os membros do grupo, rituais de sangue como os do vodu e outros que chamavam de volta os mortos em socorro dos vivos. Olhando para aqueles dois, William bem podia acreditar naquelas histórias. Sentia-se curioso para ouvir o que conheciam, que práticas demoníacas teriam à mão.

— Bem, não estou dizendo que nunca nasceu um homem bom naquelas ilhas — Lemuel continuou —, mas eles têm hábitos diferentes, e nem todos são cristãos. No meio da noite preste atenção e vai ouvir os dois tentando a liberdade usando o vodu. Nunca deu certo, pelo que vi e ouvi até agora. Mas eles não perdem a fé. Seja qual for.

William observava os dois homens. Estavam sentados lado a lado no cercado, os ombros se tocando, os olhos fechados e os rostos voltados para o sol.

— Eu não viraria as costas para o diabo — disse. — Não se ele me tirasse daqui.

— Deixa dessas falas — respondeu Lemuel. — Já viu um branco que parecesse do céu? Nunca, não é? Uma criança, mas não é disso que estou falando. Adultos, homem ou mulher, não importa. Não serão muitos deles que vão para o céu, não por mim. E se os brancos não vão para o paraíso, para onde vão? — Ele desviou os olhos dos dois homens silenciosos e cravou-os no rosto de William.

— Para o inferno, acho.

— É isso mesmo que eu penso. Vão para o inferno. E você? Quer ficar para sempre com um bando de brancos diabólicos? Se já é difícil viver com eles aqui... Não, não quero o demônio perto de mim. Deve ter um jeito melhor. Um dia ele vai ser mostrado pra gente. Por falar nisso, como veio pra cá?

William abaixou a cabeça e estudou o solo. A pergunta simples o fez lembrar Oli, sua língua solta e todos os eventos que se seguiram àquela noite de uísque e descuido. Tentou oferecer uma resposta vaga, dizendo que estava fugindo e fora capturado. Mas Lemuel o pressionava pedindo mais detalhes. William respondia uma pergunta de cada vez, e assim acabou contando toda a sua história, um relato que já parecia longo e sórdido demais, como se a paisagem pintada por suas palavras fosse uma mescla de sonho e realidade com muitos borrões representando seus erros.

Depois de ouvi-lo, Lemuel assentiu e ficou em silêncio por um momento.

— Bem, se meteu numa terrível confusão — opinou.

Não era a resposta que William esperava ouvir. Tentou pensar em algum argumento para refutar a afirmação. Pegou um graveto e dobrou-o ao meio. Finalmente, disse apenas:

— Vá para o inferno.

Lemuel tomou a sério suas palavras e respondeu num tom diferente do anterior, mais sério e franco.

— Não quero diminuir você. Não foi essa a intenção. Está vivendo num mundo de sofrimento, e conheço bem essa dor. Todo mundo aqui conhece. Não quero humilhar, ou criticar o que fez. Só estou dizendo que você errou. A liberdade estava no seu caminho e você trocou por comida e uma garrafa de uísque. Isso dói, não é? Foi um uísque muito caro... Daqueles que custam a liberdade.

William quebrou o graveto e jogou fora as duas metades.

— Não venha dizer o que perdi. Não sabe nada sobre isso. Não ia falar desse jeito se tivesse uma mulher com um filho teu na barriga. — Tentou levantar-se, mas o homem mais velho o deteve com um gesto.

— Espera — ele disse. — Vou dizer o que penso. Abraão pergunta a Deus por que ele não teve filhos e o que ia ser dele sem descendentes. Venha, sente-se. Não faz mal ouvir uma história. Então, o Senhor levou Abraão para fora e disse para ele olhar o céu e contar as estrelas. Ele disse: *"Agora, olhe para o céu"*, e se ele pudesse contar todas as estrelas, então ia saber quantos filhos ele iria ter e como sua semente iria frutificar por toda a eternidade. Eu digo o mesmo. Olha para o céu, e vê as estrelas, aí você vai saber que também vai continuar. São teus filhos, e os filhos de teus filhos, e assim por diante. Talvez não possa tocar neles ou abraçar nesta vida, mas pode olhar para cima e saber que estão lá, esperando você, e um dia vocês vão se reunir. É o que eu faço. Porque, negrinho, tenho mais filhos neste mundo do que dedos. E nenhum deles vai me conhecer e chamar de pai.

William olhou para o homem.

— Não sei o que pensar — disse. — Não sei aonde quer chegar.

— Isso mesmo — Lemuel riu. — É assim que gosto. Deixo que adivinhem.

William não voltou a se levantar, mas sentou-se de costas para Lemuel, evitando encará-lo. De onde estava, notou uma jovem grávida. Ela era pequena e tinha o rosto redondo de uma criança, o desenvolvimento do corpo ainda incompleto. Como fizera com Dante, William tentou não encará-la, mas os olhos insistiam em buscá-la. Ela estava sentada num pequeno canto, um espaço que lhe fora oferecido por bondade. Mas era como se nunca estivesse confortável. O ventre era o centro de todo o seu ser, de seus pensamentos, da dor e da emoção contida em sua expressão. Ela rolava o corpo de um lado para o outro, sentava-se e deitava-se depois de alguns minutos, sempre olhando de soslaio para o mundo.

Mais tarde, naquela noite, William ficou deitado ouvindo o ritmo dos gemidos daquela menina. Havia começado devagar e fraco, quase imperceptível. Mas, com a chegada da escuridão e a subida da lua no céu, seus gritos ganharam força. O cercado foi tomado por uma espécie de paralisia generalizada. Até os dois membros do povo Gullah estavam quietos e imóveis. Era como se a noite fosse sagrada demais para a invocação de encantamentos e feitiços. Naquela calma aparente, a voz feminina subia e se espalhava como mãos abertas e estendidas. Como se agarrasse os ouvintes pela garganta e os mantivesse cativos durante seus momentos de agonia. A luz da lua cheia era tão radiante, e os sentidos de William estavam tão aguçados, que ele podia ver a menina e as mulheres que cuidavam dela. Eram duas, uma em cada braço da jovem. Ela pendia entre as duas em um momento de tranqüilidade, respirando como se relaxasse. Mas logo as contrações retornavam e dominavam todo o seu corpo, enrijecendo-o da cabeça aos pés, obrigando-a a se curvar sob a força do espasmo.

Dante, sentado bem perto dele, disse:

— Esse bebê vai matar ela. — Ele segurava o braço ferido e infeccionado com a outra mão, apoiando-o sobre as pernas, mas seus olhos estavam fixos na jovem, atentos ao trabalho de parto. — Acha que ela está bem?

— Ela está bem — Lemuel garantiu. — Nunca ouviu uma mulher ter um filho antes? A dor é sempre muito forte.

— Mas ela é tão pequena — insistiu Dante. — Se for um menino grande, a pobre pode acabar explodindo! Minha mãe morreu no parto. Não no meu, mas depois de mim. O bebê ficou entalado na posição errada. Lembro a noite que isso aconteceu. Era noite de verão como...

— Cala a boca, menino! — Lemuel ordenou com firmeza. Tocou a própria testa com um dedo, encontrou a cicatriz e removeu a mão, como se só quisesse certificar-se de que ela ainda estava ali, no mesmo lugar. — A gente não tem de ouvir essas coisas. Não agora. Ocupa tua mente com pensamento mais positivo. Todos ficaram quietos por alguns minutos. Como se convidada pelo silêncio, uma nova contração apoderou-se da garota. Os músculos de seus braços nus tornaram-se salientes enquanto ela agarrava as mãos das duas mulheres que a ajudavam; os contornos de seu pescoço podiam ser vistos com nitidez enquanto ela mantinha o rosto voltado para o céu; os dentes brilhavam como armas pequeninas ameaçando a noite. William não falava, mas considerava a cena tão inquietante quanto Dante. Era difícil imaginar Dover enfrentando toda aquela dor. Era assustador pensar que na vida havia sempre a ameaça da morte. Quem poderia ser o pai daquela criança? Era evidente que ele não estava dentro do cercado. Mas que tipo de homem seria? Teria amado aquela menina-mãe como alguém ama uma esposa, ou simplesmente a usara?

Apesar de todo o barulho e da dor, o parto foi relativamente rápido. William não viu sua conclusão. Nuvens encobriram a lua e as mulheres cercaram a jovem, escondendo-a de todos os olhares. Com os olhos voltados para o céu, tentou não ouvir, não pensar e não se importar. Mas o grande momento chegou, e os gritos da jovem deram lugar a um silêncio prolongado, uma entidade tão negra quanto a noite e igualmente perigosa. Segundos depois, um novo grito subiu ao céu, o choro suplicante de uma pequenina criatura que acabara de chegar ao mundo. William não conseguiu conter as lágrimas. Chorava emocionado por aquela mulher, por aquela criança, pela pequena parte do coração de Deus que permitia tais momentos, um sentimento que ele não podia identificar ou nomear, mas que era tão doloroso quanto alegre. Estava tomado por uma emoção intensa como a raiva, porém mais doce, pela saudade dos entes queridos, pela esperança aflita de um dia poder ouvir gritos como aqueles e saber que por meio desses sons ele era perpetuado. Sabia que não era o único a experimentar tais sentimentos, pois suas lágrimas não eram as únicas dentro daquelas muralhas.

A mãe de William havia repetido a história de seu nascimento muitas vezes. Esse relato se tornara sua primeira lembrança, um evento que revira centenas de vezes pela perspectiva materna. Até ter idade suficiente para protestar, Nan se deitara com ele na cama, os braços a envolvê-lo, os cabelos longos e negros fazendo cócegas em seu rosto, no ombro e no pescoço. Apesar de ter as mãos calejadas como as de qualquer trabalhador rural, a pele da parte interna de seus braços era de uma suavidade que ele jamais esqueceria. Nan falava em voz baixa, contando como havia sido tê-lo dentro de seu corpo, senti-lo se mexendo em suas entranhas. Algumas mulheres, ela dizia, davam à luz nos campos onde trabalhavam, interrompendo a tarefa apenas para empurrar para fora delas mais uma criança.

— Fui mole demais para isso, filho. E você me machucou muito. Demorou muito para você sair.

E ela se lembrava de cada minuto daquelas horas, de como a dor se apoderava dela, de como a coroa de sua cabeça a pressionava abrindo caminho, alargando-a como jamais imaginara ser possível, como nunca mais voltara a acontecer. Ela sempre repetia que havia sonhado com aquele parto durante muitos anos, e que esses sonhos sempre começavam com uma intensa sensação de medo. Quem ou o que seria aquela criatura dentro dela? Podia ser qualquer coisa, tal a natureza da dor que a castigava.

— Mas — ela resumia — esses sonhos nunca eram ruins. Sempre que sonhava, era você que eu via. Sempre que via você sair do meu corpo, sabia que só podia ser você. Você é um presente do seu pai para mim.

Tinha certeza de que nenhum outro menino jamais escutara essas coisas da mãe. Os relatos o embaraçavam antes mesmo de entender a razão daquele constrangimento. Mas ela sempre o embaraçara com seu amor, sempre o confundira com a complexidade virtuosa de seus pensamentos. Para sua mente ainda imatura e muito jovem, aquela mulher era como um furacão de contradições. Num momento falava dos laços entre as pessoas que se amavam como prioridades absolutas, mais importantes do que tudo; no outro, exigia auto-suficiência em cada um de seus atos, como se já antevisse que teria mesmo de viver sozinho. Numa manhã ela pregava a resignação com sua posição de escravo; à tarde tornava-se uma fonte de desobediência verbal. Às vezes ela encontrava beleza no trabalho produzido por suas mãos, no esplendor da natureza, na luz do pôr-do-sol banhando os campos. Em outras ocasiões ela punia os próprios dedos por criarem coisas que podiam dar prazer a outras pessoas, esmagava as flores com seus pés descalços, lançava pragas para o poder que espalhava uma luz tão rarefeita sobre um campo já coberto de dor.

Na noite seguinte a sua entrevista com Howard Mason, Nan retornara do trabalho e chamara William para conversar. Ela o tomara pela mão e o levara de volta à estranha construção onde morava, um casebre erguido em torno da base de um tronco de árvore pouco além da senzala. Ela o fizera sentar, tomara a maçã de sua mão e pusera um pedaço de pão de milho diante dele. Então havia perguntado o que Mason queria. William repetira as palavras do homem da melhor maneira possível, confundindo por completo a doutrina bíblica, mas transmitindo a essência do ponto de vista que o poderoso senhor daquelas terras havia expressado.

— E o que acha disso tudo?

— Não sei — respondera o menino. Inquieto com o silêncio da mãe, continuara: — Ele tinha uma Bíblia. Leu essas coisas dela.

— Uma Bíblia? É só um livro feito por alguns brancos para explicar sobre os brancos para eles mesmos. Não fique lendo a Bíblia. Eu vou mostrar o que você deve estudar.

Ela o agarrara pelo pulso e o levara para a floresta. Caminharam apressados para além da senzala, atravessaram o riacho e passaram por um pequeno bosque de cerejeiras, alcançando assim o terreno que era reservado aos negros mortos. Era uma área como muitas outras dentro da floresta, mas, aos olhos de William, havia ali uma ameaça sobrenatural. Para ele, as árvores pareciam ter galhos mais longos, que se retorciam adquirindo formas quase humanas. Os ramos mais altos acentuavam a escuridão, e a relva crescida acariciava suas pernas. Conhecia a história daquele lugar tão bem quanto qualquer outra criança, como também já ouvira os contos dos seres sem cabeça, dos escravos furiosos que se levantavam da terra e vagavam por ali depois de certa hora da noite, dos espíritos invocados pelos vivos que queriam vingança contra os inimigos.

— Vê isto aqui? — ela perguntara, apontando para o ponto onde, William sabia, fora enterrado o corpo de seu pai. — Isto aqui é teu pai. Ele está na terra bem aqui, na parte dos negros. Mas não era negro, era? O que ele era?

Os olhos de William buscaram a cruz de madeira, um objeto branco que parecia ter sido criado com o mesmo material dos restos ali enterrados. Olhara para a cruz como se esperasse ver algum movimento, como se buscasse sinais de que os corpos sepultados ainda podiam se mover. Às vezes sonhava com essas coisas. A terra se levantava e abria caminho para uma criatura descarnada, comida pelos vermes, um ser composto de uma substância muito branca que brilhava ao luar. Essa criatura o chamava pelo nome, apresentava-se como seu parente e exigia dele uma penitência de sangue, um ritual que nunca se completava, mas que começava com as unhas da criatura arranhando a pele de seu pulso, removendo parte da carne.

— O que ele era? — Nan repetira.

— Um branco — William havia respondido.

— Isso mesmo. Ele era branco. Então, o que ele está fazendo enterrado aqui, com os escravos?

O menino não respondera. Sabia que ela daria a resposta de qualquer maneira.

— Ele está aqui porque era um bom homem — Nan prosseguira. — Porque me amava como esposa e amava você como filho dele. Ele não tinha medo desse amor. Tinha opiniões próprias e as expressava sem nenhum receio. Se você tem boas idéias, não precisa ir buscá-las em um livro velho escrito por gente que já morreu. Você fala com sua boca e diz o que pensa e vê, o que sabe por estar sempre atento ao mundo em que vive. Está me ouvindo?

Nan se ajoelhara ao lado do garoto, segurara suas mãos e o forçara a encará-la. Sua pele era um um tom mais escuro do que a castanha: os olhos tinham a mesma cor e o mesmo brilho. Havia uma plenitude em seus traços, como se nenhum espaço houvesse sido deixado por preencher. Os lábios eram carnudos, as maçãs do rosto, cheias e altas. Aquele era um rosto temperado por um choque entre diversas culturas. Ela contara, como já havia feito muitas outras vezes, que seu pai havia sido um bom homem. Vira o mundo com olhos claros, amara a mulher que escolhera e fora bom para ela, e abandonara os privilégios de sua raça para viver esse amor. Era um estrangeiro, sim, mas aquele era um país construído por estrangeiros. Chegara ali pobre como um escravo, mas a preferira ao próprio progresso material, certo de ter encontrado uma razão maior para viver. Juntos, eles haviam criado William. Se esse homem estivesse vivo, suas vidas seriam diferentes, ela dissera. Não teria de contar todas aquelas coisas ao filho, porque ele conheceria seu pai e as veria com seus próprios olhos. Essa era a principal mudança que ela gostaria de poder fazer no passado.

— Não existe maldição sobre você. Deus não amaldiçoou você — ela garantiu. — O sangue em tuas veias é bom, meu filho. Não duvide disso. Tem o sangue de um homem que amou você antes mesmo de você nascer. O sangue em tuas veias é bom, da parte de teu pai e de tua mãe. Olha para mim. Não sou bonita? Não tem orgulho de tua mãe? Diga-me, tem orgulho de mim?

William fixara os olhos logo abaixo do pescoço da mãe. Não tinha mais medo. Não pensava mais em fantasmas, espíritos ou mortos. A pergunta daquela mulher se sobrepusera a todas as outras coisas. Queria arrancar as mãos das dela e recuar, porque o ar em torno dela era difícil de respirar, como se ela o estivesse sorvendo por inteiro, privando-o da vida, sufocando-o. Mas, antes mesmo de concluir tal pensamento, sua visão tornara-se turva. O lábio inferior começara a tremer, dominado por uma emoção que jamais experimentara antes, que nunca imaginara poder abrigar. Num segundo havia desejado fugir dela; no outro tivera certeza de que jamais se afastaria daquela mulher. Nunca. Não se pudesse evitar. Ela era tudo que tivera, de que necessitara e amara, tudo que amaria, e certamente se orgulhava dela.

— Sim.

— Sim o quê?

— Mamãe... — Tentara esconder o rosto em seu pescoço, mas ela o impedira.

— Sim o quê?

— Sim, eu tenho orgulho de você.

Nan erguera seu rosto. Lágrimas corriam dos olhos do menino e molhavam suas faces. Ela o estudara por um momento, depois o tomara nos braços. William nunca esqueceria as coisas que ela dissera, nem o calor dos braços em torno de seu corpo, nem o cheiro de sua pele. Nunca duvidara de seu amor, de seu caráter especial e das lições que ela tinha para ensinar. Mas, num nível mais profundo, quase de maneira inconsciente, sempre havia duvidado da história que ela contara sobre seu pai. Jamais existira tal homem. Nunca poderia existir uma criatura como a que ela descrevera. Conhecia a verdade. Era filho de um fantasma, e Nan só inventara todas aquelas coisas para poupá-lo da vergonha de sua origem.

Oito

Da área reservada aos escravos a cadela seguiu a pista com pouca dificuldade. Seu grande focinho farejava os mais apagados traços de aroma deixados nas folhas, no solo ou até nos espaços vazios das árvores. Ela corria por campos de junco, por solo encharcado e pela floresta que separava fazendas. Quase se deixou distrair uma ou duas vezes, mas, sempre consciente de seu dever, mantinha o focinho colado ao chão e tentava ignorar os sinais de outros seres humanos, de outros animais e de alimentos ainda desconhecidos a seu olfato. De sua parte, Morrison a seguia apressado, os passos leves como os de um lobo, às vezes andando, às vezes marchando acelerado, correndo quando o corpo permitia.

Ao anoitecer, os dois se sentavam perto de fogueiras pequeninas e compartilhavam a comida, repousando e comendo como iguais. A terra despertava lembranças que o homem não apreciava, fragmentos e trechos de seus primeiros dias naquele continente e as dificuldades que aquele período apresentara. E seus pensamentos às vezes iam ainda mais longe, à terra natal. Havia nascido no norte da Escócia nos primeiros anos do século XIX. Em sua juventude, tivera uma família que amara muito. Um irmão mais jovem que o seguia como uma sombra, uma irmã pequena que ainda mal sabia andar, uma mãe atormentada por muitos problemas e um pai que dormia sentado e roncava à noite, um homem a quem havia adorado com um afeto que fora muito além do razoável. A vida daquela família de agricultores arrendatários tinha sido difícil numa terra de solo árido, num país de vento e de chuvas que chegavam de lado arrastando tudo como um estouro de boiada. Sentiam o frescor no verão, sentiam frio no outono e congelavam no inverno. Mas, apesar de tudo isso, a terra era linda, um país trágico que ostentava as cicatrizes dos pecados dos homens em sua carne, povoado por uma raça determinada que raramente tinha razões para envergonhar-se.

Em seu décimo quarto aniversário, o proprietário da terra havia comparado os lucros oferecidos por seus arrendatários àqueles que poderia obter enchendo o lugar com carneiros. As criaturas de quatro pa-

tas mostraram ser mais lucrativas, e essa aritmética simples foi suficiente para fazê-lo decidir seus destinos. Em determinada manhã, homens desconhecidos procuraram pela família, armados, furiosos e rápidos em seu trabalho. Eles incendiaram a casa e os expulsaram com todas as coisas que pudessem carregar. Havia sido assim: simples. Depois disso, trabalharam onde fora possível, vivendo como a vida permitia. Tentaram plantar em solo desprezível, em uma paisagem de areia e pedras onde era impossível encontrar um único metro quadrado plano, um terreno inclinado que subia e descia nos mais espantosos ângulos, como se cada subida tivesse por único propósito acabar em uma descida vertiginosa para o mar. Morrison e o irmão pescavam sentados em pedras sobre o mar, escalavam os precipícios em busca de ovos de aves e até mergulhavam nas piscinas naturais tentando encontrar qualquer alimento, como os mariscos que viviam grudados nas pedras. Mas nunca comiam o suficiente, nunca dormiam o bastante, e o nariz da irmã caçula nunca parava de escorrer. Era uma secreção tão espessa e constante que seu lábio superior se tornara sensível ao menor contato. Em certa manhã, acordaram e a encontraram fria, calma e finalmente livre de todo aquele sofrimento. Nas semanas seguintes, o pai também acabaria sucumbindo à dor e desistindo da vida. A mãe e os dois meninos seguiram para Aberdeen e ficaram por lá, exaustos e esquecidos entre as fundações de granito do lugar. A mãe se tornara uma sombra da mulher que havia sido, uma simples camada de pele pálida e flácida sobre ossos que mal podiam sustentá-la em pé. Corajosa, aceitava todo trabalho que podia encontrar, mas de nada adiantara seu esforço, seu sacrifício. Já não havia uma alma dentro dela. Por fim, ela também se deitara e nunca mais levantara, exceto pelo esforço dos dois filhos, que a carregaram e enterraram com as próprias mãos.

Nos dias em que viveram sozinhos em Aberdeen, os dois irmãos foram tudo um para o outro, porque naquele lugar não encontraram o companheirismo que haviam conhecido na infância, na região onde nasceram. Tudo se resumia a uma luta pela sobrevivência, cada um por si, homem contra homem. E os rapazes aprenderam rapidamente a lição. Acordavam todas as manhãs como se houvessem sonhado os mesmos sonhos. Trabalhavam todos os dias no mesmo trabalho, usando as mesmas roupas, como se cada peça fosse um bem precioso que confiavam um ao outro, e comiam juntos no mesmo prato todas as noites, tentando por meio dos ruídos exagerados fazer da comida mais do que ela real-

mente era. *Dormiam enroscados um no outro, encontrando nesse abraço de amor fraternal o calor necessário para sobreviverem até o dia seguinte. E foi ali, naquele pequenino quarto, que os dois irmãos traçaram seu plano e pensaram no meio de colocá-lo em prática.*

No vigésimo quinto aniversário de Morrison, os dois irmãos completaram o dinheiro necessário para o que pretendiam. Ele já não era mais um garoto. Era um homem e vira coisas que o tornaram mais maduro do que era esperado para sua idade. Quando desistira de sua terra natal, partira com o coração amargurado. Pedira a Deus para amaldiçoar o lugar, para que o mar engolisse a terra, e para que todos e cada um dos latifundiários daquela terra morressem sufocados com a própria bílis. Viajaram a pé para Greenock e embarcaram num velho navio, tão frágil que era mantido inteiro graças a uma enorme corrente que ia do deque até a parte de baixo do casco e retornava, completando várias voltas. A embarcação não servia para o transporte de passageiros. Chegara ao porto carregando madeira comprada nos Estados Unidos, e ao ver que ela conseguira concluir a travessia inteira, o capitão decidira dobrar a aposta e tentar a viagem de volta. Mas não havia madeira para transportar naquela direção. Nem podiam levar chá, tecidos ou especiarias, porque o casco do navio permitia a entrada de uma quantidade relativamente grande de água salgada, e uma carga tão preciosa causaria um imenso prejuízo, caso chegasse ao porto molhada ou fosse perdida no fundo do oceano. Assim, seguiram para o norte e carregaram o navio com um material mais grosseiro, os escoceses das Highlands, terras altas. Caso perecessem, não haveria ninguém para chorar a perda. O prejuízo seria nulo.

Quando começara a flutuar para longe do atracadouro, o navio gemera e protestara. A embarcação deixara para trás todas as lembranças da terra firme e escalara ondas assustadoras e marés poderosas. Morrison tentara balançar o corpo para a frente e para trás, acompanhando os movimentos da nau. Nas primeiras horas, julgara ter encontrado o ritmo adequado, mas depois descobrira que havia estado se esforçando contra ele. Se movia o corpo para lá, o navio parecia estar oscilando na direção oposta. E quando tentara encontrar alguma razão naquilo tudo e mudar seu ritmo, descobrira que não havia um ritmo. Não havia uma razão. E esse era o truque. Assim, os enjôos começaram. Havia sido um novo som na escuridão, o vômito, a tosse e os gemidos. A imundície escorria pelas correntes em torno dele. Caía pesada nas tábuas, espa-

lhando um cheiro que invadia suas narinas e o obrigava a vomitar, como todos os outros. E essa não fora a única dificuldade naquele navio. Havia a fome. Havia o ladrão barato que metera a mão no bolso do casaco de seu irmão mais novo sem nenhuma cautela, porque já o julgara morto. Havia os ratos que perambulavam entre eles e os outros, que se mantinham escondidos até que os passageiros não tivessem mais forças para combatê-los. E havia o registro dos mortos, os que eram jogados ao mar com preces carregadas pelas ondas.

Sete semanas depois do início daquela horrível viagem, finalmente puseram os olhos no litoral dos Estados Unidos. Mas, na verdade, nunca chegaram a desembarcar no destino proposto, o Cabo do Medo, na Carolina do Norte, o lugar onde muitos de seus compatriotas viviam. Em vez disso, foram deixados em uma praia deserta em Chesapeake. O capitão os colocara no bote para desembarque e os expulsara da embarcação usando uma espada como forma de persuasão, e todos haviam sido forçados a aceitar o fim da jornada. Os dois irmãos ficaram naquela praia com os outros, cerca de trinta e cinco pessoas, vendo o bote ser içado de volta ao navio. Foram abandonados ali sem nenhuma explicação, sem provisões nem orientações. Sabiam apenas que pisavam solo americano, e que a grande baía diante deles tinha um nome que ninguém ali era capaz de pronunciar.

Daquele grupo original, apenas vinte pessoas tinham encontrado o caminho para um abrigo seguro. O restante perecera no meio do caminho, vítimas de febres variadas, da fome ou da fadiga, enfraquecidos pelo incansável ataque dos mosquitos, pelas bolhas que o sol inclemente provocava nas peles claras. Os dois irmãos se arrastaram juntos pela região de solo pantanoso. Venceram bosques de junco e caminharam por terrenos tão encharcados que em alguns trechos acabavam afundando até a altura dos joelhos a cada passo dado. Passavam as noites sentados de costas um para o outro, olhando para as estrelas e tentando, por meio da conversa, abafar o ruído irritante e assustador dos insetos desconhecidos. Durante boa parte da jornada, o irmão mais novo havia chorado. Morrison o envolvia com um braço e o amparava, encorajando-o a continuar, e os dois iam seguindo em frente e tirando uma razoável medida de força um do outro. E havia sido assim, lado a lado, que tinham retornado ao mundo dos vivos. Viram um pescador passar com seu barco à vela e depois avistaram outra embarcação semelhante impulsionada pelo vento. Mais tarde, um fazendeiro e seu cão farejador haviam surgido na paisagem como se brotassem da terra, olhando para os forasteiros com grande e justificável espanto. Fora dessa maneira que os dois irmãos tinham chegado ao país e visto o primeiro rosto amistoso. Era uma lembrança pálida, uma imagem que se havia apagado lentamente com o passar dos anos, uma recordação que o caçador descobria novamente todos os dias com grande surpresa.

Continuando a caçada, Morrison e a cadela passaram por Baltimore, afastando-se da baía e tomando a direção de uma região montanhosa cortada em lotes por áreas de extração de madeira, fazendas e cidades ocasionais. Seguiram o cheiro do fugitivo através de uma floresta de pinheiros e por uma estrada que se estendia por uma grande distância. Por volta do meio-dia, ao final da segunda semana de perseguição, Morrison se deteve ao ver que a cadela parava no meio dos sulcos deixados por rodas de duas ou mais carroças. O animal parecia derrotado e envergonhado, e Morrison soube que havia perdido o rastro.

Nove

A marcha começou naquela sexta-feira. As correntes dos escravos foram verificadas e arranjadas mais uma vez aos primeiros raios da luz matinal. William tinha os tornozelos ligados por uma curta seqüência de elos de ferro. Os braços eram mantidos presos às costas pelo mesmo artefato, e seus pulsos estavam ligados aos de Lemuel por outra corrente. Todos usavam colares unidos por correntes aos das pessoas que andavam na frente e atrás, formando assim uma longa fila. Os braços eram puxados para o lado com freqüência, porque também seguiam presos ao escravo da fila vizinha. Eram empurrados para andarem depressa, mas as correntes prejudicavam os movimentos, e alguém sempre caía, provocando uma enorme confusão nas filas. William tentava não pisar nos tornozelos da mulher que seguia na sua frente, mas depois de pouco tempo os calcanhares descalços da escrava se cobriram de sangue. Por mais que tomasse cuidado, não conseguia evitar os choques eventuais da ponta de suas botinas contra as argolas de ferro presas às pernas da mulher. Os ferimentos eram terríveis.

Eram comandados por cinco homens: um caminhava na frente do grupo, três viajavam sobre cavalos espalhados ao longo das filas e outro dirigia a carroça com provisões. Um deles era um francês que falava um dialeto lânguido do sul da Inglaterra misturado a expressões francesas; outro era um sujeito de cuja barba pingavam gotas de saliva tingida pelo tabaco; o terceiro, o homem que dirigia a carroça com a comida, conduzia seus pensamentos basicamente para as questões profanas. O quarto homem era ainda um garoto de cabelos vermelhos. Ele seguia no fim das filas em silêncio, agindo como se desconfiasse de todos, brancos ou negros. Eram homens brancos e pobres que extraíam do trabalho um dos poucos prazeres permitidos a um homem pobre, o de dispor das almas daqueles ainda menos afortunados que eles.

Eram rápidos para praguejar contra a lentidão de um escravo, mais rápidos ainda para agredi-los com chutes e socos e gritar ameaças. E eram homens sedentos. Bebiam constantemente de suas botelhas e de seus cantis, e tinham sempre os olhos vermelhos e o humor alterado pelo álcool contido nesses recipientes. William tinha certeza de que todos já teriam caído bêbados, não fosse o suor e o esforço físico do trabalho que realizavam. Como estavam em constante movimento, o álcool só os tornava mais sombrios e perigosos. Todos reclamavam de dores de cabeça e amaldiçoavam o suor que fazia arder os olhos. Às vezes tropeçavam e caíam no terreno irregular, mas nunca se cansavam de encher e esvaziar seus cantis.

Apenas o líder do grupo exibia um comportamento e um porte típicos de um militar. Ele se sentava ereto sobre a sela, o rifle sempre próximo, ao alcance da mão, observando a todos com olhos que pareciam prontos para identificar dissidentes entre os escravos ou entre os brancos. Se tolerava a bebedeira constante dos homens, era porque esse era o jeito daquela gente. Viviam em um país onde todos bebiam, e eram os bêbados da nação. Só ele acompanhava tudo com um olhar sóbrio, e isso parecia ser o suficiente para satisfazê-lo. Os escravos seguiam acorrentados, como sempre. Aquela viagem era rotineira, a carga não muito diferente de outras que já havia transportado, animais que compunham rebanhos a serem conduzidos.

Às vezes o condutor da carroça ficava para trás, mas sempre os ultrapassava durante o curso do dia e começava a montar o acampamento para a noite. No que parecia ser um gesto de misericórdia, a jovem mãe e seu bebê puderam viajar na carroça. A mulher seguia nua da cintura para cima, acorrentada pelos pulsos e presa por anéis de ferro à armação do veículo. Era pouco mais que uma criança, com ombros estreitos e seios pequenos, que eram redondos, túrgidos de leite. Seus olhos estudavam o bebê, evitando encontrar o olhar dos outros escravos ou ver o mundo como um todo. Sentada, aninhava a criança, amamentando-a, falando com ela em voz baixa e pronunciando palavras que William não conseguia entender. Também não podia ver o bebê, pois ele viajava enrolado em um cobertor sujo de algodão fino, e de repente sentiu que gostaria muito de poder ver aqueles traços pequeninos e recém-formados. Imaginou se uma criança nascida naquele mundo daria algum sinal de entendê-lo. Saberia o que a vida reservava para ela, ou essa seria sempre uma cruel surpresa?

Por volta do meio-dia a voz de um escravo mais velho no outro grupo tornou-se familiar para todos. Ele proferia palavras encorajadoras, quase todas cantadas, como se as instruções simples fossem hinos entoados numa reunião sagrada. Implorava para que encontrassem o ritmo da marcha, para que caminhassem em harmonia, para que sentissem o mesmo sopro dentro deles e o compartilhassem com o grupo. Ele os orientava para que não lutassem contra a marcha.

— Deus, não! Não lute. Não lute uns contra os outros. Em vez disso, seja os muitos membros de um único ser.

As palavras tinham alguma utilidade, porque, enquanto as ouvia e seguia, William percebeu que o dia estava passando.

Naquela noite acamparam perto de um riacho cercado por muitas árvores e habitado por uma multidão de sapos. As criaturas faziam um barulho espantoso que começou com o cair da noite e prosseguiu escuridão adentro, um coro sem ritmo estabelecido mas, mesmo assim, bastante musical. Os condutores, seguros de terem amarrado e acorrentado todos os escravos, mergulharam em garrafas e mais garrafas de bebida alcoólica. Derramando o uísque em canecas de alumínio, consumiam o líquido sem diluí-lo, conversando com animação por algum tempo, enquanto os cativos, reunidos em um grupo próximo das árvores, esperavam que a noite transcorresse sem incidentes, cada um deles sabendo que isso era pouco provável. Em pouco tempo, a bebedeira dos homens transformou-se em distração e desejo. Eles escolheram uma mulher entre as escravas, livraram-na das correntes e a tiraram do grupo. William olhou em outra direção enquanto eles a empurravam para a carroça de provisões. De cabeça baixa, colou a testa ao chão de terra seca, os olhos abertos e fixos num mundo de poeira. Foi com alívio que ele ouviu o canto de Lemuel, uma espécie de hino que ele murmurava em voz baixa, porém audível.

— Certa vez... — o homem começou a contar. — Faz muito tempo. Tinha uma tarefa numa tarde qualquer. — Sua voz era suave como William jamais ouvira, embora não tivesse um tom secreto. Ele não falava como se quisesse manter em sigilo suas palavras, mas parecia ter pouco fôlego para pronunciá-las. Aquela era uma tarde fria, ele dizia. Havia alcançado o topo de uma colina e ficara parado sentindo a brisa gelada no rosto, tomado pela impressão de que aquele beijo doce era só para ele. Descera a encosta para o vale com passos leves, quase feliz. E havia sido a alegria que o levara a alterar seu curso normal. Deixara a estrada e cortara caminho pela floresta, perdendo-se por entre as árvores frondosas. Fora apenas uma breve excursão, mas naquele período lembrara como era experimentar o mundo com um olhar livre. — E foi assim que encontrei eles. Três meninos negros e uma menina.

A princípio não soubera o que eles faziam, mas, ao aproximar-se, tudo se tornara muito claro. Aquelas criaturas não podiam ter mais do que onze ou doze anos. Os meninos a mantinham presa ao chão. Pelo estado de seminudez de todos, ficara evidente que a intenção dos garotos era usá-la sexualmente. A menina os enfrentava e lutava, mas os meninos eram mais fortes, uma força que o ardor fazia crescer. Um deles a agarrara pelos cabelos e erguera sua saia, tentando encontrar o caminho para dentro de seu corpo. A imagem o enchera de fúria. Lemuel correra e acertara um pontapé violento no rosto do garoto, deixando a marca da sola da botina em sua testa. Depois agarrara outro pelo braço, empurrara o último e os jogara longe. Antes que compreendesse a própria intenção, ele se vira com um pedaço de madeira na mão. Furioso, atacara os garotos com os punhos e com a arma improvisada, tomado pela intenção momentânea de matá-los, talvez até a garota por ter tomado parte naquela cena repugnante.

— Lá estava eu surrando aqueles meninos — Lemuel continuou. — Enlouquecido. Como quisesse ver aquelas crianças mortas. Como o crime que estavam fazendo fosse pior do que fazem contra eles. Era o que eu senti.

Mas então, no espaço de tempo necessário para que ele erguesse a mão, compreendera que as crianças eram as vítimas do delito que elas mesmas praticavam. Agiam imitando cenas que haviam testemunhado antes. Usavam a violência e o sexo como haviam aprendido com os homens, como parte da instituição à qual permaneciam atadas por correntes e chicotes. Eram criminosos, sim, mas puniam a si mesmas por meio de seu crime.

— E eu sabia que eles se machucariam daquele jeito para sempre. Não só os meninos, mas a gente também. Todo mundo que tem que conviver com essas coisas.

Lemuel ficou em silêncio por um momento, mas a pausa causou um desconforto que ele não conseguiu suportar.

— Então, como consegue viver com essas coisas? — ele perguntou. — Vou contar o que eu faço. Construo para mim uma vida de elos muito fortes. Você pega todos os momentos bons da vida. Coisas simples, como comer o mel de um favo, sentir a água fria do riacho nos pés, ver os vaga-lumes iluminando uma noite de verão, ver duas crianças correndo e brincando. Pega esses momentos e junta com laços muito fortes, num tipo de colar. Nos tempos difíceis, você se apega a eles e lembra todas as razões que Deus deu a vida. As coisas que você agarra constroem a vida. Agarra as alegrias e deixa o resto. Entendeu? Esquece as noites como esta. Deixa pra lá e espere tempos melhores.

Os dois ficaram em silêncio, e em pouco tempo começaram a ouvir os ruídos que a voz de Lemuel conseguira abafar até então. Algum tempo mais tarde, William sentiu a pressão da corrente que prendia seus tornozelos. Todos foram puxados e empurrados enquanto a mulher era devolvida aos elos. Ele não se virou para olhar. Queria encará-la. Queria oferecer algum conforto com os olhos, mas não tinha certeza de poder transmitir essa mensagem de forma adequada. Em vez disso, fechou os olhos e rezou para que o sono o arrancasse daquele mundo.

Mais tarde, William acordou e perguntou:

— É a lembrança que importa?

Estava surpreso com a própria atitude, mas a pergunta escapou de seus lábios antes mesmo que tivesse consciência das próprias palavras. Não sabia nem se Lemuel estava acordado.

Mas o homem respondeu:

— Eu acredito nisso.

— Então, do que lembra mais? Do alto da colina com a brisa beijando o rosto? Ou dos meninos em cima da menina? Lembra a alegria ou a raiva?

O velho não respondeu.

* * *

O dia seguinte foi uma repetição do anterior, diferente apenas porque William tinha recordações do dia passado entre aquela gente, um sinal de que devia estar vivendo outro dia. Naquela noite acamparam em uma clareira perto de um milharal. Morcegos surgiram com o cair da noite, de início apenas dois ou três, depois um batalhão cortando o céu com seus vôos erráticos e ilógicos. No meio da noite, ele acordou e viu um céu estrelado e lindo. Ficou deitado olhando para o firmamento, esquecendo por um momento o desconforto das circunstâncias. Ouviu o coro das pessoas respirando em torno dele. Eram muitas vozes exalando para o ar, misturando-se aos ruídos noturnos provocados pelos insetos. Lembrou-se da casa de Dover, onde, como ali, os corpos permaneciam próximos uns dos outros.

Quando se deu conta de outro barulho, William percebeu que havia muito ele fazia parte da noite, uma espécie de ruído de fundo que era difícil distinguir dos outros, embora fosse diferente. Era um ranger abafado, interrompido ocasionalmente pelo tinir do ferro contra o ferro. Ele se apoiou sobre um cotovelo. Os olhos buscaram primeiro o sentinela. Era o mascador de tabaco. Ele permanecia sentado com as costas apoiadas em um tronco de árvore, uma arma acomodada sobre as pernas. A aba do chapéu escondia seu rosto da luz das estrelas, e por um momento William pensou que o homem o estivesse vigiando. Mas, notando que ele não se movia nem respondia a seus movimentos, deduziu que estava dormindo. O som continuou, um pouco mais alto agora que prestava atenção a ele. Virando o corpo, olhou para Lemuel. E foi então que os viu. Os dois homens estavam inclinados. Apesar da falta de luz, soube de imediato quem eram: Saxon e seu constante companheiro. Eles pareciam estar envolvidos em algum trabalho delicado, especialmente o menor. Ele se inclinava mais do que Saxon sobre o objeto, e seus ombros moviam-se para a frente e para trás, como se manejasse uma pequena serra.

Sentindo seu olhar persistente, os dois homens interromperam o que estavam fazendo. Os dois se viraram ao mesmo tempo em sua direção. Havia pouca expressão em seus rostos, nenhuma ameaça ou surpresa, nenhuma mensagem que William pudesse discernir. Ele os encarou por um momento, depois desviou os olhos e deitou-se novamente para dormir. Alguns segundos mais tarde o ruído voltou a soar na noite quieta.

Tentando ignorá-lo, William olhou para o céu. Queria esvaziar a mente de todos os pensamentos, mas, em vez disso, pensava em muitas coisas: um bando de pombos que certa vez escurecera o céu com sua passagem ruidosa, uma criança que havia sido companheira constante em sua infância, mas que perdera de vista, o contorno das costas de Dover, seu perfil iluminado pelo fogo. Lembrava-se de todas essas coisas e de muitas outras, mas, por último, a mente concentrou-se nos galhos da árvore que sustentara a casa onde ele havia crescido. Nan havia dito que a casa na árvore fora idéia de seu pai. O homem branco a planejara. Depois fora implorar a permissão do senhor de Nan para construí-la, propondo uma barganha pela qual colocava quase todo seu tempo de trabalho à disposição do homem rico. Tornara-se uma espécie de escravo, e tudo para que pudesse viver ali como marido de outra escrava. Embora soubesse pouco sobre construção civil, ele se pusera a estudar o ofício. Sem dinheiro para comprar madeira de boa qualidade, contentara-se com as sobras do moinho. Não havia duas tábuas de igual formato ou comprimento. Ele aceitava carvalho, pinheiro ou madeiras menos nobres, e usava todas as ferramentas que podia alugar ou tomar emprestadas. Eram implementos rústicos, cujas funções o homem aprendera ou inventara de forma a suprir suas necessidades. Trabalhava cedo, no início da manhã, e depois do anoitecer, construindo em volta e dentro daquele imenso tronco de árvore, criando uma estrutura estranha e atarracada que parecia fazer parte da própria árvore. Ela era cheia de fendas e pontos fracos, inclinada como se pudesse desabar a qualquer momento. Mas, apesar de tudo, a casa tinha seu charme. Era como se não levasse a vida muito a sério, mas seu pilar central era uma árvore ainda viva e tão antiga que suas raízes antecediam a fundação de Chesapeake pelos brancos. De um lado ficavam as águas brilhantes de um porto, e na direção oposta via-se a baía. No verão, toda brisa que houvesse passava por sua casa, e no inverno o abrigo era suficiente para resistir à força da ventania. A casa agradava Nan e ela amara seu homem branco por tê-la construído. Sempre que tinha uma oportunidade, costumava dizer ao filho que, caso o destino houvesse sido diferente, ele e o pai teriam pescado juntos naquela praia. Em noites estreladas teriam ficado sentados na areia, observando o movimento das ondas. Se o destino houvesse permitido a eles um pouco de paz, a vida poderia ter sido muito mais tolerável e até mesmo linda.

Mas William não conseguia sentir as mesmas coisas. Por mais que amasse a mãe, não era capaz de compartilhar aquela adoração que ela expressava pelo homem branco. Não tinha nenhuma imagem dele, nenhuma gravura ou desenho. Nunca passaram juntos aqueles momentos de idílio pescando na praia tranqüila. Seu pai era uma imagem nebulosa composta apenas das palavras de Nan. E nesse assunto suas palavras não eram suficientes. Viviam em um mundo dividido por raças. Sim, sabia que eram muitas as violações desses limites entre as linhas de cor, mas esses eram crimes cometidos pelos proprietários lascivos contra os possuídos oprimidos e impotentes. Uma história diferente daquela contada por sua mãe, um conto de amor inter-racial. Não havia nada nesse relato que ele pudesse comparar ao mundo que o cercava.

William tentou virar-se de lado, mas ficou preso na corrente e não conseguiu completar o movimento. Balançou a cabeça para livrar-se das lembranças. Sim, queria a memória daquela casa, mas não queria pensar no homem que a construíra. Deitado na escuridão, sentiu-se grato por esse homem ter morrido sete meses depois de concluir a construção, morto de fome e desnutrição por ter tido a mandíbula paralisada pelo frio.

Uma névoa densa pairava sobre o vale na manhã do terceiro dia. Só os insetos pareciam não se incomodar com a umidade. Seus ruídos cortavam o ar com uma nitidez que não encontrava paralelo na paisagem confusa e nebulosa. Era como se eles não fizessem parte daquele panorama. No entanto, eram parte integrante do campo, tanto quanto a poeira fina do solo e os trabalhadores que aravam a terra. Passaram por uma cidade de habitantes espantados que testemunhavam a passagem dos escravos sentados em suas varandas ou na porta de suas lojas. No limite dessa cidade, um homem branco ocupava o posto de comando de uma carroça na qual havia um negro. O negro acompanhou a passagem do grupo com olhos sombrios. Antes que fossem embora, ele murmurou palavras de encorajamento e lembrou que o

Senhor esperava sempre por eles e os julgaria em seu tempo. Paciência e fé eram as virtudes que Ele mais desejava encontrar em seus escolhidos. Ao ouvi-lo, o homem branco virou-se, atingiu sua cabeça com o cabo do chicote e começou a espancá-lo com violência assustadora. O grupo seguiu sua marcha.

Na metade da manhã escalaram uma encosta de terra batida e penetraram uma região de macieiras silvestres e bordo. Alguns minutos depois de penetrar na área de sombra, o francês, que seguia na frente do grupo, parou e olhou para alguma coisa no chão. Ele ergueu o rifle, segurou-o por um momento, depois bateu com a coronha da arma contra o solo. Quando o mascador de tabaco o alcançou, deteve o cavalo, debruçou-se e examinou a curiosa cena. Os dois trocaram algumas palavras. Os primeiros escravos da fila foram parando atrás dos cavalos. O líder do grupo adiantou sua montaria alguns passos, permitindo que William tivesse uma visão perfeita do que aconteceria em seguida.

— O que é isso? — perguntou o líder.

Mas os outros não tiveram tempo de responder.

O homenzinho ligado a Saxon por elos de ferro virou os braços e libertou-os como se executasse um truque de mágica. Depois segurou a corrente em torno de seu pescoço e arrebentou-a com um movimento firme. De onde estava, William tinha a impressão de que o ferro da corrente ia se desfazendo, derretendo ao sol, tornando-se maleável como argila molhada. Não fazia sentido que um gesto tão simples fosse tão profundo em seu efeito. Os elos caíram ao chão num arco flácido, soltos em uma extremidade da seqüência. Logo foram estirados pelo movimento dos pulsos de Saxon, aos quais ainda permaneciam atados. O gigante estendeu os dois braços diante dele e levantou-os no exato instante em que o mascador de tabaco se virou. Os elos envolveram o pescoço do homem branco e o arrancaram da sela. Ele atingiu o chão caindo sobre um ombro, mas não conseguiu remover um pé do arreio. Assustado, o cavalo começou a se mover em círculos, os cascos atingindo repetidas vezes a cabeça daquele que até pouco antes o dominara. As mãos do homem branco batiam contra o arreio numa repetição sem sentido. Segundos depois ele a utilizava para esconder o rosto, e em seguida os braços caíram sem vida. O companheiro de Saxon usou esse momento de confusão a seu favor. Em um segundo estava atrás dele, mesmo com os pés ainda atados, e o agarrou pelos joelhos, derrubando-o de costas. William não conseguiu ver exatamente o que ele fazia, abaixado como estava, boquiaberto, cheio de terror e euforia, mas tinha a impressão de que ele agarrava o pescoço do homem branco. Outro escravo, um que comia sujeira, correu para os dois, arrastando com ele parte da fila, e preparou-se para atacar a metade inferior do corpo do francês.

O líder do grupo empunhou o rifle que levava pendurado na lateral da sela e levantou-o, uma ação que provocou o movimento de todos os escravos. Assustados, todos se atiraram ao chão, arrastando-se e puxando uns aos outros em todas as direções, chegando, portanto, a lugar nenhum. O primeiro tiro atingiu o ombro do comedor de sujeira, destruindo a articulação e deixando seu braço pendurado por tendões e músculos visíveis entre a carne dilacerada. O garoto ficou quieto, perplexo, olhando para o próprio ferimento, até que um segundo tiro o atingiu no peito e pôs fim à contemplação. O homem branco gritava enlouquecido, lançando suas palavras para brancos e negros sem distinção, exigindo ordem, ação e calma. Talvez ele houvesse conseguido impor sua autoridade e restaurar a ordem, mas Saxon voltou a movimentar suas correntes. O gigante estava longe do cavaleiro branco, mas movia-se com velocidade impressionante, arrastando todos aqueles que ainda permaneciam atados à corrente presa em seu pescoço. O adolescente atrás dele tentou resistir ao impulso, mas seu esforço foi inútil. Conformado com a própria sorte, o rosto contorcido numa máscara de medo, ele se abaixou e tentou colar o corpo ao do escravo destemido, usando-o como um escudo protetor.

O líder fez a montaria recuar e procurou manter a calma. Equilibrando o rifle sem munição sobre a sela, tentou alcançar o revólver, mas teve dificuldades para sacá-lo. Durante todo o tempo, o cavalo empinava e recuava, enquanto Saxon continuava se aproximando com firmeza. Finalmente, o homem branco empunhou o revólver, mas, quando tentou apontá-lo, o animal empinou e o tiro se perdeu. O estampido deixou o cavalo ainda mais assustado, levando-o a girar em torno do próprio corpo. O pescoço do branco encontrou um galho mais baixo. Quanto mais ele tentava escapar da armadilha natural, menos ar conseguia levar aos pulmões. Outros galhos pareciam se juntar ao emaranhado, impedindo qualquer possibilidade de fuga ou salvação. No desespero de escapar, ele desferiu mais um tiro inútil. O cavalo empinou, derrubando-o da sela. Assim, quando Saxon alcançou-o, o branco movia braços e pernas num esforço frenético e inútil de agarrar-se à vida. Ele ainda estava vivo quando sentiu o golpe das correntes do escravo contra o peito. O impacto o livrou dos galhos. Assim que o viu caído no chão, Saxon atirou-se sobre ele.

Seu companheiro levantou-se, puxando o francês, que mal conseguia manter-se em pé. Saxon deu um passo em sua direção como se pretendesse ajudá-lo, mas, em vez disso, atacou-o com os dois punhos cerrados, esmagando seu nariz. O homem caiu de joelhos, pedindo misericórdia em nome de Deus. Sua súplica só inflamou ainda mais o escravo. Saxon virou-se, pegou o rifle do mascador de tabaco e ajoelhou-se. Com o cano apoiado na base do pescoço do homem branco, ele o encarou por alguns segundos antes de apertar o gatilho. Um jato de substância escura e viscosa brotou do topo de sua cabeça, seguindo por fragmentos maiores e mais sólidos. O sol da tarde de verão iluminava a cena dantesca, conferindo um ar quase irreal ao cenário de violência e pavor. O francês caiu. Saxon soltou o rifle e começou a vasculhar seus bolsos e revistar suas roupas. Finalmente, encontrou uma faca presa a sua perna por uma tira de couro. Com a mão aberta, mediu o peso da arma. Testou o fio da lâmina, depois inclinou-se e apoiou a ponta da faca em sua carne.

William não queria olhar. Havia um forte estrondo de cascos batendo contra o solo atrás dele. Sem olhar, soube que o barulho vinha do cavalo do garoto, correndo não para a ação, mas fugindo dela em velocidade desesperada. Tentou mover os olhos, virar o corpo, girar o pescoço. Mas era como se todo o seu ser o traísse. Saxon cortou a carne do homem branco seguindo uma linha paralela ao queixo, atrás das orelhas e na base do crânio. Depois ele jogou longe a faca, metendo os dedos sob as beiradas da pele cortada e arrancando-a da carne. Triunfante, o negro gigantesco levantou-se e exibiu aquele pedaço de tecido humano, erguendo as mãos abertas como se pretendesse fazer uma oferenda a Deus. Seus braços estavam sujos de sangue, uma mistura macabra da seiva arrancada das vítimas e de seus próprios pulsos. Então ele falou pela primeira vez.

— Na próxima vez que me caçarem, vou dizer que Saxon não é negro. Vou dizer: "Olha, olha minha cara de branco". — Ele segurou a pele do francês contra a dele por um momento. Quando abaixou as mãos, seus olhos encontraram os de William. Os lábios se abriram e ele riu, criando uma imagem que faria parte dos piores pesadelos de William naquela noite e em muitas outras ainda por vir.

Com os brancos mortos, os outros escravos revistaram os cadáveres e encontraram as chaves dos cadeados de suas correntes. Livre dos grilhões, Saxon saltou para a sela do cavalo que havia pertencido ao líder. A montaria tentou derrubá-lo, empinando as patas e saltando de um lado para o outro, mas depois aquietou-se e aceitou o peso sobre suas costas. O companheiro do gigante negro também montou. Juntos, eles se afastaram pela estrada sob o túnel de galhos. William acompanhou-os com os olhos até vê-los desaparecer além de uma curva. Ficou ali parado, olhando para o espaço vazio onde a estranha dupla sumira, experimentando uma rápida sucessão de emoções: medo, espanto e incredulidade, fascínio e uma repugnância que parecia amarrar muitos nós em suas entranhas. Enquanto permanecia ali paralisado, os outros escravos trataram de fugir. Percebia o movimento com o canto dos olhos, ouvia os sons dos corpos se chocando contra os troncos das árvores antes de encontrarem o caminho. Em poucos minutos, todos haviam desaparecido. Estava sozinho na beira da estrada. As correntes ainda pendiam de seus pulsos. Os aros vazios que antes haviam contido os pulsos de Lemuel batiam contra suas pernas.

William precisou de algum tempo para entrar em ação. No final, as mesmas criaturas que haviam desencadeado todo aquele horror o levaram a agir. Viu seus movimentos, embora fossem pequenas e furtivas. Deu um passo a frente, evitando as poças de sangue e aqueles seres sinuosos e cintilantes. Depois de alguns segundos, compreendeu que estava olhando para serpentes. O cabo do rifle do francês havia esmagado a cabeça de uma cobra, matando-a e espalhando parte de seu corpo sobre a terra seca. Mas a vida não acabara com sua morte. Gorda, pronta para dar à luz seus filhotes, ela se fora mas deixara sua semente, e William via espantado quatro, depois sete, depois mais cobras do que podia contar brotando do cadáver parcialmente esmagado. Com seus olhos minúsculos e mortais, eram miniaturas perfeitas da mãe. Seus movimentos pareciam sobrenaturais e misteriosos, rastejando como estavam para fora de um cadáver, as línguas experimentando o ar, famintas e vorazes. De repente William caiu de joelhos e, de costas para as criaturas repugnantes, vomitou a bílis que ameaçava envenená-lo.

Depois de libertar-se, William percorreu muitos quilômetros antes de alcançar as margens da baía em sua parte mais baixa. A noite havia caído, uma noite quieta que parecia envolvê-lo como um manto. Seguiu a margem para o noroeste. Por último, a floresta deu lugar às formas geométricas perdidas numa escuridão mais densa e ao solo plano batido pelo tráfego intenso. Ele entrou na cidade, preferindo as regiões mais escuras, movendo a pesada sola das botinas com todo o cuidado de que era capaz. Ouvia vozes à esquerda, onde devia ficar o centro do povoado. Seguiu para longe delas, tomando o cuidado de esgueirar-se de sombra em sombra e seguir sempre a linha da margem da baía, sem nunca se expor à luz das estrelas. Assim, percorreu toda a cidade sem jamais penetrar realmente nela, atingindo finalmente a área do porto.

Ainda não tinha nenhuma idéia formada quando pisou nas tábuas lisas do píer. Havia fardos e carga cobrindo quase toda a extensão da plataforma. Procurou por algum sinal que pudesse indicar se aquela carga havia sido deixada por algum navio ou se estava esperando para ser transportada para longe dali, mas era impossível saber. Escondido entre dois caixotes, sentiu um grande alívio por poder remover o peso do corpo de cima das pernas. Uma vez acomodado, olhou para o rio, para as luzes na margem oposta. Podia ver com certa nitidez o contorno das casas do outro lado, adivinhando-as apoiadas em uma densa floresta de árvores frondosas. A superfície da água era um espelho tranqüilo; os sons noturnos pareciam abafados. A maré lambia os pilares sob a plataforma de madeira. Um peixe pulou, seu corpo iluminado por uma luz prateada que parecia segui-lo para dentro da água. O mergulho desenhou anéis crescentes, que iam aos poucos dominando toda a superfície. Era estranho como o mundo podia ser tranqüilo, o mesmo mundo que abrigara e até criara as cenas de sangue e morte daquele dia. As imagens que conseguira manter afastadas da mente graças ao esforço físico retornaram com clareza impressionante. Os olhos do cavalo assustado, a maneira como os dentes da besta tentavam romper os arreios, os desenhos deixados por seus cascos na cabeça do homem preso sob sua força esmagadora. O buraco negro da boca risonha de Saxon. O cérebro do francês voando em todas as direções na forma de fragmentos viscosos, desenhando um leque vermelho contra a paisagem ensolarada da tarde quente. O rosto desse mesmo homem exibido pela mão gigantesca e ensangüentada de Saxon. As serpentes. William fechou os olhos e apertou-os com os dedos como se a dor pudesse apagar as imagens.

Quando voltou a olhar para o mundo, viu uma sombra que não notara antes. Havia um navio atracado perto do píer, uma embarcação de médio porte com um casco amplo e sólido que a identificava como um transporte de carga. Não havia luz no navio, nenhum sinal da presença da tripulação ou de um vigia. William pensou um pouco. Havia alcançado o limite norte daquela terra, e não tinha mais forças para nadar. Estava certo de que as pernas o puxariam para o fundo da baía. Mas, se pudesse entrar naquele navio e encontrar um lugar para esconder-se... Tinha de haver cantos escuros e sombrios, caixas, espaços vazios e brechas nas quais poderia meter-se sem nunca ser encontrado.

A decisão estava tomada. William embarcou e foi se esgueirando até o ventre da embarcação. Lá se encolheu contra uma viga de madeira úmida e uma pilha de caixotes. A posição era muito desconfortável, mas ele adormeceu assim que fechou os olhos. Só quando sentiu os movimentos do navio e descobriu que mais um dia estava começando, ele pensou pela primeira vez em qual seria o destino daquela embarcação. Era tarde demais para recuar, para fugir ou mudar de idéia. Tinha de permanecer escondido. O navio estava se movendo. Se continuasse ali bem quieto, se dormisse durante toda a viagem, ele pensou, talvez pudesse acordar para um mundo menos dominado pelo caos.

PARTE
DOIS

Um

Nas semanas depois de terem perdido o rastro do fugitivo, Morrison e a cadela continuaram a busca por outros meios. Viajaram pelas estradas mais movimentadas e hospedaram-se nas maiores cidades. Morrison tentava pensar em uma rota que pudesse ser lógica para um fugitivo levando em conta as características da região. Conversou com homens que passavam montados em cavalos, com outros que dirigiam carroças e mesmo com os que se moviam pela força dos próprios pés, perguntando a todos sobre o homem que estava procurando. Parou em hospedarias e em estábulos, falou com fazendeiros e até interrogou as crianças. Era difícil para ele toda aquela conversa, porque não era um homem de muitas palavras.

Algo na situação o fez lembrar seus primeiros dias nos Estados Unidos; ter de aprender a geografia do país, pedir ajuda a estranhos, dormir em celeiros à margem da civilização, a voracidade de uma busca de algo elusivo. Anos haviam transcorrido desde então, mas não esquecera. Aqueles primeiros anos foram tão difíceis para ele e para o irmão quanto tudo que já havia acontecido antes. O primeiro emprego que encontraram foi o de limpar carcaças de cavalos mortos em uma fábrica de cola. Aquele era um trabalho tosco, duro. Nenhum deles tinha estômago para isso. Nenhum dos dois conseguia tratar as partes de um animal que já havia sido vivo como forragem para um tonel. O caçula acordava no meio da noite vomitando nos lençóis, perturbado por sonhos de cavalos vingativos que se erguiam furiosos do caldeirão onde ferviam. Depois de duas semanas, eles se demitiram desse emprego e foram trabalhar limpando chaminés. Lewis era capaz de meter-se em espaços minúsculos, uma habilidade que os pusera em vantagem sobre os outros concorrentes ao emprego. Mas aquele trabalho sujava as roupas e entupia os pulmões. Por duas vezes, o irmão mais novo ficara tão entalado em espaços apertados que o mais velho brincara, jurando que ele ficaria preso ali até que o proprietário da casa acendesse o fogo e o lançasse pelos ares. Desistiram dessa atividade em pouco tempo e en-

contraram trabalho como lenhadores, depois como limpadores de estábulos, depois como coveiros. Aquele tinha sido um trabalho solitário, miserável em seu propósito. Mas fora um emprego estável.

Com a chegada do inverno, eles descobriram que não havia nada de pacato ou monótono no novo emprego. As primeiras nevascas fizeram surgir também as multidões de cadáver, especialmente idosos e crianças. Os dois irmãos se protegiam contra o frio lançando mão de todos os artifícios, costurando no interior das roupas fios e fragmentos de lã que encontravam nos lixos, forrando as jaquetas com o material mais barato que pudessem comprar. Roupas de negros. Lewis chegara ao extremo de usar um triângulo de lã sobre a cabeça, colocando em cima dele um chapéu de palha que mantinha no lugar amarrando-o com uma fita sob o queixo. Havia sido um adereço estranho, e o irmão mais velho olhara para ele com ceticismo e humor. Mas, quando outros trabalhadores começaram a rir de Lewis, Morrison criara para si um chapéu semelhante. Usando-o com orgulho, desafiara os outros a zombar dele e do irmão. Ninguém se atrevera a rir deles. O calor era mais importante do que o orgulho, ele confessara, mas o orgulho era perfeito como segunda opção.

Em dezembro o solo se transformara em um cadáver congelado. Como uma pele espessa, a terra combatia suas pás. Passavam todo o dia trabalhando em uma atividade que o caçula comparava àquela primeira tarefa de desossar carcaças de cavalos, porém com outra matéria. Era um sacrifício para as mãos, castigando-as até que estivessem feridas, cobertas por bolhas e calos, os dedos tão enrijecidos que, para flexioná-los, era necessário grande concentração. O irmão mais jovem desenvolvera uma dor no peito que às vezes atingia níveis intoleráveis, causando pontadas que ele comparava a relâmpagos que atravessavam todo o tronco. Aquele trabalho não combinava com ele. Mas ganhavam a vida, Morrison dizia. E aquela vida os levaria a coisas maiores. E havia sido assim entre eles. Todas as dúvidas que o mais novo expressava, o mais velho silenciava. Todos os medos que o mais novo expressava, o mais velho aplacava. Toda a saudade do caçula era desdenhada pelo outro.

Mas, por trás das palavras seguras, a mente de Morrison era dominada pela confusão. Aquela terra parecia rasgar-se de um jeito sem paralelos. Era um território de muitas línguas, muitos rostos, muitas nações fundidas em uma única. E isso não parecia ser possível. Como um país pode conter em si mesmo o inglês ao lado do francês, o alemão ao lado do sueco, os católicos, os calvinistas e os quacres todos mistura-

dos? Como podiam coexistir no extremo de um continente já povoado por homens de cores e temperamentos tão distintos? E que significado se podia tirar do estranho cativeiro mantido para aqueles que pertenciam à raça denominada negra? Morrison guardava tais pensamentos para si mesmo, mas Lewis não conseguia calar o próprio espanto. Admitia que, desde a primeira vez em que pusera os olhos naquelas pessoas negras, desejara tocá-las e sentir sua pele. Havia sentido uma enorme vontade de verificar com os dedos a natureza daquela substância, confirmar que sua forma e função eram as mesmas do revestimento de seu corpo. Tarde da noite, ele conversava com o irmão, perguntando em voz alta por que Deus criara os humanos em tantos tons diferentes, imaginando se não haveria algum enigma nisso, um mistério que a humanidade ainda teria de solucionar. Morrison jamais respondera a tais perguntas. Mantinha sempre as mãos nos bolsos e dizia ao irmão para pensar em outras coisas. Já tinham problemas suficientes cuidando da própria vida. Deviam deixar em paz os amaldiçoados.

Por essa razão, Morrison reclamara com seu empregador quando um negro fora posto para executar a mesma função ao lado dele e do irmão. Ele perguntara se estavam sendo comparados a escravos. Deviam trabalhar no mesmo local que um negro como se fossem iguais? O empregador não se deixara envolver, respondendo que ele e o irmão poderiam ser substituídos com facilidade, caso as condições ali existentes não os agradassem. Morrison retornara ao ofício. Nunca dissera uma única palavra ao negro com quem trabalhava, recorrendo a gestos a fim de comunicar-se. Mas Lewis se mostrara feliz com a companhia do escravo. Ouvindo sua conversa, Morrison descobrira que o homem negro havia sido contratado para aquele trabalho e o dinheiro do pagamento era pago a seu senhor. Lewis encontrara nessa declaração uma lembrança de sua terra natal. Perguntara ao irmão se o costume não era como aqueles das Lowlands, terras baixas, onde poucos enriqueciam à custa do trabalho de homens honestos. Mas Morrison não se deixara atrair para a companhia do negro. Naquela noite ele censurara o irmão. Lewis realmente acreditava que eram parecidos com aqueles negros? Julgava que tinham algo em comum com aquela criatura de rosto plano e voz chorosa? Precisava falar com ele como se fossem iguais. Se continuasse agindo daquela maneira, outros homens também acreditariam que não eram melhores do que os escravos. Durante todo o tempo seu irmão ficara calado, e nesse silêncio estivera presente o primeiro sinal da dissensão.

No início do novo ano a baía congelara depressa, impedindo a movimentação de barcos e impondo uma parada ao comércio em geral. Assim, havia sido um período difícil, mas, como todas as aberrações da natureza, também fora uma época de diversão. A água escura criara um gelo estranho, enrugado e translúcido e, o mais estranho, suave ao toque. A camada enrijecida cedera sob seus pés quando ele e o irmão se aventuraram a pisá-lo. Escorregando e tropeçando, agarraram-se um ao outro, gritando com nervosismo e ouvindo os estalos da substância se partindo em alguns pontos. Jamais haviam visto nada parecido antes: água do mar congelada! Afastaram-se da praia expondo-se ao perigo, olhando para trás e notando que a linha formada pela areia ia se tornando mais fina. O irmão mais novo brincara dizendo que poderiam voltar correndo para a Escócia.

O mais velho respondera, sim, mas você seria maluco se tentasse. E tentaria sozinho.

Mas, mesmo antes de terminar de falar, ele compreendera que já não sabia mais ao certo quais ações podiam ser consideradas sãs. Olhara para trás, para o tapete claro e distante da baía, para a orla e o triste conglomerado de casas ali existente, construções que poderiam ser sopradas para longe, caso aquela terra produzisse tempestades como as do mar do Norte. Era uma imagem triste. Aquele litoral não era digno do nome que tinha. Era apenas uma mescla patética de areia e água. Era difícil estabelecer onde terminava um e começava o outro. O terreno nunca se erguia senão pelas pequenas colinas, nunca ia além de pequenas depressões que mal alteravam o contorno. Era uma terra própria para o cultivo, sim, mas uma paisagem lamentável comparada àquela que dera origem aos dois irmãos. Como era diferente aquela terra natal, aquela região onde as ondas negras atiravam toda a sua força majestosa contra as rochas, onde dois poderes impressionantes travavam uma eterna batalha. Lá o mar era o músculo da natureza e o litoral, uma parede de pedra íngreme erguida para contê-lo. A interação entre eles gerava uma grandiosa confusão de sons, jatos e movimento, promovendo um espetáculo constante que podia ser apreciado a qualquer momento do dia ou da noite. O local tinha características imponentes, uma terra que nunca se cansava de mudar, passando do lago ao vale, do vale à montanha. Aquela era uma terra. Cruel em muitos sentidos, mas ninguém jamais poderia descrevê-la como uma elevação de areia brotando da água. E depois de vê-la, ninguém podia jamais esquecê-la.

Lewis se agarrara em seu braço, e os dois tinham caído no gelo e rido tentando arrancar da superfície os fragmentos que atirariam um contra o outro. Nessa ação os pensamentos tinham ficado suspensos, os sonhos adormecidos, a vida seguira em frente. O movimento os empurrava para a frente, e isso, Morrison pensara, era bom. Nenhum dos dois percebera que dois objetos não poderiam se manter em movimento por tempo indefinido. Em algum momento, colidiriam com alguma outra coisa e teriam de parar.

Dois

William sabia que eles estavam chegando. Ouvira seus movimentos bem próximos mais de uma vez. Podia distingui-los dos ratos por suas vozes, se não por qualquer outra coisa. Mas dessa vez estavam mais perto do que antes. Tentou encolher-se ainda mais e desaparecer entre os caixotes, mas não havia um lugar aonde ir. Sua coluna estava torta, o corpo dolorido, e o espaço era tão pequeno que não podia nem se sentar com os ombros eretos. Por isso parou e esperou por eles, paciente, vendo a luz do lampião penetrar por entre as vigas acima de sua cabeça e criar estranhos desenhos.

Quando os dois homens brancos apareceram, William limitou-se a encará-los. Eles disseram alguma coisa. Sabia que estavam falando porque via o movimento de seus lábios, mas não conseguia ouvir as palavras que pronunciavam. Por um momento não pôde ouvir nada. O mundo ficou quieto. Apenas observava os rostos confusos dos homens, sabendo que o estavam questionando. Por último, um deles estendeu a mão em sua direção. A mão aberta ficou parada no ar, chamando-o. William reagiu e aceitou a oferta do desconhecido, agarrando seus dedos.

Foi nesse momento que o transe se desfez. A palma da mão do homem branco era calejada, quente e muito real. A realidade emanava dela, passando por seus dedos e atingindo os de William, subindo pelo braço até o ombro e daí à cabeça, que num instante ganhou total lucidez. Não estava sonhando. Eles o puseram em pé sobre pernas adormecidas e rígidas e o levaram por um caminho tortuoso através de muitas caixas, vigas de madeiras e sombras. William tropeçou na escuridão e buscou apoio no homem a seu lado. Tentou afastar-se, mas caiu de encontro ao outro desconhecido e seguiu em frente apoiado pelos dois. Alcançaram uma escada de madeira, que William subiu agarrando-se aos degraus. Caminharam por toda a extensão do andar de cima, subiram outra escada semelhante à primeira e depois passaram por uma série de portas estreitas.

A luz feriu seus olhos. O ar fresco o atingiu como uma bofetada no rosto, salgado, frio e úmido. O mundo ganhou vida por meio dos sons. Nada era silencioso. As velas estalavam batidas pelo vento. As ondas se abriam sob o casco do navio. Gaivotas berravam seus chamados rudes como se conversassem. E ele ouviu vozes humanas, ríspidas em alguns momentos, debochadas em outros, vozes que pertenciam a homens que trabalhavam duro em uma atividade que os enchia de alegria. Quando os olhos se ajustaram à luz, William viu as manifestações visuais desses sons. Estava em um navio. A embarcação já não era mais uma silhueta apagada na quietude do porto, mas uma entidade cheia de vida cortando a superfície branca do oceano. Velas imensas se estendiam nos dois lados do navio, infladas pelo vento, empurrando-os para a frente. A costa ficava à esquerda, distante de onde estavam, e à direita a água se estendia interminável, como um tapete que ultrapassava o horizonte. Já não estavam mais nas águas rasas de Chesapeake. Aquele era o Atlântico aberto e grandioso.

Os dois homens o agarraram pelos pulsos e o cano de uma arma pressionou seu ventre. Eles o conduziram para a frente. William dava passos pequenos, desequilibrado pelo balanço do navio, a cabeça girando e a visão turva. Passaram por entre caixotes e enormes rolos de corda, sob o mastro principal e ao lado de linhas que, estendidas verticalmente, formavam uma teia de ângulos e retas. Pararam diante de dois outros homens, bem atrás do mastro da proa. Um deles era pequeno, compacto na estrutura, porém forte. Seus cabelos dourados brotavam da cabeça em todas as direções, criando uma imagem estranha. Ao ver William, ele levou a mão ao cabo de uma adaga, uma arma fina e curva que pendia de seu cinturão.

O outro homem virou-se e olhou para William sem demonstrar surpresa. Ele era mais velho e usava um intricado chapéu de marinheiro, as abas viradas para cima de acordo com um estilo de épocas passadas. Seu rosto era enrugado, a textura da pele alterada pela exposição constante ao sol. As sobrancelhas se debruçavam sobre os olhos, duas linhas espessas desenhadas com carvão. Uma barba similar se espalhava sobre o queixo e cobria mais da metade das bochechas. Os olhos eram grandes até mesmo para o rosto largo, mais redondos do que o habitual. Os captores de William se dirigiram a esse homem, explicando onde e em que condições o haviam encontrado.

O homem menor moveu-se antes que eles terminassem de falar, percorrendo a distância entre eles com passos largos e firmes. Sua primeira atitude foi acertar a boca de William com um soco. Pego de surpresa, ele quase caiu com o impacto, mas foi amparado pelos dois homens que o haviam encontrado.

— Logo vai compreender que cometeu um erro, meu amigo.
— Ele fez um sinal para os dois comandados. Um deles adiantou-se, mas o outro permaneceu onde estava, uma das mãos agarrando um braço de William, a outra segurando a arma contra seu abdome. — Capitão, temos o direito de enforcá-lo.

— Sem um julgamento, sr. Barrett? — o capitão indagou, a voz calma e nasalada.

— Que julgamento tiveram aqueles homens quando caíram nas mãos de outros como ele? — Barrett deu um passo à frente e segurou o queixo de William com seus dedos ásperos. — Que julgamento deram àqueles homens antes de se rebelarem e promoverem aquela chacina?

— Por favor, sr. Barrett, dê-me um momento. — O capitão fez um gesto para que o outro se afastasse e examinou William da cabeça aos pés, analisando cada detalhe do corpo e das roupas que o cobriam, detendo-se na calça rasgada e no lamentável estado de suas botinas. Ele estendeu a mão como se tivesse a intenção de tocar seu rosto. William ergueu a cabeça antes que o homem pudesse fazer contato com sua pele. — Não tem o aspecto de um assassino — ele disse —, mas já conheci muita gente e aprendi que as aparências quase sempre enganam. Deus nos deu o bom senso de reconhecer a diferença entre um leão e um cordeiro, e ele escreveu as leis pelas quais punimos os criminosos entre nós.

Um dos outros homens retornou, trazendo com ele o som familiar do ferro. William apertou os lábios para resistir à angústia provocada por aquele ruído. Cansado e esgotado como estava, não permaneceria diante daquele homem como um escravo oferecido em leilão. Escolhendo um ponto distante, fixou nele o olhar de forma a demonstrar que estava muito longe dali, em algum lugar completamente diferente daquele, um local onde jamais poderiam alcançá-lo ou possuí-lo. Pela primeira vez se deu conta de tudo que havia dentro dele, coisas que nenhum homem branco jamais poderia conhecer. Havia regiões de sua alma que nenhuma corrente poderia tornar cativas. Pensou em Dover e naquela eterna fúria em seus olhos, e sentiu-se mais próximo dela do que em todos os momentos desde aquele dia em janeiro.

— Perdoe-me se peco contra você — disse o capitão —, mas devo proteger meu navio e minha tripulação. Você entende...

O capitão fez um gesto chamando o homem que segurava as correntes. William continuou olhando para a frente enquanto o sujeito prendia os braceletes de ferro em seus pulsos marcados por antigas cicatrizes. Via o litoral distante, uma linha branca de areia além das quais as dunas se sucediam a perder de vista.

— Não sou inteiramente indiferente a sua situação — o capitão confessou. — Repudio a instituição que o escraviza e acredito até mesmo que o derramamento de sangue branco pode ser justificado em algumas circunstâncias. Mas, pelo menos por enquanto, devo tratá-lo como um criminoso. Se quiser defender-se, saiba que estarei sempre pronto para ouvi-lo. — Parado, ele cruzou as mãos de forma a demonstrar que era paciente o bastante para escutá-lo. — Tem alguma coisa a dizer em sua defesa?

William não respondeu. Não queria ouvir aquele homem nem se relacionar com ele. Deixaria que fizessem o que julgavam ser certo. Se tivesse um único momento de paz, tentaria fugir novamente. E, se fosse pego, escaparia outra vez. E, se não pudesse encontrar Dover, morreria tentando. Mesmo que tivesse de morrer ali, não demonstraria medo, porque vira homens brancos mortos. Vira seu sangue derramado e sua carne dilacerada. Se nunca mais pudesse encontrar Dover, ao menos morreria levando a certeza de que ela se orgulharia de seus atos. Ela o julgaria belo em sua ira.

— Você é um dos fugitivos daquele grupo da Virgínia? É um daqueles escravos que se rebelaram e mataram seus condutores? — A ausência de resposta arrancou um suspiro do peito do capitão. — Talvez nenhum homem branco tenha perguntado sobre seus pensamentos antes, mas é exatamente isso que estou fazendo. Estou lhe dando uma oportunidade de falar, de contar sua versão dos fatos. Seria sensato aproveitar essa chance.

Embora William tentasse não ouvir, embora não quisesse manter nenhum relacionamento com o comandante, a estranha cadência de suas palavras reverberava em sua mente. Deduziu que o homem sabia sobre o massacre, como também sabia que ele era um fugitivo, mas não conseguia imaginar qual seria sua atitude diante daquilo tudo. Se ele houvesse ordenado seu enforcamento imediato, a situação faria mais sentido. Se tinha mesmo conhecimento sobre aquelas coisas, como parecia ter, então William só viveria até que um nó fosse feito em torno de seu pescoço. Tinha alguma coisa a dizer em sua defesa? Sim, tinha um milhão de coisas a dizer, mas nenhuma que pudesse interessar a um homem branco.

— Senhor — disse o pequenino, aproximando-se do capitão.

A voz do comandante era calma.

— Você é um daqueles fugitivos. Entrou em meu navio sem anunciar sua presença, um gesto que poderia ter me comprometido aos olhos das autoridades. Estou correto? Vai negar o que digo?

William mantinha a boca fechada e os lábios apertados.

— Seu silêncio me deixa sem outra alternativa — anunciou o capitão. — Barrett.

O homem pequeno aproximou-se, segurou os braços de William e, virando-o de costas, empurrou-o contra a lateral do navio. A balaustrada alcançava a altura de sua cintura, e a metade superior de seu corpo era impelida para a frente. A água passava diante de seus olhos em velocidade espantosa, abrindo-se sob o casco da embarcação como um imenso abismo negro. Barrett o manteve naquela posição por alguns instantes, o punho cerrado pressionando sua nuca.

— O capitão quer ouvi-lo falar!

William queria libertar-se das mãos daquela criatura minúscula e olhar mais uma vez para o capitão, ouvir mais de suas perguntas e mais de sua voz calma e cadenciada. Abriu a boca, mas não sabia como nem por onde começar a falar. O que poderia dizer para prolongar aquele momento, para ganhar mais tempo e pensar? Barrett pressionou o cotovelo contra a porção inferior de sua coluna, arrancando um gemido de seu peito, um som que ecoou como uma maldição.

— Ouviu isso? — perguntou o baixinho. — Ele está lançando pragas contra nós. Ouça-o.

O capitão aproximou-se dos dois homens.

— Tenho certeza de que já se deu conta do esforço que Barrett está disposto a fazer pelos resultados desse interrogatório. Precisamos de respostas, e, se continuar se recusando a fornecê-las, serei forçado a permitir que Barrett o submerja. Está entendendo? Ele o amarrará pelos pés com uma longa corda e o jogará na água, e você conhecerá a sensação de afogar-se. Não é nada agradável. Vai chicotear na água tentando agarrar-se a qualquer coisa. Mas a água é algo com e sem substância. Sentirá o impacto quando se chocar contra ela, mas não encontrará nenhum ponto de apoio. Sentirá uma exaustão que nunca experimentou. Nós o içaremos como um peixe retirado da água. Você gritara, mas sua cabeça estará sob a água. Talvez perca a consciência, se tiver alguma sorte. Se não, terá consciência do momento em que a água invadir seu corpo, inundando-o e varrendo a vida para fora dele. E nesse ponto o sr. Barrett o puxará de volta ao barco e repetirá as mesmas perguntas. Agora... — Ele virou o rosto de William em sua direção, fitando-o dentro dos olhos — vamos evitar tudo isso, está bem? Diga-me se é um assassino.

William balançou a cabeça.

— Não tem as mãos sujas de sangue?

Pela primeira vez desde que o interrogatório começara, William verbalizou sua resposta.

— Não.

O capitão formulou a pergunta seguinte com palavras claras e deliberadas, pronunciando-as bem perto do ouvido de William.

— Então, responda com todas as palavras. Fale para que eu possa conhecer a verdade.

— Nunca matei ninguém. Os outros mataram os brancos.

— Típica! — Barrett cuspiu com desdém. — Uma resposta típica! Devo submergi-lo, senhor?

— Não. Nós não temos tempo para isso. — O capitão ergueu os ombros, uniu as mãos às costas e observou William de sua posição de autoridade. — Isto não é um tribunal. Não devemos tratar desse assunto a bordo do navio. Ele alega inocência. Por enquanto, isso é o bastante. Providencie para que o prisioneiro seja trancafiado e em segurança. Vamos entregá-lo quando for conveniente para nós.

Barrett abriu a boca para protestar, mas o capitão ergueu a mão a fim de impedir sua manifestação.

— Já tornei conhecida minha decisão — ele disse. — Agora trate de cumprir minhas ordens.

Com outro gesto rápido e firme, o capitão pôs vários homens em movimento. Eles arrancaram William das mãos de Barrett e o levaram dali. Nos primeiros metros seus passos foram guiados. De olhos fechados, ele se deixava levar. A imagem da costa surgiu clara em sua mente e ele foi tomado de assalto pela idéia de mergulhar no oceano, de nadar até a terra firme ou afogar-se tentando. Ao abrir os olhos, viu que a passagem para a parte interna do navio estava muito próxima. Com um movimento brusco, livrou-se dos homens que o seguravam pelos braços e deu um passo a frente, para a balaustrada. Tentou correr e saltar por cima dela, mas, quando já estendia a mão para tocar o ferro frio, seus pés foram arrancados do chão e os homens caíram sobre ele, imobilizando-o e agredindo-o com socos e pontapés. Eles o puseram em pé e o arrastaram para a parte interna da embarcação. William lutava pela liberdade, olhando para trás e tentando localizar o capitão, subitamente determinado a jurar inocência. Mas o capitão não estava em nenhum lugar onde pudesse vê-lo. Ao ser arrastado pela passagem, abriu os braços de forma a deter o avanço do grupo. Gritou o nome de Dover, mas seu grito foi varrido pelo vento que atravessava toda a extensão do convés. Em seguida a embarcação o engoliu.

William estava sentado na cela, os pulsos presos por correntes, as nádegas doloridas pela pressão constante contra a madeira. Era um aposento pequeno, talvez pequeno demais para pôr-se em pé, e pouco mais largo que seus braços abertos. As correntes estavam presas a um anel no chão, embora a medida nem fosse necessária. Não havia um único raio de luz no interior da cela, nenhuma brisa que pudesse sugerir ar em movimento. Era uma câmara de madeira escura e úmida. Seus captores haviam deixado um balde perto da porta para que ele pudesse aliviar-se. Mas não precisava do recipiente. Não havia mais nada dentro dele que pudesse ser posto para fora. No início sonhara escapar. Imaginara como poderia fugir, as cenas de sangue e morte contrárias à sua natureza, mas necessárias à sobrevivência e, portanto, rapidamente aprendidas. Mas a fúria não durou por muito tempo. Ela deixou seu corpo e se perdeu na escuridão que o cercava. Foi quase um alívio abrir mão da esperança, desistir dos planos e dos pensamentos grandiosos, deixar-se invadir pelo torpor que refletia a atmosfera a sua volta. Quanto um homem podia suportar? Quanto, até que pudesse desistir com honra? Talvez decepcionasse Dover e a criança, mas quanto ainda poderia agüentar antes de desistir?

Quando a porta se abriu, ele ergueu as costas. Uma vela iluminou a abertura. Um segundo depois, um rosto apareceu na fresta. Por um instante, William pensou que a luz tênue o estivesse enganando. O rosto iluminado por ela parecia ser negro, pois só o branco dos olhos cintilava claro refletindo aquela luz. O rosto desapareceu. A chama da vela tremeu. Então a porta se abriu por completo e um homem entrou carregando uma vela em uma das mãos e um prato de comida na outra. Por alguns segundos o rosto da pessoa permaneceu oculto, mas quando ele se virou novamente em sua direção, William constatou que não havia cometido nenhum engano. Aquele era mesmo um rosto de ébano, o rosto de um negro ainda mais escuro que ele, com cabelos que, se seus olhos não estivessem errados, brotavam da cabeça como enormes minhocas de muitos centímetros de comprimento. Talvez fosse uma mulher. As faces elevadas desciam formando um queixo imberbe. Os olhos eram grandes e amendoados, os cantos externos voltados para cima. Mas havia algo de masculino nos movimentos daquela pessoa, gestos rápidos e seguros que não expressavam nenhum nervosismo por sua proximidade.

A pessoa deixou o prato de metal diante dele, colocou a vela ao lado do prato e recuou alguns passos. O homem estava vestido como qualquer marinheiro, com calça escura e camisa de algodão, mas era o rosto incomum e angular que chamava a atenção de William. Seus lábios formavam uma prega escura sob o nariz. Linhas negras cortavam as faces no sentido diagonal, cicatrizes ou tatuagens, era difícil determinar. Apesar da aparência profunda e imponente, William não se sentia ameaçado por ele.

— Coma — disse o homem. Em uma única palavra a voz traía sua origem estrangeira. Ele falava com a ponta da língua entre os dentes, como se tivesse de fazer um grande esforço para pronunciar palavras que acabara de aprender.

William estendeu a mão para o prato. O vapor que se desprendia do alimento pairava diante de seu rosto. Não podia identificar o aroma, mas descobriu o que era assim que levou o primeiro bocado à boca. Angu de milho. Comeu devagar, mastigando bem a substância espessa e morna, lembrando como comer. Em pouco tempo, esqueceu o homem diante dele. Sentia a comida dentro da boca e a movimentava entre os dentes, deixando que ela o preenchesse aos poucos. Era como se de repente algo despertasse dentro dele, uma parte de seu ser que havia estado adormecida durante muito tempo. Depois de ter comido todo o angu contido no prato, William notou as tiras de carne alinhadas em torno da borda.

— É veado.

William levantou a cabeça.

O homem sorriu e repetiu:

— Vei-a-do. — Depois moveu a cabeça em sentido afirmativo, como se perguntasse se ele havia compreendido. Usando as mãos, fez gestos que lembravam um coelho pulando. Insatisfeito, levou-as à cabeça e usou os dedos para imitar os galhos do animal. Notando que o prisioneiro ainda parecia confuso, balançou a cabeça e deixou cair os braços com um misto de cansaço e resignação. — Va-do?

— Não. Veado. Já entendi. — O problema era que nunca havia comido tal carne antes. Provou-a hesitante e descobriu seu sabor rico. A textura era firme, mais do que teria imaginado para animais tão delicados. Ergueu a cabeça e encontrou os olhos curiosos do negro. Ele parecia esperar uma resposta. — É bom — disse.

O desconhecido sorriu. Depois, sem preâmbulos ou mudança na expressão de seu rosto, perguntou:

— Quem Dover?

Por um segundo de intensa confusão e surpresa, foi como se o homem houvesse arrancado o nome de sua cabeça, como se o houvesse roubado de alguma forma. Mas, ao encará-lo, não encontrou nenhuma indicação de malícia em sua expressão, nenhuma intenção maldosa, nada que pudesse indicar que ele fosse um feiticeiro capaz de apoderar-se de pensamentos alheios. O homem fizera uma pergunta e esperava uma resposta. William lembrou-se de ter gritado seu nome no convés. Ele devia ter escutado.

— Ela... minha mulher.

— Sua mulher? — repetiu o outro, testando as palavras como se pudesse decifrar novos significados pronunciando-as bem devagar. Ele assentiu e não disse mais nada.

William continuou comendo. A fúria de antes desaparecera. Não havia morrido, mas permanecia escondida no fundo da consciência, permitindo completa clareza de idéias e de raciocínio. A comida devia ter ajudado. Queria perguntar àquele homem quem era ele, o que fazia naquele navio. De alguma forma, e não era apenas por causa de sua cor, ele parecia deslocado. Era como se mantivesse a serenidade, em paz com o corpo físico e paciente o bastante para suportar os momentos de silêncio e espera no interior daquela cela escura. William decidiu que voltaria a falar quando terminasse de comer.

Mas, assim que levou o último pedaço de carne à boca, o homem adiantou-se e recolheu o prato vazio. Com um gesto, anunciou que deixaria a vela, e depois parou ao lado da porta, olhando para William mais uma vez.

— O capitão está aqui — avisou.

Assim que o negro saiu, o comandante do navio apareceu em seu lugar. Devia ter ficado do lado de fora durante todo o tempo, esperando.

O capitão penetrou no cubículo e deixou uma lanterna ao lado da porta. O homem negro voltou segundos depois para entregar ao branco uma garrafa de vinho e duas taças de madeira. Acatando a ordem de seu comandante, que apontou para a porta com um movimento de cabeça, ele lançou um último olhar para William e saiu, deixando-os a sós.

O capitão olhou para as tábuas sob seus pés, ganhando algum tempo antes de sentar-se. Depois de experimentar várias posições, ele se acomodou com as pernas flexionadas diante do corpo e as costas eretas. O comandante observou o prisioneiro por alguns momentos, estudando seu rosto e suas roupas, o corpo e o rosto novamente. Abriu a boca como se pretendesse tecer algum comentário sobre sua aparência, mas fechou-a em seguida como quem muda de idéia. Em silêncio, removeu a rolha da garrafa e despejou o vinho nas duas taças.

— Deve estar com sede — disse. — Tomei a liberdade de trazer um pouco de vinho para bebermos juntos. Passei o dia todo combatendo uma imensa sede. — Ele deixou um dos recipientes ao alcance de William e só então sorveu o líquido vermelho da outra taça.

William permanecia em silêncio. Seus olhos estavam fixos na área mais escura da cela. Respirando fundo, tentava acalmar o coração e reduzir o ritmo da pulsação que sentia em suas palmas.

O homem branco limpou a boca, encheu a taça pela segunda vez, e só então voltou a falar. Ele falava com aquela voz estranha e cadenciada. Primeiro descreveu com detalhes o tempo nos últimos dias, depois discutiu os ventos e como estavam sendo favorecidos por eles, estendendo-se a ponto de relatar a tempestade de relâmpagos que vira no horizonte distante na noite anterior. William mal ouvia o discurso prolongado, preparando-se para o momento em que o homem realmente anunciaria o propósito de sua presença naquela cela, alguma decisão sobre seu destino, alguma informação sobre quando seria devolvido ou entregue às autoridades. Mas, se o capitão dispunha de tais dados, não tinha pressa em revelá-los.

— O que você pensa sobre Adam? — Com um gesto, o capitão indicou que se referia ao homem negro do outro lado da porta. — Eu o comprei, sabe? Agora ele é tão livre quanto qualquer homem comum. Paguei em moedas de prata por sua liberdade na costa da África do Norte. Fui abordado por um negociante de escravos na Tunísia. Havia bebido enquanto procurava por diversão. Eu bebia muito naquela época. O álcool dá ânimo a um viajante, e precisamos de muito ânimo em terras estrangeiras. Mas, como estava dizendo, eu procurava por distração, e aquele comerciante anunciou que tinha meninos para vender, meninos que poderiam ser usados para qualquer propósito que uma mente doente fosse capaz de imaginar. — Ele parou e estudou William. — Fiquei curioso, entende? O comerciante contou que ele havia sido tirado de um navio pirata na costa de Madagáscar, mas é bem provável que tenha mentido. Creio que Adam nem sabe onde nasceu. De qualquer maneira, ele já havia sofrido muito em seus poucos anos de vida. Nunca trabalhou duro como você deve ter trabalhado, mas foi usado para outros fins. O comerciante o despiu e pôs à mostra todas as partes de seu corpo. Ele foi obrigado a se abaixar e se contorcer e... Foi degradante, e não só para Adam. Também fiquei muito constrangido. Paguei o preço que era pedido pelo rapaz sem barganhar. Eu o tirei daquele lugar, não para usá-lo, como havia sugerido o comerciante, mas para conduzi-lo à liberdade. Entende por que fiz isso? Alguns atos dos homens degradam toda a humanidade, não só o indivíduo. Eu havia presenciado a humilhação daquele ser humano obrigado a exibir-se, e considerei aquele ato um crime imperdoável. Tinha a prata, e decidi usá-la para comprar nossa absolvição, minha e dele. Estava sóbrio quando tomei essa decisão, e jamais duvidarei de aquele gesto foi um dos melhores de minha vida. Adam não é mais um escravo. É livre para ir aonde quiser e quando julgar conveniente. O fato de ainda estar comigo é uma espécie de bênção. Passamos muitas horas conversando. Ele é um bom ouvinte, e eu sou um homem com uma enorme necessidade de falar. Como acabei de demonstrar.

O capitão sorriu e inclinou sua taça na direção de William.

O prisioneiro continuou quieto, atento.

— Por favor, beba seu vinho. Estou falando sobre Adam porque ele falou de você. Depois de tê-lo observado no convés, ele acredita que está sendo acusado injustamente. Adam acredita que você não é um assassino. Ainda não. Gostaria muito de ouvir isso com suas próprias palavras. Fale comigo como um homem livre. Está navegando no oceano, longe das leis que o mantêm cativo no território de onde escapou. Aproveite essa oportunidade e manifeste seus pensamentos.

William não disse nada. Apenas olhou para o vinho e para o reflexo vago em sua superfície.

— Sua relutância é compreensível, é claro — continuou o capitão. Sua expressão sombria indicava que não havia humor na afirmação. — Minha esposa sempre disse que eu era insensível. Ela dizia que eu metia o nariz onde ele não devia estar. Mas eu sempre expliquei a ela que era exatamente o oposto. Só metia meu nariz em tudo por ser muito sensível. Fazia perguntas porque tinha interesse pelos assuntos de meus semelhantes. Não acha que o mundo seria um lugar melhor se mais homens agissem da mesma maneira? — Ele parou esperando por uma resposta. Na ausência dela, resmungou: — Não que eu tenha a pretensão de servir de modelo para outros homens... Sabe que passamos por uma vistoria na Virgínia? E ontem fomos submetidos a outra inspeção na Costa Leste. Na primeira não tínhamos conhecimento de sua presença a bordo, e os representantes das autoridades locais não se empenharam muito na busca. Ontem a situação foi bem diferente. Não sei por que fiz isso, mas neguei sua presença em meu navio. Meu primeiro ajudante, Barrett, quase sofreu um colapso nervoso, tal a intensidade de sua raiva. Para nossa sorte, ele acata minhas ordens com a fidelidade de um bom marinheiro, embora tenha outros defeitos horríveis. E como um marinheiro, eu tenho o dever de cuidar de meu navio.

O capitão levantou-se e limpou a poeira da calça com as mãos. Munido da lanterna que havia deixado no chão, abriu a porta e parou do lado de fora, no corredor. Então olhou para William, que continuava sentado com a taça entre as mãos.

— Logo voltarei para falarmos sobre Dover — ele anunciou. — Por favor, considere tudo que ouviu.

Com isso, ele fechou a porta. William foi cercado mais uma vez pela escuridão.

Três

À *medida que o rastro ia se tornando mais frio, Morrison passou a rondar os distritos negros de qualquer cidade com uma população grande o bastante para merecer tal seção. Tentava de todas as maneiras aproximar-se dos negros, fossem eles escravos ou homens livres, e envolvê-los em conversas que pudessem ter alguma utilidade. Mas seu esforço era inútil. Os rostos escuros nunca se erguiam para encará-lo. Olhavam para o chão, falando por monossílabos e dando a impressão de não compreenderem suas perguntas. E no entanto, quando se afastava o bastante para não ser notado, ouvia a conversa animada e fluente entre eles. Os negros contavam piadas uns aos outros, trocavam ameaças e insultos, falavam rapidamente, como se a língua saltasse dentro da boca. E quanto percebiam a presença do homem branco, mergulhavam num silêncio impossível de romper.*

Morrison queria dizer que já havia conversado e convivido em todos os níveis e de todas as maneiras com gente de sua cor. Teria explicado que trabalhara lado a lado com os negros em seus primeiros dias naquele país. Gostaria de falar com eles sobre seu irmão, que reconhecera a humanidade africana antes dele e o fizera enxergar e entender muitas coisas importantes em sua vida tão curta. Havia sido seu irmão quem retornara ao quarto certa noite com o sangue de um homem negro manchando suas mãos. Ele havia adquirido o hábito de vagar pela noite, incapaz de adaptar-se aos hábitos daquela terra, incapaz de enfrentar o silêncio e a escuridão das horas de insônia. Só a exaustão o ajudava a encontrar alívio. E a melhor maneira de encontrá-la, ele descobrira, era vagando pela noite. Naquela noite em particular, Lewis entrara no quarto exibindo as mãos, implorando para que Morrison acordasse, suplicando para que acendesse a vela. Ele tinha as pernas cobertas de lama até os joelhos, e também havia barro em seu peito, nos braços e nos cabelos. Mas a sujeira não o incomodava. Eram as mãos e as manchas que a cobriam que o perturbavam. Lewis as aproximara do rosto do irmão perguntando se ele as via. Podia ver o sangue? Sabia que aquela era uma terra de sangue, que ele corria pelas ruas como lama? Morrison acalmara o caçula e ouvira sua história.

Era uma noite sombria, úmida pelo resíduo da chuva de primavera. Lewis caminhara sozinho até entrar em determinada estrada e ver os três homens a alguns passos de onde ele estava. Pensara em parar e desaparecer antes que eles o vissem, mas fora impelido pela idéia de não agir como um criminoso. Apressara o passo e seguira em frente, passando pelo grupo. Um deles segurava uma tocha, enquanto os outros dois se dedicavam a um quarto homem, um negro cuja presença Lewis não havia notado. A luz trêmula daquela tocha iluminava uma cena de incrível barbaridade. O homem negro permanecia de quatro, enquanto os outros dois o espancavam na cabeça e nas costas com pesados bastões. Eles o empurraram contra o lodo e pisaram em suas costas. Depois o ergueram e o esmurraram, alternando-se como se participassem de um jogo. O sangue do negro se misturava à lama e tornava sua pele escorregadia, o que impedia que os outros dois o agarrassem com firmeza. A dificuldade os enfurecia ainda mais. Um dos homens erguera um rifle para atirar contra o negro. Antes de apertar o gatilho, ele mudara de idéia, segurara a arma pelo cano e a girara descrevendo um grande arco. O cabo de madeira do rifle atingira o rosto do negro, esmagando alguns ossos e lançando-o ao chão como se quisesse recuperar os dentes perdidos. Ferido e humilhado, ele ficara deitado e imóvel enquanto o lodo ia aos poucos envolvendo seu corpo, tragando-o para suas profundezas.

Quando os brancos se viraram para partir, o homem que empunhava o rifle olhara para Lewis e o estudara por alguns instantes, como se só então notasse sua presença. Seus traços eram suaves e muito jovens, quase infantis. Ele assentira e chegara a sorrir. Sabe o que dizem por aí, dissera. Um negro vale meio centavo para ser morto e meio centavo para ser enterrado. Ele apontara para o corpo meio enterrado no lodo. Imagino que aquele ali possa valer um centavo inteiro, comentara. Depois se afastara sem pressa, o rifle apoiado no ombro, o cano apontado para o céu, os passos tranqüilos e felizes.

Lewis ficara parado no mesmo lugar por algum tempo, olhando para a silhueta do negro e para a substância marrom que o tragava aos poucos, como se a terra o aceitasse de volta em seu ventre. Não conseguia agir. Não conseguia pensar. Não conseguia entender o rosto bonito do homem armado com um rifle, nem a visão diante dele. Não encontrava um jeito para explicá-la, nem via sentido nas circunstâncias que o ti-

nham levado até aquele lugar ou no eventual curso de acontecimentos que haviam provocado tais fatos.

Então o homem se movera. Não havia sido um grande movimento. Pouco mais que um arfar do peito, uma inspiração profunda, mas, para Lewis, aquela havia sido a prova de que ele ainda estava vivo. Tal certeza o impelira até a beirada da enorme poça de lama. Rápido, rolara o corpo do negro com o rosto voltado para cima, apoiara a mão aberta em sua nuca e tentara sustentar a cabeça. O homem abrira os olhos. O lodo ensangüentado se abrira para exibir dois globos que, úmidos, refletiam a luz das estrelas no céu da madrugada. Ele olhara para Lewis com uma expressão impossível de descrever. Não havia nenhuma emoção nela. Não havia tristeza, medo ou resignação. Nada disso. Seus olhos eram duas questões, e naquele momento Lewis compreendera que jamais seria capaz de respondê-las. Fora só isso. Momentos depois, aquelas perguntas transformaram-se em notas vazias que nunca mudavam de tom ou ritmo, seguindo eternamente iguais. Os olhos do negro olhavam para ele, mas não o viam mais. Não piscavam nem se moviam. Eram apenas coisas mortas, não mais janelas para a alma, mas matéria da vida sem a substância.

Lewis se afastara e voltara para casa com passos trêmulos, tomado pela certeza renovada de que tudo aquilo estava errado. Aquele lugar não era seu lar, e mesmo assim... Apagadas as cores, lavados os tons e envolvido o mundo em uma cadência diferente... Feito isso, aquele país não seria diferente do outro onde haviam nascido os dois irmãos. E era isso que realmente o assustava.

Enquanto abraçava o irmão e tentava acalmar seus soluços aflitos, Morrison soubera que ele não chorava apenas pelo negro desconhecido. Chorava por todos os momentos de sofrimento de todas as pessoas. Chorava pelas coisas que o ser humano faz com seu semelhante e pela semelhança entre os olhos mortos daquele negro e os olhos mortos de seus entes queridos. Eram lembranças como essa que Morrison teria compartilhado com as pessoas negras que encontrava agora, confissões que só faria para homens negros. Teria contado a eles sobre outra vez em que seu irmão voltara para casa falando sobre uma pessoa escura, uma mulher, uma história de alegria, não um relato de morte e tristeza como aquele outro. Mas, enquanto percorria as estradas secundárias de Maryland repetindo as mesmas perguntas, nunca falava sobre essas coisas. Tal diálogo era impossível. Simples palavras não poderiam servir de ponte para o abismo existente entre ele e aquelas pessoas. Talvez só as ações pudessem. Esse era, afinal, o verdadeiro teste da missão diante dele.

Quatro

O capitão voltou, mas não perguntou sobre Dover. Em vez disso, falou durante muito tempo sobre as coisas estranhas que vira no mar. Contou sobre as tempestades que desafiavam a razão com sua fúria, sobre as calmarias que levavam um homem a crer que o mundo havia morrido com todas as criaturas nele contidas. Falou sobre um ser das profundezas do oceano, uma coisa de muitos membros com um bico no lugar da boca e um olho tão grande que nem as duas mãos do capitão podiam cobri-lo. Ele falou sobre os peixes voadores do Caribe, cardumes tão grandes que certa vez a tripulação fugira do convés em busca de esconderijos, temendo que o oceano estivesse lançando adagas prateadas contra o barco. Ele disse que o mar podia ser de impressionante generosidade e abundância, magnífico a ponto de ultrapassar os limites do razoável. Mas o oceano também podia ser gelado e árido, insensível e totalmente desconhecido para a humanidade. Era um estranho caso de amor aquele entre o capitão e o mar, uma espécie de casamento que já durava toda uma vida.

William ouvia atento, os dedos em torno da taça de vinho, os polegares afagando a madeira lisa. Talvez a câmara escura onde estavam ajudasse a invocar imagens nítidas, cores internas, movimentos e panoramas. Ou talvez fosse a cadência da voz do capitão, tão controlada e constante, palavras que brotavam como pérolas produzidas pelo pensamento, coisas que possuíam vida própria. Ou talvez fosse apenas a mente carente de William, tão ávida por distração, pelo contato com outro ser humano, pelo diálogo, embora o diálogo de nada houvesse servido nas últimas semanas. Por alguma dessas razões, ou por todas elas, sentia-se hipnotizado pelas palavras do outro homem. Perdia-se nelas enquanto estavam juntos, e elas permaneciam vivas mesmo depois de o capitão ter saído da cela. Via as adagas arremessadas pelo mar, observava o sol abrindo caminho a fogo desde a borda do mundo. Tudo isso sem deixar a câmara escura e apertada do navio.

O terceiro encontro seguiu o mesmo padrão dos anteriores, mas dessa vez o capitão direcionou a conversa para William. De onde ele viera? Havia fugido de um senhor cruel? Sua vida havia sido o inferno que o capitão imaginava que fosse a escravidão? Era sincero com sua Dover? O relacionamento entre eles era uma espécie de casamento? William não respondia exceto por gestos, solicitações mudas para que não fosse questionado. Queria ouvir, mas ainda não se sentia preparado para falar. Abrir a boca equivalia a revelar tudo. Não seria possível pronunciar palavras sem trair toda a sua conturbada história. O homem o estava interrogando sobre as forças que haviam formado sua vida, sobre a agonia e a maravilha em igual medida. Não havia meio-termo para se tratar de tais coisas. Podia dar tudo ou nada. Assim, ele optou pela continuidade do silêncio.

O capitão mudou de assunto, passando a falar sobre sua esposa. Ela era de origem irlandesa, contou, de compleição tão clara que sua pele era quase translúcida. Embora frágil de saúde e temperamento, ela dera à luz dois filhos, um menino e uma menina. O menino era brilhante, de cabelo ruivo como a mãe e, também como ela, um pouco frágil. Sua filha, Esther, herdara o sangue dos marinheiros. Era tão impetuosa que nunca chegara a engatinhar. Equilibrara-se sobre as pernas frágeis de bebê e saíra tropeçando e cambaleando pelo mundo, como se fosse sua legítima dona. Era estranho, o capitão comentou, pensar nesses momentos tão preciosos. Era doloroso pensar em todo o tempo que havia passado em sua embarcação, momentos que teriam sido mais bem vividos na companhia daquelas pessoas queridas.

— Lembro-me de um passeio que fiz com Esther em uma tarde de verão — ele estava contando. — Estávamos caminhando havia algum tempo pelas terras de uma propriedade em Baltimore, e nos encontramos longe de qualquer abrigo quando as nuvens de tempestade surgiram no céu. Decidimos voltar por um caminho que cortava a floresta. A trilha era cheia de arbustos espinhosos e traiçoeiros, difícil de vencer, e logo comecei a perder a calma. Batia contra os arbustos, porque eles pareciam nos perseguir enroscando-se em nossas roupas. Eles me agrediam de volta, arranhando meu rosto e retribuindo em igual medida cada gesto violento que eu praticava contra os galhos e espinhos. Sentia-me muito próximo de perder a razão, tomado por uma raiva que o ser humano só dirige contra objetos inanimados. Então Esther me chamou. Eu me virei para encará-la e encontrei seu olhar cheio de piedade e serenidade. Ela balançou a cabeça, suspirou e disse: "Pai, seja mais cortês, ou a floresta não saberá distingui-lo de um rufião". Depois ela passou por mim e tomou a dianteira, caminhando sem praguejar nem agredir as plantas. Ela apenas se esgueirava por entre a vegetação como teria feito em um salão repleto de pessoas civilizadas. Foi impressionante. Eu, um homem crescido, seguindo minha filha pela floresta. Naquele dia percebi que Esther era sábia e muito sensata, e o tempo não mudou minha opinião. Naquele momento ela me deu nova forma, e desde então nunca mais pisei a terra da mesma maneira.

O navio rangeu no silêncio que se seguiu à história do homem. William mudou de posição sem se levantar, girando o pulso de forma que o ferro repousasse sobre uma porção diferente de sua pele. Ele percebeu que havia esquecido as correntes por alguns momentos. Estranho, porque raramente as esquecera desde que a elas fora submetido pela primeira vez. Mesmo quando dormia, a consciência do cativeiro permanecia viva em seus sonhos. Mas ali, por alguns momentos, o capitão o induzira ao esquecimento.

A vela de sebo estava quase chegando ao fim, e a chama trêmula produzia uma fumaça escura. O capitão inclinou-se para a frente e acendeu outra vela, um toco que restara do dia anterior.

— Um homem que não conhece a alegria da paternidade é um homem pobre — ele disse. — Um homem que nunca foi desafiado pelas provações da paternidade é um homem mais fraco do que os outros. Aprendi com meus filhos muito mais do que desejaria ter aprendido. Os três estão mortos há anos. Minha esposa e meus filhos... todos levados pela tuberculose. Morreram quando eu estava no mar. Foram consagrados e entregues ao Senhor enquanto eu navegava pela força de um vento favorável. Para mim todos são lembranças. Continuam como foram, como eu gostaria que ainda fossem. Essa é minha grande ilusão, mas ainda aprendo com ela. Acho que nunca perguntei... Você tem filhos?

William refletiu um pouco antes de decidir responder. Ainda em silêncio, deslizou os dedos pela madeira úmida sobre a qual estava sentado.

— Não sei — disse. Apenas duas palavras, mas o suficiente para saber que acabara de comprometer-se.

O capitão se mostrou confuso, mas só por um segundo. Uma expressão de constrangimento surgiu em seu rosto.

— Compreendo. Por um instante cheguei a esquecer as barbaridades da escravidão.

William sabia que ele não compreendia, e de repente tornou-se muito importante para ele que o outro o entendesse.

— Quero dizer que talvez tenha um filho... Ainda não vi Dover, por isso não sei.

Uma ruga marcou a testa do homem branco. Ele tocou o nariz com os dedos. Parecia pronto para prosseguir com o interrogatório, mas não o fez. Seu silêncio encorajou William a prosseguir. Ele não olhava para o homem branco. Com a cabeça inclinada, mantinha os olhos fixos nas vigas escuras acima deles, mas a voz soava firme, livre de hesitação.

— Por isso fugi. Descobri que ela carregava um filho meu. Ela carregava ele fazia meses antes de saber. Quando descobri, as coisas ficaram diferentes, não podia ser como antes. Tinha que ir atrás dela. Não podia continuar vivendo. Por isso fugi, capitão. Não foi só por mim. E eu não matei ninguém. Só estou tentando chegar perto de Dover e da criança. — Ele parou e respirou fundo, como se não respirasse desde que começara a falar. Podia ouvir os gritos dos homens no convés, o que era estranho, porque jamais os ouvira até aquele momento. — Sonho com ela todo tempo. Sempre que fecho os olhos, parece sonho. Nem parece certo... tanto que penso nela.

— Isso é amor — disse o capitão.

William encarou-o, tentando ler algo de novo em sua expressão, mas encontrando-a exatamente como antes. Não respondeu ao comentário de maneira direta.

— Nos sonhos, às vezes ela carrega o nosso filho. Mas ela está sempre longe. Do outro lado de um campo. Na praia, se estou em um barco. Esse tipo de coisa. Nunca vejo o rosto do bebê. Vejo o formato do corpo, mas não vejo ele realmente.

— E quer ver o rosto dessa criança?

— Mais do que tudo, quero isso. — Não sabia que pensava dessa maneira até expressar o pensamento com palavras. Era surpreendente a facilidade com que expunha sentimentos e pensamentos, de modo completo e claro, inegável. Sim, ansiava pelo reencontro com Dover. Sim, desejava ardentemente a liberdade e, sinceramente, a vingança. Mas tudo isso deixava de ser importante comparado a um anseio profundo que não conseguia explicar, que começava, terminava e prosseguia para sempre na possibilidade daquele filho. Olhar para o seu rosto, beijá-lo e saber que a criança era ele e Dover imortalizados, ver o bebê crescer e começar a andar, a ouvir e a falar com a sabedoria de sua inocência; eram essas as coisas que mais queria. E jamais tomara consciência desse desejo até aquele momento. — É uma coisa difícil de considerar — concluiu em voz alta.

— Sim, é difícil — o capitão concordou. Seus olhos vagaram pela cela e repousaram em um ponto qualquer no espaço entre ele e William. A mão segurava a taça de vinho, testando seu peso e a flexibilidade do pulso ao sustentá-la. — Pensei se não gostaria de discutir seus planos comigo. Como construiria uma vida para você se pudesse dispor de seu trabalho como um bem pessoal? A terra para a qual está fugindo é mais livre do que aquela de onde vem, mas lá também existem homens que defendem a escravidão e cometem atrocidades em nome da instituição. — O capitão mudou de posição e bebeu o restante do vinho. — O que seu povo pensa dos nortistas?

William pegou sua taça no mesmo instante em que o outro homem deixou a dele no chão. Confuso com a pergunta, bebeu um gole do líquido encorpado, engasgou com ele e passou um momento tossindo.

— Eu... eu... não sei, sinhô.

— É claro que sabe. Não passou toda a sua vida pensando nisso?

William fez um gesto como se fosse beber novamente, mas mudou de idéia. Apesar de todas as reservas, sentia-se muito inclinado a responder ao homem. Era difícil não dar respostas honestas a suas perguntas. Quase disse que sim, toda criança escrava ouvia histórias sobre o norte livre, relatos sobre pessoas brancas denominadas "abolicionistas", uma palavra que todos conheciam, mas raramente pronunciavam em voz alta, e nunca perto de um branco. Mas o que era tudo isso senão um conjunto de noções distantes que a mente infantil concebe a partir de belas imagens? Talvez os nortistas brilhem com uma luz sagrada que nenhum sulista pode ter. Talvez pairem sobre a terra e olhem com tristeza para o sul. Talvez tenham asas. Havia imaginado os nortistas de todas essas maneiras. No entanto, conhecera alguns deles ao longo da vida, e eles não eram diferentes de nenhum outro homem branco. Comiam a mesma comida e exalavam os mesmos odores, e mais de uma vez um negociante em visita ao sul se deitara com uma criada da casa e saciara sua luxúria exatamente como qualquer sulista. Não tinha ilusões sobre os nortistas, mas não tentaria explicar tal sentimento ao homem do norte que o questionava.

 O sul se mantém apegado a seus métodos por serem lucrativos, meu amigo — explicou o capitão. — É simples assim. E o norte... Bem, outras coisas geram lucro por lá, só isso. A maioria dos nortistas não tem mesmo uma moral mais elevada do que seus antigos senhores. São apenas diferentes. Uma questão das circunstâncias. Certa vez meu irmão hospedou-se com um cavalheiro do sul em Savannah. Em seu retorno ele me contou com detalhes sobre os rituais que haviam marcado sua estadia. Seu quarto havia sido arrumado e limpo, e a cama fora preparada com esmero para seu repouso. Ele falou sobre a criada... e não deixou de notar e elogiar sua aparência, ou a maneira como ela o recebia todas as noites com uma bacia de água morna para sua higiene. Aquela mulher se abaixava para tirar seus sapatos e certificava-se de que todas as necessidades de meu irmão fossem atendidas. De manhã, quando ele se levantava da cama, lá estava ela outra vez, colocando os chinelos em seus pés antes que eles tocassem o chão. Quando meu irmão falava, ela ouvia. Quando ele elogiava a beleza de mais um amanhecer, ela concordava. Em tudo, aquela mulher era sua criada, e ele era seu senhor. — O capitão parou de falar para fitar William. Seus olhos eram firmes, gentis, e os lábios brilhavam por conta da umidade da língua. — Meu irmão é um bom homem, mas ficou bastante impressionado com essa breve estadia no sul. Nenhum nortista tem em casa esse tipo de luxo, por mais rico que seja. Essa é a maior das ilusões, e por isso o sul jamais abrirá mão da escravidão, exceto pelo sangue.

Por alguns momentos depois dessa afirmação, William ficou sem saber qual era seu significado. Só depois de estudar o rosto do capitão ele compreendeu que o sangue mencionado era o de homens brancos. E isso era ainda mais assustador. Sangue branco derramado por mãos brancas, e para o bem de pessoas negras? Tal coisa jamais aconteceria. Olhando para o comandante do navio, imaginou se estaria diante de um louco. Nenhum homem branco falaria essas coisas para um homem negro.

O capitão sustentou seu olhar penetrante. Seu rosto mantinha uma expressão franca e aberta, como se ele participasse de um teste de intenções. Compartilharam o silêncio por um momento, depois ele tossiu para limpar a garganta e voltou a falar. Sua voz soava um pouco mais baixa, com um tom resignado, mas ele não desviava os olhos nem demonstrava sinais de hesitação.

— Quando embarcou como clandestino, você trouxe mais do que sua pessoa para dentro deste navio. Sou grato por isso. Foi muito bom termos conversado, mas este será nosso último encontro. Esta tarde penetramos no território de Delaware. A noite tem uma cintilante lua cheia e, como minha tripulação conhece bem essa região, navegaremos por algumas horas depois do anoitecer. Haverá apenas alguns poucos homens no convés, e eu os manterei ocupados tanto quanto for possível. Durante esse período você vai fugir.

Os olhos de William deixaram o rosto do capitão e retornaram em seguida, como se ele houvesse desaparecido e voltado no espaço de um segundo.

— Não olhe para mim com esse ar de espanto, William. Você me trouxe de volta lembranças e noções que eu havia deixado esquecidas no passado, e quero retribuir o que fez por mim. Não sou nenhum grande homem. Não sou altruísta. Em minha juventude, colaborei com o comércio de escravos. Na vida adulta, dei vazão a desejos que me envergonham. Agora, com a maturidade, devo viver com as lembranças de meus erros. O que faço por você é apenas um gesto. Mas não vou me enganar. Nada disso repara uma vida repleta de enganos e pecados. Enfrento diariamente a questão e me pergunto se tal reparo seria possível, mesmo com um milhão de atos de bondade. Questiono até mesmo se esses atos são realmente de bondade, uma vez que não consigo deixar de pensar em minha própria alma e nos antigos pecados que a maculam. — Ele estendeu a mão. — Vá encontrar as pessoas que você ama, e tente ser melhor para eles do que eu fui para os meus.

William aceitou a mão estendida. Sentia uma súbita necessidade de falar, mas a boca se tornara subitamente seca. O capitão segurou seus dedos e apertou-os por um momento. Depois soltou-os e deixou a cela sem dizer mais nada.

Adam apareceu algumas horas mais tarde, trazendo uma mochila que deixou em um canto da câmara. Expressando-se por meio de movimentos, o negro fez um gesto indicando que ele devia levantar os pulsos presos por grilhões. Ele os abriu, um processo lento, pois as chaves estavam enferrujadas e a fechadura era de um tipo primitivo. Enquanto William massageava a região ferida dos pulsos, Adam foi buscar a mochila. Era uma bolsa de couro com um cordão para fechá-la, o material coberto por uma substância gordurosa aplicada tempos antes para impermeabilizá-la. Ele a abriu e mostrou parte do conteúdo: comida, uma camisa de algodão, uma garrafa com algum líquido. Adam empurrou a mochila contra a barriga de William e disse:

— Siga.

William saiu da cela atrás de Adam. Apesar da escuridão da noite, feixes de luz se infiltravam para o interior do navio. Mas essa luminosidade só servia para desorientar, revelando contornos suaves e criando sombras, distorcendo ângulos e provocando um contraste que só acentuava ainda mais a escuridão. A princípio ele seguia os sons, mas o homem o guiava como um especialista nesse trabalho. Cada vez que William julgava ter perdido o curso, o outro batia com os dedos contra uma viga, assobiava ou simplesmente arrastava os pés sobre o chão de madeira. Cada som podia ser apenas uma coincidência, não fosse pelo fato de soarem sempre no momento exato. Em pouco tempo, William deixou o interior escuro da embarcação e viu o céu iluminado por uma lua cheia e prateada. Não foi necessário sequer subir uma escada, e ainda assim a luz azulada e o ar fresco eram inconfundíveis. Estava no convés, com Adam bem atrás dele. A mão do negro tocou seu cotovelo e, agarrando-o, ele o puxou de volta para as sombras.

Dois marinheiros estavam parados perto da balaustrada, a poucos passos dali. Eles se mantinham de costas e, a julgar pela conversa casual e relaxada, não perceberam nada. William percebia a presença de Adam bem próxima. Podia sentir seu cheiro, ouvir sua respiração e às vezes experimentar o toque dos dedos ásperos. Mas o homem permanecia imóvel, exigindo silêncio com a força do próprio exemplo. Cinco minutos mais tarde, um dos homens deixou seu posto na balaustrada e desapareceu atrás dos mastros e das cordas empilhadas na outra extremidade da nau. Mais alguns minutos, e a voz do capitão soou chamando o segundo homem, que atendeu de imediato, embora resmungando alguma coisa incompreensível.

Adam apontou para a balaustrada.

— Vá.

Num instante William trocou a proteção das sombras pelo convés iluminado. Com um pé sobre a grade, olhou para trás buscando o local de onde acabara de sair. A princípio, tudo que viu foi um espaço escuro e vazio, uma sombra que não emoldurava um homem, mas um vácuo. Algo naquela visão o fez parar, uma sensação de que o desaparecimento de Adam havia sido muito abrupto e completo. Era como se deixasse algo por terminar. Mas então a mão do africano surgiu das sombras cintilando com um tom sobrenatural, uma mão negra banhada pelo luar prateado. Com esse gesto simples todo o corpo ganhou substância. Ele ainda estava ali, esperando, observando e, com a mão estendida, direcionando-o com um único dedo apontando para o mar. William obedeceu.

Ele se virou e olhou para o oceano. A princípio pensou que tivesse de pular, mas depois notou uma corda muito grossa e cheia de nós que descia da balaustrada até a água. Equilibrando-se sobre a grade, prendeu a alça da mochila no ombro e começou a descer pela corda. Era um esforço doloroso o de tentar mover-se em silêncio enquanto os nós ásperos deixavam ferimentos e arranhões em suas coxas, no peito e no queixo. Quando a baía começou a acariciar seus joelhos, ele agarrou a mochila com uma das mãos e soltou a corda que ainda mantinha presa na outra. O mergulho foi profundo, o corpo girando e sendo pressionado pela força da água. Alguns momentos se passaram sem que ele conseguisse retornar à superfície, a água tão gelada que parecia paralisar os pulmões, os olhos abertos para o ardor provocado pelo sal, mas incapazes de enxergar alguma coisa.

Então ele retornou à superfície e sorveu o ar com desespero. As pernas se moviam para mantê-lo à tona, fazendo-o girar em círculos enquanto os olhos tentavam entender o mundo a partir daquela nova perspectiva. O navio já se afastava. Sua silhueta impedia a visão do oeste. William ficou observando a embarcação, os olhos varrendo toda a extensão do convés, os ouvidos atentos a qualquer grito de alerta. Mas o silêncio se estendia imperturbável, e a cada momento o vento e a correnteza o afastavam mais e mais do navio. William localizou a praia e começou a nadar naquela direção, fazendo todo o esforço possível para manter a mochila acima da superfície, um homem livre pela terceira vez e, finalmente, a uma distância razoável de seu objetivo.

Cinco

Morrison e a cadela vagaram durante duas semanas sem encontrar nenhum sinal do fugitivo. A sorte da dupla mudou em certa tarde, quando se aproximavam de uma pequena cidade a oeste de Baltimore. A cadela caminhava ao lado do homem com o focinho colado ao chão. Ela havia mantido aquela mesma postura por muitos quilômetros sem nenhuma alteração, e por isso o homem estranhou ao vê-la parar de repente e levantar o focinho para o ar. Qualquer que fosse o cheiro por ela percebido, devia ter sido reconhecido, pois eram visíveis os tremores que contraíam suas costas e eriçavam seu pêlo. Inclinando ainda mais a cabeça para trás, o animal emitiu o uivo que há muito se tornara um sinal claro para o homem. A cadela se lançou apressada na direção da cidade. Em vez de ir desviando do tráfego na rua movimentada, preferiu seguir por uma rota mais direta, passando por baixo de um cavalo, atravessando um círculo de crianças e cruzando duas varandas ocupadas por moradores das casas.

Mas as casas não eram seu destino final. O objetivo da corrida era uma carroça estacionada perto de um armazém. O veículo estava vazio. A cadela saltou para dentro dele e inspecionou cada centímetro do espaço forrado por palha seca e peles de animal. Quando Morrison conseguiu alcançá-la, ela já sabia que não havia encontrado o que procurava. Erguendo a cabeça, uivou novamente antes de retomar a busca, dessa vez com maior aflição. O homem esperava ofegante do lado de fora, observando tudo sem entender o comportamento da cadela. O animal virou-se e encarou-o, e nessa troca de olhares algo se fez claro para o homem. Ele chamou sua companheira de jornada, acalmou-a, agradeceu por seu esforço e levou-a para longe dali, evitando os olhares curiosos dos transeuntes. Alguns passos mais tarde, a dupla parou e ficou observando o movimento da rua. A recompensa não tardou a chegar.

Um negro saiu do armazém carregando uma caixa retangular e comprida, que, a julgar por sua postura, devia ser bastante pesada. Colocou-a na carroça, depois olhou para a loja. Parecia estar considerando *a idéia de voltar, mas abandonou-a e ficou encostado na carroça, apreciando o dia.*

Morrison aproximou-se do negro com o rifle pendurado em um ombro. Ele o cumprimentou alguns passos antes de alcançá-lo, sorriu e explicou que estava ali procurando por um escravo fugitivo, tudo antes de o homem ter chance de mover-se ou falar. Ele descreveu o fugitivo da melhor maneira possível, revelando sua origem, seus paradeiros mais recentes e suas características físicas. O negro ouvia tudo com atenção, a cabeça se movendo em sentido afirmativo, os traços compenetrados indicando concentração. Ele era uma criatura deformada, mas em seus olhos havia sinais cintilantes de malícia que Morrison não deixou de notar. Depois de ouvir tudo que o homem branco tinha a dizer, ele encolheu os ombros.

— Não posso nem tentar ajudar — disse. Não me aproximo de fugitivos. Não é meu tipo preferido de gente, se é que me entende.

Mas Morrison estava certo de que ele podia ser de alguma assistência. Não havia visto aquele fugitivo em particular? Não ouvira nada sobre ele, nem conhecia alguém que o tivesse visto? Essas eram informações pelas quais ele estava disposto a pagar.

— Está disposto a quê?

— A pagar.

— É mesmo? — O negro olhou novamente para a loja. — A gente conversa mais um pouco enquanto penso. — Ele levou Morrison para um local mais afastado da carroça.

— Disse que tem dinheiro pra gastar?

Morrison respondeu retirando uma nota do bolso interno do colete.

O homem negro aproximou-a do rosto para estudá-la, virando-a entre os dedos. Lambeu-a com a ponta da língua, esfregou-a com polegar e verificou a existência de ranhuras. Não havia nenhuma.

— Talvez eu tenha ouvido sobre esse negro — ele disse.

— É mesmo?

— Sim, sinhô. Não vi com meus olhos, mas sei que esteve por aqui.

— Sabe para onde ele foi?

— Bem, deixa eu exercitar um pouco a memória. — O homem mordeu o lábio e virou os olhos. — Disse que essa informação vale dinheiro.

— O dinheiro já está em sua mão.

Como se estivesse surpreso com o comentário, o negro verificou as próprias mãos, palmas e dorsos, deixando claro que não havia nada nelas.

— Não tente brincar comigo — disse Morrison.

O negro considerou o aviso, olhando das mãos para o rosto do homem branco, dele para a porta do armazém. Depois baixou as mãos.

— Então, disse que está procurando por um negro?

— Vai me dizer alguma coisa, ou terei de pegar de volta esse dólar?

Nesse momento um homem branco saiu do armazém, os braços carregados de caixas e pacotes. Ele franziu a testa ao ter os olhos atingidos pelo sol e virou a cabeça para a direita e para a esquerda até encontrar os dois homens conversando. Sem desviar os olhos da dupla, caminhou até a carroça e deixou suas compras no veículo. Depois pôs as mãos na cintura e chamou pelo negro.

O sujeito se desculpou, dizendo que devia atender ao chamado imediatamente. Ele mancou até onde estava o branco, um andar estranho e cambaleante que, mesmo assim, o movia com velocidade surpreendente. Os dois homens trocaram algumas palavras que Morrison não conseguiu ouvir. Estava dando os primeiros passos na direção deles, quando o homem branco fez um gesto ordenando que o negro ocupasse seu lugar de condutor da carroça e caminhou apressado a seu encontro.

— Que diabo estava falando com meu negro? — ele perguntou, plantando-se bem na frente do caçador. — Se tem uma pergunta para ele também tem uma pergunta para mim. É assim que eu penso.

— Por mim está bem — Morrison respondeu. — Estou procurando...

— Mas também penso que não tenho nenhum interesse em responder a suas perguntas. Está caçando um negro, já sei disso. Quem não está caçando um negro? Já procurei muitos deles neste estado e em alguns outros, e uma coisa que aprendi com isso foi que não é bom responder a todas as perguntas. Talvez tenha uma opinião diferente da minha, porque é você quem está fazendo as perguntas, mas é assim que eu penso. Agora, nós vamos embora e você vai nos deixar em paz. Caso contrário, terei o prazer de meter o cano desse rifle no seu rabo e recheá-lo com chumbo. E não é poesia, é uma promessa. É simples.

O homem se virou e começou a se afastar.

— Seu negro ficou com meu dinheiro — Morrison protestou.

O outro nem olhou para trás para responder.

— Dê-se por feliz por ter perdido só isso — ele disse. Em seguida subiu na carroça e acomodou-se ao lado do negro. Segundos depois a dupla desaparecia além de uma curva no fim da rua.

Morrison olhou para a cadela e franziu a testa.

— Ah, bem... Acredito que eles sabem alguma coisa, disse.

O animal olhou para a rua por onde a carroça acabara de passar e ficou parado, dando a impressão de estar ponderando essa possibilidade.

O plano de Morrison era bastante simples em teoria, mas ele não sabia se colocá-lo em prática seria igualmente fácil. Só precisava de uma coisa, algo que comprou no armazém. Morrison não deixou a cidade antes do anoitecer, mas não tinha importância, porque a distância a percorrer não era muito grande. Alcançou os homens, protegido pelo silêncio da noite, com o animal a seu lado. Parado perto do acampamento da dupla, ficou observando a cena. Os dois homens dormiam sobre cobertores estendidos no chão; o negro tinha a boca aberta para o céu, o branco mantinha a barriga colada no cobertor, os braços estendidos para os lados como se quisesse abraçar a terra. Os restos de uma fogueira tingiam todo o ambiente com uma luminosidade avermelhada.

Morrison adiantou-se em silêncio, abaixado de forma a reduzir o tamanho de sua sombra. Dirigiu-se primeiro ao homem negro. Próximo à fogueira, levantou-se, deixou o rifle no chão e posicionou as duas mãos bem perto do rosto do sujeito. Depois de olhar para a cadela e certificar-se de que ela estava pronta, o caçador entrou em ação. Usando a ponta dos polegares e dos indicadores, segurou as pálpebras do negro e abriu seus olhos. A outra mão recolheu a terra e jogou-a dentro dos olhos do negro, uma mistura espessa, vermelha e quente como o carvão em brasa. O homem começou a gritar, mas Morrison já estava em pé e afastado dele, o rifle mais uma vez em suas mãos. Ele saltou sobre a fogueira. No momento em que o homem branco começou a se levantar, o caçador acertou seu queixo com um punho cerrado. O homem caiu e Morrison atirou-se sobre ele, um joelho apoiado sobre sua coluna, o cano do rifle encostado em sua cabeça. O sujeito gemia, tomado por uma mistura de dor e pânico.

O negro gritava, agitava os braços no ar e tentava limpar os olhos com as mãos. A cadela latia e girava em torno dele, mostrando os dentes como se quisesse anunciar sua intenção de atacá-lo, caso fosse necessário. O homem sacou uma pistola e apontou-a sem nenhuma precisão para os outros dois no chão, mas, antes que pudesse apertar o gatilho, a cadela saltou sobre seu braço e enterrou os dentes nele, rasgando a carne até encontrar o osso. Quando ela o soltou, o homem caiu gritando, contorcendo-se e praguejando. Ele não voltou a se levantar.

Morrison concentrou sua atenção no homem branco.

— Agora — disse — temos um assunto a tratar.

Seis

A cidade fazia de Annapolis uma miniatura, e William não conhecia outro local com que pudesse compará-la. O lugar era uma colagem de cheiros e sons como jamais experimentara antes. Ele cambaleava pelas ruas empurrado pela esperança. Alcançara o objetivo que antes havia parecido impossível, cobrira quilômetros de terreno desconhecido sem contar sequer com a ajuda de um mapa, e, como que por milagre, havia alcançado seu destino. Agora sabia que a encontraria. Só precisava formular sua pergunta para um rosto amigo. Ou, na impossibilidade de interrogar desconhecidos, ficaria parado em um ponto bastante movimentado da rua e esperaria. Em algum momento, antes que muitos dias se passassem, ela apareceria. Cumprindo alguma obrigação, ela o veria de longe, caminharia em sua direção duvidando dos próprios olhos, depois se lançaria numa corrida que terminaria em seus braços.

Mas, depois de perambular pelas ruas por alguns dias, William já não conseguia mais acreditar que ela vivesse naquele lugar. A área era uma confusão de portos e píeres, de depósitos e fábricas. Chaminés lançavam no ar nuvens imundas, que iam lentamente subindo ao céu. As janelas eram cobertas por fuligem. Canos de esgoto corriam a céu aberto, espalhando um odor que ia se tornando mais e mais intenso com o calor do dia. De início, conseguira convencer-se de que entrara na cidade pela região mais atribulada e suja. Teria de medir sua largura e sua extensão e encontrar alguma lógica nela. Os olhos vagavam de construções de cimento para as pessoas, das pessoas para os animais, dos animais de volta às construções, que pareciam se debruçar sobre as ruas, imunes à poeira que pairava no ar e encobria o azul do céu. O tráfego de pedestres era intenso, pessoas que se moviam com a energia de formigas trabalhando. Elas se vestiam com um estilo que William jamais vira, com chapéus e bengalas, com barbas aparadas em todos os tamanhos e formas. E moviam-se com uma determinação que beirava a ameaça. Gritavam palavras que, pela rapidez do discurso e pelo sotaque cadenciado, mais pareciam pertencer a um idioma estranho. Havia homens brancos que falavam com um ritmo melodioso, outros que pareciam latir suas palavras e outros ainda que se comunicavam com um código que compreendia gestos de mãos e braços, movimentos de cabeça, caretas e expressões variadas. Carruagens e diligências abriam caminho entre o tráfego com velocidade imprudente. Carroças pareciam voar sobre o solo, seus cocheiros nervosos gritando para que as pessoas se afastassem do caminho, temendo esmagá-las com as rodas do veículo. Havia carroças de todos os tipos e tamanhos: coisas decrépitas sobre rodas tortas empurradas por crianças, outras mais longas e planas puxadas por cavalos, carregadas em sua capacidade máxima com cortes de carne infestada de moscas, cabeça de animais apodrecendo ao sol, frutas e vegetais, porções de massa frita em gordura de porco e coberta com açúcar. Entre todos esses veículos, crianças brincavam inocentes, os rostos sujos e as roupas rasgadas como de escravos, igualmente magras. Um menino branco com um só olho aproximou-se de William e fez uma pergunta, alguma coisa tão incompreensível que ele se virou e continuou andando, sentindo que aquele olho solitário o seguia e enxergava, certo de que voltaria a encontrá-lo.

Os negros da cidade também eram um enigma para ele. Enquanto muitos usavam as roupas e exibiam o comportamento das classes trabalhadoras, outros pareciam ocupar diferentes camadas da sociedade. Mulheres e meninas caminhavam em vestidos amplos, segurando as bolsas contra o colo e erguendo as saias para protegê-las contra a sujeira do chão. Outros ainda misturavam-se aos brancos formando grupos, conversando e caminhando com maneirismos que ele não podia equiparar aos de nenhum outro negro que conhecera. Todos, qualquer que fosse a classe, a idade ou o sexo, comportavam-se de maneira desconhecida, inusitada. Suas colunas eram mantidas retas e firmes. E havia algo mais, uma energia intangível no ar que os cercava, uma força que parecia zunir como um diapasão antes de desaparecer no silêncio.

Ele estudava faces e costas, ombros e braços, tentando encontrar até mesmo o mais pálido sinal de alguma coisa familiar. E, apesar da estranheza que o cercava, isso era fácil de fazer. O mundo e seus habitantes estavam repletos de fragmentos de Dover. Perdia o fôlego ao vislumbrar determinado tom de pele. A imagem trazia de volta certa tarde, quando ele e Dover ficaram sentados na praia de um dos afluentes da baía, falando sobre nada em particular, apenas compartilhando o dia, descobrindo coisas um sobre o outro como um casal só pode fazer nos momentos de privacidade. Um perfil refletido na vitrina de uma loja despertava a lembrança das noites em que ia se esconder entre os arbustos ao lado da casa onde Dover trabalhava, observando-a através das vidraças. E símbolos de uma natureza mais abstrata se apoderavam dele, como quando viu certo chapéu feminino de desenho complexo confeccionado com um material branco, uma peça que era absolutamente desconhecida para um escravo. Dover nunca usara nada parecido. Para ser franco, jamais vira um adereço como aquele na cabeça de uma pessoa negra. No entanto, a imagem o atingiu em cheio e o deixou sem fôlego, dominado pela saudade. Se sentia falta de algo que havia esquecido ou de alguma coisa que nunca havia experimentado... Bem, isso era algo de que não tinha certeza.

Embora se movesse cercado de humanidade por todos os lados, evitava o contato visual direto. Em certo dia colidiu com um negro bem vestido, um homem de terno preto, colete e chapéu, segurando uma bengala em uma mão e uma pasta na outra. O homem recuara sobressaltado, como se temesse um ataque, fitando-o com um ar de repugnância que William raramente encontrava em outros homens negros. O desconhecido o examinou da cabeça aos pés, depois retirou um lenço do bolso e usou-o para limpar o paletó. Nesse instante William foi inundado pela vergonha. Reconheceu de imediato a visão patética que devia oferecer ao mundo: o estado das roupas, do cabelo e da barba, a imundície que cobria seus braços e o pescoço. Nunca se sentira mais escravo do que naquele instante, diante daquele semelhante de cor, e jamais havia experimentado maior necessidade de explicar-se. Mas o outro homem não esperou para ouvir suas justificativas. Balançando a cabeça para indicar reprovação, afastou-se empunhando a bengala como uma arma, indicando assim que poderia se defender, caso fosse necessário.

Naquela noite William comeu os últimos biscoitos que havia levado do navio. Eles pareciam dançar dentro dele, medindo a extensão de sua fome. Depois se encolheu entre os caixotes empilhados em um depósito, a água próxima o bastante para que pudesse sentir seu cheiro no ar. Mais uma vez, disse a si mesmo que Dover não estava longe dali. Estava naquela cidade. De alguma forma, Dover fizera daquele lugar seu lar, e se ela conseguira esse feito, o lugar não podia ser tão ruim. Mas, cada vez que pensava nisso, maior se tornava a dúvida. Enquanto ia adormecendo, teve a estranha consciência de flutuar para fora do próprio corpo e pairar sobre a cidade. Sobrevoava as ruas, suspenso no ar de forma a ter uma visão completa da paisagem. Como era dolorosa aquela imagem, saber que Dover estava ao alcance de alguns passos em qualquer direção. Ou, pior ainda, que ela descia uma rua enquanto ele subia uma paralela. Ela podia estar sentada diante de uma janela por onde ele passava, mas, com os olhos ocupados com outras cenas, deixavam de se ver. Estava tão próximo dela, mas jamais se sentira tão distante.

William passou a quarta noite na cidade escondido entre as latas de lixo de um beco. Ratos mordiam as partes expostas de seu corpo cada vez que ficava quieto, mantendo-o suspenso numa fina linha divisória entre a fadiga e a dor. Ele se levantou lembrando seu propósito, dominado pelo objetivo. Arrastou-se para fora do beco como uma versão anterior do homem que ali entrara. O ar da cidade era tão repleto de aromas que a fome adquiriu vida própria e tornou-se sua principal obsessão. O estômago roncava e se contraía à menor provocação, levado à loucura pelo cheiro da carne frita ou pela fragrância inebriante do pão saindo do forno. Havia muito a sua volta e, no entanto, tudo isso lhe era negado. Podia parar a poucos passos de uma banca de maçãs, pêras e melões. Podia imaginar a textura de cada fruta em suas mãos e sentir os dentes atravessando a película fina de uma casca colorida. Mas havia uma barreira entre ele e aqueles alimentos. Ninguém precisava fazê-lo lembrar-se disso. Era algo sólido, embora intangível, uma espécie de muralha clara, um obstáculo que via evidente nos olhos do vendedor, nos movimentos bruscos do queixo que o expulsavam dali. Ouvia o impedimento nas palavras ríspidas e podia senti-lo nas pessoas que o cercavam, passando apressadas por ele. O mundo todo se unia contra ele. Tomava consciência disso e se perguntava por que não vira antes tal força contrária. E estava tão cansado, seu corpo tão pesado, o ar tão espesso. Sentia-se desanimando e sabia que precisava de ajuda, mas quem poderia ajudá-lo, ou de que maneira, eram perguntas às quais não tinha respostas. Algum rosto amigável... Mas vira ao menos um deles desde que chegara ali? Cada rosto era o mesmo quanto à indiferença e à estranheza. Não havia ninguém a quem pudesse recorrer. Eram todos estranhos.

Por volta do meio-dia ele se viu parado em um parque cercado por ruas calçadas, vias movimentadas tomadas pelo tráfego de pedestres. Apoiado em uma árvore, tentou fundir-se ao tronco, usando uma das mãos para massagear as têmporas. Não notou as duas mulheres caminhando em sua direção até que elas estivessem muito próximas. Ambas usavam roupas formais, uma branca e outra negra, e algo no olhar daquelas duas criaturas pareceu familiar. O vestido da mulher branca tremulava em torno dela com grandes babados e muitas rendas, e ela carregava uma sombrinha sem uma razão aparente. A mulher negra caminhava com as mãos cruzadas sobre o abdome, segurando uma pequena bolsa entre os dedos protegidos por luvas. William ouviu as vozes femininas se aproximando, passando por ele e desaparecendo. Não distinguia nenhuma palavra em particular, mas notava os tons utilizados por elas, o som delicado produzido pela mulher branca e os tons ricos e familiares da mulher negra. As duas passaram a poucos passos de William sem sequer notá-lo. Elas se dirigiam para a saída do parque, deixando em seu rastro uma fragrância que o inundava com uma imagem de um púrpura pálido.

William se moveu antes mesmo de tomar consciência do plano. Usando a pouca energia de que ainda dispunha, passou a segui-las. A cabeça doía por conta do movimento, mas ele passou por elas, alcançando uma rua transversal onde se virou e parou de maneira a impedir a passagem da mulher branca. De cabeça baixa, com os olhos fixos no chão, soube que tinha o rosto magro e pálido, porém ansioso pelo reconhecimento. Não se adiantou na direção dela, mas os pés se moviam contra o solo embaixo deles, como as patas de um cavalo nervoso com a aproximação de um desconhecido. Se notou sua presença, a mulher branca não deu nenhum sinal. A alguns passos dele, ela se virou e sorriu para outro pedestre, um homem com um elegante chapéu preto equilibrado sobre o topo da cabeça. Os dois começaram a conversar, e William ficou parado em sua pose humilde e suplicante, realizando uma estranha pantomima para a qual não havia público.

Mas a mulher negra notou sua presença. Ela parou e, enquanto sua senhora continuava conversando, voltou sobre os próprios passos para analisá-lo. Era uma mulher de meia-idade, de costas eretas e olhos cheios de vida. Usava uma gola alta que escondia o pescoço, gola essa que tocou com a ponta dos dedos antes de começar a falar.

— Posso saber o que tem em mente? — a mulher perguntou.

William fitou-a, perdendo por um momento o domínio da linguagem.

A mulher repetiu a pergunta usando outras palavras.

Quando conseguiu reunir forças para falar, ele disse:

— Conhece Dover?

A desconhecida franziu a testa. Ela mantinha certa distância de William.

— Quem?

— Dover. Ela é uma mulher... Trabalha para uma família.

— Que família?

— Carr. O nome da família é Carr.

— Não — a mulher respondeu. — Não conheço nenhum Carr.

— Deve conhecer essa gente.

— Já disse que não conheço nenhuma família Carr — ela repetiu. — Lamento.

— Carr — William pronunciou novamente, usando um tom mais alto como se a audição da desconhecida fosse o grande problema ali.

Mas ela balançou a cabeça. Seus lábios se distendiam unidos, de forma a reforçar a negativa.

— Talvez deva tentar...

— Claro que conhece. Só não está pensando direito. — William deu um passo na direção dela, os dedos estendidos como tentáculos nervosos tentando agarrar a vida. — O nome é Carr. Vivem na Filadélfia. Aqui é a Filadélfia, não?

Os olhos da negra buscaram a mulher branca, como se ela temesse ser repreendida por estar se demorando na conversa com um desconhecido.

— Sim, mas eu já disse que...

Sabia que a estava perdendo. Suas palavras não eram as corretas e precisava reformulá-las. Não estava dizendo as coisas que pretendia dizer. Tinha de acalmá-la. Precisava acalmar-se e explicar. Aquela mulher não o conhecia, não sabia quem ele era ou o que pretendia ali.

— Essa mulher não conhece você — disse, percebendo que formulava em voz alta os pensamentos, algo que não tivera a intenção de fazer. Agora teria de explicar também o que acabara de dizer. Onde estava sua lucidez? As mãos se moviam aflitas. A mulher recuou, o corpo tenso e o rosto frio, a precaução tomando o lugar onde antes houvera o interesse por um semelhante. William tentou aproximar-se, mas ela continuou recuando. Procurou acalmá-la, mas a voz soou trêmula, incerta e mais alta do que pretendia. A mulher se afastou. Teria seguido seus passos, mas notou que muitos olhos o observavam. Era como se toda a cidade houvesse parado para olhar para ele; a mulher branca com a mão coberta pela luva sobre os lábios entreabertos, um negro de ombros largos e forte como um lenhador, as crianças italianas que brincavam perto dali, o cocheiro da carruagem com seu chicote erguido e pronto, os trabalhadores com suas enxadas sobre os ombros, um deles com um sorriso encurvando os lábios ressecados. Todos olhavam para ele, e todos sabiam tudo que havia para saber a seu respeito. Todos estavam unidos contra ele.

Naquele tarde, William ficou parado diante de uma padaria, olhando pela vitrina os pães oferecidos lá dentro. Havia uma dor intensa atrás de seus olhos que o atormentava, pulsando e provocando ruídos metálicos, como se seu cérebro chacoalhasse solto no interior da caixa craniana. Ele decidiu que a dor era um sinal de que os olhos estavam morrendo de fome. Os olhos podiam sentir fome como o resto de seu corpo. Quando se moveu, ele o fez sem pensar, saltando os quatro degraus para a entrada da padaria com uma agilidade espantosa para alguém em suas condições. Mas não havia graça no movimento. Desequilibrado, tropeçou no último degrau, caiu e bateu a boca na porta, cortando o lábio inferior. Quando se levantou, viu-se frente a frente com o dono do estabelecimento e reconheceu sua intenção. William virou-se no mesmo instante em que o homem levantou um bastão de madeira. A arma improvisada deixou de atingi-lo por alguns poucos centímetros e encontrou o batente da porta com um estrondo assustador. Tinha de fugir. Correndo, afastou-se da padaria sem perceber que corria, e só parou ao tomar consciência da forte dor em um tornozelo.

Na quinta noite William afugentou uma matilha de cães vira-latas e vasculhou a lata de lixo atrás de uma taberna, enfiando na boca os restos de comida que encontrava. Nas primeiras horas da manhã seguinte, ajoelhou-se sobre a relva de um parque e vomitou a mistura repulsiva. Depois caiu deitado e ficou imóvel, suando frio pelo esforço de pôr para fora a substância que quase o envenenara. Não conseguia descansar. O calor dentro dele aumentava, e mesmo imóvel era difícil respirar. William mergulhou num sono agitado. Durante esse sono ele sonhou, cenas que o invadiam com uma estranha nostalgia, imagens de sua casa em Maryland, da cabana onde nascera e dos campos de sua juventude, até mesmo da ilha onde trabalhara sob a autoridade cruel de St. John Humboldt. Caminhava por entre cenas cotidianas, momentos da vida diária que um dia tivera. Cuidava dos jardins dos Mason num dia agradável de primavera, com as abelhas voando a sua volta, grandes e ruidosas na dedicação ao trabalho. Colhia e separava tabaco, sentindo as folhas entre os dedos e aspirando seu aroma rico enquanto elas secavam ao sol. Caminhava por uma paisagem povoada por pessoas queridas, a mãe e suas amigas, a família de Dover, Kate e seu amigo de infância, Webster. Conversava com essas pessoas, falando sobre o trabalho ou o tempo, sobre uma infinidade de outras coisas que eram esquecidas imediatamente após terem sido discutidas. Mas nunca se aproximava o bastante de Dover para falar com ela. Só a via distante: no limite de um campo, de costas percorrendo uma estrada, carregando uma criança, seu filho, nos braços, ambos com as mãos erguidas, acenando. Observava Dover tomado por um vago desconforto, imaginando se ela escondia alguma coisa com sua distância, como se seu comportamento fosse a única coisa estranha naquele mundo.

No dia seguinte, William vagou sem saber por onde andava, pois a cidade parecia ter pouca substância. Mal podia sustentar-se, e os músculos doíam como se os ossos se chocassem pontiagudos contra eles. A pele parecia coçar com uma erupção que se transformava em poeira ao ser tocada pelo ar, flutuando para longe dele e amarelando tudo a sua volta. A fome havia desaparecido. Tinha total consciência disso. Já nem conseguia mais se lembrar de como era comer, levar o alimento à boca e mastigá-lo. As gengivas estavam soltas e sangravam muito, de certa forma um reflexo estranho do mundo que se movia em torno dele. Isso era algo que jamais notara antes. Não era ele quem caminhava pelo mundo, mas o mundo passava por ele. Ele era o pivô em torno do qual tudo girava como uma imensa mescla de cores e formas. E, como não tinha mais de mover-se, William sentou-se. Depois deitou-se. Observou o céu e fechou os olhos após alguns segundos, vendo o mundo como o analisasse através de uma tênue cortina vermelha. Sabia que havia se sujado, mas já não tinha importância. Deus, estava muito quente. O mundo assava em uma espécie de forno gigantesco. Era uma fornalha de vermelho e laranja e estava cansado, tanto que só queria fazer esse mundo adormecer. Impedir que alguém o perturbasse. O sono era o único bem verdadeiro, e queria ser inteiramente dominado por ele.

Durante aquele sono agitado, a mente inconsciente de William viu coisas fantásticas. Movia-se de uma estranha realidade para outra ainda mais caótica, ambas separadas por lacunas de tempo nas quais não percebia nada senão o vazio. Descobria-se em lugares impressionantes, mas nunca duvidava deles ou questionava como havia ido parar ali. Corria pela superfície da baía e lutava contra monstruosidades marinhas que nunca via completamente. Eram apenas relances de barbatanas e espinhas e grandes olhos planos como moedas. Mais tarde, rastejou pelas ruas da Filadélfia, os prédios à deriva, como se flutuassem, encaixando-se em espaços vazios na frente e atrás dele, um quadro que estava sempre se alterando e era, portanto, incompreensível. Viu um céu marrom escuro, da cor do sumagre no outono, pelo qual voavam imensos bandos de pássaros, ondas de vida que flutuavam pelo mundo umas atrás das outras.

Nesses momentos mergulhava fundo dentro de si mesmo e o mundo exterior não podia alcançá-lo. Por isso não notou a mulher que parou para falar com ele. Não se lembrava de tê-la expulsado aos berros, nem de tê-la visto novamente no dia seguinte, ao amanhecer, e mais uma vez no final da tarde. No terceiro dia ela chegou com dois adolescentes que o carregaram sem muito esforço. William tentou chutá-los para longe, mas estava fraco, e os rapazes eram fortes e logo obtiveram a ajuda de muitos pares de braços. Palmas o tocavam em todos os lugares, cada contato gentil em si mesmo, mas todos tão numerosos no conjunto que era transportado como se nem tivesse peso. Assim fora levado para uma caverna onde ficara deitado e quieto, fechado em um espaço pequenino e silencioso e entregue mais uma vez aos próprios sonhos.

Em algum momento Nan apareceu a seu lado. Os dois se encontraram na floresta chuvosa nos primeiros dias de sua fuga. Ela estava sentada a seu lado e o olhava com tristeza, o rosto belo como sempre fora, os cabelos ainda longos e radiantes emoldurando os traços harmoniosos, as mechas grisalhas tão finas que mais pareciam fios de seda. Seu rosto estava molhado, mas William não sabia se pela chuva ou pelas lágrimas.

— O que foi feito de você? — ela perguntou. Ouvir sua voz o fez sentir-se uma criança outra vez. Estava envergonhado e não sabia como responder às perguntas da mãe. Disse que se havia metido em uma confusão, só isso, e ela concordou, afirmando que ele poderia repetir tal coisa dezenas de vezes sem mentir em nenhuma delas. Nan perguntou se ele não estava muito quente e, ao ouvir sua resposta afirmativa, providenciou uma vasilha com água e mergulhou nela folhas muito verdes, encharcando-as com o líquido fresco antes de aproximá-las de seus lábios. Enquanto William bebia, ela falava sobre as coisas deixadas por fazer. O estreito caminho de terra atrás da cabana necessitava de cuidados. A vegetação crescera depressa e ameaçava invadi-lo, o que era uma vergonha para alguém que, como ela, sempre mantivera um jardim impecável. O telhado também clamava por reparos. Era impossível manter a água fora da casa, e a choupana mais parecia o ninho de um castor. Alguém precisava consertar aquele telhado, mas ela já não tinha mais energia para esse tipo de trabalho. De jeito nenhum.

Nan pressionou o recipiente contra o solo forrado de folhas verdes e exuberantes. A água brotou da terra e invadiu sua boca aberta, saciando-o. Mãe e filho observavam o processo como se fosse natural e simples. Nan o fitava como se houvesse uma lição em tudo aquilo. Ela perguntou:

— Como teve coragem de fazer isso comigo?

William sabia do que ela estava falando e tentou explicar por que não comparecera a seu enterro. Era um escravo, disse. Não poderia ter ido, por maior que fosse sua vontade de estar presente à cerimônia. Não fora nem mesmo informado sobre sua morte senão semanas após o funeral. Mas ela balançou a cabeça, e William soube que suas desculpas não tinham nenhum significado. Se fosse o corpo dele a ser posto na terra, ela teria estado presente. Nada a teria impedido de comparecer, nem sua condição de escrava, nem sua condição de mulher, nem mesmo sua idade avançada. E ele também não devia ter se deixado deter.

— Eu iria ficar a teu lado para ajudar você — Nan afirmou.
— Duvida disso?

Mas ele não duvidava. De jeito nenhum.

— Um filho sempre sabe que sua mãe dá a vida por ele — ela continuou. — Esse é o problema de vocês. Acham normal. Acham que é assim que uma mulher deve ser. Acham que podem fazer ela de boba e tratar ela com frieza. Depois ficam com vergonha dela e não vão visitar ela. Acham que todas as histórias dela devem ser tolices, porque é uma velha carente de amor. Vocês têm de saber que não dão amor pra ela como deveriam. Esquecem que ela fez vocês e passam a achar que foram feitos sozinhos. Mas isso não é verdade, é? Você sempre amou tua mãe, não amou?

William respondeu que sim e, para provar, começou a contar tudo de que se lembrava. Falou sobre a Bíblia e sobre como os homens brancos a distorciam de acordo com a própria conveniência, e como jamais confiaria na palavra escrita, a menos que ele mesmo a escrevesse. Ele possuía um valor que nunca poderia ser medido no livro-razão de um senhor de escravos. Tinha sonhos e idéias que homens corruptos jamais entenderiam e que deviam ser valorizados, porque eram coisas que não pertenciam ao povo nem a Deus, pois eram apenas dele. Teria falado muito mais, porque tinha muito para dizer. Mas sentiu uma mão sobre sua testa, e o contato o silenciou. Não era a mão de sua mãe, porque ela não se movera, mas, mesmo assim, aquele era um conforto familiar.

— Vou te dizer uma coisa — Nan avisou. — Ainda lembro você dentro de mim. Entendeu? Lembro antes de você ser você, quando era apenas uma semente na minha barriga e podia sentir você me chutar lá dentro. Eu ficava muito muito feliz. Você nem pode imaginar — ela disse. — Nem pode imaginar.

Sete

Morrison encontrou o fugitivo em uma cela úmida da prisão comandada pelo xerife de Frederick, Maryland. Os captores do homem negro riram de sua chegada, porque, como disseram, ele seria pendurado como um pedaço de carne salgada em pouco mais de duas horas. Morrison perguntou se poderia conversar com ele mesmo assim. Os homens discutiram a questão por algum tempo, e no final não viram mal algum em autorizar a entrada do caçador na cela.

— Nós o castigamos um pouco — revelou o ajudante do xerife, mas o sujeito ainda tem a língua para falar.

A princípio foi difícil ver o prisioneiro, mas sua respiração traía a presença de um ser vivo no espaço minúsculo, um ruído arfante que não combinava com a imagem de nenhum ser humano. Assim que seus olhos se ajustaram à escuridão do lugar, Morrison percebeu em que estado se encontrava o prisioneiro. Sentado no chão de pedras em um canto da cela, nu da cintura para cima, tinha o peito e os ombros cobertos por uma substância viscosa que ele presumia ser sangue, pois havia muito do líquido vermelho e o homem branco não conseguia imaginar como alguém podia verter tanto sangue sem perder a vida. O negro mantinha um braço apoiado sobre o colo, mas até na penumbra era possível ver a fratura que o aleijava. O rosto do homem era outro enigma. Um olho fora esmurrado até ser fechado pelo inchaço; o nariz perdera a curvatura natural; as faces tinham sido afundadas por pancadas violentas, como se os torturadores o houvessem acertado com algum objeto pontiagudo e pesado. Havia uma cicatriz arredondada e saliente em sua testa. Mas essa, pelo menos, era uma velha ferida já fechada pelo tempo.

O caçador não conhecia um jeito fácil de começar aquela conversa. Sabia que homens tão próximos da morte eram os mais difíceis de enganar. E ele nem tentou. Apenas perguntou o que o prisioneiro sabia sobre o fugitivo que ele estava perseguindo. O negro não disse nada. Morrison ofereceu a mesma descrição que ouvira do fugitivo, detalhando aparência, temperamento e história, e perguntou se ele havia estado no comboio que seguia para o sul.

Mais uma vez, a resposta foi o silêncio.

— Não quero fazer nenhum mal a esse homem — Morrison explicou —, se é isso que está pensando. Ele e eu temos um assunto... Mas não é nada do que está imaginando.

— Por que não vai embora? — O negro rangeu os dentes para suportar a dor provocada pelo simples ato de pronunciar as palavras. A voz baixa traía todo o rancor que o corroía por dentro. O único olho aberto fitava Morrison como se quisesse trespassá-lo, uma órbita no mesmo tom castanho avermelhado de sua pele. Estou me preparando para o encontro com o meu criador. Não tenho tempo pra você.

Morrison pensou nisso.

— Está em um lugar muito solitário, não é? — indagou. — E esse é um momento grandioso para todos os homens, sendo os covardes que somos.

— Sim, é um lugar solitário. Mas o que sabe sobre isso? Vá embora. Não vou dizer mais nada.

— Bem... Está bem, então. Vou deixá-lo em paz.

— O que sabe sobre paz? Não conhece a paz. E nunca vai conhecer. Vai dormir com o diabo, mas nunca vai descansar. Eu não queria seu lugar, se pudesse. Não quero nada do seu mundo. Quer fazer alguma coisa por mim? Pega o cano desse rifle, atira na minha cabeça e acaba de uma vez com isto. Caso contrário, vá embora.

— Eles o machucaram tanto assim? — perguntou Morrison.

Um homem decente não acreditaria no que eles tinham feito.

— E ainda não terminaram, não é?

O homem negro encarou o branco através das grades.

— Esta terra tem um terrível mal — ele disse. — Você é parte disso?

Morrison abaixou a cabeça e considerou a questão. Não ergueu os olhos para dar sua resposta, preferindo mantê-los fixos nas pedras do chão. Disse ao prisioneiro que em sua juventude havia levado o mal a muitas criaturas de Deus. Matara mais seres do que qualquer ser humano tem o direito de matar, incluindo outros homens. Mas, com o passar dos anos e o avanço da idade, tornara-se mais e mais atormentado por suas ações. A alma de muitos homens era perturbada por mortes violentas. Eles ainda vagavam por sua mente, suas vozes exigindo arre-

pendimento e clamando para que desistisse de praticar tais ações. Atendera aos pedidos daquelas almas atormentadas havia algum tempo, mas as vozes nunca o deixavam em paz. Era como se existissem fundidas à dele, e não podia escapar de si mesmo. Ele concluiu afirmando que de fato devia abrigar parte desse grande mal dentro dele. Não encontrava nenhuma alegria nessa possibilidade e, se pudesse achar um meio de distanciar-se daquele mal, não hesitaria em fazê-lo.

O homem negro manteve-se em silêncio durante todo o tempo. Quando o outro terminou de falar, disse que a morte e o mal eram duas coisas completamente diferentes. O Anjo da Morte é um guerreiro de Deus e sua missão é sagrada.

Morrison moveu a cabeça em sentido afirmativo, indicando que o entendia. Mas não julgava poder atender ao pedido do prisioneiro. — É demais — disse.

O homem negro ficou em silêncio por algum tempo, estudando suas palavras a partir de vários ângulos, até finalmente rejeitá-las. Então mandou-o para o inferno e exigiu que saísse dali.

— Vá embora — disse. — Vá para o inferno.

Morrison saiu e sentiu-se ofuscado pela luz radiante da manhã de sol. Taciturno, caminhou até a árvore sob a qual a cadela cochilava. O animal levantou-se ao sentir a mão humana sobre sua cabeça. Deu alguns passos na direção que imaginava que fossem tomar, mas parou e olhou para trás ao sentir que não estava sendo seguida. Ficou parado, olhando-o como se quisesse uma explicação. O homem contemplou a cadela por algum tempo, depois levantou a cabeça e viu a praça, a plataforma do carrasco em um canto mais afastado e a pequena multidão que já se reunia em torno dela. Estudou suas expressões ansiosas, a conversa animada daquela gente e a maneira como compartilhavam garrafas de uísque, de cujo gargalo iam sorvendo goles generosos. Um rapaz estalava um chicote e era encorajado por um coro de vozes excitadas. Morrison olhou para a cadela. Resignado, apontou para a sombra da árvore e chamou-a, indicando que devia deitar-se e esperar por ele.

Misturando-se àquelas pessoas, esperou que uma das garrafas de uísque chegasse em suas mãos e bebeu um gole do líquido dourado. Depois entabulou conversa com os homens mais próximos. Perguntou o que eles planejavam para o acusado e obteve a informação que procurava. Seria uma tarde de muito divertimento. A partir do meio-dia em ponto, o espetáculo incluiria chicotadas, surras e outros castigos. Segu-

rariam os membros do condenado e se revezariam para quebrá-los a golpes de marreta. Urinariam em seu rosto, despejariam piche em sua garganta e cortariam seus dedos para usá-los como iscas em anzóis. Quando tudo estivesse acabado, enforcariam o homem de acordo com a punição ordenada pelo tribunal para seus crimes de assassinato, insurreição e traição. E fariam tudo isso diante de um público formada pelos negros daquele país, de forma que todos vissem e entendessem a ordem das coisas e nunca mais esquecessem quais pessoas Deus escolhera como preferidas. Morrison sorveu vários goles de uísque quando conseguiu pôr as mãos na garrafa novamente.

Quando parou mais uma vez diante da cela escura e úmida, o homem negro fechou os olhos como se a aparição pudesse ser uma peça pregada por sua imaginação. Quando voltou a abri-los, constatou que a cena permanecia inalterada e tomou-a por verdadeira.

— Pensei que ia me deixar em paz — disse.

O homem branco estendeu a mão por entre as grades para o interior da cela.

Acho que vai gostar de mascar um pouco de tabaco — disse.

O outro homem olhou para o fragmento escuro com seu olho são. Depois encarou o rosto branco e voltou a analisar o tabaco, admirando o contraste entre o tom marrom e a pele pálida. Lambendo os lábios, inclinou o corpo para a frente e serviu-se com a ponta dos dedos. Ele assentiu, um gesto que podia ser interpretado como um obrigado, mas que podia ter qualquer outro significado.

Morrison retribuiu o gesto. Depois retirou do bolso outra lasca de tabaco e levou-a à boca. Enquanto mascava, olhou em volta procurando algum lugar onde pudesse cuspir. A escolha foi rápida. Morrison cuspiu no chão e cobriu o local com a própria bota.

— Se não se importa, vou me sentar um pouco — ele avisou.

O negro não ofereceu nenhuma resposta, objeção ou convite. Morrison apoiou seu rifle na parede e sentou-se no banco de madeira mais uma vez. Dê-me um minuto para acostumar-me com a idéia. Vá em frente e prove esse tabaco, e depois acabaremos com isso de uma vez. Tem minha palavra.

O homem negro fechou o olho são e levou o tabaco à boca com a calma de quem não tem mais nada a perder.

Oito

O cheiro era forte em suas narinas, pujante, penetrante. Havia movimento em torno dele. Mãos trabalhavam em seu corpo. Sentia um quadril pressionado contra as costelas. Uma toalha molhada foi removida de sua testa e o ar tocou sua pele úmida, provocando um novo frescor. Ouvia um hino cantado em voz baixa, ao mesmo tempo doce e dolorosa, uma voz feminina que parecia brotar do fundo da garganta, notas que se tornavam mais altas ou mais suaves à medida que ela trabalhava. E além dela havia paredes que às vezes estalavam e se aquietavam, e sobre sua cabeça havia um teto sobre o qual podia ouvir passos. E mais além ainda identificava os sons da rua, veículos e vozes, um cachorro que latia com persistência irritante. Havia um relógio que anunciava as horas, mas sabia que ele estava muito distante. Não sabia dizer quando passara a ter consciência de todas essas coisas. Era como se, de fato, todas elas estivessem ali o tempo todo, mas só recentemente se fizessem notar. Agora, por alguma razão, elas se anunciavam a seus sentidos.

Era uma estranha sensação a de lembrar que podia abrir os olhos, que havia um mundo a ser visto e que eles eram as ferramentas para vê-lo. A primeira coisa que viu foi a parte inferior de um braço rechonchudo e nu, a pele macia e escura como uma castanha madura, uma pele coberta por sardas do tamanho de sementes de papoula. Aquele braço ocupou a totalidade de seu campo de visão por um instante. Depois desapareceu. Seus olhos vagaram por um segundo e se fixaram no teto, nas tábuas sem pintura com manchas de umidade que radiavam de alguns pontos como ondas na superfície de um lago. Olhou para aquelas manchas por algum tempo, sem pensar no braço ou na pessoa a quem ele pertencia, concentrando-se apenas na madeira e em como a água penetrara em suas fibras.

A canção deu lugar às palavras.

— Sabia que iria encontrar o caminho de volta — disse uma voz. A princípio, a voz não pareceu ter a menor relação com o hino. Era sólida, enquanto aquela que até pouco antes cantara havia sido etérea; sua natureza prática e generosa era muito diferente da melancolia contida naquelas notas. William não se virou para a voz, mas constatou que, de maneira estranha e incompreensível, estava preparado para o rosto que surgiu diante dele. A mulher era negra, e seu rosto tinha a mesma compleição sardenta do braço. Seus traços eram pesados e generosamente arredondados, como se não houvessem sido esculpidos por mãos preocupadas com a beleza, mas agradáveis de se ver. Ela sorriu revelando dentes tortos e separados por grandes espaços vazios, mas ainda mais fascinantes por isso. — Sim, e você voltou para ficar.

A mulher virou-se e deixou-o olhando para o teto. William queria segui-la, mas havia esquecido como virar a cabeça, como se não considerasse a possibilidade do movimento. Em vez disso, aguçou os ouvidos. Ouviu o farfalhar do tecido da saia enquanto ela se movia, a carne generosa roçando contra o algodão das roupas, os pingos da água contida em uma bacia, um som que sabia ser de um pano macio e molhado sendo torcido entre duas mãos firmes. Eram sons adoráveis, e ele se deu conta de que os estivera ouvindo havia um bom tempo.

Em algum lugar uma porta se fechou com estrondo, as vibrações provocadas pelo baque ecoando por toda a casa. A mulher deixou o pano na bacia, levantou-se com ela entre as mãos e afastou-se. William a seguiu com os olhos. O aposento era pequeno, pouco maior do que a cama de lona sobre a qual estava deitado, e a mulher só se afastara alguns passos. Ela voltou sua atenção para uma janela pequena e estreita localizada em um canto, no alto, quase na junção com o teto. Olhou atrás dela, a cabeça virando para um lado e para o outro em busca de alguma coisa que ele não podia ver.

— Aquela garota acabou de sair — disse. — Eu sabia. Ela perdeu mais um emprego. Percebi quando ela falou comigo sem olhar nos meus olhos. Agora vai voltar a vender o traseiro nas ruas. Já falei pro Russell, mas ele sempre diz que o que importa é a menina pagar o aluguel. — A mulher estalou a língua e virou-se para o quarto, para seu paciente. — Meu Deus, William, se não precisasse do dinheiro dos inquilinos, juro que colocaria eles para fora da minha casa. Me esforço para manter um lar decente, e eles pensando em outras coisas. — Ela voltou para perto da cama, as pernas roçando a lateral do colchão, a bacia de metal equilibrada em uma das mãos. A mulher se sentou em um banco, acomodou a bacia sobre as pernas e mergulhou os dedos na água para pegar o pano molhado. — Imagino que ainda está um pouco tonto, não é? Teve febre, William. Foi só isso. Talvez uma febre amarela, ou coisa parecida, mas você foi bem. Ainda não está totalmente bom, mas o pior já passou.

As palavras daquela desconhecida ressoaram em sua cabeça, ricochetando, difíceis de apreender. Foi necessário um grande esforço mental para organizá-las e reduzi-las a uma simples frase.

— Eu tive uma febre... — A mulher confirmou que sim, uma maldita febre contra a qual ela havia lutado durante os três últimos dias. E continuou falando, embora ele perdesse o sentido de suas palavras e tivesse de fechar os olhos para tentar voltar ao começo. — Quem é você? — perguntou.

— Sou seu anjo de misericórdia em um tempo de necessidade. Pelo menos estou tentando. Meu nome é Anne Murphy. Se me chamar de sra. Anne será sempre atendido.

Ele abriu os olhos.

— Como sabe meu nome?

As rugas da testa de Anne se desmancharam numa expressão de surpresa.

— Sei seu nome porque você me disse. E me contou muitas coisas. É claro que não vou envergonhar você repetindo o que você disse. — Ela colocou o pano molhado sobre sua testa, depositando-o tão perto das sobrancelhas que as franjas da extremidade inferior impediam a porção superior de sua visão. O cheiro ácido de vinagre... sim, era essa a fragrância que o despertara... O aroma penetrou em suas narinas mais uma vez. — Não, algumas coisas que você contou vão ficar em segredo. Você ia morrer de vergonha se eu falar metade das coisas que falou enquanto dormia. É claro que vou ajudar você a encontrar essa sua moça. Mas a gente vai falar sobre isso quando você ficar mais forte.

William tentou protestar. Levou a mão ao pano em sua testa e o teria removido, mas a mulher riu com a paciência conferida pela maturidade e balançou a cabeça para demonstrar desaprovação. O gesto foi suficiente para silenciá-lo. Mais que isso, o som de sua risada o acalmou, fazendo-o lembrar alguma coisa que ele não tentou identificar, mas que causava uma sensação agradável. Ficou ali deitado, e dormia profundamente quando Anne saiu e fechou a porta sem fazer barulho.

Nos dias que se seguiram à total recuperação de sua consciência, William reuniu os acontecimentos que havia perdido durante o período em que estivera doente. A febre amarela era uma das muitas enfermidades galopantes durante os meses do verão. Anne explicou que a febre havia varrido a Filadélfia pouco antes da virada do século como uma praga clássica da Idade Média, quase dizimando a população. Desde então ela nunca mais voltara a atacar com a mesma potência, mas estava sempre aparecendo, sempre durante os meses mais quentes, sempre sem explicação. Anne encontrara William em um beco perto de sua casa e reconhecera os sintomas. Não poderia explicar o que a fizera levá-lo para a hospedaria, exceto a idéia de que ele era filho de alguém. Também era mãe de dois garotos e rezava para que outros os ajudassem, caso algum dia eles necessitassem de socorro. Escondera-o no porão e cuidara dele por três dias. William passara esse tempo indo e voltando, como ela dizia, perdendo e recuperando a consciência, às vezes consciente o bastante para conversar, em outras tão inerte que molhava e sujava a cama sem notar. Ela havia posto de lado toda e qualquer noção de decoro, banhando-o e cuidando dele como teria feito por um de seus entes mais próximos e queridos. William não se lembrava de nada, e Anne brincou dizendo que era melhor assim, pois um homem adulto certamente ficaria envergonhado com tais recordações.

A enfermidade o deixara tão fraco que William não conseguiu sair da cama por uma semana depois de recuperar a consciência. Passava a maior parte do tempo sozinho, olhando para o teto e ouvindo o mundo em torno do porão, além da janela. À noite, os filhos de Anne e os hóspedes da casa retornavam. Nunca conseguia ter certeza de quantas pessoas moravam nos andares acima dele, mas já começava a reconhecer certas vozes. Havia o discurso polido e contido de um jovem que saía cedo e voltava tarde, e as vozes profundas dos trabalhadores que caminhavam com passos pesados ao entrarem e saírem da casa. Suas botas libertavam partículas de poeira que flutuavam em torno dele, aderindo aos cabelos como caspa. Vozes infantis formavam um coro caótico que se misturava ao ruído rápido e leve de seus passos. A garota sobre a qual Anne especulara falava com um ritmo estranho, começando todas as frases com determinação e energia, mas perdendo a força enquanto falava, de forma que as últimas palavras de cada sentença raramente eram audíveis no porão. O filho mais velho de Anne possuía uma voz rica de barítono. O caçula era mais agudo e estridente em seu discurso. Nenhum deles era muito parecido com a mãe, um fato que William havia notado quando um dos rapazes fora ao porão para levar comida ou água. Um era mais moreno e baixo. O outro era de tez mais clara, com cabelos ondulados como os de uma criança branca. Os dois eram os únicos que tinham conhecimento de sua presença na casa.

Anne esvaziava o urinol todos os dias, algo que jamais havia sido comentado, como uma tarefa que ela executava sem reclamar. Ela também havia feito sua barba com as próprias mãos, manejando a lâmina com precisão e firmeza inesperadas para uma mulher. Era estranho sentir o ar em seu queixo novamente, tocar a pele sensível e macia. Anne disse que o rosto limpo combinava melhor com ele, pois assim era possível ver melhor seus traços fortes e marcantes. Comparada ao restante da pele bronzeada, a região sob suas bochechas e acima do lábio superior era bem mais clara. Anne apontou esse contraste, mas William limitou-se a encolher os ombros, mostrando-se constrangido como um garoto tímido, nervoso como se estivesse nu diante da mulher mais velha. Ela deixou a lâmina para ser usada sempre que ele quisesse, e mais tarde retornou com uma camisa limpa. Embora não fosse nova, era muito bem conservada em comparação à dele, uma diferença que aumentou seu constrangimento. Antes de se desfazer da camisa velha, William descosturou o medalhão do tecido e guardou-o no bolso da camisa nova. A operação foi realizada em segredo, pois preferia não ter de explicar a ação a ninguém, nem mesmo a Anne.

Ela também cumpria a promessa de ajudá-lo a encontrar Dover. William não via a maioria de seus esforços, mas ela contou ter convocado um batalhão de amigos para a busca, usando o nome Carr como principal referência. Falava com criadas domésticas quando as via pendurando as roupas de cama no varal, com as cozinheiras que encontrava na porta dos fundos das casas, com arrumadeiras de quem se aproximava nas ruas e nos bancos da igreja. Espalhava perguntas que percorriam a cidade por meio de cocheiros negros, e suas conversas com o vendedor de carvão eram mais longas do que de costume. Grisalho, o comerciante havia muito tentava cortejá-la sem sucesso. Ele conhecia as vielas e os becos da cidade e prometeu descobrir tudo que fosse possível. Embora suas fontes relatassem muitos detalhes sobre a vida íntima dos cidadãos brancos daquela região, ainda não conseguira obter nenhuma pista concreta ou mais animadora. A primeira família Carr que descobriram era rica, porém de dinheiro muito novo, com elos do outro lado do Atlântico. Pelo que conseguira saber, não havia nessa família mulheres em idade de se casar. A segunda família não tinha as condições necessárias para se enquadrar na descrição fornecida por William; a terceira era de trabalhadores do porto, que foram prontamente descartados.

Na segunda semana de investigações, Anne interrogou-o com mais persistência sobre a família com quem Dover supostamente vivia. William tinha certeza de que o nome era esse? Sabia qual era o nome de batismo da jovem branca, ou, melhor ainda, o nome de seu pai? Tentou ajudá-lo a lembrar alguma coisa, qualquer coisa que pudesse ser útil. Perguntou até se ele tinha certeza de que essas pessoas moravam na Filadélfia. Cada pergunta o deixava ainda mais confuso e cheio de dúvidas. Gravara o nome Carr em seu cérebro. Formara-o em sua mente e revira-o todos os dias desde que o ouvira pela primeira vez, mas, uma vez plantada a semente da dúvida, nada mais parecia tão certo. Jamais escrevera o tal nome, nunca o soletrara. Nunca ouvira alguém chamar a mulher por esse nome e não tinha nenhuma prova de sua autenticidade. E a última pergunta o levava à beira do desespero. Estaria ele na cidade errada? Pensou naquela distante conversa com Kate e tentou lembrar com exatidão todas as palavras ditas por ela. Mesmo que ele não se houvesse enganado, Kate poderia ter cometido algum engano. Afinal, ela conhecia pouco ou nada da geografia daquele país e mal podia distinguir a diferença entre Filadélfia e Providence, Nova York e Boston. Se aquela cidade era apenas uma entre muitas, talvez sua busca não tivesse fim.

Em determinada manhã, o filho mais novo de Anne entrou no porão levando um livro e um mapa desbotado do centro da cidade. O mapa devia ter uns vinte anos de idade, mas ele acreditava que ainda pudesse ser útil. William agradeceu, mas não perguntou que utilidade seria essa. O rapaz assentiu e saiu, subindo a escada de volta à casa. Sem abri-lo nem ler o título na capa, William deixou o livro no chão ao lado da cama. Não tinha interesse nele. Mas desdobrou o mapa, colocando-o sobre o colchão, e deslizou os dedos pelas marcas deixadas pelas dobras, como se as imperfeições pudessem prejudicar os detalhes do traçado. Vira mapas da Bretanha e da França no passado, quando fora levado para fazer companhia àquele garoto branco que freqüentava a escola, mas isso acontecera havia muitos anos. Era difícil compreender as dimensões planas diante dele, o padrão desenhado com traços de diversas espessuras, as linhas negras sobre o papel amarelado. Acompanhou o traçado sinuoso dos dois rios da cidade e olhou para as letras que compunham o nome das ruas, sem descobrir nada de familiar naquelas informações. Tentou equiparar os retângulos e os quadrados com as praças e as avenidas por onde passara, com as casas para onde havia olhado, mas o esforço era mais frustrante do que qualquer outro. Pouco tempo depois, dobrou o mapa, guardou-o entre as páginas do livro e se deitou na cama. Tentou fingir indiferença, mas não era isso que sentia naquele momento. Menos de meia hora mais tarde, William estava novamente debruçado sobre o mapa, tentando entendê-lo.

À tarde, Anne sempre encontrava algum tempo para ir vê-lo e conversar com ele. Falava sobre os acontecimentos do dia, sobre os inúmeros dramas das ruas e sobre as fraquezas dos hóspedes daquela casa, pessoas por quem ela demonstrava ter grande afeição. Anne não perguntava muito sobre sua história, mas nunca se mostrava surpresa com o que ouvia dela. Sempre soubera que lidava com um fugitivo, antes mesmo de ele ter admitido sua condição. E também sabia que ele era escravo. Sabia que fora chicoteado e parecia conhecer até mesmo o desenho das cicatrizes espalhadas por suas costas. Embora fosse sempre gentil, havia algo de inquietante em seu conhecimento sobre sua vida e na maneira como dependia dela.

— Sabe que aquela menina já teve três filhos? — Anne perguntou indignada, referindo-se mais uma vez à jovem que julgava ser uma prostituta. — Três filhos aos dezessete anos de idade! Um deles nasceu morto. Os outros dois estão no campo com a família dela. Acho que ela também devia voltar, mas a menina é teimosa. Está sempre dizendo que não quer perder nada.

Anne estava sentada no banco ao lado da cama. Com uma perna cruzada sobre a outra, criava uma espécie de plataforma na qual apoiava a saia que estava costurando. Os movimentos que executava com a agulha eram cuidadosos, os olhos atentos ao trabalho, apesar da eterna penumbra do porão. William estava em pé em um canto, testando a força das pernas. Ele caminhou descrevendo um pequeno círculo, levantou um joelho até o peito e depois repetiu o movimento com o outro, apoiou as mãos na parede, estendeu os braços e depositou neles o peso do corpo.

— Vou lhe dizer uma coisa, William, torça para que esse seu filho seja um menino. Os garotos dão trabalho, mas não têm a metade da malícia das meninas. — Seus dedos se detiveram sobre a saia. Ela observou os movimentos executados por William. — Sim — opinou —, você parece bem. É bem possível que eu deixe você sair deste porão logo.

— Posso trabalhar — William anunciou sério. — Acho que vai querer que eu trabalhe antes de ir embora. Prefiro começar agora.

Anne deixou as mãos caírem sobre as pernas.

— E por que acha que quero que trabalhe para mim?

Notando o tom de voz tenso da dona da casa, ele se sentou na cama.

— Bem... Tudo que fez por mim... Acho que quer alguma retribuição.

— O capitão pediu alguma coisa em troca por ajudar você?

William baixou os olhos. A pergunta o embaraçava, embora não soubesse por quê.

— Não. Ele podia, mas deixou eu fugir.
— Mas acha que vou exigir algo de você?
Ele não respondeu. Apenas olhou para suas mãos abertas sobre o lençol.
— Pense no que está dizendo — continuou Anne. — Aí está você, sentado bem na minha frente, com... o quê? Vinte e poucos anos? Foi escravo de outros homens por pelo menos vinte anos da sua vida. Foi surrado, chicoteado e sofreu tudo que sofre um escravo. Enfrentou tudo isso e aí duas pessoas são gentis com você e não sabe o que fazer. William, tudo que fiz foi tratar você como um ser humano. E aquele capitão fez o mesmo, que Deus o abençoe. Quer ser livre, não é? Quer ser um homem?
— Eu sou um homem — William retrucou. As palavras soaram estranhas e ele não soube ao certo o que o levara a dizê-las, mas Anne aceitou-as pelo que eram.
— É verdade. Você é um homem. Tudo que estou fazendo é tratar você como homem. Pense um pouco nisso e aí vai aprender a gostar disso. O mundo não é de todo mau. E vou lhe dizer mais uma coisa. Nenhum escravo se torna livre sem ajuda. Nenhum. Não há vergonha nisso. É assim e pronto. E ainda vai ser dessa mesma maneira por mais algum tempo. Tem mais algum pensamento tolo que quer compartilhar?
William não tinha mais nada a dizer, e por algum tempo os dois ficaram sentados em silêncio. Por várias vezes a mulher flexionou os dedos como se pretendesse retomar o trabalho, mas a agulha ainda repousava sobre o tecido. Uma carroça puxada por um cavalo passou pela rua. A carga transportada pelo veículo fazia um barulho imenso, como folhas de metal se chocando. O cocheiro gritava com toda a força dos pulmões, incentivando o animal a prosseguir, como se assim pudesse comandar as ruas, os moradores e as casas a abrir caminho e deixá-lo passar. Anne olhou para a janela de vidro escuro e sujo. William nem se deu ao trabalho de levantar a cabeça. Pelo contrário, abaixou-a ainda mais e apoiou a testa na ponta dos dedos. A carroça seguiu sua viagem e o silêncio voltou à rua.
— Você não é o primeiro que tem uma longa estrada pela frente. — Anne continuou séria. — E não pense que estou fazendo um sermão. — Mantendo os olhos fixos em William, ela co-

meçou a contar uma história, fatos que dizia terem ocorrido havia alguns anos. Era a história de um homem que tinha trabalhado durante muito tempo no Underground Railroad, a rede de ajuda aos escravos fugitivos, nas cercanias da Filadélfia. Ele havia sido um condutor confiável, conhecido por muitos, respeitado por todos, alguém que conseguira escapar da escravidão anos antes, deixando para trás toda a sua gente e tudo que havia conhecido do mundo e da vida. Aquele tipo de trabalho não era fácil, e seus princípios declarados acabaram por exercer um terrível e poderoso efeito sobre sua vida e sua saúde. Seus empreendimentos comerciais sempre acabavam frustrados sem razão aparente. Várias vezes ele havia sido preso sob suspeita de ajudar fugitivos. Embora acabasse sempre solto por falta de provas, aquelas celas úmidas o deixaram com uma tosse constante que marcava sua presença nos cultos religiosos. Esse homem era perseguido pela polícia e estava sempre temendo pela própria vida, porque as forças da escravidão tinham tentáculos que se estendiam até o norte e representantes que o conheciam bem. A porção dianteira de sua casa fora incendiada em certa noite de inverno, e o restante só não havia sido destruído pelas chamas graças a uma nevasca providencial. O filho mais velho fora atacado e espancado até quase morrer, e depois disso mancara para sempre e se tornara um rapaz assustado e medroso. Mas, apesar disso tudo, o homem perseverara em seu trabalho e em seus ideais, ajudando numerosas almas a alcançar a liberdade, mesmo que duvidosa e tênue.

Um dia um homem desconhecido o abordara pedindo sua ajuda. Esse homem afirmava ser um fugitivo e dizia estar procurando ajuda em seu caminho para a liberdade. O condutor estranhara suas perguntas, porque havia algo de familiar no sujeito, algo estranho em seus maneirismos, no comprimento de seus braços e no ângulo da mandíbula tensa. Não podia explicar o que sentia, mas quase se recusara a ajudar aquele homem. Quase... mas não recusara ajuda. Fingindo desconhecer os trilhos da estrada de ferro, ele o interrogara cauteloso. O fugitivo revelara de onde vinha e descrevera sua fuga com tantos detalhes que a tornara verossímil. Depois dissera o nome de seus pais. O condutor o encarara como se estivesse diante de um louco, e depois perguntara se sua intenção era divertir-se ou zombar dele. O fugitivo respondera: "Não, senhor. Esta é a mais pura e honesta verdade de Deus. Quero que Ele me fulmine com um raio se eu estiver mentindo". Deus não o fulminara com um raio. Em vez disso, o condutor aproximara-se e o abraçara, porque aquele homem era seu irmão, um irmão que ele nem sabia ter até aquele momento, um irmão que ele conhecia trinta e sete anos depois de seu nascimento.

— Essa é uma história verdadeira — Anne concluiu. — De vez em quando o Senhor envia um raio de Sua gloriosa luz. São momentos assim que fazem a gente seguir em frente. A gente tem de lembrar essas histórias para que nos próximos anos, quando escreverem a nossa história, ela não seja apenas de dor e sofrimento. Está entendendo? Não existe ninguém no mundo capaz de sobreviver apenas da dor. O sofrimento pode ser o pão da vida de um escravo, mas ele também precisa de água. Aquele homem viveu quarenta e cinco anos sem um irmão. Mas, no dia em que o conheceu, isso deixou de ser importante. Ele passou a ter um irmão, e você terá sua esposa. Você tem de lembrar dela, invocar sua imagem sempre, lutar para que ela não se apague da sua memória. E precisa ter o bom senso de aceitar ajuda quando ela for oferecida. Está ouvindo?

William balançou a cabeça em sentido afirmativo sem levantá-la, indicando que sim, que ouvia suas palavras. Anne suspirou. Depois examinou o trabalho de costura por um momento antes de retomá-lo.

— Aqueles dois garotos, Cecil e Jack... — ela disse. — São bons meninos, mas não têm um pingo de juízo. Não sei por que ainda mantenho eles aqui. Já falei da confusão em que se meteram com aquele pregador em Lombard? Tudo começou quando Jack viu alguém se aproximar com a coleta...

Em determinada noite, duas semanas depois de ter superado a febre, William estava sentado em um canto do porão, com a cabeça inclinada para o lado e apoiada na parede sem pintura. Seus olhos abertos estudavam as pedras que compunham a superfície áspera. O pavio da lamparina a óleo estava chegando ao fim e emitia uma coluna de fumaça negra que se erguia como um véu até o teto. Estava quieto, exceto pelo polegar da mão esquerda, que acariciava a ponta dos dedos num ritmo monótono, como um homem contando até o infinito. Tinha a sensação de que vivia naquela cidade havia anos e de que nada mudava de um dia para o outro, de que todos os dias seguintes seriam iguais. A mente vagava confusa, percorrendo um labirinto formado por ruas de Annapolis e da Filadélfia, sobrepondo a cama de lona daquele porão ao colchão de palha de Kent Island. Viu rostos daquele tempo e imagens que provocavam nele um anseio pelas certezas que deixara para trás. Todas as pessoas, os lugares e as lembranças que antes compunham sua vida agora pareciam distantes. Estava começando a perceber que os riscos daquela empreitada iam muito além dos físicos, além de até mesmo nunca encontrar Dover. Estava olhando para a parede ao lado de sua cama, mas o que via era um futuro vivido no exílio.

William levantou a cabeça quando Anne entrou no porão. A disposição da recém-chegada não concordava com a dele. Com os cabelos presos no alto da cabeça, ela fazia um grande esforço para manter a formalidade, mas havia um brilho de humor em seus olhos. O olhar era mais rápido do que o habitual e mais penetrante, mais afetuoso. Era como se estivesse pronta para sorrir, mas conteve-se e franziu a testa ao notar o estado da lamparina. Ela tirou a lamparina da prateleira, segurou-a próximo ao rosto e brincou com ele.

— Hoje cedo recebi uma visita do sr. Payton, o vendedor de carvão. Aquele homem é impagável! Pode imaginar aquele homem de roupas imundas e surradas subindo a escada dos fundos com uma flor na mão, como um moço cortejando uma donzela? E a flor era para mim, uma mulher com idade de ser avó! — Seu tom era vibrante, quase alegre, mas ela mudou de atitude ao perceber que William se mantinha quieto, taciturno.

— Ele trouxe notícias. Notícias de sua Dover.

William encarou-a. Não chegou a interrogá-la, porque estava sem ação, mas Anne aproximou-se e procedeu como se houvesse sido questionada. O sr. Payton havia localizado certa família Carr que vivia em uma área nobre perto da rua Walnut. Eles tinham entre suas criadas uma jovem sulista negra. A moça retornara com a filha caçula da família que desistira de um casamento infeliz com um fazendeiro do sul. Ele apresentara o nome da rua e o número da casa onde eles moravam, e Anne sussurrou as informações como se temesse ser ouvida. Aqueles eram todos os dados que Payton conseguira reunir, mas, ela disse, nessas informações podiam estar contidas as respostas para suas preces. Anne devolveu a lamparina a seu lugar, satisfeita com a luz mais firme do novo pavio. — É ela, William. Posso sentir.

— Perto de Walnut... — ele murmurou. Não era uma pergunta nem uma afirmação, mas um comentário que pairava entre os dois.

— Isso mesmo, gente muito rica mora lá. Mas ouça bem, você não pode simplesmente ir até lá e bater na porta da frente como um cavalheiro em visita de cortesia. Não sabe como são as coisas por lá. Nem sabe ao certo se Dover vive mesmo nesse lugar; não sabe se tem alguém procurando você. Payton disse que ia tentar descobrir mais coisas. Vamos esperar.

— Quer que eu espere? — William perguntou. Ao ver a mulher assentir, ele se levantou e caminhou até o outro lado do porão.

— É o melhor por enquanto. Eu mesma vou até lá se for preciso, mas você não tem como saber o que o espera por lá.

William parou num canto do aposento, de frente para a janela. Alguém passou pela rua, uma sombra que escureceu a vidraça e desapareceu segundos depois, não um ser concreto, mas apenas a sugestão de um ser.

— Quer que eu espere? — ele repetiu.

— Sim. Trouxe notícias e espero que siga meus conselhos. O que está pensando? Seu rosto é um mistério.

William pegou uma caneca de barro e a encheu com a água de um jarro que ficava ao lado da bacia do lavatório. Depois deixou-a ainda cheia ao lado do jarro e afastou-se sem sequer levá-la aos lábios.

— Não sei o que pensar. Quero ter esperança, mas tenho medo. Tenho medo do que a esperança está fazendo comigo agora.

— Entendo. — Anne levantou-se e parou diante dele, as mãos tocando seus ombros numa oferta de consolo e amizade. — Acabo de trazer boas notícias, William. Lembra da alegria. Você tem de manter a alegria para o futuro. Ouviu?

William agradeceu, mas não respondeu à pergunta ou se manteria a alegria para o futuro. Rangendo os dentes, guardou os pensamentos só para si. E, assim que ficou sozinho, começou a fazer planos.

Nove

O presente que Morrison ofereceu ao prisioneiro foi uma morte rápida, um vôo direto para os braços de um Deus sem cor. Era correto atender ao pedido de um homem condenado, embora as pessoas brancas daquela cidade não vissem a situação dessa mesma maneira. Depois de disparar o único tiro de rifle, o escocês escapou pela mais direta das vias. Saiu andando pela porta da frente. Em pouco tempo os moradores daquela localidade descobriram seu feito. Eles o expulsaram da cidade aos berros, correndo atrás dele e do cachorro com intenções assassinas, uma multidão furiosa por ter sido frustrada em sua busca de diversão. Morrison levaria para sempre a cicatriz sobre um olho, resultado de um golpe de arado desferido por um adolescente. Teria caído inconsciente, mas as pernas o mantiveram em movimento, e o movimento o manteve consciente. A cadela mancaria para sempre nos dias mais frios, porque os ferimentos profundos em suas patas traseiras jamais cicatrizariam por completo. Em algumas noites ela sonhava com a multidão tomada por aquela fúria irracional e acordava com os próprios ganidos. Apesar do ataque desferido contra eles, os dois viajantes percorreram muitos quilômetros nos dias seguintes. O homem caminhava dominado por pensamentos frenéticos, resmungando para si mesmo. Aquela terra continha um grande mal, ele dizia, e isso o perturbava, porque em todos os lugares havia sinais e sintomas desse mal.

Atravessou os campos como uma criança que os via pela primeira vez, colecionando imagens que iam se sobrepondo, formando uma estranha colagem interna dos dramas do mundo. Os corpos negros dos trabalhadores brilhavam nas lavouras castigadas pelo sol do meio-dia. Uma criança branca fora deixada nua na terra suja ao lado do pilar de uma cerca, a barriga desenvolvida demais sobre as pernas muito finas, os olhos azuis cintilantes e belos, não fosse pela beligerância que fervilhava por trás deles. Um pregador itinerante berrava trechos do evangelho empoleirado sobre um caixote de madeira no meio de uma praça, e uma multidão reunida em torno dele concordava entusiasmada com suas palavras. O homem suava muito e tinha o rosto vermelho por conta do esforço que fazia. Um corcunda o observava da porta de uma loja. Ao notar que ele o encarava por mais tempo do que aconselhava a cortesia, o sujeito abriu a boca, cuspiu e perguntou se ele era tão estúpido quanto parecia. Uma escrava passou por ele na estrada seguida por seus filhos, uma fileira de crianças, três no total, cada uma delas segurando a da frente pela beirada da camisa, a última da fila nua da cintura para baixo. Essa última imagem despertou nele a lembrança de uma gravura que vira certa vez num livro, mas não conseguia recordar em qual livro havia ou onde. Não sabia ao certo nem se as personagens do livro eram humanos ou animais. Aquelas cenas não eram novas para ele. Faziam parte daquela terra, e o caçador vira tais coisas milhões de vezes. Talvez, pensou, o ferimento na cabeça o houvesse enfraquecido, porque sabia que arranhões muito menores haviam levado à morte homens melhores do que ele.

Os últimos dias de agosto encontraram o caçador novamente em Kent Island. Ele deparou com Humboldt quando percorria a estrada que levava a sua propriedade. Os dois homens pararam e olharam um para o outro. O fazendeiro disse supor que Morrison não havia tido muita sorte. Morrison não o corrigiu.

— Sim — disse o fazendeiro — sei que não teve sorte porque tenho uma suspeita de que o rapaz está escondido na Filadélfia, aquele lugar de gente esquecida por Deus. Estou indo para lá. Humboldt também disse estar cansado de esperar, cansado de ouvir desculpas esfarrapadas de caçadores que não podiam encontrar sequer as tetas da própria mãe. Tinha uma pista e partiria imediatamente atrás dela.

O homem começou a se afastar, mas parou quando Morrison perguntou se poderia acompanhá-lo.

— Por quê? Por acaso eu disse que estava contratando ajuda?

— Não, mas pensei que poderia encontrar utilidade em uma arma extra.

O fazendeiro refletiu sobre a proposta. Mais uma vez, ele avisou que não haveria pagamento, mas Morrison insistiu em acompanhá-lo mesmo assim.

— Por que quer tanto ir comigo? — Humboldt perguntou intrigado.

— Só para ver como essa história vai terminar — Morrison respondeu.

— Ah, sim, conheço o sentimento — o outro concordou sorrindo. O negro nem é meu, e estou perdendo tempo e dinheiro para ir atrás dele e trazê-lo de volta. Às vezes essas coisas acabam se tornando pessoais. Muito bem, pode vir comigo. — Ele começou a andar e, enquanto caminhava, continuou falando, lembrando Morrison de que não havia nenhuma garantia real de pagamento por seus serviços. Seria um jogo, e juntos eles descobririam o que o destino reservava para todos no final daquela história. Depois ele revelou mais uma informação que considerava importante, o fato de ter sido contratado por outro fazendeiro local para resgatar na Filadélfia uma escrava de sua propriedade, uma jovem com quem ele se deitava eventualmente.

— Ao menos — ele disse rindo — teremos alguma diversão na viagem de volta, uma vez que ela estará conosco no navio. A garota esperava um filhote, de acordo com os termos utilizados por Humboldt, mas ele até apreciava mulheres nessas condições.

Seguindo seus passos apressados, Morrison recebeu essa notícia com uma trepidação que ele não sabia bem como explicar.

Dez

No silêncio da noite fechada William subiu a escada do porão. Ficou algum tempo parado com a orelha colada na porta, ouvindo, tentando identificar algum som que pudesse detê-lo. Certo de que nenhum obstáculo o impediria de sair, abriu a porta sem fazer barulho. O aposento era uma colagem de linhas e sombras, paredes brancas e tábuas de madeira escura no piso, tudo em dimensões com as quais já não estava mais habituado. Orientou-se pelas marcas deixadas por pés que por ali passavam todos os dias, passos que ele ouvia do porão. Seus pés, mais uma vez calçados com o resto de suas botinas, eram mais ruidosos do que gostaria. William enfrentou certa dificuldade para abrir a tranca da porta da frente, mas conseguiu removê-la e, segundos depois, viu-se novamente nas ruas de Filadélfia.

Não parou para apreciar o cenário, preferindo descer a escada e afastar-se depressa. Era estranho deixar o abrigo do porão, percorrer a rua que só havia conhecido atrás da janela de vidraça suja. Os prédios enfileirados nas duas calçadas pareciam se apoiar uns nos outros, deixando ver apenas uma estreita faixa do céu escuro. Lembrou-se do labirinto desenhado por sua mente febril e teve de lutar contra o medo de que os edifícios estivessem conspirando contra ele. Eram apenas objetos inanimados, escuros e sombrios, sim, mas feitos somente de pedras, tijolos e argamassa. Os sons, embora fossem poucos, eram altos e nítidos como nunca antes haviam sido. O arrastar de seus pés, o tilintar de um sino, uma janela batendo: tudo parecia ocorrer bem ao lado de seu ouvido. E penetravam em seu cérebro como se não houvesse filtro nem obstáculo para reduzi-los a um nível suportável.

No final do primeiro quarteirão, ele tirou o mapa de dentro da camisa e estudou-o à luz das estrelas. Alguns dias antes, o filho caçula de Anne marcara a casa da família com uma caneta, e no início da noite William traçara uma rota entre aquele sinal e a rua onde ficava seu objetivo. Seguia esse traçado como podia, contando ruas e esquinas. Caminhou por quilômetros na noite da cidade, sem saber ao certo o que pretendia. Sabia que devia esperar, como Anne havia sugerido. O perigo que ela mencionara era real. Podia estar pondo tudo em risco. Mas era simplesmente incapaz de esperar quieto.

William teve quase uma hora para pensar em um plano enquanto caminhava, mas quando encontrou a rua que procurava, ainda não tinha uma noção mais clara do que deveria fazer. Aquela era uma avenida larga, de calçamento de pedras lisas e bem encaixadas. Árvores frondosas acompanhavam o traçado da calçada como sentinelas montando guarda na noite silenciosa, imponentes com seus galhos longos e espessos. Ele seguiu em frente, examinando as casas em busca de números ou nomes, parando e retomando a caminhada, atravessando sombras e trechos iluminados, abraçando os troncos das árvores. Seu andar era meio casual, como o de um homem dando um passeio noturno, e meio frenético, a cabeça se voltando na direção de qualquer ruído, as mãos tensas e os dedos estendidos e afastados, como se fossem sensíveis ao contato entre eles. Mas, apesar de todo o receio, não havia ninguém na rua, e as casas alinhadas e altivas estavam todas mergulhadas numa escuridão uniforme. William seguiu adiante.

Seu coração disparou quando ele encontrou a casa. O número podia ser visto com clareza sobre a porta principal. Não havia como errar. A construção era tão sólida, pesada e silenciosa, que podia ter sido entalhada em granito. Em sua imobilidade, ela era uma poderosa barreira para o mundo encerrado entre suas paredes, cada um daqueles traços mundanos impenetráveis, como os das fortalezas medievais. No final da rua ele parou, pensou e estudou os quatro cantos do cruzamento, e olhou para trás, analisando a casa. Ela se situava entre outras e fazia parte de uma fachada compartilhada, inocente e, ao mesmo tempo, carregada de significados e de interesse.

O som dos cascos de um cavalo rompeu o silêncio. William não esperou para ver o cavaleiro. Correndo, desapareceu da rua principal e buscou esconderijo em uma alameda mais escura e menos movimentada atrás das casas. De um lado havia um muro de tijolos demarcando o limite das propriedades. Do outro, um dique sustentava uma encosta coberta por videiras e outros tipos de vegetação. Parado, ficou ouvindo o ruído dos cascos contra as pedras do calçamento. Por fim, William deixou o esconderijo, mas seguiu em sua empreitada naquela mesma alameda, contando as casas até ter certeza de que encontrara novamente aquela que guardava seu objetivo. Ficou parado diante do portão de ferro que marcava a entrada dos fundos, sem tocá-lo, mas olhando por entre as barras de metal. A casa parecia ainda mais quieta vista pelos fundos, mais desamparada e deserta. Uma cortina branca esvoaçava em uma das janelas, chamando sua atenção para a fragilidade da barreira entre ele e o interior daquela residência. Dover podia estar muito mais perto do que imaginara, logo além de uma janela aberta. Podia pular o portão, escalar a parede e entrar por aquele vão tão convidativo e tentador. Seria muito fácil, e foi necessário um grande esforço para afastar-se dali sem tentar a invasão.

William caminhou pela alameda seguindo o traçado do dique até a esquina mais próxima. Ali, sentou-se em um vão formado pela parede parcialmente demolida. A área era repleta de arbustos. Ágil, conseguiu esgueirar-se por entre as plantas e através das videiras que escalavam a muralha de tijolos. De lá, ele se virou para verificar o panorama. A casa estava a pouco menos de cem metros de distância. Alguns trechos da alameda eram completamente escuros, mas podia ver parte da construção e um pequeno pedaço do quadrado escuro que marcava o portão dos fundos. Assim localizado, William flexionou o pescoço girando a cabeça sobre os ombros e tentou aliviar a tensão que enrijecia seus membros. Pediu ao coração para bater mais devagar e limpou o suor que brotava sobre o lábio superior. Então começou sua vigília. Não estabelecera parâmetros para sua missão. Só sabia que a peregrinação chegara ao fim. Se Dover trabalhava naquela casa, em algum momento teria de passar por aqueles portões de ferro, como faziam todos os empregados. Ele a veria saindo para desempenhar alguma tarefa e, acreditava, saberia o que fazer.

O amanhecer chegou bem devagar. Características do mundo ressurgiam em detalhes claros, monocromáticas nas primeiras horas, mas desabrochando em todas as cores com o passar do tempo. Pouco depois do nascer do sol, o tráfego de pedestres começou com intensidade moderada. Durante toda a manhã William viu desconhecidos percorrendo a alameda; entregadores procuravam os portões no fundo das casas, a carroça de carvão descarregava mais uma encomenda, trabalhadores se dirigiam para suas obrigações, a cabeça coberta por chapéus e as enxadas apoiadas nos ombros. Um homem passou apressado puxando uma carroça, preso a ela por arreios que lembravam os utilizados nos burros de carga. Seus pés encontravam o caminho com dificuldade, os músculos torturados pelo trabalho pesado. O carregamento por ele transportado seguia coberto por uma espécie de lona grosseira, mas o cheiro que dele se desprendia atingiu as narinas de William e despertou em sua mente imagens da morte.

Como havia esperado, criados entravam e saíam das casas pelos portões dos fundos. Ele os observava, os olhos saltando de pessoa para pessoa. A certa altura, três mulheres negras atravessaram a rua conversando animadamente. William estudou-as com atenção redobrada, mas não viu nenhum sinal de Dover em suas posturas, em seus movimentos ou nas roupas que vestiam. As vozes chegavam até ele em fragmentos, e também por isso ele sabia que a mulher que procurava não estava entre aquelas desconhecidas. Horas depois, naquela tarde, um cachorro surgiu saltando e correndo na frente do dono. O animal foi atraído pelo cheiro de William, seus latidos curiosos e estridentes, as patas varrendo o chão às cegas, levando-o de um lado para o outro. O cachorro estava a poucos passos de encontrá-lo, quando seu dono o chamou de volta. Ele obedeceu relutante, farejando sem poder ver o homem que permanecia encolhido tão perto dele, uma forma oculta na vegetação, como a encarnação de um espírito da floresta.

Naquela noite ele teve a sensação de ver o mundo caminhando para trás. Os criados saíam das casas pelos portões do fundo. Trabalhadores retornavam de suas labutas. Sombras se alongavam e o sol, mais uma vez, desapareceu no horizonte. O olfato, aguçado por um dia de jejum, registrava as refeições preparadas naquelas casas grandiosas. As três mulheres saíram da casa dos Carr pouco depois do anoitecer, deixando em sua esteira o aroma de frango assado em um molho tão rico que inalar a fragrância já era nutritivo. Seu estômago roncou tão alto que por um momento ele teve medo de ser ouvido. Mas as mulheres continuaram andando sem notar sua presença.

Nas primeiras horas depois do pôr-do-sol, velas iluminaram os aposentos no segundo andar da casa que ele já começava a duvidar que pertencesse aos Carr. Havia decidido aproveitar a escuridão da noite para voltar à casa de Anne, mas não foi o que fez. Ficou sentado onde estava, dolorido e faminto, esperando momento após momento, desejando levantar-se e sair dali, mas sem forças para mover-se. Como conseqüência da fome e da fadiga, William acabou dormindo, e em seus sonhos continuou sentado exatamente onde estava, esperando no mundo espiritual como havia feito no mundo físico. Quando acordou foi como se nem houvesse dormido, e aquele longo período de imobilidade o esgotou ainda mais do que os dias que passara fugindo. Começou a chover, uma precipitação lenta e gradual, que seguiu inalterada até o amanhecer. As folhas em torno dele gotejavam. A água caía sobre seus ombros e escorria pelos cabelos, concentrando-se e formando uma poça que, antes morna com o calor de seu corpo, agora se tornara gelada.

Miserável como estava naquele momento, William foi tomado de assalto por uma lembrança nítida. Uma noite de verão no ano anterior. Naquela noite ele havia esperado, como em todas as outras, até ver Dover saindo da casa de seu senhor. Mas aquela noite era diferente das outras, porque, quando se aproximou dele, ela sorria como se quisesse iluminar a escuridão. Suas mãos mostraram-se ansiosas para tocá-lo e logo os lábios encontraram os dele. O corpo pressionara o seu com uma urgência que o chocara. A boca se abrira e a língua úmida acariciara a dele, girando numa dança sensual e provocante. Lembrava-se de ter sentido o gosto de uvas em sua boca morna, o sabor do vinho bebido dos copos que ela retirara da mesa de seu senhor. Naquela noite fizeram amor sob o céu estrelado, não muito longe do cemitério dos escravos. Naquela noite, pela primeira e única vez, William não tivera medo dos espíritos. Não havia pensado neles, no mundo dos homens ou em sua condição de escravo. Deitado nos braços de Dover na relva macia, vivera momentos que só pertenciam a eles e a ninguém mais. Mais tarde, ainda deitado, ficara ouvindo as coisas que ela contara ter ouvido naquela noite, uma conversa a respeito de nortistas que combatiam a escravidão, ideais elevados contra os quais, pelo menos a seus ouvidos, seu senhor fora incapaz de argumentar. Havia sido essa conversa que a inebriara. Não o vinho adocicado e aromático. Não o corpo quente de William. A liberdade. Nada era mais importante para Dover. Naquele momento ele tomara conhecimento de algo que nunca expressara em palavras antes. Ela era a mais forte entre os dois, aquela que tinha a visão, a determinação que nunca fraquejava. Onde quer que estivesse, Dover era uma criatura livre como ele acreditava que jamais poderia ser.

No segundo dia, William rastejou para fora de seu esconderijo, endurecido pela longa vigília, ensopado até a alma. Ainda não admitira a derrota, mas também não precisava identificá-la com todas as letras. Podia senti-la inundando sua alma como uma correnteza suave que crescia a cada hora, lenta, porém real e obstinada. Não tinha certeza nem mesmo de que voltaria para a casa de Anne. Não traçava planos. Só precisava movimentar o corpo. Ao passar pelo portão dos fundos da casa, parou e inseriu as mãos por entre as barras de ferro. Deslizando os dedos pelo metal frio, sentiu cada irregularidade, a textura áspera onde a ferrugem começara seu lento trabalho de destruição. Apoiou a testa nele, pressionando-a com tanta força e por tanto tempo que a pele serviu de tela para a impressão do desenho criado pelo serralheiro. Afastou-se de cabeça baixa, enxergando apenas os poucos centímetros diante dele: os tijolos e os espaços entre eles, as folhas, os galhos e o esterco de cavalo, toda a sujeira que era e sempre seria o material preponderante na rua de qualquer cidade. Só quando se viu novamente na avenida principal, depois de tê-la atravessado e parado na calçada oposta à casa, William levantou os olhos para estudar a mansão. Ela não havia mudado em nada desde que a vira pela última vez, mas parecia mais sólida e brilhante, mais indiferente. Ergueu a mão, como se pretendesse acenar em despedida, mas virou-se e partiu sem finalizar o gesto.

E foi quando estava se virando que ele a viu. Do outro lado da rua, seguindo os passos de três mulheres brancas. Essas três, duas idosas e uma mais jovem, caminhavam sem pressa, as mãos cruzadas diante delas, a mais nova balançando uma graciosa sombrinha que pendia fechada de uma de suas mãos, todas falando ao mesmo tempo, embora William não pudesse ouvi-las de onde estava. Seus olhos foram além delas, buscando enxergar melhor a mulher negra que as seguia. A princípio viu apenas fragmentos: metade do rosto e o chapéu que o protegia, a extensão de um braço, a barra da saia longa. Mas foi o suficiente. Era Dover.

Ela virou a cabeça e seus olhos se encontraram. Dover diminuiu a velocidade do andar, como um brinquedo cuja corda vai chegando ao fim; seus olhos piscaram, se abriram e piscaram novamente; a mão coberta por uma luva pousou sobre a boca, como se ela quisesse conter com os dedos o ar que exalava. Talvez houvesse deixado a calçada e atravessado a rua em sua direção, mas a mais jovem das três mulheres brancas parou diante do portão de uma casa e chamou-a. Dover correu, dizendo alguma coisa para explicar-se e abanando o rosto com a mão. Ela não voltou a olhar para William quando passou pelo portão, nem quando o fechou e acompanhou a mulher branca até a porta de entrada. Só quando já passava pela soleira da casa ela se virou para olhar para a rua. Apenas um olhar momentâneo, insuficiente para transmitir uma mensagem. Depois a porta se fechou.

William não se moveu. Ficou olhando para a porta como se ela o houvesse prejudicado de alguma maneira e tivesse de justificar-se, admirado por não ter imaginado em nenhum momento que ela poderia entrar pela porta da frente. O céu parecia estar em constante movimento sobre sua cabeça, provocando momentos de sombra e explosões de luz. Pessoas passavam por ele como água em torno de uma rocha. Tinha consciência de que algumas se detinham para estudá-lo por alguns segundos, e em determinado momento sentiu um homem tocar seu ombro de passagem, como se quisesse empurrá-lo sem ser notado. Os minutos foram se juntando, primeiro quinze, depois trinta... E ele continuava ali parado, olhando para uma porta fechada, certo de que não poderia simplesmente ir embora como se nada houvesse acontecido, mas sem saber o que fazer.

E quando ela apareceu outra vez foi de outra direção. Devia ter saído pelo portão dos fundos, porque o abordou pela alameda onde ele estivera escondido. Seus passos eram tão suaves e silenciosos que William não notou sua presença de imediato. Só o fato de Dover estar parada ao lado dele desviou sua atenção da porta fechada. Ele se virou e a viu como era, não mais uma criatura de sonhos, mas um ser de carne e osso ao alcance de suas mãos. Ela sussurrou seu nome. Ele assentiu confirmando a realidade do encontro. E esse foi todo o cumprimento que trocaram por meio da voz. Depois deram o passo que faltava para cobrir a distância que haviam medido em meses e quilômetros, encerrando a separação.

PARTE
TRÊS

Um

Dover assobiou para William na escuridão intensa que precede o surgimento da lua. Ele se adiantou às cegas, mantendo-se colado ao chão e tateando para encontrar o caminho. Quando deixou a proteção da vegetação e emergiu ao lado dela, os braços femininos o envolveram com força espantosa.

— Shhh... — ela pediu aflita. — Ninguém deve ouvir sua voz. — Com isso começou a andar, rápida o bastante para não permitir protestos.

Tiveram pouco tempo para conversar no primeiro encontro. Dover fizera pouco mais do que verificar pelo toque e por algumas poucas palavras que William era real, depois o mandara de volta ao esconderijo até que pudesse pensar no que fazer. Fora uma reunião muito breve, um encontro que o deixara cheio de dúvidas e perguntas. Mas esperara conforme havia sido orientado a fazer, durante toda a tarde e depois dela, recordando aqueles segundos preciosos, revendo cada gesto e cada palavra em busca de significados ocultos sob a superfície. Embora ainda estivesse fascinado com a visão da mulher amada, algo naquele encontro o deixara inquieto, perturbado.

Percorreram as ruas secundárias, as vielas que corriam atrás das casas, desviando dos montes de lixo acumulado nessas áreas, substâncias fétidas patrulhadas por ratos que acordavam para o trabalho diário. Era um progresso íntimo, uma espécie de invasão aquele olhar que lançavam através do fundo das casas. E a intimidade parecia crescer à medida que deixavam a vizinhança elegante e se aproximavam das áreas reservadas às classes trabalhadoras. Era possível adivinhar a vida dos cidadãos observando suas casas por aquele ângulo. Líquidos eram despejados pelas janelas do fundo, crianças choravam reclamando atenção, uma mulher idosa sentada em uma varanda olhava para o horizonte distante como se já não houvesse mais nada ali para cativar seu interesse. William assustou-se ao ouvir um homem de sotaque irlandês gritar chamando um vizinho. Os dois surgiram repentinamente de trás de uma cerca e passaram por eles com passos apressados, rindo como crianças despreocupadas e livres. O caminho os fez passar muito perto de um homem sem pernas. Ele gritava impropérios da cadeira onde fora deixado, agitando os braços como se pudesse atracar-se com o mundo e assim extravasar sua ira. O casal tratou de passar por ele sem se colocar ao alcance de suas mãos.

Seu destino era uma casa modesta espremida entre outras pouco maiores. Aproximaram-se dela pela alameda dos fundos, passaram por um portão de madeira e buscaram a proteção das sombras, expondo-se novamente à luz da lua quando subiram a escada. No topo havia um balcão estreito construído com madeira rústica. A varanda rangia sob o peso dos dois visitantes. William estranhou que ela conhecesse tão bem os caminhos obscuros daquela cidade, mas não verbalizou suas dúvidas. Ela fez um gesto pedindo que ficasse quieto e aproximou-se da porta, uma passagem estreita, cujo batente superior ficava bem na frente dos olhos de William. Dover bateu na porta com os dedos flexionados. Pela primeira vez ele notou como era ofegante sua respiração. Gotas de suor cintilavam em sua testa. Notando seu olhar, ela as enxugou com a palma da mão.

A porta se abriu. Um homem apareceu segurando uma vela, banhando o próprio rosto em luz e sombras. Sua compleição era semelhante à de William, embora o rosto tivesse uma qualidade impessoal que diferia em muito da força dos traços do fugitivo. Ele usava óculos de aros de metal que refletiam a luz dourada da chama. Seu olhar recaiu primeiro em William, rápido e defensivo, mas tornou-se mais suave no momento em que notou a presença de Dover.

— Desculpe incomodar — ela disse. Inclinando-se para o homem, encarava-o e falava tanto com os olhos quanto com a boca.
— Desculpe ter vindo a esta hora, mas precisamos conversar.

William descobriu que o nome daquele homem era Redford Prince. Seu apartamento era pequeno, mas limpo, com uma escassez que ao primeiro olhar disfarçava a cuidadosa escolha da decoração dos aposentos. Redford convidou-os para entrar e apontou o sofá de delicado estofamento em tom claro, uma peça com pernas de madeira escura que terminavam em garras cerradas em torno de bolas sobre as quais toda a estrutura repousava. O homem removeu uma pilha de livros e revistas da mesa de café e ofereceu chá aos visitantes. Ambos recusaram, mas ele reanimou o fogo que ardia na pequena lareira e foi buscar as xícaras e os pires mesmo assim. Mantinha-se em silêncio enquanto trabalhava, os dedos demonstrando uma rapidez e uma destreza impressionantes, mas tremendo ligeiramente quando em repouso.

Logo William viu-se sentado sobre uma almofada macia, com uma xícara e um pires equilibrados sobre um joelho. Dover também segurava um jogo idêntico, mas havia nela uma graça que combinava com a porcelana e acentuava seu sentimento de inadequação. Ela explicou a situação que os levara até ali. Parte dela, pelo menos. Mas, como desconhecia a maior parte da história de William, coube a ele relatar a fuga e a aventura em que se envolvera desde que deixara Kent Island. Ele falou com relutância. Embora descrevesse terrores que nenhum dos dois ouvintes podia imaginar, era ele quem se sentia mais nervoso. Não sabia por quê, mas, de alguma forma, o brilho já começava a se apagar. As coisas já eram diferentes do que havia imaginado. E contar sua história só tornava mais acentuada ainda a consciência dessa diferença.

Em pouco tempo começaram a discutir as opções do casal, alternativas que, infelizmente, eram muito limitadas. Não podiam se instalar naquela cidade, porque William não estava imune às forças sulistas. E Dover, apesar de sua aparente liberdade, ainda era propriedade do homem que poderia exigi-la de volta a qualquer momento. Podiam fugir para o extremo norte, ou para o oeste, mas para onde, com que ajuda, para irem viver em que território desconhecido, com que demônios em seu encalço? Redford começou a falar sobre a possibilidade de fugirem para o Canadá.

— Canadá? — William indagou assustado. Olhou para Dover, surpreso por ela não compartilhar seu choque. Sim, o Canadá fazia fronteira com os Estados Unidos, mas era outro país, como a Grã-Bretanha, a Prússia ou até mesmo a África. — Acha que devemos ir para o Canadá? Não sei nada sobre esse lugar!

— É o único território realmente livre e próximo daqui. Sei que é difícil considerar o exílio, mas já está exilado do lugar onde nasceu. E viver lá tem muitas vantagens, como já expliquei a Dover. Tenho uma cópia do *Provincial Freeman* em algum lugar por aqui. É um jornal de uma mulher negra sobre a vida nas províncias. Ela exagera sobre os aspectos positivos, estou certo disso, mas vale a pena ler. — Redford levantou-se e olhou em volta.

Os olhos de William iam do dono da casa para Dover, atentos e cheios de dúvida. Tudo naquele homem livre e educado o irritava: a brevidade com que descartava cada proposta que faziam, a maneira como pressionava os lábios antes de começar cada frase, o jeito como explicava os fatos mais difíceis por trás de cada situação hipotética, como se falasse com crianças, até a maneira como segurava a xícara, o ângulo do pulso e as pausas que fazia em seu discurso para sorver pequenos goles de chá. Enfim, tudo nele parecia um insulto. Mas que escolha tinha, além de ficar ali sentado e ouvir suas palavras, tentar aprender o suficiente para recuperar o controle sobre a própria vida? De cabeça baixa, olhou para a xícara em suas mãos.

— Vou encontrar o jornal — Redford prometeu. — De qualquer maneira, essa sugestão também implica muitos problemas, sem contar o custo da empreitada. Podemos conseguir o apoio de fiéis, mas sabem como são essas coisas... Quanto menos gente souber, melhor.

— Você diz que devemos seguir para o Canadá — William manifestou-se, a voz lutando por uma compostura que ele não tinha naquele momento —, e talvez esteja certo. Deixe a gente pensar um pouco. Enquanto isso, vou trabalhar. Vou pagar nossa viagem.

Os outros dois balançaram a cabeça ao mesmo tempo.

— Não creio que isso seja aconselhável, a menos que eu consiga algum trabalho para você — Redford argumentou.

Dover concordava com ele.

— É melhor ficar escondido em algum lugar. Não é bom você chamar atenção.

William deixou a xícara intocada sobre a mesa de tampo de vidro. As palavras de Dover eram simples e razoáveis, mas sentia nelas um tom de reprovação. Ele a embaraçava? Será que era um inútil? Devia ficar escondido contando com a caridade alheia?

O momento de conexão que esperava viver quando a reencontrasse havia sido frustrado. A esperança persistira por algumas poucas horas, mas era como se a intimidade entre eles houvesse desaparecido por completo.

— Não entendo por que não posso simplesmente trabalhar. É uma coisa que sei fazer. Se puder ganhar algum dinheiro e ficar com ele, em pouco tempo...

— Em pouco tempo estará novamente acorrentado e voltando para a fazenda de onde fugiu — Redford cortou com um toque de sarcasmo. Mas, concluída a frase, mudou de tom. Ajustou os óculos, olhou para Dover e voltou a encarar William. — O que estou tentando dizer é que você corre perigo diário. Talvez deva explicar as leis que regem nossa terra atualmente. Não se pode mesmo esperar que as compreenda. William, existem muitas mulheres e muitos homens bons no norte. Não duvido de que o sul também abrigue alguns deles, embora eles se mantenham em silêncio por lá. Os cristãos do norte repudiam a escravidão, e estamos fazendo tudo que é possível para derrubá-la. Mas, nos últimos anos, as forças no Congresso seguiram uma política de compromisso. Para o Congresso e o presidente nada é mais importante do que manter a união dos estados. Assim, eles cederam à pressão dos escravocratas, não por concordarem com suas idéias, mas por considerarem a degradação do negro um mal menor comparado à dissolução. Está entendendo?

Dover interferiu na conversa como se quisesse traduzir as palavras do homem que os recebia.

— Eles criaram uma lei que obriga os nortistas a devolver escravos do sul.

— Exatamente — continuou Redford, inclinando-se para a frente, de forma a retomar sua posição central. — Qualquer pessoa, em qualquer lugar dos Estados Unidos, é obrigada por lei a respeitar os direitos de propriedade dos escravocratas, e isso se aplica também ao norte. A lei estipula com termos claros que um homem branco deve colaborar na captura de um escravo fugitivo sempre que for solicitado por uma autoridade constituída. Assim, se um branco está andando pela rua e um oficial grita que há um fugitivo ao lado dele, o branco é obrigado por lei a agarrá-lo e entregá-lo a essa autoridade. Antes dessa nova lei, um escravo fugitivo não estava exatamente seguro aqui no norte, mas pelo menos podia contar com uma medida de proteção. Ele podia levar uma vida decente, casar-se, amealhar bens e propriedades e até abrir um negócio. Alguns chegaram a escrever suas histórias e publicá-las em livros. Mas a nova lei fortaleceu os comerciantes de escravos. Eles vêm para cá, arrancam homens e mulheres das vidas que construíam com esforço e trabalho e os levam de volta para a escravidão. Nós, os abolicionistas, lutamos contra isso em todas as reuniões, mas a cada ano o governo recua mais e mais. Eles capitulam, capitulam e capitulam. É uma situação horrível. Não se pode confiar em ninguém, mas, ao mesmo tempo, somos forçados a confiar em alguém.

William olhava para a xícara sobre a mesa. Os pensamentos que desfilavam por sua mente eram diferentes daqueles que ele expressava.

— Então está me dizendo que a liberdade não passa de uma mentira.

Redford tossiu e mudou de posição. Pegou a xícara de chá e, segurando-a bem perto dos lábios, disse:

— Não, não é tão simples. Mas, verdade seja dita, somos forçados a aceitar perigosas uniões com criminosos. Nenhum de nós está seguro por causa disso. Todos vivemos constantemente atemorizados. Nunca fui escravo, mas sei que não existe nenhuma diferença entre nós, exceto pelo local onde nascemos. E nem mesmo isso serve de grande proteção. Conheci bons irmãos e irmãs que foram raptados e levados para a escravidão. Um homem pode passar toda a vida trabalhando em liberdade no norte, mas se um patife o captura, não há nada que ele possa dizer ou fazer em sua defesa. Por isso temos de solicitar os favores de brancos honrados. Não é confortável, mas é necessário. E nas condições de Dover...

Notando o silêncio e as expressões desanimadas do casal, Redford inclinou-se e tocou o joelho de Dover.

— Escutem, farei tudo que estiver a meu alcance para ajudá-los. Vocês têm a minha palavra. — Ele prometeu começar a trabalhar por eles na manhã seguinte. E enquanto não encontrasse uma solução para o dilema, William deveria ficar em sua casa. Com calma, ele providenciaria um esconderijo seguro e reuniria meios para conduzi-los à verdadeira liberdade. Não seria fácil, ele disse, nem seria barato, mas tudo era possível se alguém se dispusesse a unir crenças e ação. Era isso que dava força aos defensores da liberdade, graças a Deus, e era uma arma que os defensores da escravidão jamais poderiam erguer contra eles.

Dover despediu-se de William com um beijo rápido. A sensação de seus lábios nos dele permaneceu por muito tempo, não o contato, mas a lembrança, o reconhecimento da ausência. Ele passou uma noite de insônia no chão da sala de estar de Redford, deitado de costas em um cobertor estendido sobre um tapete de lã. A cama era mais luxuosa do que todas que havia conhecido, mas dormir era impossível. Nada era como ele havia imaginado que seria. Encontrara Dover, mas, em vez da resolução, descobria-se diante de um novo conjunto de obstáculos. Tentava superá-los, lidar com cada dificuldade em separado e solucioná-la antes de seguir em frente. Mas não conseguia abordar uma única questão sem que uma infinidade de leis e políticas caíssem sobre ele como um bando de corvos, insaciáveis e estridentes. E por trás de todas essas tramas havia ainda mais dúvidas inquietantes. Dover ainda era a mesma de antes, mas, ao mesmo tempo, havia mudado. Era tão determinada quanto antes, mas agora tinha a possibilidade de pôr seus planos em prática. Havia sido ela quem o conduzira pelas ruas, quem o levara àquele lugar para abrigar-se, quem conhecia a cidade e os hábitos do norte. Ao lado dela sentia-se como uma criança, não como um marido, ou como um homem prestes a se tornar pai. E o que devia presumir da excessiva familiaridade de Redford com Dover?

William ainda estava acordado quando o novo dia iluminou a sala. Redford deixou-o sozinho com instruções claras para descansar, manter as cortinas fechadas, não fazer barulho, nem abrir a porta para ninguém, exceto para Dover. Ele saiu e voltou em seguida com um balde de água borrifada com sabão de lixívia. William devia se sentir à vontade para lavar-se. A água não era suficiente para um banho de verdade, sabia disso, mas esperava que bastasse até ter tempo para utilizar a bomba e extrair do poço uma quantidade suficiente para ser aquecida.

Sozinho, William levantou-se, desfez a cama improvisada e guardou o cobertor e o lençol dobrados. O desjejum foi queijo branco curado e uma conserva que Redford havia deixado sobre a mesa. A princípio não dera nenhuma importância para o banho, mas, sozinho, começou a prestar mais atenção ao próprio corpo. O odor que dele se desprendia flutuava pesado no ambiente próximo. A sujeira do tempo que passara nas ruas o cobria, criando a sensação de que não se lavara desde o início da jornada. William despiu-se e ficou em pé no pequeno espaço ao lado do fogão, sobre fragmentos secos de carvão que grudavam na sola de seus pés. Tinha a pele pálida sob as roupas, uma coloração que lembrava o mel e era vários tons mais clara do que a do rosto bronzeado. A pele parecia mais fina do que antes, esticada sobre ossos e músculos. Foi um banho estranho. Unindo as mãos, recolhia pequenas porções de água leitosa e a esfregava na pele, tentando não respingá-la fora do pequeno círculo molhado sob seus pés. Por fim, mergulhou a camisa no balde e usou-a como esponja de banho, dando atenção especial às costas. Os dedos deslizavam pelas cicatrizes, traçando as marcas deixadas pelo chicote em seus ombros e na porção superior dos braços, mas não podiam alcançar os vergões que se estendiam pela parte mais baixa das costas. Ele se ajoelhou e mergulhou novamente a camisa no balde, depois jogou a calça na água, lavando-a com cuidado por medo de vê-la desmanchar entre seus dedos. Quando terminou, a água já não era mais branca como antes. William pendurou as roupas molhadas sobre o fogão à lenha e ficou parado no meio do aposento, como se pretendesse esperar até que secassem.

Seus olhos encontraram a escrivaninha em um canto. Tudo era muito organizado, com penas, papel e abridor de envelopes em seus lugares determinados. Lembrou-se de uma escrivaninha que vira no passado, um móvel que pertencera a um menino, uma recordação que não tinha havia muito tempo. De lá os olhos seguiram para a estante repleta de livros, lendo os títulos e registrando as palavras sem se deter no significado de cada uma delas, como se pronunciasse palavras de outro idioma que não entendia. Aproximou-se e deslizou os dedos pelas capas de alguns volumes muito velhos. Sem notar o que estava fazendo, puxou um deles para fora da estante. Depois virou-se e saiu da sala distraído, virando página após página, sentindo o papel áspero na ponta dos dedos, aspirando o cheiro de mofo que, mais uma vez, evocava lembranças distantes. Ainda não tentava decifrar o significado das palavras, deixando os olhos viajarem por elas, atraídos por uma força irresistível contra a qual nem tentava lutar. O livro em suas mãos despertava uma estranha sensação de adequação, como se segurasse uma ferramenta havia muito abandonada, mas nunca esquecida, como um rosto querido reencontrado depois de um longo afastamento, como uma maçã repousando na palma da mão.

Não saberia dizer quanto tempo havia passado ali, olhando para a tinta sobre o papel, mas assustou-se ao ver seu reflexo no espelho do outro lado do aposento. Ficou olhando para aquele homem, uma criatura nua com um livro aberto entre as mãos, com todo o choque que teria demonstrado, caso houvesse deparado com um desconhecido naquela posição. Fechou o livro com um movimento brusco, tomado pela sensação de estar invadindo outro mundo, uma espécie de museu no qual entrara sem ser convidado.

Dois

Uma tempestade aguardava pelo veleiro na entrada da baía. O navio enfrentava as ondas com valentia, cortando as rampas de água de forma que a crista de algumas ondas varria o convés. A água cercava a embarcação como uma massa infinita de carne flácida e móvel. Cada vez que olhava para o mar, Morrison descobria por outro ângulo a enorme besta sobre cuja superfície viajavam. O sal era o ingrediente predominante daquela receita de terror. Estava na água e no ar, em suas roupas e em seus cabelos. O capitão aconselhou-o a buscar abrigo, mas Morrison lembrava muito bem como era o interior úmido de um navio, o cheiro que dominava o ambiente e o ruído assustador, o ranger das vigas que se dobravam sob a pressão do oceano. Não, preferia enfrentar a besta de olhos abertos. Por isso permaneceu no convés, sentado de pernas cruzadas no meio da embarcação, com a cadela a seu lado.

Em torno dele os tripulantes gritavam uns com os outros, suas palavras chicoteadas pelo vento, porções de comandos e súplicas, chamados incompletos e, por isso mesmo, mais urgentes. Ouvia esses gritos e sentia todos os elementos em guerra a sua volta. Entendia perfeitamente a fragilidade de sua posição no panorama geral das coisas. E, no entanto, era incapaz de abandonar o convés. De olhos fechados, agarrou a cadela pela coleira com uma das mãos e enroscou a outra na corda enrolada a seu lado e presa ao mastro. Deixou a água salgada lavar seu rosto e tentou esvaziar a mente de todos os pensamentos. Varreu as lembranças de sua primeira viagem pelo Atlântico, de toda a morte que testemunhara a bordo daquele navio decrépito. Apagava tais recordações, mas, no lugar delas, outras se materializavam, mais persistentes. Visões dançavam por trás de suas pálpebras como silhuetas criadas pela luz de muitas velas, e foi ali que ele viu o rosto da mulher mais uma vez, lindo e negro como havia sido ao longo de todos aqueles anos.

Vira aquele rosto pela primeira vez na primavera de seu vigésimo sétimo aniversário. Ela havia aparecido nos braços de seu irmão, seu novo amor, sua parceira, para que o mundo inteiro visse. Cumprimen-

tara a jovem com um breve aceno, desejara-lhe sorte e fingira não tê-la visto de verdade. Tentara não notar a beleza pacata de seus olhos, pedregulhos negros lapidados pelas mãos de um artista. Eles o tocaram com infinita paciência, como se o examinassem por completo, não só a aparência, mas a alma e os pensamentos. Tentara não usar palavras para descrever as imagens que ela invocava em sua mente, como a de que sua pele tinha a textura da areia da praia logo além da linha da água, onde as ondas recuam para revelar grãos macios e cintilantes. Fingira que aquele não era o tom perfeito para a pele humana, a cor que Deus devia ter imaginado ao criá-la. Não deixara os olhos se demorarem muito nas linhas delicadas de seu pescoço. E, tendo olhado uma vez, tentara ignorar o desenho rico da boca, a umidade da língua, os lábios de fruta madura. A seus olhos ela era a encarnação do pecado, e sentia-se afetado por uma poderosa mistura de emoções, dentre elas a inveja.

Sozinho com o irmão mais novo, Morrison o censurara com dureza. Em que estava pensando? Aquela mulher não era para ele. Estava marcada. Era propriedade de alguém. Jamais poderia ser igual a ele aos olhos dos homens ou de Deus, nem naquela nação nem em qualquer outra conhecida por homens civilizados. Havia sido para isso que sua mãe sentira as dores do parto? Para que ele se aventurasse fora de casa e fosse misturar seu sangue ao de criados? Então não tinha vergonha? Formulava as perguntas com todo o veneno que podia produzir, e quase acreditava em si mesmo. Reunira todos os preconceitos daquele país e tentara fazê-los seus como fizera da terra sua terra. Mas, pela primeira vez, Lewis não dera atenção ao irmão mais velho. Ouvira suas perguntas e sustentara seu olhar penetrante, mas falara pouco e sempre com tom crítico. Quem somos nós para especificarmos os amaldiçoados por Deus?, perguntara. Quem somos nós?

Durante o verão daquele ano, Morrison vira Lewis construir uma casa para a mulher. Aquele jovem já não parecia mais tímido. Ainda era um sonhador e um poeta, mas havia adquirido a determinação para construir uma vida contrariando todos os conselhos. Ele construíra aquela estranha casa com as próprias mãos, empregando madeira furtada e economizada. Usava tábuas e outras partes sem levar em conta sua função normal e as reformava de maneira a atender a sua necessidade, criando assim uma moradia que lembrava um cogumelo, parte de uma árvore viva, uma coisa tão esquisita que as pessoas riam ao olhar para ela. Até o próprio Lewis se divertira com sua obra, mas de um jeito diferente dos outros. Quando levara a mulher até lá, ele oferecera a casa com orgulho e sinceridade. Passara a ser como um criado para ela, sempre fiel, sempre trabalhador, ouvindo e vendo pouco do mundo exceto ela. E aquilo também havia enfurecido o irmão mais velho, embora na época ele não compreendesse a razão da própria raiva.

Morrison abriu os olhos para o mundo. A tempestade caía com força avassaladora. Como ele e o irmão haviam se tornado tão diferentes? Haviam tido o mesmo sangue, nascido dos mesmos pais e sido criados na mesma terra. Tinham ficado órfãos juntos. No entanto, cada um deles criara uma versão única de humanidade. Um encontrara um jeito de abençoar sua vida com o amor e desprezara todo o resto, enquanto o outro se voltara totalmente para a morte. Se aquela vida abençoada não houvesse sido tão curta... Se não houvesse colaborado para destruí-la... Devia ter reconhecido que o pecado que via na mulher estava apenas em seus olhos, na enfermidade de seu coração, em vez de considerá-lo uma marca que iria estigmatizá-la para sempre. Morrison abaixou a cabeça e passou a mão pelo corpo molhado do animal. A cadela bateu com a cauda sobre o piso do convés numa resposta imediata. O homem sentiu-se grato por isso, mais do que ela jamais poderia saber.

Três

Redford abriu o mapa sobre o chão e convidou o casal a se aproximar. Dover deslizou do sofá para ajoelhar-se, mas William apenas se inclinou para a frente, mantendo certa distância. Redford traçou as linhas da América do Norte com a ponta do abridor de envelopes, desenhando a costa do Atlântico, as formas dos estados, a fronteira com o Canadá, e até descrevendo o que sabia sobre as Grandes Planícies e as montanhas Rochosas, e o longo litoral da Califórnia. Dover acompanhava cada movimento com olhos ansiosos. Ela assentia enquanto o ouvia falar, seus lábios entreabertos, embora fosse difícil determinar se por espanto ou pelo esforço constante que o corpo era obrigado a fazer naquela fase de sua vida. Na postura, William mantinha-se distante do discurso, mas seus olhos eram tão interessados quanto os de Dover, sua atenção igualmente concentrada nas palavras do homem. Ele só não queria demonstrar seu interesse.

— É verdade que lá a neve cai o tempo todo? — perguntou Dover.

Redford riu.

— O clima é severo, mas não tanto assim. Os verões são bastante amenos. E a terra é rica. Não estamos interessados em tirar os negros daqui e mandá-los para a África ou para o Haiti, ou para algum outro lugar onde eles provavelmente morreriam de fome ou de doenças desconhecidas. Estou falando de uma terra boa, de um lugar cujas qualidades atraem navios cheios de europeus, tanto ingleses, quanto escoceses e franceses. Todos estão em busca de um lugar melhor, como vocês. — Ele levantou a cabeça e sorriu para William, que retribuiu o gesto com frieza.

Os olhos dele encontraram o mapa, mas só por alguns segundos. Daí passaram aos joelhos de Dover, às mãos que ela mantinha cruzadas sobre as pernas, os dedos de uma repousando sobre os da outra.

— E todos esses homens brancos? — quis saber. — Se são tantos os brancos que vão para lá, não vão querer gente como nós. Por que acha que a gente vai ter uma vida diferente do inferno daqui?

Redford sorriu.

— Nem todos os homens brancos são encarnações do mal. Nós dois sabemos disso.

— Nem todos são demônios. Mas junte um monte deles e vai ver. Aí os negros acabam perdendo. Não entende isso como a gente.

Redford ouviu o comentário com expressão séria; o sorriso havia desaparecido.

— Às vezes esqueço que veio de um lugar horrível e cruel, mas entendo que sua fé nos homens tenha sido destruída por essa experiência.

— O quê? Você não...

— Escute, William — o outro interrompeu, um canto da boca tremendo por conta da tensão súbita. — Posso ter vivido no norte. Posso ser livre, mas ainda sou um negro neste país. Não fale como se eu nunca tivesse sentido o peso de minha raça.

— Nunca foi acorrentado, foi?

William e Redford encaravam-se, ambos em pé, um de frente para o outro. Havia algo em suas posturas que sugeria agressão: o tremor do rosto de Redford, a maneira como os ombros de William subiam em direção ao pescoço, como se as palavras que ele pronunciava fossem impulsionadas pelos músculos das costas. Dover os observava, ainda ajoelhada no chão, as mãos sobre os joelhos como antes, mas os olhos se movendo de um homem para o outro, acompanhando o diálogo tenso.

— Não — respondeu Redford. — Talvez por isso eu saiba que o mundo é muito maior do que lhe foi permitido ver.

— Vi coisas.

— Tudo bem, então estou falando de mim, não de você. Não é possível que eu seja negro, livre e cristão de fé e ignore meus irmãos escravos. A escravidão nos une, nos rebaixa e nos transforma em animais. Luto por sua liberdade porque quero assegurar a minha. Se o ofendi de alguma forma não foi intencional, mas não hesitaria em ofender um homem se isso pudesse contribuir para torná-lo livre.

Batidas na porta atraíram os três pares de olhos. Um momento transcorreu em silêncio, ocupado apenas por uma rápida troca de olhares. As batidas se repetiram, calmas, separadas por espaços regulares, sem nenhuma mensagem clara contida em seu ritmo formal. Redford dobrou o mapa e entregou-o a Dover. Depois fez um gesto indicando que o casal devia ir se esconder silenciosamente no quarto. Os dois obedeceram à ordem, embora o piso adquirisse vida sob seus passos, expressando-a pelo ranger das tábuas.

Juntos, entraram no dormitório e fecharam a porta. Depois permaneceram quietos, frente a frente, tão próximos que a barriga de Dover tocava a de William. Era difícil ler seu olhar. Era franco, como tudo nela, mas não se podia dizer se aquela franqueza continha uma reprimenda. De sua parte, William mantinha a boca fechada e sustentava o olhar intenso. Ficaram daquela mesma maneira, cercados pelo silêncio, até ouvirem a porta da casa se fechando, um movimento que fez tremer toda a construção, como um jato de ar soprado com força suficiente para deslocar objetos em sua trajetória. William segurou a mão de Dover, um gesto inconsciente que quebrou o encanto entre eles.

A porta se abriu. Redford entrou e agarrou William pelo braço.

— Venha comigo — disse. — Era um mensageiro do sr. Ferris. Encontramos um abrigo seguro para você.

Naquela noite William e Dover tiveram os primeiros momentos de solidão desde o reencontro. Dover disse à patroa que iria a um grupo de orações. Redford tinha compromissos que iriam ocupá-lo até tarde da noite, o último deles um encontro com o homem que havia oferecido um esconderijo para William. O casal ficou sozinho na casa modesta e pequenina, o ar carregado com uma energia que podia ser eufórica, mas, em vez disso, era tensa e difícil. A proximidade criava um nervosismo com o qual nenhum dos dois sabia lidar. As emoções transpareciam nos gestos. Ela era calma e estável em seus movimentos, mas nunca se expunha por completo. Ele era tímido, inquieto e ansioso. Andava pelo quarto, olhando para ela de soslaio. Não devia ser assim, pensava. Não havia sido isso que o fizera fugir de Kent Island e enfrentar tantas dificuldades. Devia tomá-la nos braços como tantas vezes havia sonhado. Devia deslizar a mão por seu ventre e vencer a barreira do vestido para tocar sua pele nua. Devia estar inchado com o desejo acumulado que o acordara tantas manhãs. Devia estar diante dela nu, inteiro e viril, como tantas vezes ela havia pedido que fizesse. E, no entanto, pensar nisso era estranho e impróprio naquele momento. Não sabia por onde começar, ou como poderia derrubar as barreiras que tinham surgido entre eles e reparar todas as coisas. Quando falou, mal pôde reconhecer a própria voz, tal a raiva que soava em cada nota. Uma raiva que nem estava certo de sentir.

— Não gosto disso. Ele, lá fora, conversando com um branco. Não sei se posso tolerar isso. Como isso vai ajudar a gente? Que branco já fez algum favor pra gente?

— O capitão ajudou você a fugir daquele navio — Dover respondeu com firmeza. Sentada no sofá, ela estudava as chamas da lamparina sobre a mesa diante dela. Uma ondulação no vidro que protegia a chama criava uma faixa escura em seu rosto, uma linha que dividia seus traços no sentido diagonal ao longo de um olho e de uma bochecha, conferindo-lhe uma composição surrealista, como se duas metades não se encaixassem perfeitamente para formar um todo. — Redford sabe o que está fazendo. Ele é um bom homem, e você vai ter de confiar nele.

William dirigiu-se ao canto mais afastado do quarto, virou-se e encarou-a daquela posição segura, como se a pequena distância pudesse alterar alguma coisa. Unindo os pés, apoiou um ombro na junção das duas paredes.

— Tenho que confiar nele? — perguntou. — E você? Por acaso confia nele?

— Claro que sim.

— Claro que sim. Por falar nisso, como conheceu ele? Ele não é como os negros que conheço.

Dover explicou que havia conhecido Redford na igreja. Ela se tornara mais religiosa desde que fora levada para o norte. Uma igreja freqüentada por negros era o único lugar onde se sentia em casa. Lá estava sempre cercada por vozes, fragrâncias e visões condizentes com os negros, reunida com pessoas com as quais se sentia confortável. Redford nascera livre, ela contou, filho de um ministro e de uma abolicionista, pessoas que se haviam livrado da escravidão por meios que ela desconhecia. O pai dele construíra uma congregação dentro de um templo de paredes finas. A mãe o incentivara a voltar sua ira sagrada para a injustiça sofrida por aqueles que ainda viviam na escravidão. Jamais se esqueceram de onde haviam saído ou como era tênue a liberdade que desfrutavam.

— Foi o que Redford me contou. E também disse que os pais ensinaram todas as coisas importantes que ele sabe. Mas isso aconteceu há muito tempo. Eles morreram. Desde que morreram, parece que Redford passou a sentir mais o chamado. Quero dizer, o chamado para ajudar as pessoas.

William ficou quieto por um momento, fitando-a, feliz por ela não se virar para encará-lo. Com as mãos apoiadas na parede, sentiu os grãos ásperos do papel decorativo.

— Dover, quero saber a verdade. Ele andou atrás de você?

Os olhos dela não deixaram a lamparina, mas algo em sua expressão mudou, como se uma súbita dureza dominasse seus traços.

— Neste estado? Ah, por favor, não seja ridículo!

— Está dizendo que ele não andou atrás de você? Ou só não está respondendo o que perguntei?

Dover suspirou com impaciência e virou-se. Por um momento pareceu pronta para censurá-lo, mas, quando começou a falar, sua expressão ganhou uma inesperada suavidade.

— Não vamos falar disso. Se podia ter acontecido, não aconteceu. Agora você está aqui. É isso que importa.

— Se alguma coisa podia ter acontecido, então é possível... E se esta é a verdade, então a gente tem que conversar sobre isso.

— William... — Dover balançou a cabeça, suspirou e segurou seu rosto entre as mãos. Algumas coisas não deviam ser discutidas, disse. E nesse momento ela acreditava que o silêncio era a melhor alternativa. Era uma mulher mudada. Talvez nem fosse mais a mesma mulher que ele havia conhecido. A vida era capaz de calar até as vozes mais altas. As coisas vão se acumulando, formando pilhas imensas, e às vezes você olha para si mesmo e se pergunta quem é e como se transformou naquela pessoa. Ela falou tudo isso em voz baixa e deixou que um silêncio prolongado cimentasse seu breve discurso. Mas, ao ver que William ainda a fitava com olhos cheios de dúvidas e suspeitas, soube que seria inútil tentar evitar o confronto. A resposta é sim, disse irritada. Redford havia proposto um relacionamento. E fizera a proposta como um homem honrado, mesmo sabendo que ela esperava um filho de outro homem. E prometeu criar aquela criança como seu próprio filho sem nunca se arrepender disso. Ele a ajudaria a conquistar a liberdade definitiva. E viveria com ela como seu marido.

— Sim, William, ele fez essa proposta. Era isso que queria ouvir?

— E qual foi sua resposta? — Sabia que sua voz soava insegura. Tinha medo de perguntar, mas não podia ignorar a realidade. Precisava saber como, ou se, ela reagira à proposta de Redford, ou se sua chegada havia interrompido o que ela poderia ter dito. Só agora se dava conta de como sua aparição inesperada podia ter levado o tumulto ao mundo de Dover.

— Dei a única resposta que podia dar. Eu disse não. Faz algumas semanas que dei a resposta e foi tudo. Não pode me culpar por ter pensado nisso. Eu nem sabia se ia ver você de novo! Só sabia que ia criar meu filho sozinha, sem família por perto. Ele me fez pensar. Não pode me culpar por isso.

— Eu não disse que culpo você. Só queria uma resposta. — William afastou-se da parede e deu um passo à frente. Por um momento ficou em silêncio. Sem que ele percebesse, o calor da raiva já se havia extinguido por completo. Quando falou, a voz soou resignada, tão quieta que ele podia estar falando para si mesmo. — Todo esse tempo fiquei pensando no tanto que andei, no que passei pra estar com você. Não cheguei a pensar que poderia trazer para você. Correndo da lei, trazendo o ódio de muita gente para perto de você. Tudo que fiz foi colocar você em perigo.

Dover mantinha as mãos sobre os joelhos. Ela respirou fundo algumas vezes, como se quisesse ter certeza de que não perderia o controle.

— William, sente-se. Venha sentar-se aqui, perto de mim. — Ela esperou até ser atendida, depois passou um braço em torno de suas costas e virou-se para fitá-lo. — Não tratei você bem desde que chegou aqui. Eu sinto muito por isso. Estamos metidos numa terrível confusão. Mas não pense nem por um minuto que não amo você e não quero você aqui. Eu quero. Só não esperava ver você. Não tinha permitido sequer sonhar com isso. Quando vi você, parte de mim transbordou de alegria. A outra parte mergulhou no medo. Não é só pelo perigo, mas porque não sei se ia suportar perder você outra vez. E é esse o problema, William. Se ficar muito perto de você, nunca mais vou me conformar com sua ausência. É uma coisa assustadora. Os escravos não devem ter idéias assim.

Os dois ficaram sentados por algum tempo, silenciosos. William queria falar, mas, quando abriu a boca, sentiu a intensidade das emoções abrigadas em seu peito e ficou envergonhado, mesmo sabendo que não havia vergonha nenhuma nisso. Queria dizer que a entendia completamente e sentia o mesmo. Não havia outra alternativa para os dois senão deixar para trás a escravidão e aceitar apenas o elo que existia entre eles. A raiva dentro dele só era raiva numa pequena medida, porque o restante era medo, anseio, desejo. Teria dito todas essas coisas, mas sabia que ela já as compreendia, porque a distância entre eles não havia sido uma barreira real. Nunca fora. Era a tensão de um mundo cruel. Entre ambos existia algo muito maior e ela estava certa: nem tudo precisava ser dito em voz alta.

Dover segurou sua mão e colocou-a sobre o ventre. William teria tremido, não fossem os dedos dela sobre os seus. Sabia porque ela agia daquela maneira e concentrou toda a atenção no abdome distendido. Mesmo assim, foi um choque sentir o movimento, um tremor rápido, como um ronco de estômago amplificado e transformado em algo físico, palpável. Foi muito súbito e inesperado, mesmo tendo esperado por aquele momento. E ele se repetiu. Sob sua palma, um movimento e uma pressão que ele imaginou ser de um cotovelo, de um joelho, de um ombro ou de um pequenino calcanhar. Num sussurro, suplicou pela presença de Deus naquele momento, estranhando que as palavras brotassem de seus lábios sem que tivesse de pensar nelas. Como era grande a carga de tudo aquilo; como era imensa a promessa. Naquele instante soube que faria todo o possível para ver aqueles pés tocando solo livre, para que aqueles minúsculos tornozelos e pulsos nunca conhecessem o peso dos grilhões.

— Sentiu isso? — Dover perguntou. — Nosso bebê é grande! E ela já está se mexendo, pronta para o mundo. Só não sei se ela está pulando de alegria ou de raiva. Sinto que ela sabe mais sobre o futuro do que nós. Ela já sabe, e está se preparando como pode.

William assentiu. Ainda não se sentia preparado para falar. Todo o seu ser concentrava-se naquela palma aberta e tentava ler o bebê contido naquele ventre. Ele nem pensou em questionar a segurança com que Dover se referia à criança, como se já soubesse que era uma menina. Apenas tocava e esperava, sabendo que tais momentos eram raros. Pela primeira vez, parou e esqueceu todo o resto para dar atenção apenas à criança.

O lugar escolhido ficava dentro de uma propriedade abandonada nos limites da cidade. Redford levou William até lá enquanto o sol se erguia sobre o mundo. Era uma manhã de domingo, e eles conseguiram passar por quase toda a cidade sem serem notados. Quando os fiéis começaram a emergir de suas casas, os dois já estavam muito longe das ruas movimentadas do centro e dos bairros residenciais. William carregava uma sacola de comida pendurada nas costas, a tira larga atravessando o peito em sentido diagonal; Redford levava um colchão enrolado sob um braço. Eram suprimentos parcos, mas todos esperavam que o exílio fosse breve. Percorriam estradas que seguiam um traçado sinuoso aberto pela natureza entre árvores e rochas, através de riachos, contornando casas de campo que só podiam ver parcialmente, afastados como estavam e cercados pela vegetação densa.

Durante a maior parte da jornada, os dois homens não conversaram. Apenas os pés mantinham uma espécie de diálogo, arrastando-se sobre a terra, quebrando gravetos e esmagando folhas. Ocasionalmente, um dos dois chutava uma pedra que parecia dançar no caminho diante deles. O outro era sempre cauteloso, evitando pisar nessa mesma pedra ao passar por ela, como se alguma coisa pudesse se perder, como se um compromisso irrevogável pudesse ser firmado por meio do reconhecimento dos passos do outro na estrada. No topo de uma elevação, pararam e olharam para trás, para a cidade. Compartilharam a vista em silêncio e depois seguiram em frente como se não houvesse nela nada digno de ser comentado. William pensava em Anne enquanto caminhava, envergonhado por não ter mandado notícias e informado a bondosa mulher sobre as ocorrências mais recentes. Lembrava-se do contato do quadril com seu corpo, do ruído persistente das agulhas de tricô, das gargalhadas que sempre acompanhavam suas histórias escandalosas sobre os hóspedes. Só a conhecera brevemente, mas nesse período ela se tornara parte de sua vida. Uma parte muito importante. Deixá-la para trás era mais difícil do que pensara.

Quando chegaram a uma curva na estrada, Redford indicou que o final da jornada se aproximava. Logo subiram outra colina e saíram da estrada, seguindo por uma velha trilha entre as árvores. Como não era utilizada havia algum tempo, a vegetação rasteira que cobria o solo tornava o progresso mais difícil. Marcas de rodas de carroça ainda podiam ser vistas sob as samambaias e os espinheiros como cicatrizes sob cabelos novos. As árvores que acompanhavam a trilha davam a ela definição, mas, no geral, aquele era um trabalho do homem sendo reclamado pela natureza. De um lado um campo se estendia interminável acompanhando a ondulação das colinas, um terreno perfeito para o pasto, mas coberto de uma vegetação mais espessa e alta que era decorrente do desuso.

Um pouco mais adiante, William vislumbrou pela primeira vez o galpão. A construção parecia ser baixa demais para seu propósito original, servir de abrigo para carruagens, mas essa impressão podia ser falsa, uma ilusão provocada pelas videiras e trepadeiras que cobriam suas janelas. Era uma edificação de tábuas cobertas pelo musgo, inclinada para um lado como se a montanha estivesse escorregando com o tempo, cedendo sob seu peso. A boca escura do lugar surgiu aberta quando se aproximaram, e os dois homens pararam na soleira por alguns momentos. Encontraram uma porta na parede do fundo do abrigo e descobriram que ela se abria para um cômodo ainda mais escuro. Ali o piso era úmido e empoeirado, coberto por tábuas e toras de diferentes tamanhos e formas sem nenhuma função aparente. As vigas do teto recebiam os finos feixes de luz que se infiltravam por numerosos buracos e frestas. Um ninho de vespas se encaixava com perfeição assustadora no canto superior do batente da porta, e uma ave descansava sobre uma viga no fundo do galpão, inclinando a cabeça e tentando afugentá-los com os sons estridentes e nervosos que emitia. Todo o lugar cheirava a sujeira e mofo e, com menor intensidade, a urina de algum animal.

— Bem, é isso — Redford anunciou. Ele usara um chapéu durante toda a jornada, e nesse momento tirou-o da cabeça para abanar-se. — Sei que é rústico, mas foi o melhor que pudemos conseguir em tão pouco tempo. A casa principal também é bem velha e fica logo além das colinas, mas ninguém mais vai visitá-la.

William olhou em volta examinando o lugar.

— Já enfrentei lugares piores — disse.

— Sim, foi o que pensei. — Redford pôs o chapéu na cabeça e olhou para trás, para o caminho que haviam percorrido. — É difícil lembrar que existe uma cidade além daquelas colinas. Chego a lamentar que tenha de voltar para lá. Às vezes acho que me adaptaria bem à vida no campo.

William também se virou para olhar na mesma direção. Era verdade, não se podia mesmo ver nenhum sinal da cidade de onde estavam, mas não compartilhava dos sentimentos expressos pelo outro homem. Por mais quieto e afastado que fosse o local, não conseguia esquecer que existia uma cidade além daquelas colinas. Imaginou que a totalidade do povoado, os tijolos e os ferros, as vidas humanas e o lixo por elas produzido, se fundiam em um monstro que permanecia escondido, esperando o momento de atacar. Ele não revelou esse pensamento. Não compartilhou mais nenhuma idéia com o homem que o levara até ali. A solidão os envolvia em uma proximidade muito íntima, e William olhou em volta, evitando encará-lo, ansioso para que partisse.

Em pouco tempo sua vontade foi satisfeita. William o viu sair do galpão e desaparecer entre as árvores que acompanhavam o traçado da trilha. Redford surgiu iluminado pelo sol no alto de uma colina e seguiu na direção da estrada. Olhou para trás uma última vez, ergueu a mão para um aceno de despedida, e depois desapareceu do outro lado da elevação, caminhando para a boca do monstro.

Quatro

Morrison conheceu os companheiros de Humboldt em um porto da Filadélfia. Eram homens de péssima aparência, de olhos fundos e ombros encurvados. Eles sorriam para Humboldt e pareciam considerar sua chegada um prenúncio de muita diversão. Havia entre eles um homem alto que não tinha os dentes da frente. Ele não demonstrava nenhum constrangimento por isso, como comprovavam suas gargalhadas escancaradas que exibiam a boca vazia. Outro tinha a pele tão escura que devia possuir sangue nativo, ou talvez fosse descendente de terras estrangeiras, de algum país de clima quente. Havia um homem gordo que ostentava uma insígnia e mantinha uma das mãos sobre o revólver preso ao cinturão, e também havia um rapaz de cabelos vermelhos e pele clara como a das pessoas que nasciam na terra natal de Morrison. Completando o grupo, havia um garoto, não mais do que um adolescente, com cabelos negros que tocavam seus ombros e emolduravam um rosto coberto de espinhas. Todos tinham cicatrizes que indicavam o dano interno sofrido por eles, sofrimentos que, cada um a sua maneira, desejavam infligir a outras criaturas, como se assim pudessem obter algum consolo. Em tempo e local diferentes, todos teriam sido criminosos. Seriam ladrões e farsantes, estupradores e assassinos. Seriam o flagelo de outras nações, condenados à prisão e à forca, deportados para terras distantes. Mas naquele país, naquele tempo de escravos e senhores, eram considerados agentes das leis naturais criadas por Deus e das leis da propriedade criadas pelo homem. Portavam distintos e documentos que justificavam suas atitudes e podiam exigir legalmente a cooperação de outras pessoas a fim de cumprirem suas obrigações. Caminhavam pela terra levando nas mãos o poder da vida e da morte, e esse era o único poder que possuíam.

Também havia outros homens entre eles, mas todos iam e vinham com tanta rapidez que Morrison não os distinguia como indivíduos. Ficou parado e quieto enquanto era apresentado ao grupo e cumprimentava cada um de seus integrantes com gestos de cabeça, sustentando *olhares curiosos e até alguns mais ameaçadores. A cadela não se sentia confortável naquela companhia e afastou-se alguns passos, ganindo num volume que era suficiente apenas para ser ouvido, como se seus protestos fossem um segredo que só os ouvidos de Morrison poderiam ouvir. Mas o caçador não reconheceu seus queixumes, fato que confirmou as suspeitas do animal de que alguma coisa não ia bem.*

Humboldt deu início à reunião informal. Ele expôs a situação como a via. Explicou qual era a missão do grupo e em quanto tempo julgava que deveriam cumpri-la. Perguntou aos homens o que sabiam sobre aquela garota, a vagabunda grávida. Todos sabiam muito. Conheciam seu paradeiro e seus hábitos diários, seus costumes e os caminhos que percorria. Um deles a tratava por um apelido e outro estivera tão perto que poderia ter tocado aquela barriga enorme.

— Será fácil pegá-la — disse o homem gordo. — Como colher uma fruta madura.

— E o meu negro? — Humboldt quis saber.

Ninguém respondeu.

— Vamos, rapazes, um de vocês já deve ter descoberto alguma coisa. Para que diabos estou gastando meu dinheiro, se não fazem jus ao que recebem?

Silêncio. Depois de alguns segundos, os homens admitiram que não haviam descoberto muito sobre o fugitivo. O rapaz de cabelos vermelhos dispunha de uma informação, um segredo que arrancara de um pobre marinheiro numa madrugada silenciosa. Espancado com crueldade, o marinheiro contara que, aparentemente, certo capitão irlandês concordara em transportar uma carga de escravos fugitivos até o Canadá. Ninguém sabia ao certo quando e onde se daria o embarque clandestino dos negros, mas ele se esforçaria para obter mais informações. E seria um prazer, o rapaz concluiu com um sorriso sádico.

— Faça isso — Humboldt orientou-o. Depois informou que havia reservado uma passagem numa escuna que partiria de volta a Annapolis em uma semana, de forma que teriam sete dias para cumprir a missão. Ele dividiu os homens de acordo com suas habilidades específicas e distribuiu tarefas. Alguns ficariam de olho na vagabunda. Outros se espalhariam pela cidade, vasculhando o lugar em busca de uma forma muito especial de riqueza, misturando-se aos negros, se fosse necessário. Outros tentariam obter informações sobre o transporte dos escravos fugitivos no navio do tal capitão irlandês, e outros, Morrison entre eles, re-

vistariam todos os cantos procurando negros que não pudessem comprovar sua condição de homens livres. Humboldt iria falar com as autoridades e conquistaria seu apoio, esclarecendo que sua missão era da mais elevada ordem, uma tarefa cujo propósito ia além do ganho pessoal e visava livrar a cidade de perigosos negros fugitivos.

As pessoas dali não gostavam dos negros mais do que eles, explicou o fazendeiro, embora ninguém fosse capaz de fazê-los admitir essa antipatia.

— Se fizermos este nosso trabalho direito, voltaremos para casa com um barco cheio de negros e cada um de vocês ficará mais rico por isso. — O comentário foi recebido com murmúrios de aprovação. — É isso mesmo — ele confirmou. Talvez estejam pensando que meu interesse seja apenas naquele menino. É claro que quero recapturá-lo, mas podemos aproveitar e fazer dessa viagem um empreendimento lucrativo, certo?

Ele perguntou o que os homens pensavam sobre seus planos e descobriu que todos tinham muito a dizer; todos, exceto Morrison, que também tinha a cabeça cheia de idéias, opiniões e planos, mas preferia guardá-los para si.

Cinco

Às vezes, quando o ar era limpo e a brisa soprava em sua direção, William podia sentir o cheiro da cidade. Nunca sabia ao certo que fragrâncias o alcançariam e nunca confiava em sua autenticidade, mas elas passaram a funcionar como uma marca da passagem dos dias, um instrumento tão certo quanto o movimento do sol. Ao amanhecer era o aroma seco da fumaça, um cheiro marcante, leve, limpo como se fosse lavado pelo orvalho da manhã. À medida que o calor do dia ia se tornando mais intenso, a cidade exalava aromas mais nocivos. O gás dos esgotos flutuava numa onda crescente, um odor espesso e pesado como um líquido. Quando acordava de seu cochilo vespertino, muitas vezes acreditava estar atrás da casa dos Carr, ainda dormindo nos esconderijos da cidade, sufocado por aquela antiga fome. E à medida que o dia abria caminho para a noite, ele jurava poder sentir o aroma de um jantar sendo preparado, um cheiro provocante e tentador.

Embora suas provisões fossem modestas, nunca esteve tão bem preparado para o exílio. A sacola que trouxera da cidade continha bacon e peixe salgado. Ainda tinha os biscoitos de fubá da casa de Anne, algumas bisnagas de pão e um pote de geléia de amoras, uma substância doce e enjoativa que parecia entrar e sair de seu corpo com a mesma consistência. Dividia a comida em porções frugais, como se a medisse planejando uma estadia muito mais prolongada do que Redford havia previsto. O bacon era pré-cozido, uma vez que Redford o prevenira sobre os perigos de acender uma fogueira. Comia a carne gordurosa com pedaços de pão tão duro que era necessário umedecê-lo antes de morder. Enchia sua garrafa de água em um riacho não muito afastado do galpão. Aquela jornada executada ao amanhecer e depois do pôr-do-sol tornara-se sua única rotina diária de exercício.

Na terceira manhã no esconderijo, ele acordou e se deu conta de que o verão estava se despedindo. O ar tinha um frescor que não experimentava havia meses, e o céu enfeitado por nuvens altas e finas parecia mais claro e limpo. Uma brisa brincava entre as árvores e pintava as folhas de amarelo, conferindo à natureza uma tonalidade dourada e luminosa. Por alguma razão, as folhas que caíam despertavam a lembrança de soldados tombados, mas não saberia dizer de onde havia tirado essa comparação. William passou a manhã arrebatado pelo mundo natural, observando os dramas vividos por outras formas que não a humana. Uma árvore de um tipo desconhecido deixava cair seus frutos. Cada vez que via uma daquelas bolas duras atingindo o chão, sentia o coração dar um salto no peito. Era estranho que pudesse encontrar entusiasmo em tal coisa, mas não estava sozinho em sua animação. Esquilos atiravam-se rápidos sobre a fruta, segurando-as entre suas patas e atacando-a com um fervor que despertou em William certa curiosidade quanto a seu sabor, embora não fosse um sentimento suficientemente forte para tirá-lo do esconderijo.

Ainda não havia visto outras pessoas, mas quando apareceram, elas chegaram aos montes. Um grupo surgira no meio da manhã para um piquenique. William ouviu os coches pararem na estrada distante, primeiro um veículo, depois outro, até completarem quatro no total. Desse ponto as pessoas seguiram a pé e subiram a encosta: homens tiravam seus paletós e passeavam pelo campo usando apenas coletes sobre as camisas, as mangas dobradas exibindo braços pálidos; mulheres de vestidos brancos tinham as mãos ocupadas com sombrinhas e leques; crianças de todos os tamanhos e idades corriam e pulavam animadas entre os adultos. Todos carregavam cestos de comida, cadeiras de armar e cobertores dobrados, sem mencionar bolas e bastões que seriam usados em jogos variados. Em poucos minutos, transformaram o campo em um imenso parque de diversões. Os vários indivíduos iam se encaixando nos grupos que mais se adequavam às suas preferências. Homens de idade mais avançada fumavam cachimbo e conversavam, observando os mais jovens e as crianças em seus variados jogos; as mulheres cuidavam da comida e mantinham-se atentas às crianças menores. Havia um grande contingente de idosos, pessoas que se sentavam à sombra das árvores mais afastadas, as mulheres cercadas pelas generosas saias de seus vestidos, os homens com a cabeça coberta por chapéus, adereços tão permanentes quanto as roupas que vestiam.

    William os observava através das frestas da parede, o rosto bem próximo das tábuas. Seu coração batia acelerado no peito. Mal se mexia por medo de que até os menores movimentos pudessem ser ouvidos. E, no entanto, estava arrebatado, porque nunca tivera a oportunidade de ver o mundo dos brancos de um ponto de vista tão próximo. Vigiava-os com uma atenção inabalável, virando a cabeça de forma a espiar com um olho de cada vez. Só podia ouvi-los ocasionalmente, um grito ou uma exclamação mais enfática, uma gargalhada ou o baque de um taco atingindo uma bola. Os sons eram abafados, atrasados, de forma que o ruído o atingia sempre uma fração de segundo depois da ação que o gerara. Era como acompanhar o funcionamento de um mundo artificial, imagens de uma alegria emoldurada para a visão de um único olho, cenário e sons imperfeitos na coordenação.

    A manhã já cedera lugar à tarde quando ele notou o casal de jovens se afastando do grupo. O homem carregava o chapéu entre as mãos. Estava bem vestido, mantendo o paletó, apesar do calor, e ostentando costeletas proeminentes que se tornavam mais largas ao alcançarem o queixo. A jovem, que era mais alta do que seu acompanhante, levava um leque na mesma posição em que o rapaz segurava o chapéu. Seus passos acompanhavam o ritmo dos dele, cada movimento uma tentativa graciosa de afastar a saia sem tropeçar nela. Os dois se distanciaram do grupo e subiram pela trilha estreita e escorregadia que levava ao galpão.

    William olhou em volta procurando um esconderijo seguro. O chão estava coberto de objetos, tábuas e jornais amarelados, entulhos de formatos e tamanhos variados. O musgo crescia nas frestas entre as tábuas da parede, e sombras obscureciam os cantos do aposento. Mas nada disso poderia proporcionar cobertura adequada. Quando o casal chegou perto o bastante para que pudesse ouvir suas vozes, ele optou pela única saída que via. Como fizera na floresta de pinheiros meses antes, buscou um plano mais alto. Agarrando-se a uma das vigas da estrutura do galpão, balançou o corpo e obteve o impulso necessário para lançar as pernas para o alto, enroscando os pés em outra viga e se encolhendo nas sombras. Imóvel, ficou ouvindo os dois jovens conversarem do lado de fora, bem perto da porta. Paralisado pelo medo, viu-se tão inteiramente cercado por teias de aranha que tinha de respirar com cuidado para não aspirar os fios finos.

O casal entrou hesitante, parando por um instante para que os olhos se ajustassem à penumbra. Deixaram a porta aberta e ficaram bem perto dela, garantindo certa medida de solidão e privacidade, sem com isso se afastarem muito do decoro. O rapaz tirou o paletó e o estendeu no chão para que a garota se sentasse nele. Depois limpou uma área do chão, o mesmo lugar onde William estivera um momento antes. A jovem temia que alguém sentisse sua falta, mas seu acompanhante tranqüilizou-a. Estavam apenas dando um passeio. Ninguém poderia censurá-los por isso. Haviam feito tudo de maneira correta e honrada até então, ele continuou, e logo ninguém mais poderia apontar falhas em seu comportamento.

Vistos de cima os traços da jovem tinham uma qualidade de porcelana na textura e nas formas, lindos, sim, mas tão frágeis que punham em dúvida o valor de sua beleza. William via lampejos breves daqueles olhos, e de onde estava tinha a impressão de que eram azuis.

— Sim — ela respondeu apertando os lábios, fingindo um ar severo. — Mesmo assim, temos de cuidar para não cometermos nenhuma tolice ou precipitação.

O jovem cutucou-a com o cotovelo, mais uma brincadeira de criança do que uma carícia de amante, embora estivesse clara a natureza do relacionamento entre eles. Falaram sobre a vida que teriam juntos. O rapaz usava gestos largos, referindo-se a realizações que compreendiam anos de esforço e dedicação, como uma linda casa, um trabalho com o qual obteria o sustento da família, a importância que teria como homem e profissional. A moça era de poucas palavras, mas em suas afirmações quietas era possível identificar sonhos igualmente grandiosos. Ela contava os filhos que teriam e dava nomes às crianças. Projetava seus quartos, escolhia as escolas que freqüentariam e decidia que carreiras seguiriam. Teriam um jardim ao estilo francês, ela declarou. Não seriam formais a ponto de proibirem que os filhos brincassem nele, e os meninos e as meninas seriam educados com igualdade. O jovem disse que teriam de pensar melhor nisso, mas ela perguntou o que havia para pensar. Nada, ele concordou. Tentou explicar seus pensamentos, mas a garota se recusou a ouvi-lo. Com uma atitude indignada, ela discorria sobre a igualdade entre os sexos. Diferentes em temperamento, dizia, são semelhantes em substância, parceiros nos planos traçados por Deus, inúteis quando solitários. Ele não acreditava nisso, acreditava? Reconhecia o pensamento progressista que já começava a ser difundido em muitos países?

O rapaz inclinou a cabeça para um lado. Seus olhos encontraram as vigas próximas de onde William se mantinha escondido, mas não o distinguiram do fundo escuro.

— Sim, amor — ele respondeu, o tom de paciência e resignação tão perfeito que só podia ser resultado da prática constante, como se toda aquela conversa fosse uma velha piada entre eles.

— Que bom — a garota respondeu. — Porque eu não ousaria atar-me com laços eternos a um homem que não tivesse uma mente liberal. Deus sabe o que seria de mim nessas circunstâncias.

William ainda continuou escondido por um bom tempo depois da partida do casal. O grupo reuniu o que sobrara do piquenique, voltou aos coches estacionados na estrada e foi embora. Mas ele permanecia encolhido sobre a viga, imóvel, salvo pelos movimentos contidos de sua respiração e pelo progresso das lágrimas, uma torrente quente que deixava marcas em seu rosto e manchas na madeira que o sustentava. Não sabia quando começara a chorar, quando perdera o medo e fora tomado por uma grande tristeza. Sentindo-se tolo, deixou o esconderijo e desceu lentamente pelas vigas da construção. No chão, enxugou o rosto sem saber por que os olhos o tinham traído, sem entender o motivo daquele momento de fraqueza.

Só muito mais tarde, já naquela noite, quando dormiu e sonhou com aquela mesma tristeza, William acordou com a consciência de uma suspeita havia muito contida e sufocada. Era verdade; havia no mundo pessoas que levavam uma existência completamente diferente da dele. O abismo entre eles era intransponível, muito maior do que aquele que separava senhor e escravo.

Mesmo que fosse brindado com todas as liberdades da nação, não entenderia totalmente como usá-las. Mesmo que tivesse permissão para falar, não encontraria a voz. Nunca seria capaz de debater os detalhes de um jardim francês, sonhar com a carreira de filhos que ainda nem haviam nascido, ou ser confiante a ponto de imaginar toda uma vida construída de acordo com suas inclinações e vontades. Sempre haveria partes dele mesmo que odiaria. Os privilegiados nunca poderiam entendê-lo, nem ele mesmo seria capaz de conhecer-se por completo. Se havia um criador, então ele havia projetado o mundo daquela maneira, com alguns homens escolhidos como seus preferidos. Por alguma razão o pensamento o fez lembrar a mãe, e naquele momento sentiu uma intensa saudade dela. Lembrou-se de todos os dias desde que a vira pela última vez, e nessa recordação sentiu condensada a dor da separação. Os dedos buscaram o pingente que ele levava no bolso da camisa e o pressionaram contra o peito, junto do coração. Queria ser criança outra vez e estar com ela, porque assim poderia ouvi-la falar e saberia que dessa vez acreditaria em suas palavras como jamais acreditara antes. Ela compreendera o mundo de um jeito diferente, e queria ter pelo menos uma parcela dessa sabedoria, uma pequena fatia que o levasse adiante.

Pouco depois de completar onze anos de idade, William havia sido alugado para um homem que possuía um negócio de calafetagem na periferia de Annapolis. Naquele ano pudera morar em casa e fazer a viagem de ida e volta para o trabalho no início e no final de cada dia. No turbulento período do despertar da adolescência, começara a erguer barreiras entre ele e a mãe. Uma frustração crescia dentro dele, e, como não sabia ainda para onde direcioná-la, Nan recebera a carga mais pesada do sentimento. Não conhecia aqueles sentimentos desconfortáveis. Os limites eram imprecisos, tanto em localização quanto em propósito, e suas emoções ainda eram, em essência, as da criança que precisa da mãe.

Certa noite ele havia encontrado quatro escravos, alguns anos mais velhos do que ele, em uma viela perto do cais. Conhecia os meninos, eles também o conheciam, e não havia nenhuma simpatia entre eles. Todos tinham tons de pele mais escuros que o de

William, e embora isso fizesse pouca ou nenhuma diferença para a condição de escravos, fazia grande importância na mente confusa dos jovens. Eles tinham bloqueado seu caminho. Um deles batera em seu ombro e outro havia perguntado se era verdade que um grupo de marinheiros irlandeses havia estuprado sua mãe. William dissera que não. Tentara passar, mas eles o impediram novamente, insistindo na provocação e sugerindo inúmeras variáveis para sua origem, citando nomes de indivíduos que todos ali conheciam e desprezavam. O mais obsceno dos capatazes. Um velho no estágio terminal de sífilis, que vagava pelo cais falando sozinho, coberto por piolhos e cadavérico. Um jovem de lábio leporino, famoso pelo hábito de esfregar-se no traseiro das negras. Esse último era apenas alguns anos mais velho do que William, mas o conceito era mais do que claro. Todos eram brancos. Todos eram imundos, como, eles disseram, seu pai. E, por extensão, sua mãe.

William investira contra o menino mais próximo com toda a força que pudera reunir, atingindo-o com um soco na cabeça. Depois chutara o joelho de outro rapaz. Mas todo o esforço não havia sido suficiente. Meninos que se transformam em homens são capazes de causar grandes danos uns aos outros, e aqueles não tinham sido diferentes. William voltara para casa cambaleando, com os olhos inchados e a visão turva, um dente mole, o lábio superior cortado e vertendo sangue, a camisa manchada de vermelho. Sem coragem para entrar em casa, subira na árvore que a sustentava e ficara encolhido nos galhos mais altos.

Nan o encontrara muitas horas mais tarde. William descera relutante, dolorido e machucado, com os olhos inchados e vermelhos, e não só por causa dos hematomas deixados pelos socos. Ela o levara para dentro de casa, segurara seu rosto entre as mãos e o crivara de perguntas. Nan logo fora informada de que nenhum homem branco o espancara daquela maneira. Também não havia apanhado de meninos brancos. Nenhum senhor ou feitor o chicoteara do alto de sua autoridade. Nenhum capataz o castigara por ter cometido algum erro no trabalho.

— Meninos negros fizeram isso com você?

William gemera e tentara desviar o rosto preso entre aquelas mãos firmes.

Nan o segurara com firmeza ainda maior.

— Por que fizeram isso?

A resposta fora o silêncio. Não se sentira obrigado a dar explicações. Não era mais uma criança, e a culpa era dela, afinal. Por isso não dissera coisa alguma.

Mas, minutos depois, William havia contado todos os detalhes do drama que vivera. Dissera tudo, sentindo-se mais adulto por isso.

Nan evitara abraçá-lo ou oferecer qualquer tipo de conforto que pudesse parecer infantil. Limpara seus ferimentos e o obrigara a esperar sentado, enquanto ela vasculhava o interior de algumas caixas guardadas sob sua cama. William já as examinara antes e não entendia o que ela podia estar procurando. Mas, quando se virara, sua mãe segurava algo que ele jamais havia visto. À primeira vista, o objeto parecia ser uma moeda comum furada no centro e pendurada em uma tira de couro. Segurando o amuleto, Nan ajoelhara-se diante do filho.

— Isto era de seu pai — dissera. — Ele costumava usar o pingente no pescoço. Seu pai ganhou do pai dele, que ganhou do pai dele, que ganhou do pai dele antes disso. É muito antigo. O pai de seu avô pegou isto do corpo de seu falecido pai. Era tudo que ele tinha como lembrança, porque ele morreu numa das guerras deles, quando brancos lutavam com brancos do outro lado do oceano.

O pingente girava quando ela se movia. A tira de couro passava por um dos furos, mas, no total, eram quatro buracos abertos em espaços regulares a partir do centro da moeda. Nan se aproximara. William pudera sentir seu hálito enquanto a ouvia.

— Aquele velho avô de seu pai viu o próprio pai morrer num campo de batalha. Aquele moço amava o pai dele, mas teve de deixar ele no campo, senão ia morrer também. Ele agarrou o corpo, tentando acordar ele. Outros arrastaram ele de lá e salvaram sua vida. Tudo que ele conseguiu trazer foi isto aqui. E aquele moço cresceu e virou homem e teve filhos e passou isto adiante. O mesmo aconteceu com os filhos dele e assim por diante. Tem muita história num só pingente, ela é parte de você. Seu pai teria passado para você com as próprias mãos, mas ele não está mais aqui, então eu mesma faço. Pega...

Nan agarrara as mãos do menino e colocara o amuleto em uma delas, fechando-a. Os dedos eram quentes dentro dos dela, pequenos e delicados como conchas do mar.
— Quer saber a verdade? — ela perguntara. — Aqueles meninos bateram em você porque têm medo do que a vida tem para eles. Temem a própria pele e provavelmente nem conhecem o próprio pai. Não é porque são negros que os pais amaram a mãe deles. Mas você sabe que seu pai amou, porque eu conto sobre ele pra você. Agora este pingente é seu. Se alguém quiser saber onde conseguiu, diga que ganhou de seu pai. E que é melhor tomarem cuidado, porque você é de uma família de guerreiros.

William fechara os dedos em torno da medalha de bronze. Havia perdão no contato da pele com o metal. Tudo fora esquecido, e por alguns momentos ele tivera certeza do pai, da mãe e, por conseqüência, de si mesmo. Mas nos anos seguintes começara a duvidar daquela história. Em pouco tempo deixara de acreditar nela, e finalmente passara a desprezá-la. Aquele pingente era só uma medalha de bronze, um objeto comum e velho, deformado pelo tempo e pelo manuseio. Uma ninharia. Odiara-se por ter se apegado tanto àquilo e odiara a mãe por ter enchido seus ouvidos com tantas mentiras. Muitas vezes pensara que, se ela estivesse viva, jogaria aquele pedaço de metal inútil em seu rosto e o deixaria esquecido no local onde caísse. E se Nan tentasse criticá-lo ou convencê-lo a ficar com o pingente, gritaria todas as acusações que levava engasgadas na garganta. Faria a mãe admitir que ele não era fruto de um grande amor, de nenhum casamento entre uma negra e um branco. Nascera da luxúria, como todos os outros. Nan jamais poderia limpar os pecados cometidos contra ela simplesmente inventando mentiras para uma criança inocente. Exigiria saber quem era seu pai. Seu senhor? Um capataz? Um irlandês bêbado ou algum marinheiro de passagem pelo porto? Arrancaria dela a verdade, pois só assim poderia esquecer de vez aquela mentira sobre um pai amoroso. Se Nan estivesse viva, talvez a tivesse pressionado para obter a verdade. Mas, com sua morte, negara ao filho até mesmo essa satisfação, e essa era mais uma acusação que teria contra ela.

No entanto, ainda mantinha o pingente em seu poder. Não podia usá-lo no pescoço, porque certamente o objeto atrairia atenção. Em vez disso, costurava a moeda e a tira de couro em cada nova camisa que obtinha. Em tempos difíceis, os dedos buscavam o objeto de metal e friccionavam a superfície lisa e gasta. Apesar da antiga raiva, pressionava-o contra o peito naquele galpão fétido e decadente na Pensilvânia. Não acreditava no amuleto, mas também não conseguia desfazer-se dele.

Seis

Morrison foi designado para formar dupla com um rapaz da Virgínia. Adolescente, ele não devia ter mais do que quinze ou dezesseis anos, mas já enfrentara muitas dificuldades e tivera uma vida de dureza e sacrifícios. Seu braço esquerdo parecia ter sido quebrado bem no meio do osso do antebraço e repousava num ângulo estranho, quase sem movimentos, marcado por uma curva acentuada em um lugar onde nem havia articulação. Se aquele velho ferimento o enfraquecia, o garoto não revelava. Aos doze anos deixara seu estado montanhoso, expulso de lá pelo próprio pai, um assassino. Em pouco tempo havia atravessado toda a extensão de Maryland e seguia para Delaware. Conseguira trabalho patrulhando a fronteira norte daquele estado, tornando-se um dos guardas mais brutais e violentos da Terra Prometida, um exemplo de competência e dedicação. Só conhecia aquele tipo de trabalho e logo descobrira que era bom nele. Ele dizia ter visto mais de uma dezena de homens serem mortos. Homens brancos, enfatizara. Os negros que vira mortos não poderiam ser contados se não por um especialista em números.

Enquanto Morrison e aquele garoto saíam todas as manhãs, a cadela passava os dias amarrada a um poste perto do porto. Ela não se incomodava com o que considerava um insulto, mas também não queria explorar aquele lugar estranho e caótico. A cidade não tinha nada de natural em sua forma e função. Era uma confusão de cheiros, fragrâncias que se misturavam formando um só aroma repugnante e intenso. Era muito cheia de humanidade e entulhada de máquinas estranhas, dominada por um odor que lembrava a morte. Havia muito o animal decidira que, quem quer que fosse o objeto daquela busca, o problema era dos homens que a realizavam. Desistira de procurar e gostaria muito de que o homem fizesse o mesmo. Mas ele parecia determinado a prosseguir.

No curso de uma semana Morrison olhou diretamente para a face da miséria. Embora já houvesse visto condições lamentáveis no sul e respeitado ainda mais o norte por isso, estavam investigando celas e *prisões, lugares desagradáveis por definição. Eram buracos escuros e úmidos, cubículos infectos cercados por barras de ferro ou cavados na rocha natural que compunha a cidade. Os cativos não eram apenas negros, mas formavam um mosaico de nacionalidades que compunham um microcosmos. Olhando para os diversos rostos daqueles homens, para as peles negras e os olhos amarelos, para testas marcadas por rugas e bronzeadas como o couro deixado ao sol para secar, para um nariz romano fraturado duas vezes em sua extensão, para lábios de todos os formatos, tão diferentes quanto pétalas de flores, porém desprovidos de sua doçura, Morrison lembrou-se da admiração, do fascínio e da repulsa que havia sentido em seus primeiros dias nos Estados Unidos. Tentou deter esse curso de pensamento antes de ser dominado por ele.*

Ficou surpreso com a facilidade com que os carcereiros ofereciam os homens negros em troca de um bom preço, comercializando com tranqüilidade aqueles que eram presos como vagabundos, bêbados, ou os que não tinham família nem amigos para afiançar sua saída. Foi por causa desse tipo de comércio que eles escolheram três negros, indivíduos que logo estariam sendo levados de volta ao sul como fugitivos para serem devolvidos, embora, com toda a probabilidade, os infelizes houvessem nascido e crescido naquele território livre do norte, talvez até naquela mesma cidade. Se pudessem, os negros teriam protestado, mas não tinham esse direito, e o jovem da Virgínia apressou-se em silenciá-los quando tentaram falar, encontrando grande prazer nessa atividade.

A pior cena se descortinou no final daquela semana. Em uma cela sob um parque no centro da cidade, viram cinco negros apertados em um espaço minúsculo. Um deles estava morto, mantido em pé pela pressão dos outros que o cercavam, aquecido pelo calor dos outros corpos, embora o dele já não tivesse vida. Fluidos haviam escapado do cadáver, e o cheiro era tal que o garoto da Virgínia cuspiu alguns pedaços de seu café da manhã. Ele se queixou por todo o resto do dia, dizendo que a experiência havia deixado um gosto horrível em sua boca e que se sentia imundo simplesmente por ter estado naquele lugar.

Mas o jovem também tinha sua propensão à brutalidade. Em uma tarde ele viu uma mulata de boa aparência, uma menina de não mais de doze anos de idade, e isso o inspirou em grande medida. Naquela noite ele passou horas consumindo um líquido que chamava de "antinebulosidade", um título que devia ser fruto da ironia, uma vez que o efeito nada tinha a ver com clareza. Ele falou o que faria com aquela garota se ela fosse sua propriedade. Não haveria trabalho nos campos para aquela beleza. Nada daquela idiotice agrícola. Só a usaria na cama. Durante todo o dia sem intervalos, enquanto tivesse forças para o ato. À noite ele a prostituiria para financiar o esquema.

O escocês permanecia em silêncio, enquanto os outros homens acrescentavam suas histórias ao relato do rapaz, cada uma delas pior do que a anterior. Morrison passara toda a vida conhecendo homens rudes como aqueles. Fizera negócios, caçara e bebera com eles. Dormira colando as costas nas daqueles homens em noites geladas, quando era aquela a única fonte de calor disponível, cada um deles dizendo que devia perdoar a proximidade, ignorá-la e não pensar nela, e cada homem precisando dela, não apenas pelo calor. Passara meses fechado em aposentos minúsculos, preso pela neve e isolado de tudo, forçado a conviver com todo tipo de homem. Sim, homens rudes foram os primeiros companheiros de sua vida. Lamentava tê-los conhecido, mas, mesmo lamentando tal convivência, era forçado a admitir que não era muito diferente deles. Não levara uma vida exemplar. Os crimes daqueles homens eram pouco diferentes dos seus, semelhantes em conteúdo, especialmente quando levava em conta o que fizera com a amada de seu irmão tantos anos atrás. Não teria tido o mesmo comportamento com ela, não fosse pelo contraste de suas peles. Por causa disso discriminara sua raça e julgara que ela merecia sentir todo o peso de sua ira, toda a intensidade de seu desejo. Sabia que o ódio que sentia por aqueles homens começava e acabava dentro dele.

Na tarde seguinte, quando passavam por uma rua de pouco movimento, o jovem expressou o desejo de encontrar a escrava grávida que procuravam. Ela faria a viagem de volta melhor do que havia sido a de ida, opinou. Morrison sentiu um ódio tão súbito e completo que sua visão ficou turva. Podia sentir o sangue fervendo nas veias, sinal de que precisava manifestar seus sentimentos e acalmá-los com sangue. A mão ardia por conta desse desejo. Ele reduziu a velocidade dos passos e relaxou a mandíbula, movendo-a para a direita e para a esquerda enquanto tentava ponderar todas as possibilidades.

Nesse momento, o garoto ruivo surgiu na esquina seguinte e chamou-os.

— Pegamos aquele capitão que gosta tanto de negros — ele anunciou triunfante. — Deviam ir vê-lo. Tentou ser corajoso e agir como

homem, até Humboldt enfiar o cano do rifle em sua boca. Então ele se abriu como uma prostituta londrina. Vamos, temos trabalho a fazer.

O garoto virou-se e afastou-se. O jovem escocês correu atrás dele e começou a formular perguntas, entusiasmado. Morrison os observou por um momento, sentindo um forte impulso de afastar-se e tomar a direção oposta, mas já havia ido longe demais para desistir. Antes mesmo que percebesse o que estava fazendo, ele corria para alcançar os dois rapazes. Ficaria com eles por mais algum tempo, aliado do demônio e guerreiro da salvação, se é que ambos poderiam coexistir.

Sete

William e Redford compartilhavam a vista de cima de uma plataforma de granito. O céu era de um azul claro e límpido, uma tela grandiosa em que nuvens brancas e altas pareciam sempre prestes a desaparecer, embora nunca sumissem. Eram diferentes cada vez que William olhava para elas, mas sempre as mesmas, movendo-se e imóveis ao mesmo tempo. Embora não pudessem ver a Filadélfia escondida atrás das árvores e das colinas distantes, colunas de fumaça marcavam claramente a localização da cidade. Uma névoa pairava sobre o lugar e dava a incômoda impressão de alguma grande calamidade além daquilo que podia enxergar, como se todo o local houvesse sido incendiado e deixado em ruínas fumegantes. Entre os dois homens havia uma toalha de mesa improvisada com um lenço de Redford, e sobre ela um pequeno banquete de pão, anchovas e frutas apanhadas durante a caminhada. O homem livre havia ido ao galpão, corado e um pouco ofegante depois da caminhada, com notícias sobre eventos recentes. Tinha conhecido um jovem capitão irlandês que concordara em ajudá-los, e já haviam inclusive acertado tudo para a viagem. Os dois tinham apertado as mãos e concluído o negócio nos mais amigáveis termos, estabelecendo datas e prazos. Tudo isso o deixara de muito bom humor, daí o piquenique a céu aberto, um risco, talvez, mas não muito grande, levando em conta o prazer de desfrutar a tarde clara de outono.

Quando William perguntou por que o capitão se arriscaria para ajudá-los, Redford recitou uma longa e detalhada biografia do homem. Ele havia nascido e crescido na Irlanda. Embora morasse nos Estados Unidos e se considerasse americano, nunca vira a escravidão com bons olhos. Não nascera naquele sistema, por isso o analisava de um ponto de vista mais distante e claro do que muitos nativos brancos. Quanto às questões práticas, ele possuía um barco e trabalhava sempre por uma mesma rota que acompanhava a costa do Atlântico. Fora para o sul vários dias antes, mas logo estaria cumprindo a jornada de volta rumo ao norte, uma viagem que terminaria no solo da Nova Escócia. Era uma situação mais do que perfeita. Redford revelou que também havia um motivo financeiro. Parece que, o irlandês esperava receber algum pagamento por seu esforço, mas, considerando o risco a que se expunha, ninguém poderia culpá-lo por isso.

William começou a pedir mais detalhes sobre a transação, mas Redford ergueu os olhos e apreciou a vista, a mente se afastando dali.

— Sabia que a primeira sociedade abolicionista foi fundada na Filadélfia? — ele perguntou. — Muitos anos atrás, no período revolucionário, ou mais ou menos nessa fase. Naquele tempo os abolicionistas eram gradualistas que acreditavam que a escravidão morreria com o tempo, à medida que o homem progredisse para um plano espiritual superior. Até os escravocratas escreviam tais coisas. Jefferson foi um deles. Naquele tempo eles não se incomodavam em admitir que a escravidão era um sistema falho e que a nação estaria melhor sem ela. Só não queriam extingui-la enquanto vivessem. Seria uma mudança brusca demais. Hoje em dia não pensamos mais assim. Para que aconteça, a mudança precisa atingir alguém, e a história comprova que nenhuma mudança é indolor ou fácil.

Um arminho apareceu nas rochas alguns metros abaixo de onde estavam. William viu o animal se esgueirar por entre as pedras, fazendo de sua locomoção uma questão de extrema seriedade, mas também uma atividade divertida, alegre. Lembrou-se de como, quando criança, atirava pedras nessas criaturas, uma ação que havia sido motivo de um prazer que já não fazia mais sentido.

— Também não é indolor agora.

— Não, não, é claro que não é — Redford concordou. — Acho que a questão é dividir o sofrimento. E depois superá-lo, seguir em frente. — Ele fazia gestos com as mãos, como se desenhasse essa idéia de progredir, de caminhar para a frente. Mas o gesto foi interrompido antes de ser concluído, insuficiente para o cumprimento da tarefa e, por isso mesmo, indigno de qualquer esforço.

— É uma vergonha que mais negros não possam usar as palavras dos brancos contra eles. Ou até mesmo as palavras de outros negros instruídos. Se todo escravo sulista pudesse ler narrativas como as de Frederick Douglas, eles se levantariam e acabariam com a instituição imediatamente. São mantidos cativos porque sua força é subjugada. Se pudessem sentir o gosto da liberdade, ouvir de outros o verdadeiro significado da palavra, a batalha estaria ganha. Acredito completamente nisso.

William lambeu dos dedos o óleo do peixe.

— Os escravos não precisam de ninguém para dizer que são escravos — respondeu.

— Bem, não... Só quis dizer que as palavras de alguns homens e mulheres podem desencadear uma ação coletiva, dar ao problema uma nova perspectiva.

— Os escravos pensam na liberdade todo dia. Cada vez que um pássaro passa voando sobre sua cabeça, ele pergunta como o pássaro pode ir e vir e ele, não. Cada vez que uma criança branca passa a caminho da escola, ele pensa por que o filho dele foi vendido e levado para longe. Por que meu corpo não é meu? Por que Deus diz ser justo, mas faz um mundo como este? Por que meu sinhô diz que sou tão burro quanto um cavalo, se nós dois sabemos que nenhum cavalo já plantou um campo de tabaco, cantou um hino no domingo ou pôs no mundo um filho desse mesmo sinhô? Os escravos entendem coisas sem que ninguém diga. Coisas que eles não podem escrever num livro, porque essas coisas nunca foram escritas desde que o homem escreve. Coisas que fariam os outros olhar os escravos de maneira diferente. Cometeram crimes contra eles, mas, mesmo assim, ainda olham para os escravos com outros olhos. Precisa um homem livre dizer para um escravo que ele não está vivendo como devia? Na minha opinião, o contrário faz mais sentido.

— Está dizendo que a liberdade é o verdadeiro estado de todas as coisas da natureza — Redford resumiu. Ele começou com seu tom costumeiro, mas, no meio da sentença, mudou, como se estivesse arrependido. — Concordo inteiramente com você. De fato... Só temos maneiras diferentes de dizer a mesma coisa.

— Uma maneira negra, e outra qualquer, acho.

Redford tocou os fios curtos de sua barba, puxou-os, soltou-os e puxou-os mais uma vez.

— Não pense que os brancos são desprovidos de pensamentos generosos. Eles não os demonstram com a mesma freqüência com que os escrevem, mas existem muitos abolicionistas brancos. E existem homens como o capitão O'Neil. É uma pena que um trabalho tão nobre dependa em grande grau do dinheiro. Financiamento, esse é o problema. O capitão O'Neil é um bom homem, mas precisa obter algum lucro com o que faz. Por isso cobra uma pequena taxa para transportar dez de vocês. Uma pequena taxa com a qual já concordei e que pretendo pagar... mas vou ter algum trabalho.

— O quê? Você disse dez?

— Sim, bem, O'Neil também trabalha com outras pessoas. Foi assim que o conheci. Deve imaginar que não é o único interessado em conquistar a liberdade. Fui procurado por outros que precisam de ajuda e decidi colaborar com esses indivíduos, dois irmãos e uma família inteira.

William levantou-se e afastou-se alguns passos. Cerrando uma das mãos, levantou-a como se pretendesse agredir o ar diante dele, mas estivesse esperando por uma provocação que pudesse justificar o ato.

— Existem duas meninas nessa família, crianças que ainda nem chegam à altura de sua cintura. O que mais eu poderia fazer? — William não respondeu e Redford prosseguiu, dizendo que não seria realmente barato, mas que todos poderiam dividir as despesas. Sim, dez escravos miseráveis não tinham mais dinheiro do que dois escravos miseráveis, mas assim ele poderia pedir ajuda a outros. Toda a empreitada ganhava ares de legitimidade. Dito isso, ele ficou em silêncio, os lábios contraídos como se ainda houvesse algo a ser dito, palavras que ele se recusava a pronunciar. William continuava de costas e silencioso. — Teria feito o mesmo.

— Não sei o que ia fazer — William respondeu. — Não se pode confiar nas pessoas dessa maneira, não importa como chegaram até você.

— Tem razão. Todas as pessoas guardam segredos, não é? — Ele deixou a questão no ar por um instante, a voz traindo pela primeira vez uma ponta de raiva. Redford abriu o jornal que até então deixara dobrado a seu lado, procurou uma página e apontou para um artigo específico. — Dê uma olhada nisto. Você é um homem famoso.

William não olhou para o jornal como sugeria o outro. Engolindo em seco, manteve os olhos fixos no horizonte distante.

— Notei esta matéria faz algum tempo — o outro continuou —, embora não feito a ligação de imediato.

Ele leu o artigo em voz alta. A notícia falava de fatos que não eram novos para William: um comboio de escravos que era conduzido para o sul, uma revolta e o derramamento de sangue branco, a fuga de todos os escravos. Parece que o jovem branco cavalgara até Richmond para contar a história da revolta dos negros. Ele dera a impressão de que todos os escravos se haviam libertado dos grilhões ao mesmo tempo, vinte indivíduos fortalecidos pelo mesmo propósito assassino do qual ele só havia escapado com muito esforço. Catorze dos vinte escravos haviam sido recapturados nos primeiros três dias, outros dois no final da semana. Saxon e seu pequenino companheiro seguiram para o sul e conseguiram chegar às ilhas da Geórgia. Por que eles tomaram aquela direção, em vez de buscarem a liberdade, seria sempre um mistério. Os dois foram pegos por um grupo de trinta homens, caçadores que seguiram seu rastro durante um bom tempo. Foram espancados além da possibilidade de identificação, castrados e decapitados. A cabeça de Saxon fora enviada de volta para os escravos lotados em Baltimore, onde fora deixada espetada em um poste com o rosto voltado para o cercado. Lá ela apodrecera ao sol: lembrança, ameaça e promessa contidas em um único gesto. Os dois últimos fugitivos ainda estavam sendo caçados.

Enquanto ouvia o artigo, William pensou em Dover e, ao pensar nela, olhou para Redford. De início julgara que os traços do homem fossem apagados, fracos, como se nenhuma parte dele houvesse sido formada com algum caráter. Mas agora via que existia alguma beleza na soma dessas partes. Nenhum de seus traços gritava para ser notado, mas, juntos, a testa curva, o nariz pequeno e o queixo redondo marcado por um pequenino furo no centro compunham um todo harmonioso, bem-formado, de uma beleza que era vagamente feminina. De repente compreendia por que Dover podia tê-lo julgado atraente, e era nisso que estava pensando. Sentia-se muito distante dos incidentes que o homem relatava enquanto lia. Eles pertenciam a outra vida, e, embora o sobrecarregassem, tinham apenas o peso dos fantasmas.

— Estava lá, não estava? — Redford perguntou.

William não respondeu, mas em seu silêncio havia uma afirmação. Os dois homens a reconheceram.

— Entendo. — Redford respirou fundo e dobrou o jornal.
— Participou daquilo tudo? Quero dizer, você... tomou parte no ataque?

— Não matei ninguém, se é isso que está perguntando.
— Mas estava lá.
— Sim.
— Por que não me contou?
— Que diferença faz?

— Pense bem. Estou tentando ajudá-lo, lutando por sua liberdade, contando com a boa-fé de muitas pessoas, enquanto você está escondendo de nós informações importantes. — Ele levantou o jornal e apontou-o com um dedo. — Aqui diz que você é um assassino, um matador de brancos. Não acha que isso faz alguma diferença? Eles acreditam que você assassinou gente deles. Vão caçá-lo até pegá-lo. Neste exato momento, dezenas de homens estão atrás de você. Não há como garantir que você será aceito em solo canadense. Não se alguém acusá-lo de ter matado três brancos.

— Já disse que não matei ninguém.

— Sim, você disse. Mas eles acreditam que é culpado. Está sendo perseguido e acusado de assassinato, William, e eu devia ter sido informado desde o início. Minha vida também está correndo perigo nisso tudo. Não pensou nisso? Há mais alguma coisa que queira me contar? Mais alguma surpresa?

— Não.

— Dover sabe sobre tudo isso? Não quis perguntar a ela antes de falar com você.

William balançou a cabeça.

— Desejou que aqueles homens morressem?

— Não sei se desejei a morte daquela gente. Talvez. E, mesmo que desejasse, não ia matar eles. — Ele viu o arminho se esgueirando novamente por entre as pedras, serpenteando, levando um pequeno roedor entre suas garras. — Mas não chorei por eles, e não tem nada no que vi que me envergonhe.

Redford assentiu e virou o rosto. Levantou-se e disse que William devia voltar ao galpão, porque tinha de ir embora, mas ficou ali parado como se apreciasse a beleza da paisagem. William também pôs-se em pé, e os dois homens olharam para o mundo em silêncio. O sol havia mergulhado nas árvores atrás deles e banhava em sombras o horizonte a leste, tornando menos nítidos os contornos do mundo e acentuando o aspecto nebuloso da área sobre a cidade. Uma árvore solitária no topo de uma colina próxima previa a mudança de estação antes das outras. Ela possuía uma cama vermelha e dourada em um lado, uma chama que se movia sempre que o vento soprava, mais lenta em sua avidez do que o fogo, mas não menos precursora de mudanças.

— Eu disse que podia confiar em mim — Redford lembrou —, e estou dizendo mais uma vez. Talvez pense que sou um homem de muitas palavras, e é possível que esteja certo, pelo menos por enquanto, mas, como você, também ocupo meu lugar no mundo onde nasci. Sei que não matou aqueles homens. Acho que sempre soube disso. Quando decidi vir até aqui... Bem, acho que tinha uma esperança de ouvir uma confissão, de descobrir que você era um assassino. Então eu teria apertado sua mão e manifestado minha gratidão. Existem muitos caminhos para a obra de Deus. Não duvido de que alguns deles sejam sangrentos. Não duvido disso.

De volta ao galpão, antes de partir, Redford instruiu William sobre como deveria proceder. Em dois dias, quando escurecesse, ele deveria voltar à cidade. William afirmou lembrar-se do caminho, e Redford avisou que o estaria esperando em seu apartamento. À essa altura, ele planejava já ter os outros fugitivos dentro do navio. Ele e William passariam a noite em sua casa, encontrariam Dover na manhã seguinte, e só então se juntariam aos outros na embarcação. Se tudo desse certo, daí em diante eles estariam a caminho da verdadeira liberdade. Ele partira dizendo a William para se preparar. A espera chegara ao fim. Dali em diante, tudo aconteceria depressa e intensamente.

* * *

Na manhã seguinte William acordou sem se lembrar de nenhum sonho. Era estranho, porque sempre sonhava e com muita nitidez. Passou o dia acompanhando o progresso lento do sol. Era como se aquela bola de fogo fosse um objeto imóvel. William o observava, e às vezes passava tanto tempo olhando para ele que a imagem ficava gravada em sua retina, projetando-se em tudo que via, um ponto brilhante que tanto podia ser preto como de qualquer outro tom. Mas nem seu olhar persistente fazia o sol se mover mais depressa, e o dia acabou por tornar-se uma prova de paciência.

À noite ele dormiu pouco, um sono leve e entrecortado, e acordou no meio da madrugada cercado pela mais completa escuridão. Tentou lembrar seus sonhos, mas, mais uma vez, percebeu que não os tivera. Aquele sono breve havia sido tão estéril e vazio quanto um deserto à noite, e por isso ele acordara. Experimentava um estranho desconforto, uma sensação que só fez crescer com o passar do dia. Mais um dia de espera, e então tudo seria decidido. Um último dia, mas o tempo parecia não passar.

No início da tarde seguinte, um bando de pássaros negros desceu sobre o campo. William observou-se, encontrando em seus movimentos uma qualidade primitiva. Seus gritos soavam quase como o de certos humanos, indivíduos amaldiçoados e privados da fala. No meio da tarde ele se levantou e correu para o campo, movendo os braços com verdadeira fúria. As aves alçaram vôo diante dele, as asas movendo o ar, levando-as ao alto, para cima dele. Eles partiram, mas deixaram para trás um silêncio que era ainda pior do que a cacofonia anterior. William ficou ali parado por algum tempo, exposto, mas incapaz de buscar refúgio e proteção.

Sabia que havia algo de errado.

Oito

Morrison ficou parado ao lado de um depósito por algum tempo. Podia ouvir os homens de Humboldt. Eles estavam reunidos do outro lado, preparando o trabalho daquela noite. As vozes chegavam a seus ouvidos em sopros nítidos, palavras comuns pronunciadas com malícia, piadas que não davam nenhuma indicação das crueldades que planejavam. Podia vê-los em sua mente tão nitidamente quanto se estivesse entre eles. Sentia um ódio intenso como nunca havia experimentado antes. Odiava-os pelas deformidades que os marcavam, pelo tom de suas vozes e por suas almas frias e pobres. Por que estava ali? Por que os episódios de sua vida se haviam ordenado de forma a tornar aquele momento necessário? As perguntas não surgiam claras e prontas, mas podia senti-las em cada parte do corpo. Queria fugir, sair dali, mas resistia ao impulso. Havia fugido antes e fora levado de volta. Não podia fugir novamente.

Olhou para a cadela. Ela estava a seu lado, olhando ocasionalmente para ele e desviando o olhar em seguida, esperando, farejando o ar e notando a passagem de coisas e detalhes que Morrison não percebia. Embora a quisesse a seu lado naquele momento, sentia-se grato por ela não ter de testemunhar as coisas que estavam por acontecer. Percebeu que temia o julgamento do animal mais do que o de qualquer ser humano. Em silêncio, estendeu a mão, afagou o pêlo da cadela e puxou-a contra sua perna.

— Venha — ele disse. — Vamos acabar com isso.

Alguns homens se viraram em sua direção, mas muitos nem notaram sua chegada. Morrison cuidou da cadela, amarrando-a a um pilar por uma corda presa em seu pescoço. Olhou em volta para certificar-se de que o fazendeiro não estava entre eles, depois tocou sua arma. Ouviu o que os outros falavam, confirmando assim os rumores que já havia escutado. Haviam capturado um total de cinco negros até então. Valendo-se de diversos meios, Humboldt obtivera permissão para levá-los como escravos. Ele os chamava de fugitivos, mas, de verdade, só pudera confirmar tal condição em dois deles. Os outros três não deviam ter saído da Filadélfia desde que tinham nascido, mas eram homens pelos quais nenhum branco falaria. As autoridades locais agarravam a oportunidade de expulsá-los dali. Alguns outros homens já estavam fora capturando o sexto negro. A caçada surtira bons frutos até aquele momento, mas os prêmios mais cobiçados ainda estavam por vir.

Humboldt demonstrava um vigor impressionante. A consciência de sua chegada afetava os homens como uma onda de eletricidade. Ele anunciou que fora até ali para prepará-los com um relato exato dos últimos fatos e resumiu a situação. Os negros podiam resistir, disse, mas não estariam armados. O grupo era mantido no porão do navio. Seria difícil tirá-los de lá e levá-los para o convés. Sabia que havia mulheres entre eles, mas ninguém devia confiar nelas, porque poderiam castrá-los sem nenhuma hesitação, caso tivessem uma oportunidade. Não teria de enfrentar a tripulação, porque só o capitão cuidava do navio, e já haviam cuidado dele. Tivera de usar toda a sua capacidade de persuasão, mas o capitão acabara sendo sensato e decidira colaborar, certamente convencido pelo cano do rifle em sua testa.

Antes de se dispersarem, o jovem da Virgínia anunciou que haviam capturado a negra. Morrison aproximou-se e soube que a captura havia sido muito fácil. Eles a pegaram bem na frente da casa onde trabalhava e a levaram dali. Tudo fora feito em silêncio. Ninguém havia percebido que ela fora raptada. O rapaz perguntou se devia levar a negra para o navio, mas Humboldt respondeu que não, ainda não. A negra seria mantida presa por enquanto, e mais tarde conduziriam todo o grupo ao navio.

Morrison viu o rapaz sair novamente, confirmando seu destino a partir da direção por ele tomada, os olhos como dardos em suas costas.

— Entendem o que estou dizendo, homens? — Humboldt olhava para o grupo. — O bom Deus está do nosso lado. Nosso próximo negócio será simples como um passeio no campo. Mantenham a cabeça erguida e os olhos abertos, e terminaremos tudo antes do jantar.

O grupo era formado por onze integrantes. À medida que iam saindo, Morrison buscou o fim da fila, arrastando-se com passos lentos, os olhos fixos naqueles que o precediam. Era uma noite úmida. Uma névoa densa pairava sobre a água, conferindo ao cenário um caráter sobrenatural e um tom cinzento, lúgubre. A imagem o fez lembrar uma história que ouvira em sua juventude, uma passagem bíblica, ele achava, em que a morte flutuava pelas ruas matando todos aqueles que não exibiam as marcas apropriadas para identificá-los como protegidos de Deus. Nunca fora um homem religioso. Não sabia nem se a história de que se lembrava era correta. Era uma recordação da infância, uma lembrança forjada pelo medo infantil, e esse era o problema. Sentia-se como uma criança diante de um mundo que não podia controlar. Não sabia ao certo nem mesmo que papel teria de desempenhar nos eventos que se seguiriam. As peças do jogo se movimentavam com rapidez espantosa, embora houvesse acompanhado todos os passos do plano traçado pelo principal jogador. Esperava ver uma saída, mas ainda não conseguira encontrá-la. Pensaria em algo. Suas engrenagens internas giravam, produzindo idéias e construindo hipóteses. Tinha de ser rápido, ou a solução chegaria tarde demais.

A névoa era densa sobre o cais, mas movia-se com grande velocidade, escondendo e revelando cenas que pareciam não ter substância. O grupo percorria alamedas entre os depósitos, passando por poças de água, pilhas de caixote e vigas de madeira, contornando uma pilha de sacas que parecia conter café apodrecido, tal o cheiro que delas se desprendia. Os homens falavam enquanto caminhavam, uma conversa nervosa, cujas pausas iam se tornando cada vez mais longas. Por fim, Humboldt ergueu uma das mãos ordenando silêncio. Eles seguiam em frente, cada movimento soando mais ruidoso do que o normal; as botas sobre as pedras do calçamento, o farfalhar do tecido das roupas, o estalo de ferro contra ferro, uma tosse abafada. Por alguns momentos tudo ficou branco e embaçado, mas o vento empurrou as nuvens baixas e o navio surgiu claro e sólido diante deles, os mastros buscando o céu como as grandes árvores que um dia haviam sido, as velas recolhidas formando montes pesados e úmidos no convés.

Para Morrison, o impacto daquela visão não poderia ter sido maior. Havia movimento no convés, silencioso, porém rápido. Alguém os vira e correra para a parte posterior da embarcação. Humboldt saltou para a frente, esquecendo a cautela. Num momento ele estava no píer, no outro escalava a prancha de embarque de onde passou ao navio.

Os outros o seguiram apressados, e Morrison não teve outra alternativa senão acompanhá-los. Ele foi um dos últimos a subir a bordo, mas, uma vez no convés, foi tomado por uma urgência que não sentira até um minuto antes. Empurrando alguns homens, encolheu-se sob a vela principal e saltou para cima de um imenso rolo de corda. Desse ponto privilegiado, viu que Humboldt empurrava um negro contra a balaustrada da embarcação. O rosto dos dois oponentes estava muito *próximo*. Morrison não podia ver a expressão do homem branco, mas suas costas tremiam de raiva. Os braços se moviam enquanto ele falava, os ombros girando nas articulações como se pudessem se soltar a qualquer momento. Morrison empunhou o rifle, o dedo indicador da mão direita sobre o gatilho.

— Este é o homem, então? — Humboldt perguntava, chamando o homem mais próximo e indicando que ele devia segurar o negro. — É este?

Outro homem, o capitão irlandês, respondeu que sim. Ele permanecia atrás de Humboldt, os olhos atentos à cena, a voz fraca e distante.

Embora mantivesse o rifle escondido, protegido dos olhos dos outros, Morrison apontava a arma para Humboldt. Sentia e ouvia os homens em torno dele, mas não podia se preocupar com o grupo. Imóvel e silencioso, teve certeza de que ninguém o veria ali onde estava, cercado por muitas voltas de corda espessa. A atenção de todos estava voltada para Humboldt, todos os olhos, exceto os dele. Era o negro que atraía seu olhar. Ele tinha um rosto de traços flexíveis e cheios, embora não fosse gordo. Os óculos escorregavam pelo nariz e pendiam para um lado. Atrás deles, os olhos cintilavam com uma inteligência singular, uma resignação sábia que era triste em essência, mas não reconhecia a derrota e o fracasso. Morrison tentou encontrar algo de familiar naquele rosto, mas não saberia dizer se reconhecia algum de seus traços.

— Estão todos aqui? Pegamos todo o grupo? — Humboldt indagava com autoridade. Mesmo assim, ele teve de repetir as perguntas várias vezes antes de obter uma resposta do capitão.

Quase todos. Um deles não havia embarcado.

A notícia pegou o fazendeiro de surpresa. Ele agarrou o capitão pela lapela do casaco.

— Não vai me dizer que esse homem é exatamente o meu negro, vai?

— Eu... não sei. Quem é o seu...?

— William! Pelo amor de Deus, diga que o pegamos!

Mas o irlandês não podia atender ao pedido do branco poderoso, porque William não estava naquele navio.

Morrison baixou o rifle e olhou em volta, porém não teve muito tempo para observar os outros e pensar no que faria em seguida. Humboldt gritava ordens furiosas, e todos entraram em ação. Morrison os seguiu, arrastado para o interior do navio pela onda apressada e determinada. Alguns momentos mais tarde eles retornaram ao convés com os fugitivos, todos feridos e assustados, mais uma vez acorrentados. Tudo aquilo fez crescer ainda mais a ira de Humboldt, porque o negro mais procurado não estava entre eles. Furioso, gritava com o capitão, com os negros e até com os homens que o seguiam. Mas, no final, acabou concentrando toda a sua atenção no negro de óculos. Por acaso ele já havia sido chicoteado como um escravo comum? Segurando o chicote bem perto de seu rosto, cutucou-o com o cabo de madeira. Pois seria castigado com rigor, caso não abrisse a boca e dissesse algo de útil. Por que William não estava ali? E onde ele estava? Em que buraco daquele maldito e fétido norte ele o havia escondido? Humboldt mantinha o rosto bem próximo do negro, inclinando a cabeça de forma a receber a resposta diretamente em seu ouvido.

— Senhor — o negro falou em voz baixa —, não responderei a nenhuma de suas perguntas. Em vez disso, falarei numa linguagem clara que poderá entender sem nenhuma dificuldade: vá para o inferno e leve com você a vagabunda que o empurrou no mundo.

Morrison estava perto o bastante para ouvir essas palavras. Fingia estar verificando os grilhões dos negros, mas sua atenção estava voltada para a conversa. Notou a calma na voz do homem que acabara de falar, seu tom polido, a maneira como pronunciava as palavras como se antes as saboreasse. Jamais poderia imaginar que um homem com aquela expressão pudesse dizer coisas tão ofensivas, mas era como se ele sentisse prazer em dizê-las.

Humboldt reagiu de imediato. Empurrando o negro com o próprio corpo, usou o cabo do chicote para atingi-lo no rosto. Quando o negro caiu de joelhos, ele o chutou várias vezes e recuou para atingir seu nariz com mais força. Depois levantou-o e repetiu as mesmas perguntas. O homem negro olhava para a frente e permanecia em silêncio, altivo como se o sangue que escorria de seus lábios nem fosse dele. Quando o homem branco colocou-se em seu campo de visão, ele o encarou com total indiferença, como se sua presença não o afetasse.

— Vire-se — Humboldt ordenou.

— Não pode me ferir — o negro respondeu.

— Vire-se e veremos. — O outro homem não se moveu, e o fazendeiro agarrou-o pelos ombros e virou-o, empurrando-o contra a balaustrada. — Tem certeza de que não tem nada para dizer?

Morrison deu um passo na direção de Humboldt. Seus dedos estavam tensos, crispados. Ele ergueu o rifle, um reflexo provocado pelos *pensamentos que inundavam sua mente. Não conhecia aquele homem. Era apenas mais um negro. Um estranho. Não era o negro que ele estava procurando.*

— Nada que você queira ouvir — respondeu o negro —, falando com dificuldade por conta do inchaço nos lábios. — Mas há algo que eu gostaria de saber. Quem nos traiu?

— Deus, quando viu que você nasceu negro. Vai se arrepender por não ter dado as respostas que estou procurando.

Morrison ouviu o tom de voz de Humboldt e soube qual era seu significado. A decisão havia sido tomada. E nesse ponto eles eram diferentes. Humboldt já havia decidido; ele, Morrison, ainda não. O dedo repousava ansioso sobre o gatilho do rifle. A outra mão agarrava a arma de forma a garantir a pontaria. Um pequeno movimento. De onde estava, poderia destruir os rins do fazendeiro. Mas e depois? O que faria com todos os outros homens? Estaria desistindo de sua causa por alguém que nem conhecia. Mesmo que Humboldt tivesse um lado do corpo destruído por uma bala, nada poderia mudar o que já havia sido decidido.

O negro falava como se não tivesse consciência da arma pressionada contra sua coluna. Seus olhos buscavam a água, como se acompanhassem o progresso lento da névoa.

— Só me arrependo de não ter sido mais vigilante e cuidadoso — ele disse. — Espero que essa gente possa me perdoar. Eles sabem que minhas intenções foram honestas. Quanto a você, é melhor desistir de sua busca, porque os outros dois já estão fora do seu alcance. Está lutando por uma causa perdida. Não há possibilidade de redenção para um homem cujos pecados já...

— Não estou procurando duas pessoas — Humboldt cortou. — Meus homens já capturaram a vagabunda. Nada está fora do meu alcance. E você saberia disso se me conhecesse. Agora que já esclarecemos esses detalhes, vamos acabar com isso de uma vez. Tenho coisas importantes para fazer.

O homem negro abriu a boca para falar, mas sua voz foi sufocada pelo estrondo do tiro que o atingiu nas costas, atravessando a coluna e saindo pelo peito num jato de sangue e vísceras. De onde estava, Morrison viu o reconhecimento no rosto do homem, suas próprias partes lançadas no ar diante dele enquanto ainda tinha consciência para vê-las e reconhecê-las. Ele tentou se virar. O queixo se moveu e um dedo *brandiu no ar, como se ele quisesse anunciar um último ponto. Mas o corpo foi incapaz de sustentá-lo. As pernas se dobraram e ele caiu. O peito se chocou com violência contra o convés. Os óculos se partiram, e uma lente se soltou da armação de metal e correu pelas tábuas. O homem ficou imóvel, os olhos abertos, porém vazios.*

Humboldt cuspiu sobre o morto e repetiu o gesto na água além da balaustrada. Depois virou-se e, sem nenhum comentário a respeito do morto, deu ordens relativas aos escravos reunidos no convés e ao que ainda deveria ser capturado. Furioso, avisou que ainda não havia desistido do grande objetivo daquela noite, jurando que não seria derrotado por nenhum negro. Então olhou para o capitão, porque ainda havia coisas que ele poderia dizer, como, por exemplo, onde morava o morto e onde poderia estar o negro fugitivo.

Morrison queria desviar os olhos do rosto do morto. Não queria olhar para ele e, ao mesmo tempo, não conseguia deixar de olhar. Só com grande esforço conseguiu inclinar a cabeça, erguer o queixo e fechar os olhos. A vergonha o inundava, não só por aquele momento, pelo fato de ter assistido à morte de um homem que, sabia, não merecera morrer, mas uma vergonha que ia muito além disso. Ali, diante dele, havia uma imagem para ser comparada àquela que seu irmão descrevera havia tantos anos, quando vira o negro ser morto e deixado no lodo. Pensar naquele homem o fez pensar no irmão, em como Lewis havia chorado a morte do desconhecido, em como havia lamentado por todos os que haviam morrido antes dele, seus entes queridos e desaparecidos para sempre. Na época censurara o irmão pelo que julgara ser uma fraqueza, mas agora sabia que cometera um erro. Um coração generoso não é uma fraqueza.

Vinte minutos mais tarde, Morrison desembarcou do navio no fim da linha de negros acorrentados. Ele os acompanhava de longe, mas não os seguiu para o outro barco, onde ficariam presos. Em vez disso, escolheu esse momento para escapar por uma alameda e afastar-se. Tinha algo importante para fazer. Afinal, de que servia a vergonha, se não se aprendesse com ela?

Nove

Pouco depois do anoitecer, William concluiu que havia esperado demais. As horas e os dias, semanas e meses que haviam precedido aquele momento o atacavam. Estava mais cheio de dúvidas, questões e temores do que nunca, mais ainda do que na noite, havia muitos meses, em que fugira de Humboldt e deixara Kent Island. Ficou sentado contando os minutos, sabendo que não estava preparado para aquilo, mas sabendo também que ninguém jamais estaria pronto para aqueles momentos. A única solução era enfrentá-los. Se fosse forte e Deus o ajudasse, talvez pudesse superar a prova e um dia viver como um homem normal.

William pendurou no ombro o saco contendo seus parcos pertences, olhou pela última vez para o galpão cujos cantos aprendera a conhecer de cor, e depois abriu a porta. A noite se expandiu em torno dele como um grande sopro, como se o céu, as estrelas, as árvores, os animais e os insetos se houvessem reunido diante da porta do galpão e saltado para trás ao vê-lo sair. O mundo inteiro o cercava com aquela aparência distante e indiferente, uma grande farsa para levá-lo a acreditar que não era vigiado e perseguido, que aquela noite não era uma provação que só ele poderia enfrentar. Sozinho. Por um momento ficou abaixado diante da porta, ouvindo o caos de zunidos e ruídos melodiosos, tentando identificar cada um deles e algum outro som, uma voz, um galho quebrado, folhas secas rangendo sob passos pesados. Mas não havia nada. Apenas um milhão de insetos gritando sua existência.

William deu os primeiros passos, movendo-se com hesitação e receio, usando as sombras sob as árvores como esconderijos, esgueirando-se por entre os arbustos que formavam longas fileiras através do campo. Mas, quanto mais se afastava do galpão onde permanecera escondido, mais ousado se tornava. Descobriu que não temia ser detido por algum caçador de escravos.

Era capaz de lidar com isso. Correria, gritaria ou lutaria, se fosse preciso. Agarraria o pescoço do homem e espremeria a vida para fora de seu corpo, bateria com sua cabeça contra uma pedra, ou enfiaria os dedos em seus olhos, arrancando-os sem nenhuma piedade. Havia muitas coisas que poderia fazer, caso fosse ameaçado, e quase ansiava pela chance de agir, de extravasar as emoções em uma seqüência de atos físicos. Talvez algo no purgatório dos últimos meses houvesse despertado em sua alma um apetite por sangue. Pelo menos nisso era igual a qualquer outro homem. Ao menos as mãos não eram reguladas por nenhuma lei nacional, por histórias que nunca aprendera e grandes noções que nunca vira realizadas. Sim, pensou, correndo com energia espantosa, que houvesse sangue, liberdade ou morte, mas nunca mais aceitaria uma vida pela metade, uma vida encurralada entre esses dois extremos.

Às vezes ele seguia o traçado sinuoso da estrada, em outros momentos cortava caminho pelo meio das árvores. Em pouco tempo começou a passar por aquelas casas enormes, e logo seus pés pisavam ruas pavimentadas. Sentia o cheiro do carvão e da lenha nos fogões, ouvia os gritos de homens e os ruídos dos cascos de cavalos e das rodas de carroças. Continuou andando, surpreso por poder retornar com tanta facilidade àquele mundo de humanidade espremida, compacta. As primeiras pessoas que viu pareciam fantasmas, aparições que se moviam nas sombras, sob mantos pesados e chapéus escuros, com olhos que nunca o fitavam diretamente, mas que sempre pareciam segui-lo. Tentou manter a cabeça baixa, mas não conseguia resistir ao impulso de estudar cada indivíduo, desejando reconhecer amigos ou inimigos antes de ser por eles identificado. Uma pessoa que saía de uma viela quase colidiu com ele. O homem levantou a cabeça, o rosto branco revelando medo e surpresa, reações que logo se transformaram em desprezo. Numa ameaça silenciosa, ele mostrou a bengala e afastou-se resmungando pragas e maldições contra todas as coisas pretas.

Não era fácil refazer a rota que ele e Redford haviam seguido até o esconderijo. O homem o interrogara durante o último encontro que tinham tido pedindo para descrever o trajeto e recitar todos os marcos por onde deveria passar, tentando certificar-se de que William saberia encontrar o caminho, independentemente do clima, da hora ou de qualquer outro fator. Com esforço, conseguira lembrar todos os marcos; certas curvas da estrada e sinais nas pedras, uma capela arredondada e uma imensa casa pintada de amarelo. Seguia pelas ruas secundárias tomando cuidado para não se perder, caminhando apressado apesar da escuridão, tentando manter o curso sem revelar sua presença, como se estivesse caçando, e não sendo caçado. A certa altura entrou em uma vala que o levou adiante em sentido paralelo ao da cidade, atrás dela. Passava por pilhas de lixo e dejetos para os quais não ousava olhar, substâncias que reconhecia apenas pela textura sob seus pés e pelo cheiro que invadia suas narinas. Na escuridão, tropeçou em algum objeto desconhecido, caiu e sujou as mãos. Em pé, respirou fundo para conter a náusea, mas os pulmões rejeitaram o ar fétido e ele seguiu em frente com passos apressados, desejando superar aquela zona de grandes dificuldades.

Quando emergiu da trincheira, não reconheceu nada a sua volta. A estrada que estivera seguindo havia desaparecido. Encontrava-se em uma área de vias públicas de muito movimento, com carroças, cavalos e coches de aluguel. De frente para uma rua larga e movimentada, manteve-se escondido nas sombras. Um quarteirão à frente de onde estava o céu se abria sobre um parque, e nele havia uma banda tocando uma melodia que não reconhecia. Atrás dele, em direção oposta, soava outra forma de música, sons abafados de sinos e palmas. Somado a tudo isso havia o ruído de muitas vozes e dos cascos que batiam o calçamento de pedra. Gargalhadas ecoaram de alguma rua próxima que ele não podia enxergar do lugar onde estava. Errara o caminho. Não era ali que devia estar. Nunca vira tamanho movimento antes. Num impulso, voltou à vala fétida e refez o traçado que o levara até ali.

Emergiu dela algum tempo mais tarde, já em uma região mais calma e silenciosa. Começou a vagar sem direção, seguindo caminhos aleatórios, cauteloso, mas já sem idéia de onde poderia estar. Sentia-se como naqueles primeiros dias na cidade, um pequeno ser perdido em uma massa de proporções desumanas. O medo ameaçava dominá-lo, como na primeira noite de fuga, quando atravessara a baía nadando. O sentimento o perseguia como uma entidade viva, ameaçando e aterrorizando, escondendo-se sem nunca abandoná-lo, rindo de sua desorientação crescente. Era como tentar fugir de um animal carnívoro. Ouvia sua respiração, sentia seu hálito morno nas costas, esperava que ele caísse, que se cansasse ou desistisse. Era isso, acima de tudo, que ainda o mantinha em movimento.

Não reconheceu a alameda até ter percorrido metade dela. A constatação o encheu de alívio e euforia. William parou e tocou a parede mais próxima. Tentou fazer o coração bater mais devagar, acalmar-se e voltar para seu lugar, em vez de sair em disparada como estava tentando fazer, como se quisesse saltar de seu peito. Seguiu em frente, apesar do cansaço, até encontrar o apartamento de Redford. Não havia janelas nos fundos, e por um momento ele pensou em contornar o edifício e vir ver se havia alguma luz acesa na frente do imóvel. Mas não seguiu sua intuição.

Aproximou-se da casa lentamente, uma das mãos acompanhando a parede de pedras e argamassa além da alameda estreita. Havia pedestres nos dois lados da rua, mas eles seguiam seus caminhos como se não o notassem, como se fosse invisível. A viela propriamente dita era escura e deserta, tanto que William podia ouvir os ratos vasculhando o lixo. Hesitante, estendeu a mão para o portão que delimitava o quintal atrás da casa dividida em pequenos apartamentos. Ele se abriu sem oferecer resistência, e William continuou até alcançar a escada.

Vencidos os degraus de madeira, ele bateu na porta. Esperou alguns segundos, depois bateu novamente, dessa vez com mais firmeza. Nada. Com o ouvido colado à porta, tentou ouvir alguma coisa além da barreira de madeira, mas não havia nada senão o silêncio. Com os dedos flexionados, bateu pela terceira vez. No silêncio que se seguiu ao gesto, ele percebeu duas coisas. A primeira, havia esquecido o medo no momento em que percebera onde estava. A segunda, o medo retornava com força redobrada. Ele o perseguira pela viela e reencontrara seu rastro. Por um momento o perdera de vista, mas agora estava novamente ali, bem atrás dele. E dessa vez não havia nenhum lugar para onde pudesse fugir.

Um barulho chamou sua atenção. Quando se virou, William viu um homem surgindo dos arbustos do outro lado da alameda escura. Ele se adiantava com alguma coisa nas mãos e, determinado, chutou o portão para abri-lo, aproximando-se rapidamente. Atrás dele, barulhos no interior da casa sugeriam ação. Olhando para a balaustrada à direita, William pensou em saltar por cima dela e fugir pelo quintal do vizinho. Havia dado o primeiro passo nesse sentido, quando ouviu a porta do apartamento se abrir. Um grito de alerta brotou de sua garganta.

Mas não foi Redford quem surgiu na soleira. Nem Dover, nem nenhuma outra pessoa negra. Era um homem branco de ombros estreitos. Ele tinha a camisa aberta até o umbigo e os braços nus até a altura dos ombros. Sua aparência era estranha, como se a palidez do rosto e a falta de carnes fossem conseqüência de alguma enfermidade. Os traços eram contorcidos por um ódio assustador. E ele estava armado. Quando pisou no terraço de tábuas, suas mãos brandiam um machado. O primeiro golpe atingiu a base da nuca de William. O segundo feriu suas costas. O terceiro encontrou a exata metade de seu crânio. William viu a balaustrada dançando diante dele, tentou agarrá-la, mas não encontrou nada a não ser o ar. Queria manter-se em pé e lutar, mas o corpo não obedecia aos comandos de sua vontade. Caído, sentiu o cabo do machado na altura das costelas. Por um momento ficou olhando para o céu, tomado pela sensação de flutuar ao encontro das estrelas. Depois o mundo voltou a ganhar nitidez, passando por ele como se obedecesse a um padrão acelerado de movimentos, sobre sua cabeça, embaixo dela, sempre se chocando contra seu corpo. Um pé o empurrou para a escada e ele rolou pelos degraus. Quando caiu de costas, a última coisa que viu foram as duas silhuetas debruçadas sobre ele.

PARTE QUATRO

Um

O rapaz da Virgínia apoiou-se no batente da porta, o chapéu inclinado para a frente a fim de proteger seu rosto da névoa, um sentinela, porém desatento, uma vez que estava mais interessado na xícara de café que segurava entre as mãos. Morrison surgiu tão repentinamente e quieto que o jovem assustou-se e derrubou um pouco de café.

— Meu Deus — ele disse —, você parece uma assombração. Mas esqueceu o medo em um segundo, curioso para saber como tudo havia transcorrido no navio, praguejando contra a sorte por ter sido deixado guardando a negra, mesmo estando a mulher acorrentada. Sua presença havia sido inútil e desnecessária. — Pegou os filhos-da-puta?

Morrison ignorou a pergunta e interrogou o garoto sobre como ele havia procedido com a mulher, a verdadeira história, não aquele monte de merda que ele recitara para Humboldt. Não reconhecendo insulto algum no tom da pergunta, o rapaz relatou como eles haviam pegado a mulher grávida na calçada diante da casa de sua senhora e arrastado a infeliz pelas ruas. Ela gritara, lutara e suplicara pela ajuda dos transeuntes, que a tinham observado com ar chocado, mas sem fazer nada. Depois a tinham colocado a ferros no porão bem embaixo deles, aberto seus braços em cruz e a haviam prendido à parede. Um dos homens esfregara o membro em seu traseiro e dissera tudo que faria com ela, que forma de tortura escolheria e que prazer tiraria dela. Ele sussurrara todas essas coisas no ouvido da negra, como um amante lascivo nos braços de sua amante.

Havia sido uma cena digna de ser vista, o garoto concluiu.

Mas a mulher ficara furiosa. Cuspira em seus rostos, duvidara de sua masculinidade e fizera ameaças e juras de sangue que não poderia cumprir. Por sua reação ela levara uma boa surra. Fora chicoteada com uma lâmina presa à ponta da tira de couro e sofrera ferimentos nos braços, nas pernas e...

Morrison o interrompeu.

— Bateram nela?

O garoto disse que ele mesmo não havia batido, mas que vários dos outros se haviam revezado na aplicação do castigo. Também disse que teriam levado a punição muito mais longe, mas Humboldt era um filho-da-puta nervoso e vingativo, e ninguém queria despertar sua ira.

— Entendo. — *Morrison refletiu por um momento, depois disse ao jovem para esperar onde estava. Tentou passar por ele, mas o garoto quis saber onde ia, ou melhor, onde pensava que ia? Morrison repetiu que ele deveria esperar ali mesmo.*

— O que vai fazer com ela? *Se encostar um dedo naquela negra, não terei nenhuma responsabilidade nisso. Humboldt vai pegar você. Não diga que não o avisei.*

Morrison encontrou a mulher no porão, no fundo do velho galpão. Ela estava presa pelos quatro membros. As correntes eram longas o bastante para que pudesse se sentar com as costas apoiadas na parede e as pernas estendidas. Sua gravidez já devia estar perto do fim, embora não soubesse muito sobre esses assuntos. Ela envolvia o ventre com os braços e cantava uma canção de ninar que morreu em seus lábios diante da aparição do homem branco. Ela sentiu sua presença, mas não ergueu a cabeça. Suas roupas arruinadas, rasgadas nos ombros e no peito, manchadas por fluidos que Morrison preferia nem tentar identificar. Ele se ajoelhou a certa distância da negra. Seu nariz vertia uma mistura de sangue e muco, e a mandíbula pendia flácida, como se apenas nessa posição ela se livrasse da dor. Era óbvio que seus captores haviam usado mais do que uma tira de couro com uma lâmina na ponta.

Morrison deixou o porão e voltou em seguida com uma caneca de água. Ajoelhado, ofereceu-a à mulher. A princípio ela nem pareceu notar. O homem aproximou-se um pouco mais, a caneca entre as mãos. Estendeu os braços como se quisesse levar a água até seus lábios, mas então ela se moveu. Com um gesto, um movimento de mão tão rápido que ele nem pôde antecipá-lo, derrubou a caneca de suas mãos e jogou-a do outro lado do aposento. Morrison recuou. A mulher abraçou novamente o próprio ventre e tudo voltou a ser como antes.

O homem ficou em silêncio por algum tempo, os dois sentados num porão escuro e úmido; um homem envelhecido, um caçador de animais e seres humanos, e uma escrava grávida de quase nove meses. Morrison pensou ouvi-la chorar. Era um som fraco, distante, como se viesse de fora do porão, um gemido baixo que soava ainda mais triste pelo esforço que ela fazia para contê-lo. Mas, quando olhou para ela, não teve certe-

za. A mulher permanecia imóvel. Não podia ver seu rosto, pois ela o mantinha oculto atrás dos cabelos e da mão. Talvez não estivesse chorando. Talvez seus ouvidos o estivessem enganando, porque o som prosseguia, tão fraco e constante que podia estar brotando do chão, da própria terra. Não sabia como interpretá-lo, mas uma coisa era certa: não podia ficar ali parado. Não se ainda desejava ter alguma participação no futuro que os esperava. Quando abriu a boca para falar, ainda não sabia ao certo o que ia dizer.

— Juro que não sei por onde começar. Talvez deva tentar pedir desculpas pelas coisas que aqueles homens fizeram com você, mas duvido que um pedido desse tipo tenha grande significado para um de nós dois. De qualquer maneira, não seriam eles a se desculparem. Aqueles homens são cruéis, incapazes de qualquer sentimento humano, especialmente de remorso ou compaixão.

A mulher não respondeu.

— Tenho algumas coisas de que me desculpar — ele continuou. — E é o que pretendo fazer. Mas, antes, quero contar uma história. Depois você e eu pensaremos juntos em como vamos resolver tudo isso. E não temos muito tempo. Está disposta a me ouvir?

Ela cuspiu nele.

Morrison limpou do queixo a substância pegajosa. Olhou para os dedos e depois limpou-os na calça. Recebera uma resposta direta e clara, mas tinha de contar sua história assim mesmo. Não posso pedir nada, disse, mas vai ter de me ouvir. A história começa em outro país, há muitos anos. É sobre mim, sim, mas, em certo sentido, também diz respeito a você. Escute-me.

Morrison apresentou-se devagar, começando sua história muitos anos atrás, do outro lado do oceano, na terra que primeiro havia chamado de lar. Falou das dificuldades que sua família enfrentara sob o domínio de um ganancioso latifundiário, de sua pobreza e das enfermidades, de como todos haviam morrido aos poucos. Falou do irmão e da viagem que haviam feito juntos, do período de morte que havia sido o de sua chegada na América, dos primeiros anos que vivera na baía. Lembrava-se do primeiro trabalho que havia conseguido, de como haviam limpado chaminés e cortado lenha, limpado esterco e, finalmente, cavado túmulos. Contou tudo isso numa cadência sombria, sem pressa, mas movendo-se com regularidade ao longo dos anos. Pelo que podia ver, ela o ouvia.

Seu tom de voz mudou, entretanto, quando ele penetrou em uma nova área da história. Foi com maior hesitação que ele falou sobre a jovem amada por seu irmão, como se estivesse aprendendo mais sobre os acontecimentos enquanto os relatava. Havia dito muitas palavras contra ela, admitiu, mas o que realmente quisera havia sido possuí-la. Desejara ter força para atraí-la, e depois para ficar ao lado dela contra o mundo. Quisera pegar o mundo dos homens pelo pescoço e esganá-lo, enfiar nele um mínimo de sensatez, reordenar o universo e endireitá-lo. Mas essa era uma força que nunca tivera. Nem mesmo a metade dela. Porém, seu irmão era forte. O poeta frágil, o sonhador, o homem que chorava com liberdade e sem vergonha. Sim, ele tivera uma força que Morrison nunca possuíra. E isso se tornara um abismo entre eles. Sentira o tecido da fraternidade se esgarçando, e em determinada noite, inflamado pelo álcool que queimava em suas veias, fora até a cabana e encontrara a mulher sozinha. Falara com ela em voz suave, depois com dureza, e depois gritara todas as coisas que o perturbavam. Ela rira. Havia dito coisas para aquela mulher que nunca tivera a intenção de dizer, coisas que deveriam feri-la, e mesmo assim ela rira. Desferira uma bofetada contra seu rosto, e ela o atingira de volta com o punho cerrado. Então ele a agarrara pelos braços e enchera os pulmões com seu cheiro, consumido que estava por aquela volúpia incontrolável. Passara as mãos por seu corpo e a chamara de prostituta, de vadia, de negra. Ela respondera que podia ser todas essas coisas, mas seu irmão era mais homem do que ele para julgar. Seu irmão podia ser mais jovem, mais frágil, com as emoções transbordando dos olhos, mas ainda era mais homem do que ele. Por isso ele a esbofeteara com toda a força de que dispunha.

Morrison estivera olhando para o chão, mas ergueu a cabeça e encarou-a. Nada em sua postura havia mudado. O rosto ainda estava escondido. Tentou ler as linhas do corpo em busca de alguma mensagem, mas não havia nada além da rejeição muda que ela demonstrara até então. Queria explicar-se de alguma maneira que fosse além das palavras que estava dizendo. Gostaria de poder virá-las do avesso, pois assim ela o entenderia de dentro para fora e saberia que tinha consciência de seus erros. Queria que ela o ouvisse dizer o quanto amaldiçoava a si mesmo por ter dito aquelas palavras contra a mulher do irmão. E, acima de tudo, queria que ela entendesse que daria a própria vida para voltar no tempo e jamais tê-la tocado daquele jeito. Era imperdoável, mas en-

quanto relatava sua sórdida história para aquela mulher negra, aquela escrava desconhecida, não estava apenas contando fatos. Estava pedindo. Queria ser compreendido e castigado, punido e amaldiçoado e perdoado, todas as coisas ao mesmo tempo.

A mulher não respondia.

Houve um barulho no corredor. Morrison removeu as mãos do rosto e olhou para a porta fechada. Esperando e ouvindo, levou uma das mãos ao rifle. Podia identificar o ruído de correntes e de um objeto pesado sendo arrastado pelo chão. Vozes masculinas ultrapassaram a barreira da porta e ele reconheceu algumas delas. O que quer que estivessem fazendo, era evidente que estavam concentrados na tarefa. Passaram pela porta sem abri-la e os sons desapareceram no final do corredor.

— Meu irmão e eu tivemos uma briga horrível depois disso — Morrison continuou. — Só os irmãos podem brigar daquela maneira. Éramos tão próximos que ele era como uma parte de mim, mas naquele momento queria ver essa parte morta. E ele deve ter sentido o mesmo. Foi uma discussão terrível. — Morrison estudou o chão e deixou alguma coisa passar sem ser dita. — Depois disso eu fugi. Passei anos no oeste, caçando, tentando esquecer. Mas certas coisas não se pode apagar da memória. Elas estão sempre revivendo, cada vez mais nítidas, até que tenhamos vivido a mesma vida miserável milhares de vezes, sempre cometendo os mesmos erros. Esse foi meu castigo, e duvido que Deus possa pensar em algum outro melhor.

O caçador descruzou as pernas, estendeu-as para a frente do corpo e voltou a cruzá-las. Segurando a cabeça com as duas mãos, enterrou os dedos no couro cabeludo. Por um segundo pensou que poderia enfiá-los nos olhos e arrancá-los. Então ofereceria as órbitas sangrentas à mulher calada e imóvel diante dele. Talvez então ela o visse. E se não o visse, ao menos ele não poderia continuar vendo sua indiferença. Mas Morrison desistiu da idéia do flagelo, porque não era menos auto-indulgente do que toda a tristeza que carregava em si mesmo. Estava embaraçado por ela, e ainda nem havia terminado de contar todas as coisas que devia revelar.

— No ano passado recebi uma carta — ele prosseguiu.

Era daquela mulher, a mulher de seu irmão. Ela levara um ano para localizá-lo, e a correspondência fora entregue em sua mão por um homem que mal conhecia, alguém que só encontrara uma vez por acaso. Ela escrevera contando que estava à beira da morte e queria dizer algu-

mas coisas antes de partir. Depois da morte de seu irmão ela tivera um filho. Amara-o desde o primeiro dia, desde que o sentira dentro de seu corpo, e no dia de seu nascimento ela havia enlouquecido, mergulhado num amor incondicional que só fizera crescer desde então. Vira o filho crescer e tornar-se um homem. Durante todos os dias de sua vida, estivera zelando por ele. Rezara e fizera encantamentos por ele, e estivera a seu lado mesmo quando ele fora afastado dela. Ajudara-o sempre, porque acreditava ter com ele esse dever por tê-lo posto no mundo. Jogara sobre seus ombros o peso daquele amor, e, apesar da distância que vira crescendo entre eles, sabia ter criado um bom homem. Ela dizia ter feito o melhor possível, e por isso morreria orgulhosa de seu trabalho. Havia falado com o menino sobre seu pai muitas vezes, pois assim ele entenderia que era fruto da união de duas árvores distintas.

Bem, havia sido mais ou menos isso, Morrison concluiu. Ou parte disso. Talvez eu tenha imaginado o resto. De qualquer maneira, foi aquela carta que me trouxe de volta. Suas palavras sumiram. Ele resmungou alguma coisa incompreensível, palavras daquele idioma estranho que aprendera na infância, e depois respirou fundo, recompondo-se para o que ainda estava por vir.

— O nome daquela mulher era Nan — ele revelou. — Não sei se chegou a conhecê-la, mas certamente já ouviu falar nela. Ela era a mãe de William. Seu... Seu marido era meu irmão, Lewis. Meu irmão caçula. Não vim até aqui perseguindo um fugitivo. Não quero que pense nisso. Estou apenas procurando por um parente.

A mulher negra finalmente levantou a cabeça.

Dois

Os homens conheciam o trabalho e se dedicavam a ele com empenho. Haviam surrado William até deixá-lo quase inconsciente, concentrando os golpes nos músculos, arrancando de seu corpo toda a força. Ele até tentara lutar, mas, desde o primeiro golpe, a reação havia sido tardia. Acorrentado por braços e pernas, fora arrastado pelas ruas, as pedras do calçamento esfolando seus joelhos e tirando sangue deles, um espetáculo que chocava os transeuntes. Por algum tempo pensara estar sendo levado para o linchamento, mas não havia sido esse o propósito daqueles homens.

Pararam diante de um prédio decrépito, um velho galpão, talvez, mas um espaço que já não possuía uma função oficial. Falaram rapidamente com o rapaz que guardava a entrada, depois abriram a porta usando a cabeça de William como alavanca. Eles o jogaram para baixo por uma escada de degraus de pedra, chutaram-no por um corredor escuro e o empurraram para dentro de uma cela. Seus pulsos e tornozelos receberam anéis de ferro tão apertados que prejudicavam a circulação e deixavam suas extremidades entorpecidas. Cada anel era ligado à parede por uma corrente curta, e ele foi suspenso pela tensão dessas correntes, suportado pelos braços abertos e, em parte, pelas pernas. Em volta do pescoço, puseram um quinto anel de ferro, este ligado a uma corda que passava por cima de uma viga no teto e descia pelo outro lado para as mãos de um homem alto e sem dentes, um sujeito de aparência cruel que riu quando os olhos de William encontraram os dele. Ele o cumprimentou com um movimento de cabeça e depois puxou a corda, obrigando-o a erguer o corpo. O ferro o impedia de respirar, estreitava artérias e distendia os músculos da nuca. O homem o manteve naquela posição por tanto tempo que William ficou tonto. A visão tornou-se turva, repleta de pontos escuros. Sentia a vértebra da nuca rangendo sob a pressão. Pensou que poderia morrer ali, daquela maneira horrível, e descobriu-se capaz de aceitar tal fim. A morte seria o final da tortura e, acima de tudo, queria que ela acabasse. Sabia que estava deixando Dover, mas quanto um homem podia fazer? Quanto devia se esforçar e lutar antes de poder desistir? A noção da morte parecia tão completa que ele parou de resistir às correntes. Estava fraco. Não suportava mais. Pediu aos vivos que os perdoassem. Estaria esperando por eles do outro lado...

Quando recuperou a consciência, ele ainda era mantido naquela mesma posição, respirando com dificuldade e olhando para um mundo de escuridão, percebendo aos poucos que seus olhos estavam fechados e que a escuridão estava em sua mente tanto quanto no mundo exterior. William se deu conta de que ainda não havia morrido e lembrou-se do desejo de abandonar a vida, lamentando que a realização dessa vontade estivesse subitamente tão distante. Não tinha idéia de quanto tempo se passara, mas tinha a sensação de estar ali há dias. Abrindo os olhos, examinou o espaço pela primeira vez.

Era uma cela úmida e sem janelas, um aposento cavado na pedra. As paredes eram de terra e davam a impressão de que ele tinha sido levado para baixo da superfície. Grades impediam a saída no único extremo aberto da cela. A porta estava encostada, como a que dava acesso ao corredor além das grades, mas não poderia passar por elas. Duas tochas pendiam de suportes presos às paredes. Elas proporcionavam uma luz trêmula e pálida e escureciam o teto com uma fumaça que escapava pelas frestas entre as vigas escuras.

Se a iluminação era medieval, os homens que ocupavam o espaço da cela não eram diferentes. Havia um gordo apoiado na parede oposta àquela onde ele estava preso, os dedos enrolando os cabelos do peito e os olhos atentos ao prisioneiro. Havia outro, um homem de pele morena, que William julgara ser negro, mas logo percebera estar enganado. Embora sua pele fosse escura, os maneirismos e a postura não eram de um homem negro. E havia outro, um adolescente que permanecia em pé no fundo da cela, nu da cintura para cima e magro como um cão vadio. O homem alto ainda sorria. Ele segurava a corda entre as mãos, puxando-a de tempos em tempos como se testasse uma linha de pescar.

O gordo foi o primeiro a falar. Ele se aproximou do cativo e usou um tom baixo, sigiloso.

— Temos sua mulher na outra cela — ele disse. — Não sabia disso, não é? Nós a pegamos com a mesma facilidade com que pusemos as mãos em você. E nos divertimos com ela. Sentimos cada parte dela. Pus as mãos naquela barriga enorme e senti os chutes da criaturinha. Pode acreditar nisso? O fedelho quis me desafiar!

William não respondeu.

— Responda quando for interrogado — disse o moreno. Ele atingiu seu queixo com o punho fechado. William manteve a cabeça rígida contra o golpe, e o homem recuou praguejando, contorcendo-se e segurando a mão fechada com a outra. — Maldito seja esse filho-da-puta de queixo duro!

— Ele quase quebrou sua mão — comentou o mais alto. — O sujeito tem coragem. Eu não deixaria isso assim.

— Devia quebrar o nariz dele — opinou o adolescente, sua voz aguda e açucarada ao mesmo tempo.

— É devia — disse o gordo. — Ou podemos pendurá-lo pela corda e deixá-lo aqui enquanto vamos à outra cela visitar a mulher dele. Podemos trazê-la para cá e deixá-lo ver tudo.

A sugestão foi recebida com entusiasmo pelo homem alto e pelo adolescente, mas o moreno ignorou-a. Ele ainda massageava o pulso dolorido quando se aproximou de William.

— Ele não tem a menor idéia das coisas que posso fazer. — Os outros concordaram, e ele se estendeu descrevendo todas as formas de tortura que utilizara no passado.

William tentou impedir que as palavras alcançassem sua mente. Tentou pensar além delas, ser superior a todas as ameaças. Mas era difícil. O homem falava com prazer. Ele descrevia faces mutiladas, línguas cortadas e membros amputados a golpes de machado. Disse que um homem jamais poderia ser bom em seu trabalho se não sentisse prazer ao realizá-lo. E, o moreno afirmou, ele era muito bom no que fazia e encontrava no trabalho uma satisfação raramente obtida com qualquer outra forma legal de diversão.

— Está me ouvindo, homem? Está com medo? Tem todo o direito de estar apavorado. E esse é o único direito que tem, o de sentir muito medo. Sabe o que estou pensando em fazer?

— O quê? — indagou o adolescente, a voz trêmula como se fosse ele o ameaçado pelas idéias cruéis.

— Castrá-lo.

— Não pode fazer isso — protestou o gordo. — Humboldt vai pegar você se arruinar o escravo.

— Humboldt? — William resmungou, subitamente lúcido pela menção daquele nome.

O moreno flexionou o braço como se pretendesse agredi-lo, mas desistiu do gesto.

— Não vou arruiná-lo, exceto como reprodutor. Não vou nem tirar tanto sangue dele. Alguns cortes bem localizados, e o trabalho estará concluído. Humboldt poderá usar o saco do escravo como porta-tabaco.

Mas os outros não concordaram com isso. Nenhum osso quebrado, decretou o gordo. Nenhuma ferida aberta, nada que pudesse matar o bastardo ou deixá-lo aleijado. Os homens discutiram muito, propondo formas de tortura para William, comparando experiências anteriores e teorias da dor. William ouvia tudo e sabia que estavam falando dele, mas sentia-se distante de tudo. Nada era tão importante nesse momento quanto saber que seu sofrimento era obra de Humboldt. O homem estendera seu braço por sobre a água, atravessara fronteiras e superara o tempo que os havia separado. Tudo havia sido por nada. Dover estava nas mãos dele. A importância da descoberta era grande demais. A constatação o atingia como um punho cerrado, deixando-o ofegante e sem ação.

O moreno finalmente sugeriu:

— Já sei o que faremos. Se querem fazê-lo sofrer sem danificar seu valor, terão de ser criativos. Primeiro, puxe a corda, Walt.

Ele sorriu para o mais alto, que saltou segurando entre as mãos, erguendo o corpo rígido de William, distendendo músculos e oprimindo artérias. Aquela forma de tortura não podia se estender por muito tempo. Ele desmaiou. Segundos mais tarde, quando recobrou a consciência, sentiu as mãos dos homens em seu corpo. Eles o haviam retirado dos grilhões e o tinham colocado no chão com o rosto voltado para baixo, as correntes presas a outros pontos de apoio. O moreno deu instruções rápidas ao adolescente, que saiu apressado. Enquanto ele estava fora, os outros colocaram blocos de madeira sob as canelas de William, levantando seus pés de forma que as solas apontassem para o teto. Ele tentou resistir e enfrentá-los, mas os outros riam de seu esforço. Seu corpo estava mais fraco do que nunca, castigado como carne bovina preparada para o consumo, cortado aqui, prensado ali, e pressionado contra o chão frio e úmido que parecia congelar suas entranhas.

O adolescente retornou com um bastão de madeira. William o viu aproximar-se com a ferramenta entre as mãos, os lábios distendidos num sorriso satisfeito e alegre.

— Muito bem — disse o moreno. — Isso deve servir. É hora da diversão.

Três

A mulher olhava para Morrison. Agora que conseguira atrair sua atenção, o olhar penetrante era mais do que podia suportar. Aqueles eram os olhos de uma fera enjaulada, uma criatura que não podia conhecê-lo, mas que se comportava como se o conhecesse. Ele tirou o chapéu amassado e segurou-o entre as mãos crispadas, constrangido. Ficou ali sentado tentando pensar no que dizer, sentindo que não se explicara completamente, sabendo que ainda não contara toda a história, temendo que as porções ainda por serem relatadas mudassem tudo, lançando dúvidas sobre o que ele era ou afirmava ser. E a dúvida era algo de que nenhum deles precisava naquele momento. Olhou para a negra com toda a firmeza de que era capaz, mas ela parecia enxergar através dele. Suspeitava de que houvesse cometido crimes muito maiores do que os que havia confessado. Morrison guardava informações e ela sabia disso, e seus olhos eram ganchos arrancando mais e mais dele. O caçador abaixou a cabeça, o chapéu amassado entre os dedos, as mãos grandes e monstruosas. Ele o devolveu à cabeça e fez um esforço para encará-la.

— Pegaram mesmo todos eles?

A pergunta não era a que ele temia, mas, mesmo assim, não foi capaz de sustentar o olhar penetrante por muito tempo. Ela é forte, pensou, mas uma mulher negra precisa mesmo ter muita força. Contou a ela sobre o que havia acontecido, sobre os fugitivos que haviam sido capturados e como alguns já estavam mortos. Só William escapara da terrível captura, embora ainda estivesse sendo caçado.

A mulher ouvia tudo em silêncio, seu rosto uma máscara indecifrável. Morrison não podia ler suas emoções, embora seu silêncio fosse diferente de antes. Não era dirigido a ele. Não era mais uma arma, mas algo mais triste.

— Onde ele está? — ela indagou.
— Esperava que pudesse me dizer.

Mas ela não sabia ao certo. William podia ter ido à casa de Redford, disse, mas não estava certa de nada. Esse havia sido o plano, mas planos eram coisas do passado. A notícia caiu como uma pedra sobre a cabeça de Morrison, descendo até o coração e tomando seu lugar, mas ele não disse nada. Precisava tomar cuidado. Sabia que sua confiança era uma conquista em andamento, um bem que poderia perder a qualquer momento. Cada palavra dita por ela era uma jóia inesperada. Mas tinham muito a fazer.

— Bem — ele disse —, deixe-me ver essas correntes. O primeiro passo é tirar você daqui. — *Morrison aproximou-se com cautela, uma das mãos estendidas, como alguém que se aproxima de um animal desconhecido, esperando que ela o farejasse e aceitasse, ou que o atacasse.*

A mulher não reconheceu seu gesto. De olhos baixos, disse:

— Eles não vão permitir que me tire daqui.

— Não pretendo pedir permissão.

— Vão matá-lo por isso.

Não seriam os primeiros a tentar. Morrison estava bem perto dela, próximo o bastante para tocá-la, para sentir seu cheiro e registrá-lo no fundo da garganta, seu sangue coagulado, mas ainda úmido. Ergueu as correntes que prendiam seus pulsos e examinou-as, estudando como eram mantidas e verificando o peso das fechaduras na palma da mão. Não há outra maneira de tirá-la daqui se não com a chave. Vou arrancá-la daquele garoto lá fora. O anúncio soou firme e impessoal, apenas uma declaração do óbvio, algo perfeitamente razoável.

Morrison não chegou a ouvir a resposta da mulher. Um barulho os distraiu, indecifrável por um momento, depois mais e mais fraco até desaparecer no silêncio. Então ele soou novamente, claro e completo, um ruído que se misturava ao fluxo do sangue nas veias da cabeça de Morrison. Um grito. Outro. Os berros eram abafados pela distância e pelas paredes de pedra, mas adquiriam uma qualidade ainda mais terrível por isso. Vinham em episódios espaçados, intercalados por períodos de silêncio aterrorizante. Cada um desses períodos era pior do que o próprio grito, porque Morrison sabia que ele viria, sabia que, mais importante do que o horror de ouvi-lo, havia alguém ali perto sofrendo esse horror e gritando por socorro.

Os olhos da mulher estavam fixos na parede, não como se ela pudesse enxergar através da rocha, porque brilhavam sem foco, mas como se ela houvesse desistido da visão e enxergasse com a audição.

— É ele — *ela murmurou.*

Morrison não perguntou a quem a mulher se referia. Rápido, levantou-se de um salto e pegou o rifle, dirigindo-se à porta com passos que surpreendiam pela agilidade. Com o ouvido colado à porta, ouviu por um instante antes de abri-la devagar. O ar úmido e fétido atingiu seu rosto como uma bofetada. O corredor estava vazio e os sons do sofrimento eram mais claros ali fora. Ele falou em voz baixa, dizendo que voltaria em seguida. Tudo acabaria bem, prometeu. Tomaria providências para isso. Ela devia esperá-lo ali, e depois, quando voltasse, sairiam juntos daquele inferno. Morrison parou como se esperasse uma resposta. Mas a mulher não disse nada, e ele saiu. No corredor, depois de fechar a porta, empunhou o rifle e começou a caminhar na direção dos terríveis gritos de dor.

Quatro

Cada vez que o bastão se chocava contra as solas dos pés de William era como se longas agulhas fossem enterradas neles, através da carne e dos ossos, pelas pernas até as costas. A dor era incrível, completa, capaz de atingi-lo em sua essência, onde latejava devagar, dissipando-se pouco a pouco até o golpe seguinte. E então tudo recomeçava. E novamente. Era uma tortura como nenhuma outra, porque não perdia a intensidade ou o poder de afetá-lo com o passar do tempo, cada golpe tão forte quanto o primeiro, e queria morrer e livrar-se do sofrimento. Tentou não gritar. Não eram gritos voluntários. A dor atravessava seu corpo e saía pela boca. Havia sido surrado e espancado antes, mas aquilo era impossível.

Cada homem tinha o direito de desferir alguns golpes. Ouviu quando eles discutiram pelo privilégio de usar o bastão, cada um ansioso por sua vez de castigá-lo. Há muito fechara os olhos, mas teve de abri-los quando uma mão agarrou-o pelos cabelos e puxou sua cabeça para trás. O homem de pele morena surgiu em seu campo de visão, o nariz pingando, o queixo coberto por pêlos negros, cada fio crescendo em uma direção. Ele fez uma pergunta qualquer, mas William não conseguiu compreender o sentido de suas palavras. Parte dele sabia que devia ouvir, mas outra parte estava muito além de tudo aquilo, tentando encontrar um meio de convencer aqueles homens a acabar de vez com sua vida e com aquele horrível sofrimento. Que palavras teriam o poder de enfurecê-los a ponto de perderem o controle? Não conseguia pensar em nada, e o homem continuava falando, os lábios se movendo e pronunciando palavras que ele nem ouvia.

Então seu rosto desapareceu e William viu a porta. Um homem surgiu na soleira. Era um homem magro, de barba e cabelos grisalhos. Estes emolduravam as laterais do rosto, que brotava de sob um chapéu muito velho e amarrotado. Seu rosto era severo, os olhos rápidos e atentos no espaço da cela, como se quisessem registrar todos os detalhes e contar os homens. Depois do estudo minucioso e veloz, seus olhos encontraram os de William. Ele segurava um rifle que mantinha apontado para o chão.

— O que está acontecendo aqui? — perguntou o recém-chegado.

A partir dessas palavras William voltou a ouvir. A voz dele era profunda. Ele movia as palavras na boca como se fossem pedras, mas, ao mesmo tempo, havia algo de melodioso em sua pronúncia.

O homem de pele morena aproximou-se de William. Ele não respondeu às perguntas do mais velho, debochando de sua presença. Disse que ele havia chegado a tempo de assistir a um grande e divertido espetáculo, e que poderia até participar dele, se quisesse. Ele gostaria de participar? O recém-chegado não respondeu, e o outro nem pareceu notar sua expressão séria.

— O que está fazendo? — ele quis saber, afastando-se da porta e andando de um lado para o outro da cela, como se medisse sua extensão, a voz calma pontuada por uma agressividade que, embora sutil, não passava despercebida.

William fechou os olhos, pensando em como era estranho que, depois de toda a dor que sentira, em alguns momentos pudesse voltar a respirar com normalidade.

O gordo explicou que estavam apenas cuidando de um prisioneiro, embora o assunto não fosse de sua conta. Eles tinham a situação sob controle, e tudo que o velho podia fazer era ficar para assistir ao espetáculo ou ir embora. A propósito, o que ele estivera fazendo com a garota?, o adolescente perguntou. O mais velho ignorou-o. Quando falou novamente, ele já estava do outro lado da cela. Perguntou onde estava Humboldt, e o sujeito de pele morena disse que não sabia e não se importava com isso. Ele continuou falando, as palavras intercaladas com obscenidades que William não entendia. Sentiu que o homem se movia novamente, ouviu quando ele pediu o bastão e disse alguma coisa que os outros julgaram engraçada.

— Espere um minuto — disse o mais velho. — É melhor ouvir o que estou dizendo.

O objeto de madeira encontrou a sola de seu pé com suavidade, apenas um beijo promissor. William sabia que, depois desse beijo, o bastão seria erguido e a tortura recomeçaria. Dessa vez não gritaria. Conteria os gritos a qualquer custo. Tinha de ser mais forte do que havia sido até então.

— Não sabe o que está fazendo.

Mas o homem de pele morena acreditava saber bem o que estava fazendo e disse que daria uma demonstração. O bastão foi erguido. William abriu os olhos. Eles encontraram os do desconhecido e, como se houvesse sido tocado por aquele olhar, o sujeito entrou em ação. Erguendo o rifle com a força de apenas um braço, apontou-o com a ajuda do outro, firme e imóvel, o cano tão longo que parecia quase poder tocá-lo. William pensou que a atitude fosse parte de um plano traçado pelo grupo durante seus momentos de inconsciência. Seria morto por um tiro certeiro. Mas o cano buscava um alvo mais alto, e, quando ele apertou o gatilho, a bala não penetrou seu corpo. Não podia ver claramente o que acontecia ali, apenas fragmentos de cenas confusas, mas era fácil encaixá-las para formar um todo.

O tiro foi ensurdecedor. A primeira bala rasgou o pescoço do homem mais alto, cortando uma artéria. O sangue jorrou do ferimento numa chuva repentina e púrpura. Como se quisesse economizar seus projéteis, o velho havia mirado de tal forma que o tiro ainda atingiu com menor impacto a cabeça do homem de pele morena, entrando por uma orelha e saindo pelo outro lado do rosto. William virou a cabeça, incapaz de compreender a imagem que se estampava diante de seus olhos. O que antes havia sido um rosto cruel e frio agora era apenas uma massa disforme de sangue e carne.

O velho virou-se e atingiu o rosto do gordo com o cabo do rifle, enterrando o cano em um de seus olhos. Com o nariz quebrado e um olho vazado, ele caiu gritando e se contorcendo, enquanto o outro seguia em sua ação surpreendente e atingia o rosto do adolescente com o cabo da arma, fraturando sua mandíbula. O rapaz tentou fugir, mas era como se os pés derrapassem sobre as pedras. Apesar de todo o esforço com que se debatia, ele continuava no mesmo lugar. O velho o atingiu com mais um golpe, dessa vez nas costas, e ele caiu. O impacto da queda provocou uma nova fratura em seu rosto. O garoto virou-se, exibindo uma massa distorcida onde antes estivera seu rosto. Tentou gritar, mas só conseguia segurar o queixo com as mãos e gemer.

O velho olhou em volta, examinando cada um daqueles homens, calmo como poucas pessoas podem ser em momentos de extrema violência, como se no ato ele encontrasse uma verdade que, mesmo desagradável, fosse digna de reflexão. Apenas o moreno estava morto. O mais alto permanecia apoiado na parede e tentava conter com os dedos o sangue que jorrava de seu pescoço. O gordo gemia no chão. Ele tentou sacar o revólver, mas não teve forças para empunhá-lo e começou a praguejar com uma voz que era aguda em alguns momentos e fraca em outros. O velho acabou com cada um deles usando o cano do rifle. Depois virou-se para o prisioneiro.

William experimentou um momento de medo. Mas foi só um momento. Depois a emoção transformou-se em esperança. Talvez aquele homem o matasse depressa. Mas não foi o que ele fez. Em vez disso, deixou o rifle no chão e tocou-o com gentileza, limpando o sangue de seu rosto e examinando o corpo em busca de ferimentos que merecessem cuidados imediatos. Estavam tão próximos que William podia sentir o cheiro do outro homem, ouvir sua respiração e sentir o tremor em suas mãos. Concluído o exame, o velho recuou o suficiente para poder fitá-lo nos olhos.

— Lamento que tenha me visto dessa maneira — ele disse. — Eu pediria para esquecer o que viu, se o considerasse capaz disso, mas sei que jamais vai esquecer. Sempre que pensar em mim, sua primeira lembrança será essa cena de violência, a morte desses quatro homens. Foi um espetáculo lamentável, mas não havia mais nada que eu pudesse fazer.

William ouvia as palavras, mas não compreendia seu significado. Confuso, viu o homem vasculhar os bolsos dos mortos até encontrar as chaves que procurava. Depois de soltá-lo, ele o ajudou a levantar-se. O contato dos pés com as pedras do chão foi a mais pura agonia. Ouviu o desconhecido falar com ele, mas não conseguia decifrar as palavras. Nada fazia sentido. As frases iam se acumulando, formando um amontoado de declarações confusas.

O outro parecia entender sua confusão. Ele o segurou pelos ombros e encarou-o sem dizer nada, limitando-se a fitá-lo como se o olhar pudesse dizer mais do que todas as palavras. Não, não dizer alguma coisa, mas parar de dizer qualquer coisa e criar um silêncio entre eles, encontrar a calma e ancorá-los nela para que pudessem compartilhar o momento.

— Venha — ele disse. Depois abaixou-se, segurou-o pelas pernas e jogou-o sobre o ombro. William não protestou. Nem poderia. O mundo girou com o primeiro movimento do desconhecido e, mais uma vez, ele perdeu a consciência.

Despertou em agonia. As pernas estavam em brasa, devoradas por milhares de formigas, cortadas por fragmentos de vidro. Flexionar os músculos era o suficiente para espalhar a dor por todo seu corpo, expulsar o ar de seus pulmões e deixá-lo ofegante. Percebeu que estava em um lugar diferente da cela onde fora duramente torturado. Pelo canto do olho, notou que alguém se aproximava e tentou virar a cabeça, mas o movimento provocou uma forte tontura. Nesse momento, nada era tão real quanto a dor.

O corpo que se aproximara do dele tinha uma voz familiar.

— William.

Era a voz de Dover. Era o rosto dela diante do dele.

— Agora estamos seguros. Entendeu o que eu disse? Saímos daquele lugar.

Enquanto a fitava, ele percebeu que entendia a mensagem. Haviam deixado a prisão. Fora carregado por um desconhecido, o mesmo homem que havia tirado quatro vidas com incrível violência. Ele os matara num piscar de olhos. Tudo havia mudado, e de repente ele falara com voz doce e o carregara para fora da cela, pelas ruas. A dor que sentia não era nova. Tivera de suportá-la enquanto o desconhecido o carregara. Lembrava-se de ter tentado imaginar para onde iam, de ter percebido que não se importava e de ter notado a presença de Dover, o que o levara a voltar a se importar com seu destino. Havia tentado erguer o rosto para vê-la melhor, mas a cabeça não atendera ao comando. Vira partes dela durante o trajeto, seus pés caminhando pela rua, as pernas em movimento, uma das mãos entrando e saindo de seu limitado campo de visão.

Agora estavam em um aposento que ele reconhecia, um cubículo com uma única abertura atrás de Dover, um espaço escuro através do qual não podia enxergar. Havia uma lamparina sobre uma mesa de canto, sua luz pálida acentuando o tom amarelo das paredes. Seus olhos encontraram os de Dover. Ele ergueu a mão para tocá-la, bem devagar, porque qualquer movimento provocava ondas de dor capazes de atingir até as partes mais distantes de seu corpo. Precisava senti-la. Ela se inclinou para facilitar o contato. Seu rosto tocou o dele e sua voz murmurou palavras doces, uma garantia de que tudo estava bem agora. O lugar era seguro. Aquela voz o inundava com um calor reconfortante. O cheiro de sua pele era mais cáustico do que se lembrava. Mas era seu cheiro, sua pele, e tentava ouvir suas palavras e guardá-las, apegar-se a elas e voltar à vida. Queria acreditar no que ouvia, e por um momento chegou a crer que tudo estava bem, mas estar perto dela era suficiente. Por isso, assim que Dover afastou-se e ele sentiu o ar frio onde antes estivera seu rosto, William lembrou-se de que nada era tão simples.

— Onde ele está? — perguntou.

Dover hesitou, os olhos fixos em seu rosto, como se quisessem medir sua capacidade de assimilar a resposta.

— Ele está lá em cima conversando com a sra. Anne — disse.

Uma declaração tão simples podia conjurar uma infinidade de perguntas. De repente compreendia por que o quarto era familiar. Estava novamente no porão da casa de Anne. Lembrava-se de ter sido carregado pela escada e deitado na cama de lona. Vira o rosto rechonchudo de Anne, sua expressão séria e triste, mas já havia arquivado a imagem como parte de um sonho. Como era possível? Embora tivesse recordações fragmentadas de sua jornada até ali, o quadro só fazia sentido em cenas separadas, em segmentos, mas nunca como um todo coerente. Dover explicou que eles precisavam de um esconderijo seguro e próximo. Ela havia se lembrado do que William dissera sobre Anne e, com a ajuda do velho, conseguira encontrá-la. Anne os acolhera logo depois de ouvir as primeiras palavras de uma breve explicação.

— É uma mulher maravilhosa — comentou Dover. — Tem poucas como ela no mundo.

William ouvia tudo de olhos bem abertos, o rosto imóvel e cheio de perguntas.

— Quem é aquele homem?

Dover olhou por cima de um ombro como se o homem em questão pudesse estar ouvindo. Sem dizer nada, ela se levantou e afastou-se. Os movimentos eram lentos e difíceis, o ventre distendido suportado por um braço. Ela pegou a bacia do lavatório e retornou, sentou-se com a peça de porcelana sobre as pernas, um objeto que já havia tido grande valor, mas que agora estava velho e desgastado pelo uso e pela negligência. Dover disse que aquele era apenas um homem que os ajudara. Ele mesmo teria de explicar qualquer outra coisa.

— Ele é o homem que Redford falou? O capitão?

Dover suspirou com desprezo.

— De jeito nenhum! O capitão traiu a gente. Entregou cada um de nós, inclusive Redford.

Havia repulsa em sua voz. William refletiu sobre o que acabara de ouvir, pensando, tentando esquecer as dores do corpo. Depois de algum tempo voltou a falar, usando um tom de voz corriqueiro, como se não houvesse existido nenhuma pausa.

— Redford? O que aconteceu com ele?

Dover balançou a cabeça e mexeu a água da bacia com um dedo, fazendo rodar o pano que havia nela, estudando-o com tanta atenção que era como se houvesse esquecido William. Mas ela não o esquecera.

— Redford morreu. — Removendo o dedo da água, Dover ficou observando o pano girar lentamente na corrente.

William perguntou como o homem havia morrido, e ela contou tudo que sabia, o que não era muito. Sua história era fragmentada e incompleta em todos os detalhes, exceto dois: Redford estava morto e os outros fugitivos estavam nas mãos de Humboldt. Todo o esquema havia sido um fracasso. Naquele momento, apenas eles dois ainda conservavam um resquício de liberdade. Ela removeu o pano da bacia e apertou-o entre as mãos. Depois usou-o para limpar o rosto de William, começando pela testa e descendo lentamente.

— Ele morreu? — Não era realmente uma pergunta. William só havia pronunciado as palavras em voz alta para melhor digeri-las. O choque provocado pela notícia era imenso. De todas as tragédias que imaginara, sempre vira apenas ele e Dover como vítimas. De todas as coisas que podiam dar errado, nunca, nem por um momento, havia acreditado que Redford pudesse estar correndo algum risco real. Aquela luta não era dele. Ele não era um escravo. Era um homem livre. Não podia ter morrido por uma causa que não era dele. Não fazia sentido.

De repente queria muito sair daquele quarto. Não havia segurança ali. Precisavam fugir antes que alguém fosse buscá-los. O que estavam fazendo no porão de uma casa qualquer, ele deitado, ela limpando sua testa com um pano úmido? Quase agiu de acordo com seus temores, mas nem tentou, pois sabia que era impossível. Se não podia nem levantar a cabeça, como ficaria em pé e assumiria o comando da situação? Como levaria Dover para um lugar seguro? Estava impotente, e perceber a própria impotência era diferente de qualquer outro temor que já houvesse experimentado. Era um pânico quieto. O quarto parecia girar a sua volta, como se ele fosse o eixo do mundo enquanto todas as outras coisas rodavam. Tinha a sensação de que o movimento havia estado sempre ali, mas só agora o reconhecia. Só agora se dava conta de como era impotente. William fechou os olhos para diminuir a sensação de movimento que já começava a causar tontura.

— E os outros? — perguntou.

— Já disse. Humboldt pegou.

— Vou matar ele — William decretou. Sabia que as palavras soavam tolas, mas não conseguiu contê-las. Queria tanto a morte daquele homem que precisava expressar esse desejo em voz alta. — Já devia ter matado ele. Devia ter quebrado o pescoço dele. — Os braços se ergueram enquanto ele falava. As mãos agarraram o ar, os dedos tremendo, tão tensos que pareciam de fato segurar algum objeto sólido. Mas só por um segundo. Depois ele os deixou cair e ficou quieto, ofegante.

— Não vai estrangular ninguém tão cedo — Dover apontou com tom maternal, como um adulto razoável e sensato que tenta chamar uma criança à razão. — Tudo bem. Ele não pegou a gente, não é? A gente respira ar livre, apesar dele.

William virou o rosto para longe dela e fechou os olhos, pensando que aquele sentimento era absurdo. O ar sempre havia sido livre. Não havia nada de novo. Aquilo não era liberdade. Não quando tinha o corpo tão machucado, castigado e dolorido. Estavam juntos, sim, mas em um quarto que não era deles, levados até ali por um assassino desconhecido. Como Dover podia encontrar paz naquela situação? Ela estava falando sobre suas pernas. Dizia que nenhum osso havia sido quebrado. E esse era o grande truque. Nenhuma fratura, mas um imenso estrago. Sentiu a ponta dos dedos tocando suas coxas, movendo-se até as canelas que, só agora percebia, estavam expostas. O toque tinha a intenção de ser gentil e confortá-lo, mas causava ainda mais dor. Seu corpo estava imprestável. Então não estava quebrado? Não era tão aleijado quanto se as pernas houvessem sido partidas ao meio? Abriu os olhos e encarou-a novamente.

— Não olhe pra mim assim — Dover pediu. Seu rosto era composto, resignado, até esperançoso. — Depois de tudo que a gente passou, você ainda olha pra mim como se quisesse me esganar, em vez de Humboldt?

William continuou olhando para ela. Abriu a boca, os olhos formando palavras que não conseguiu unir numa frase. Dover não via a situação em que estavam? Não se importava com Redford e os outros? Queria ouvir a voz dela tremer de medo, ver seus olhos cheios de lágrimas e o rosto expressando angústia. Queria saber que ela sentia alguma coisa, mas, no final, só conseguiu falar de um temor muito antigo. Ele a questionou sobre a substância de que era feito seu coração, se é que havia um coração naquele peito.

— O que tem dentro de você, mulher?

Dover ameaçou levantar-se, os lábios apertados numa linha fina, os olhos fugindo dele de forma exasperada. Ela se virou, mas não foi além disso. Depois encarou-o novamente. Seus olhos estavam dilatados, as pupilas tão grandes que quase enchiam todo o círculo colorido da íris.

— Não pode estar falando sério. Meu bem, você sabe o que existe dentro de mim. Você. Só você. Sempre foi assim.

As palavras soaram tão doces que William se perdeu naquele olhar cheio de sentimento, invadido por uma emoção que o dominava e confundia. Como o amor podia tomar o lugar da raiva tão repentinamente?

— Não entendo nada — disse.

— Eu sei. — Dover deslizou os dedos por sua testa, traçando a linha dos cabelos. — Eu sei. Logo vai entender tudo. A gente vai conseguir passar por tudo isso. Talvez não entenda isso agora, mas a gente vai conseguir. Confia em mim? Vai ter que confiar.

Esta noite mais do que em todas as outras. Sua provação ainda não acabou. Confie em mim, e vamos conseguir.

William sustentou seu olhar. Não compreendia o que ela estava dizendo, mas esperava que confiança fosse realmente tudo de que precisavam.

O velho desceu a escada à frente de Anne. Tossiu ao entrar no quarto, como se temesse surpreender o casal em um momento de intimidade. O chapéu havia desaparecido de sua cabeça, e a luz pálida da lamparina ressaltava as mechas grisalhas que eram dominantes sobre suas rivais negras. A barba era espessa, tendendo ainda mais para o branco, uma moldura na metade inferior do rosto que servia para suavizar os traços agudos. Os olhos eram saltados, melancólicos em seus movimentos, as pestanas lentas no piscar, fazendo do ato quase um acontecimento solene, um gesto que não era automático, mas pensado e planejado. Esses olhos encontraram os de William, depois os de Dover, depois os de William novamente, nervosos sob a calma deliberada. Ele tossiu mais uma vez e abriu a boca para falar, mas permaneceu em silêncio como se houvesse lembrado algo importante. Olhou para baixo e verificou o dorso da mão, a palma e o dorso outra vez. Em seu rosto não havia nenhuma indicação sobre ter ou não encontrado o que procurava.

Anne foi a primeira a manifestar-se. Ela perguntou sobre o estado de William, mas como a pergunta foi dirigida a Dover, William guardou os pensamentos e deixou que ela respondesse em seu lugar. Não conseguia desviar os olhos do velho, apesar de todo o esforço que fazia para isso. Olhava para Anne e para Dover, para o teto e para a pequena janela, mas acabava sempre olhando para o desconhecido. Talvez fosse a incapacidade de compreendê-lo que o levava a estudá-lo com tanto interesse. Também podia estar curioso e interessado por tê-lo visto em ação com uma precisão tão violenta. Ou seria a suspeita de que ele ainda tinha alguma intenção diabólica. Podia ser um conjunto formado por todas essas coisas, mas não era. O que atraía seus olhos era o sentimento de que o homem, aquele homem branco, mais velho, salvador para ele e matador para os outros, tinha medo de encará-lo e encontrar seu olhar. Ainda não sabia nada sobre ele, mas, pela hesitação em seus olhos, descobria alguma coisa que era suficiente para acalmá-lo e silenciar todas as outras perguntas.

Enquanto pensava em tudo isso, a conversa prosseguia, os dois homens mudos enquanto as duas mulheres falavam por todos. Anne ainda era como William se lembrava dela, agradável e simpática em sua conversa franca, fazendo perguntas imediatistas, como quando quis saber se Dover estava precisando de alguma coisa. Ela já estava aquecendo mais água na cozinha para a limpeza dos ferimentos, mas acreditava que Dover devia ficar sentada e deixá-la cuidar dos dois. Havia um tremor nervoso em sua voz, uma hesitação no final de algumas palavras. Ela disfarçava o nervosismo com pequenos movimentos das mãos, com uma risada colocada no final de uma frase que, de outra forma, não teria tido nenhum humor. Mas a situação não poderia perdurar para sempre. O silêncio dos dois homens era uma força que não podia ser ignorada. A ausência de palavras era pesada, carregada com todos os componentes do mundo exterior, da realidade além daquele quarto.

— Bem — Dover suspirou, sentando-se para acalmar a ansiedade de Anne —, vocês dois conversaram lá em cima. O que decidiram?

Ele tossiu. Quando falou, William reconheceu sua voz com certo espanto. Sim, ele já havia falado antes, no galpão, mas a cadência tranquila de suas palavras ainda o surpreendia. A voz não combinava com os traços agudos. Não era adequada às ações violentas ou à força de seu corpo esguio. Só os olhos podiam fazer conjunto com aquela voz. Seu tom tinha aquela mesma natureza deliberada, cada palavra formada e pronunciada com clareza. Nenhuma sentença era apressada. Pelo contrário, as frases eram colocadas diante deles completas, irrefutáveis e refletidas.

Ele havia conversado com Anne e seus filhos e juntos eles tinham traçado um plano. Nada seria fácil, porque as circunstâncias eram peculiares, a começar pela formação do grupo, um homem debilitado, uma mulher no final da gravidez e um velho, todos fugitivos da lei. Tinham sorte por Anne ser uma mulher tão sensata. Ela o ajudara a pensar nos momentos em que se sentira confuso, e assim tinham chegado a uma conclusão sobre os próximos passos do trio. Ele alugaria um coche para o norte com saída marcada para a manhã seguinte, talvez um carro de passageiros, mas o mais provável era que preferisse um veículo de carga, quem sabe até uma carroça, qualquer coisa que os tirasse da cidade rumo ao norte. Viajariam para Nova York, onde ele trocaria por dinheiro os bônus que possuía de um banco de Chicago. Com o dinheiro ele compraria duas passagens em um navio para fora do país.

— Para fora do país? — Dover indagou.

Sim, ele confirmou. Não era pouco, sabia disso, mas ninguém ali havia escolhido as circunstâncias em que se encontravam. Tinham simplesmente de lidar com os fatos.

— Concordam comigo?

William não respondeu. O plano era incompreensível. Impossível. Coches, cidades e navios... Dinheiro tirado de bancos. Viajar para outro país, deixar para trás todas as coisas que conhecia. Por mais estranho que fosse o sentimento, queria recusar a proposta. Diria simplesmente não. Não concordava com ele. Tinha de haver outro meio. O velho que fosse sozinho, se quisesse, mas eles jamais poderiam fazer o que ele estava sugerindo. Eram escravos de Chesapeake sem um centavo no bolso. Mesmo sabendo que a sobrevivência dependia disso, não podia aceitar tudo que o desconhecido oferecia. Mas Dover falou antes que ele tivesse uma chance de abrir a boca.

— Como a gente vai chegar ao coche?

Anne já estava cuidando disso. Ela havia mandado um dos filhos chamar o vendedor de carvão, o homem que havia tanto tempo a queria por esposa. O comerciante apanharia William e Dover nas primeiras horas da manhã, os esconderia no vagão de carvão e os transportaria até o coche. Anne estava certa de que ele atenderia à sua solicitação. Talvez tivesse de aceitar seu pedido de casamento como forma de pagamento, mas esse não seria um preço tão alto a pagar. Gostava dele.

— Só estava esperando um pouco — ela resumiu.

Dover pensou na situação.

— Sim, parece bom — disse.

— Ótimo — o velho respondeu. Olhou para William e esperou um momento para saber se ele também concordaria com seu plano, o rosto demonstrando incerteza sobre a necessidade de tal confirmação. Resignado com o silêncio, ele continuou: — Muito bem, agora já vou indo. Não temos tempo a perder. — Mas ele continuava parado no mesmo lugar, como se não pretendesse sair. Os olhos repousaram por um momento no cobertor sobre as pernas de William. — Você está bem, rapaz?

Os outros três congelaram, com a pergunta resultando num silêncio pesado que ia muito além do que podia ser considerado razoável para a situação. O velho balançou a cabeça como se reconhecesse a falta de proporção da resposta, ou como se reconhecesse algum erro em sua pergunta.

— Que bobagem — disse. — É claro que não está bem. Longe disso. O que eu queria dizer era... Só queria ter certeza de que vai ficar bem, de que não é tarde demais. Quero dizer, não cheguei atrasado, não é?

Os olhos do homem encontraram os de William. O esforço do ato era visível em seus traços, a tensão traçando linhas que pareciam ganhar profundidade a cada segundo. Era nesse drama que William se concentrava. Ouvira a pergunta e tentava encontrar as palavras corretas para formular uma resposta. O escravo nele sentia que devia responder prontamente, mas outra parte dele havia sido alterada recentemente e não compunha mais o todo de sua personalidade. Sua melhor parte limitou-se a estudar o homem, sem saber como responder. Não. Era sobre a pergunta que não tinha certeza.

— Não é tarde demais — Dover falou por ele.

— Claro que não — concordou Anne, a mão nervosa cobrindo os lábios, como se ela se surpreendesse por ter falado.

O velho não estava satisfeito com o que ouvira, mas assentiu como se estivesse. Pôs o chapéu na cabeça. O adereço amarrotado equilibrava-se com dignidade inesperada sobre seus cabelos brancos. O rosto estava recomposto.

— Já vou indo, então — ele anunciou.

Cinco

No saguão da casa, o caçador avaliou suas necessidades e reuniu suprimentos de acordo com elas. Estava sozinho, mas sabia que a casa estava cheia de hóspedes, seres silenciosos que se tornaram tensos com sua presença e com o perigo que levara àquela moradia. Era fácil detectá-los, não pelos sons que faziam que diziam, mas pelo silêncio que guardavam, por suas presenças palpáveis do outro lado das finas paredes. Certo de que não deixariam a proteção de seus esconderijos, ele se ajoelhou e abriu sua grande bolsa. Teve de vasculhar o conteúdo por algum tempo antes de encontrar o que procurava, um pequeno saco de couro cheio de moedas. Ele o pesou na palma de uma das mãos e julgou-o satisfatório. Deixando o saco de lado, enfiou a mão num compartimento lateral da bolsa, retirando dele um pedaço de papel que guardou no bolso do paletó sem desdobrar ou examinar. Enquanto movimentava as mãos, ele tentava concentrar a mente nos eventos que estavam por vir, de forma que nenhum pudesse surpreendê-lo. Aquele era um momento de paz no olho de um furacão. Sentira aquela mesma tranquilidade muitas vezes e sabia que ela era falsa, mentirosa.

Mas, sob tais pensamentos direcionados e nítidos, a mente girava em torno de um eixo mais caótico. Ele recordou a conversa que tivera no porão. Cada vez que pensava nela a ouvia de um jeito diferente, e nenhuma dessas versões o agradava. Falara com calma e bom senso, mas abordara apenas os detalhes, ignorando o centro do problema. Olhara em torno do quarto apertado, os olhos ansiosos por algum objeto onde pudessem repousar, o tempo todo vendo apenas o negro deitado na cama de lona, sentindo o toque de seus olhos, sentindo cada porção de seu corpo castigado tomado pela tensão. Por mais que quisesse esquecer, não conseguia apagar da mente a primeira imagem que vira daquele homem, amarrado e pendurado como um animal, sujo, ensanguentado, uma válvula de escape para os mais baixos impulsos dos homens, um escravo. Um negro. A diferença entre eles o deixara sem fala. E, no entanto, não podia ignorar aquele homem. Não podia negar que vira o rosto da mãe dele em seu rosto e os traços que faziam dele um Morrison. Nan e Lewis haviam estado com ele naquele quarto, e fora com eles que havia falado. Havia sido isso que mais o perturbara, porque nunca vira prova mais clara de que ninguém pode escapar ileso do próprio passado. Tivera esse mesmo pensamento antes, mas tentara desprezá-lo como uma fantasia tola de sua mente doentia. Nunca mais poderia utilizar o mesmo subterfúgio.

Havia fechado a bolsa novamente quando ouviu alguém subindo a escada do porão. Levantou-se e esperou. A jovem não demorou a aparecer. Surgiu emoldurada pela porta estreita, ouvindo por um momento. Depois caminhou em sua direção. Pela primeira vez ele notou o movimento lento e desajeitado imposto por sua gravidez avançada.

— Precisamos saber seu nome — ela disse.

— É claro que sim — ele concordou, surpreso por tais formalidades ainda não terem sido cumpridas. Parecia absurdo, considerando a intimidade que haviam compartilhado nas últimas horas. — Andrew Morrison. E seu nome é Dover.

A mulher assentiu. Não parecia preocupada por ele conhecer seu nome, mas ouviu o dele com todo cuidado, como se testasse sua sonoridade antes de aceitá-lo.

— Muito bem, Andrew Morrison, vai mesmo fazer tudo isso pela gente?

— Sim.

— E vai colocar a gente num navio? — Quando ele assentiu, ela acrescentou mais uma pergunta: — Sozinho?

— Acho que é melhor assim.

A mulher concordou que poderia ser melhor, mas também revelou o temor que a idéia lhe causava. Aonde o navio os levaria? A nenhum lugar do mundo que ela conhecesse, isso era certo. Para longe de tudo que já haviam conhecido, com certeza.

Morrison ficou quieto por um instante antes de responder.

— Conheço esse sentimento — disse. — Eu o experimentei pela primeira vez há anos e ainda não me livrei dele. Mesmo assim, vai ser melhor para vocês. Este país abriga um grande mal. Ele se mostrou desconfortável por usar tais palavras e acrescentou uma explicação breve sobre ter ouvido essa frase de alguém no passado. "Um grande mal", ele disse, e sabia sobre o que estava falando.

— Tem razão. A gente vai, e não pense que estou duvidando disso. Já senti medo antes e não deixei de agir por causa disso. Quero muitas *coisas para essa criança que este país não tem para oferecer. É por isso que a gente vai aceitar. Mas, e o senhor? Vai colocar a gente no navio, mas... e o que vai fazer?*

— Não sou um bom companheiro de viagem. Há algum tempo tenho me sentido inclinado a viver na solidão.

— E gosta disso?

A resposta foi o silêncio.

— Se quiser ir com a gente no navio, não tem problema. — *ela disse.*

Morrison olhou para a porta do porão. Estava aberta.

A mulher compreendeu a pergunta silenciosa e disse que William também não se oporia a sua presença.

Morrison tinha dúvidas sobre isso, mas já havia percebido que não era fácil discutir com Dover. Não sabia o que dizer e ficou surpreso ao ouvir a própria voz, porque ainda nem tomara consciência daquele pensamento.

— Sinto que devia ter conversado mais com ele — *disse.*

— Bem, as coisas que tem pra dizer não podem ser ditas com rapidez.

— Não fica ressentida pelas coisas que eu lhe disse?

A mulher negra pensou um pouco e respondeu com firmeza, dizendo que não tinha o direito de ficar ressentida. Aquele era um assunto que só dizia respeito a ele, Nan e William.

— Eu ainda não contei tudo que há para ser contado.

— E nem precisa — *a mulher argumentou.* — A culpa é como uma pedra amarrada no seu pescoço. Para mim parece que mal suporta o peso desse fardo, mas ainda assim caminha pela vida com ele, arrastando-o pelo caminho faz tempo. Está se punindo, e isso é raro em um branco. Normalmente, eles encontram outras criaturas para punir por seus crimes. Escute aqui, não sei que tipo de homem é ou o que fez, mas sei que voltou. Não tem ninguém no mundo para acusar você, mas voltou. E trouxe aquele canhão com você. — *Ela apontou para o rifle. Um sorriso iluminou seu rosto e desapareceu em seguida.* — A menos que esteja enganada, ainda não terminou, não é?

Morrison respondeu indiretamente, dizendo que não havia desculpa para as coisas que aqueles homens tinham feito.

— Pessoas como eles deviam pagar com a própria vida. Pelo menos, é assim que penso agora. — *concluiu.*

A mulher refletiu um pouco. Depois confessou:

— Também penso dessa maneira. Por um tempo pensei assim. Cheguei a desejar ter nascido homem. Imaginava que poderia causar mais dano. E teria tirado muitas vidas. Mas, se fosse homem, já teria morrido. Não teria o bebê dentro de mim. Teria vivido e morrido sem sequer entender por que a gente está fazendo tudo isso. É um crime, acho, que os homens tenham mais culpa do que as mulheres, mas eles não teriam tantas se prestassem mais atenção a seus filhos.

Morrison abaixou a cabeça. Os olhos encontraram o ventre da negra, mas buscaram outro alvo como se não fosse essa a intenção original. Por um momento ele olhou para a sacola em suas mãos, depois pendurou-a no ombro.

— Talvez deva dizer a ele. As coisas que já revelei a você, quero dizer.

— Bem — ela respondeu —, veremos.

Algo nessas poucas palavras soava definitivo, como um encerramento. Morrison hesitou por um instante, imaginando se havia mais alguma coisa a dizer. Havia, sem dúvida, mas se falasse tudo que tinha para dizer, nunca mais pararia de falar. Além do mais, não era para essa mulher que devia fazer confissões. Estava grato pelos momentos que ela dedicara a ouvi-lo, pois, sem sua atenção, estaria perdido. Talvez devesse expressar sua gratidão com palavras, mas, quando parou para pegar o rifle, viu a expressão em seu rosto e soube que não tinha de dizer nada. Aquelas pessoas compreendiam as coisas que não eram ditas, ele pensou. Tomada essa decisão, despediu-se com um aceno breve e saiu. A casa inalou o ar noturno. Ele parou na porta, sentindo o sopro em seu rosto como dedos delicados. Sem pensar no que fazia, sem planejar a ação, Morrison enfiou a mão no bolso onde levava o papel dobrado. Depois estendeu o braço para trás até sentir que a mulher pegava o bilhete.

— Se for necessário, deixe que ele leia essa mensagem — ele disse. — Ou leia você mesma e conte para ele. — Soltou o papel e passou pela porta.

Do lado de fora, a cadela levantou-se para cumprimentá-lo, a cabeça se movendo de um lado para o outro e a cauda parada no ar, a postura transmitindo uma mensagem que ela não sabia se o homem poderia compreender. Morrison puxou a corda que levava no bolso do paletó e sacudiu-a. Ao vê-la, o animal ganiu demonstrando sua insatisfação. Recuou e abaixou a cabeça, erguendo uma das patas num protesto veemente. Mas quando o homem contornou-a, ela girou o corpo de um salto e encarou-o.

— Venha aqui, disse o caçador. Não seja teimosa. — Ele deu um passo à frente e a cadela recuou mais uma vez. Morrison ergueu os ombros e adotou um tom de voz mais imperioso, como se duvidasse da capacidade de audição do animal. — Venha aqui.

O animal não obedeceu.

— Se soubesse que problemas está me causando... Morrison a perseguia descrevendo círculos, tentando surpreendê-la, mas o animal se esquivava, abaixando a cabeça até quase encostar o focinho no chão, as patas bem firmes sobre as pedras do calçamento. A cauda era mantida alta e reta, imóvel, uma indicação de que ela se divertia com o jogo.

O caçador parou.

— Maldição. Você é muito teimosa. — Ele a estudou por mais um momento, a testa franzida e a expressão carrancuda. A corda pendia de sua mão como se ele pudesse transformá-la em arma. Em vez disso, jogou-a longe e disse: — Faça o que quiser, então.

O homem se virou, pegou o rifle e a sacola e partiu com passos rápidos e determinados. Por um momento, a cadela o observou com uma postura cética. Quando ele já se aproximava do final do quarteirão, ela decidiu segui-lo. Ao alcançá-lo, acompanhou-o como sempre havia acontecido, satisfeita por terem resolvido aquela pequena discrepância.

Seis

William ouviu a porta sendo fechada, não com o estrondo habitual, mas com um ruído alto o bastante para ser reconhecido. Alguns momentos mais tarde, Dover desceu a escada e entrou no quarto, os olhos fixos nele como se ela tivesse estado ali com ele o tempo todo, atenta, compenetrada e, de alguma forma, inquietante. Ele havia planejado questioná-la de imediato, mas apenas resmungou alguma coisa e indicou que gostaria de poder sentar-se. Dover assentiu e desapareceu novamente. Ela retornou alguns momentos mais tarde com um travesseiro de algodão nos braços. Suas mãos dobraram o travesseiro e deram tapinhas nele, dando-lhe uma forma pouco diferente, apesar de seu esforço. Ajudando-o a erguer o corpo com uma das mãos, ela ajeitou o travesseiro sob seu corpo, sussurrando palavras de conforto e trabalhando depressa. Depois recuou um passo e estudou o resultado da ação. William tinha o tronco um pouco mais elevado, mas não parecia confortável. Um ombro estava mais baixo do que o outro, os braços caíam soltos a seu lado, a cabeça pendia para a frente de forma que o queixo tocava o peito. Dover passou mais alguns momentos tentando endireitá-lo.

— Está muito pesada para cuidar de mim — ele apontou.
— Pesada? Tem queixa sobre os cuidados que está recebendo?
— Não é isso. Não devia se esforçar tanto por mim.
— William. — Apenas uma palavra. Seu nome. Mas foi o suficiente para detê-lo.

Ele olhou em volta como se a nova posição pudesse oferecer uma impressão diferente do ambiente. Nada havia mudado. Tudo estava como antes e as mesmas dúvidas o atormentavam. Sentia-se sufocado pelo impulso de formular as perguntas, embora fossem simples, passíveis de ser propostas por qualquer outro homem. Mas elas permaneciam em sua garganta como espinhos que cresciam e impediam a passagem do ar.

— Preciso de tempo para pensar — disse.

Rápida e solícita demais, Dover ofereceu-se para deixá-lo sozinho por um breve período. Ela subiria e o deixaria descansar.

— Não, não quero dormir. Não consigo, mesmo que queira.

Ela disse que ele poderia surpreender-se. Talvez adormecesse, afinal. De qualquer maneira, precisava mesmo ir ver se Anne precisava de alguma ajuda.

— Pare de subir e descer essa escada, mulher. Se continuar assim, vai acabar perdendo o bebê.

Dover parou para pensar e respondeu com cautela, afirmando saber alguma coisa sobre o próprio corpo e o bebê que crescia dentro dele.

William encarou-a.

— O que conversou com aquele homem?

— Sobre os planos. É preciso ter certeza que vai dar certo.

— Já perguntei isso antes — William começou com voz trêmula, embora falasse com mais calma do que sentia —, mas vou repetir a pergunta: quem é esse homem? Não diga que ele só está ajudando. Quero a verdade. Por acaso conhece ele?

Se ouvia a acusação em suas palavras, ela não demonstrava nenhum reconhecimento.

— Nunca tinha posto os olhos nele antes.

— Não faz sentido.

— Bem...

— Por que não me conta?

Ela o encarou, os olhos penetrantes e sérios. Depois abaixou a cabeça. William julgou ter visto o brilho da raiva em seu rosto, mas no segundo seguinte compreendeu que estava enganado. A voz dela soou terna, bondosa.

— Porque não sei como vai entender. Estava pensando em deixar tudo como está e ver como a gente vai passar pelos próximos dias...

— Escuta aqui, Dover, não sou criança. Não sei nada sobre aquele homem. Ele está fazendo muito pela gente, e eu não sei por quê, e tem algo de errado nisso. Ele é branco. Você diz que não conhece ele, mas age como se tudo fosse certo. Não faz sentido. O que está escondendo de mim? O que sabe que eu não sei?

A cama rangeu sob o peso do corpo de Dover. Ela se sentou a seu lado e encarou-o com firmeza, embora não fitasse seus olhos. Era como se estivesse interessada apenas em estudar seus traços.

— Dizem que o sangue é mais espesso que a água — começou. — Nunca tive prova disso, mas acho que tem alguma verdade nisso. Às vezes. É possível que não seja apenas uma tolice.

Mesmo sabendo que ela estava testando o caminho, verificando se o terreno era firme o bastante para sustentar seus próximos passos, William inquietou-se e moveu o corpo como se quisesse levantar-se. O movimento provocou uma reação imediata, uma careta que podia ser de dor ou desagrado por não ter controle sobre as próprias pernas. Dover ignorou seu esforço e pressionou a mão contra seu peito. A outra mão retirou um pedaço de papel do bolso do vestido. Ela o girou entre os dedos, analisando a folha amarelada. William a observava. A lamparina lançava sua luz pálida sobre o papel, iluminando as marcas nele contidas, sinais que podiam ser vistos através do material fino e transparente.

E então Dover começou a contar uma história sobre seu pai ter um irmão. Isso foi o bastante para imobilizá-lo. Satisfeita por ter cativado sua intenção, ela continuou falando com voz calma, o dedo acariciando o papel como se testasse o fio de uma lâmina.

Sete

Morrison passou a maior parte da noite tentando encontrar um coche que fosse para o norte. Conhecera a cidade durante sua estadia e usava esse conhecimento da melhor maneira possível. Pensou em todos os lugares onde vira coches de aluguel: as estações de partida para as viagens interestaduais, as esquinas mais movimentadas, as calçadas em torno dos parques. Mas, em todos esses locais, ele só encontrou o silêncio e a escuridão da noite. Bateu em portas quando julgou poder encontrar ajuda atrás delas, jogou pedras em janelas e gritou com força suficiente para fazer a cadela latir. Na maioria dos lugares a resposta foi o silêncio, em alguns ele ouviu pragas, em um deles um penico voou em sua direção, felizmente sem muita pontaria. Um homem corpulento ameaçou atacá-lo com uma barra de ferro em um abrigo de coches, despertado de um sono etílico e furioso o bastante para tentar agredi-lo. Morrison esquivou-se do golpe, atingiu as pernas do sujeito com o cano do rifle e deixou-o caído na rua, gemendo e se contorcendo como um animal ferido. A cadela mordeu-o no ombro, só para ter alguma participação no ato. Depois desse encontro, Morrison considerou a hipótese de ir até a estação ferroviária, mas sabia que um trem não seria adequado. Precisavam de privacidade. Precisavam de portas e janelas fechadas. Acima de tudo, precisavam escapar de perguntas, da curiosidade de outros passageiros, de funcionários da companhia ferroviária e de todos que pudessem se interessar por um mulato alquebrado, uma negra grávida e um velho homem branco.

No final, Morrison encontrou a resposta onde menos esperava. Viu um rapaz descarregando um frete de um vagão de carga e notou que ele estava sozinho no interior de um depósito. A princípio o jovem o tratou com impaciência e irritação, preferindo o silêncio a respostas diretas, até descobrir que o homem que o abordava também era escocês, como ele. Recém-chegado ao país, o rapaz ainda falava o idioma com forte sotaque de seu país de origem, o que facilitou a identificação. Ele chegava de um estado ao norte da cidade e voltaria para lá por volta do pôr-do-sol. A solução estava longe de ser perfeita, mas, com trinta quilôme-

tros entre eles e a Filadélfia, Morrison supunha que poderiam embarcar em um coche mais apropriado e seguir viagem. Apoiou um pé no vagão, ofereceu a bebida que levava em um recipiente na sacola e começou a falar sobre seu plano, porque não dispunha de muito tempo. O jovem concordou em levá-lo para fora da cidade, demonstrando maior entusiasmo ao ver a moeda que ganharia por isso e todas as outras que receberia mais tarde, quando sua tarefa fosse cumprida. Seus olhos eram poços de dúvidas, mas ele as guardava para si mesmo, como se encontrasse estímulo no suspense que cercava toda a ação. Morrison forneceu os detalhes relativos ao local e ao horário do encontro, disse que haveria mais duas pessoas, gente muito boa que precisava de ajuda, uma mulher grávida e um homem ferido, mas não falou sobre as circunstâncias desses dois indivíduos. Partiu rezando para que o rapaz cumprisse sua parte no acordo, detestando a idéia de ter de confiar em um estranho, mas não vendo outra alternativa. Concluído o arranjo, deixou de pensar nele. Ainda tinha algo para fazer, e cumpriria a tarefa nem que para isso tivesse de lançar mão de seus últimos recursos.

Ainda era noite quando ele chegou ao depósito. Aproximou-se com cautela, pisando firme sobre as pedras, evitando os escombros e os pedregulhos soltos que poderiam trair sua presença. Estendeu a mão para prevenir o cão e exigir seu silêncio, mas o gesto foi desnecessário. O animal já havia lido a linguagem corporal do homem e o seguia sem fazer barulho. A noite não tinha névoa, mas era ainda mais pesada e escura por isso. De alguma forma, encontraram sombras ainda mais negras e moveram-se através delas. Morrison conhecia aquele território, porque o havia percorrido no dia anterior. Dessa vez, como antes, entrou no depósito por uma viela repleta de caixotes, lixo e partes descartadas de máquinas quebradas. Mais uma vez, estendeu a mão e esperou que a cadela colocasse a cabeça embaixo dela. Enquanto acariciava o pêlo do animal, ouviu o silêncio com atenção redobrada, tentando certificar-se de que era real. Acreditava que sim.

Uma fileira de janelas ocupava uma lateral do galpão. Elas se abriam para fora e garantiam ventilação e uma pequena dose de luz natural no interior do prédio. Esperava encontrá-las abertas, mas eram poucas as que assim estavam, e as que podia alcançar com maior facilidade mostravam-se pretas de fuligem. Ele subiu em um caixote para enxergar melhor. Era preciso abaixar a cabeça sob as calhas do telhado e esconder-se nas sombras. A cadela o acompanhava com atenção e interesse.

Com as patas traseiras flexionadas, parecia considerar a idéia de saltar para cima do caixote, mas, como o homem não se virou nem fez nenhum gesto para chamá-la, permaneceu onde estava.

Morrison esfregou o vidro com a ponta dos dedos. A sujeira era resistente. Ele cuspiu e tentou removê-la com a palma da mão, depois com a manga da camisa. Após algum tempo, desistiu do esforço e tentou enxergar através da camada escura, contendo a respiração para não embaçar ainda mais a vidraça. Duas lamparinas queimavam sobre a mesa, radiando uma luz liquefeita que banhava os corpos dos homens espalhados pelo chão em sacos de dormir, dois deles em camas de armar pequenas demais para sustentá-los, pois os pés pendiam para fora do colchão. Dormiam em uma desordem incomum até mesmo para aqueles homens, e era evidente que só se haviam deitado recentemente depois do tumulto da noite anterior. Humboldt não estava em parte alguma. Não que pudesse vê-lo. Morrison desceu do caixote e sentou-se ao lado dele, escondido da entrada da viela. Deixou o rifle no chão e retirou a sacola do ombro.

A cadela aproximou-se de cabeça baixa, os olhos hesitantes e temerosos. Devia estar pensando que se reuniriam aos outros. Embora tivesse sentimentos confusos sobre a associação com aquele estranho grupo, esperava obter alguma comida lá dentro. Aqueles homens nunca se cansavam de alimentá-la, jogando pedaços de carne nos lugares mais estranhos e gritando para incentivá-la até que conseguisse pegá-los. Ela encostou o focinho no pé do homem, recuou e ganiu, mas ele não fez menção de levantar-se. Por fim, o animal estudou o solo sob suas patas, girando em torno do próprio corpo, e sentou-se. Aquela era uma vida feita de muita espera, explosões de ação e novos períodos de espera. Então, que assim fosse. Com as patas da frente cruzadas, ela apoiou a cabeça nelas e suspirou.

Os pensamentos de Morrison estavam voltados em outra direção. Sabia porque estava naquela viela e o que faria quando a oportunidade surgisse, e sabia que só teria de esperar por essa chance. Ficou sentado pensando em William, tentando lembrar-se dele pelo nome, não só pela descrição. Em que ele estaria pensando? Teria tomado consciência do conteúdo daquela carta? Como havia reagido? Com raiva, alegria, ou fragmentos das duas emoções? Talvez sentisse o peso das revelações tiradas de um passado distante, talvez nem se importasse com as novas informações. Não sabia se algum dia seria capaz de explicar toda aquela história. As palavras acabavam sempre formando desculpas, e isso era *algo que ele não podia fazer. Não havia nenhuma desculpa. Existiam apenas fatos, atitudes tomadas havia muito tempo, tanto que já não podiam ser remediadas ou explicadas, coisas que faziam parte dele e não poderiam jamais ser esquecidas. Mas como poderia explicar tudo aquilo? Não havia mentido quando falara com Dover, mas também não contara toda a verdade. Discutira com Nan, como dissera a ela. Questionara sua raça e suas intenções e negara a ela o direito de fazer parte de sua família. E quando ela o insultara, reagira com uma violenta agressão física. Tudo isso já havia sido revelado. Mas a história não acabava aí. Nan fora derrubada por aquele golpe e ficara caída no chão, olhando para ele com um misto de espanto e fúria, os cabelos soltos emoldurando o rosto. Ela perguntara por que Morrison havia ido até ali, e só então ele soubera. Luxúria e violência andam de mãos dadas, e naquela noite as duas se haviam unido dentro dele. Sem pensar, levantara-a do chão, empurrara-a para o outro lado da cabana e a jogara sobre a cama. A mulher lutara com todas as forças, mas não conseguira detê-lo. Convencido de que o ato era apenas mais uma parte de um merecido castigo, mais uma demonstração de como a desaprovava, ele seguira em frente. Enquanto arrancava suas roupas, convencia-se de que aquilo era apenas uma briga. Enquanto penetrava seu corpo, tinha certeza de estar apenas dando a ela uma merecida lição. A mão sobre sua boca continha os gritos aflitos, mas isso era só porque já ouvira mais do que o suficiente, e agora era a vez de ela escutá-lo.*

    Um som o levou de volta à alameda. Por um momento pareceu alto demais, desproporcional. Depois o silêncio retornou e ele compreendeu que havia sido apenas um rato retirando seu banquete da lata de lixo. Morrison segurou o rifle e empunhou-o sem firmeza, como se ainda não soubesse o que fazer com a arma. Ouviu o roedor se movendo e viu a cadela erguer a cabeça para farejar o ar, pressentindo uma presença estranha. Tentou acalmá-la murmurando algumas palavras. Passando os dedos pelo cano do rifle, mediu seu peso na palma da mão. Era uma arma simples, sem adornos de prata nem qualquer trabalho em bronze. Aproximando a trava de repetição do nariz, aspirou o cheiro dos resíduos na tampa e estudou-a por um momento. Era um mecanismo simples com o qual contara muitas vezes antes daquela noite. O impacto era suficiente para derrubar um urso. Um canhão, como Dover havia dito. Um canhão que ele carregava sobre o ombro. Confiava na arma, mas sabia que só dispunha de um tiro, poderoso, sim, mas único. Não haveria uma segunda chance. Não para o que ele pretendia. Morrison inclinou a arma como se pretendesse carregá-la, mas não concluiu o gesto. O que está feito está feito, pensou. Devia deixar como estava. E no entanto, jamais conseguira fazer tal coisa.

Não havia nenhum prazer na lembrança daquela noite com Nan. Também não houvera sexo. Não se lembrava de tê-la realmente penetrado, embora soubesse que esse havia sido o centro de tudo. E o mais difícil era que, na lembrança, sabia o que na época não soubera. Não se envergonhava do amor de seu irmão por aquela mulher. Sentira ciúme dele. Lewis era tudo que ele tinha, e aquela mulher já havia levado um bom pedaço de seu único e mais precioso bem. Embora a odiasse por isso, também a cobiçara e não tivera força para reagir adequadamente a esse sentimento. Quando ela dissera que Lewis era melhor homem que ele, soubera que a mulher tinha razão. Seu irmão caçula havia tido um coração mais honesto e uma consciência livre de qualquer mácula. Ele a via sem enxergar apenas sua pele. Pudera conhecê-la por quem realmente era e sua recompensa havia sido um grande amor, e por isso Morrison desejara puni-lo. No início havia sido um irmão traindo outro. Morrison não era melhor do que o primeiro filho do homem.

Lewis fora procurá-lo no dia seguinte. A batalha transcorrera silenciosa, sem a necessidade das palavras para incitá-los. O caçula abrigava uma ira que o impelia contra o outro, produzindo golpes violentos. Ele o atacara com os punhos, os joelhos, os dentes e os cotovelos. Os dedos buscavam os olhos do mais velho. Mas Morrison era melhor nos momentos de violência, e o mais jovem não pudera superá-lo. Espancado, levara socos no rosto, no estômago e nas costas, tapas na nuca e nas orelhas, golpes curtos que debochavam de sua raiva. Como se tudo isso ainda não fosse suficiente, ele havia passado um braço por seu peito, sob os braços e o tirara do chão, girando-o no ar e arremessando-o longe com toda a força dos dois corpos. Sua intenção havia sido feri-lo, causar uma dor intensa o bastante para deixá-lo sem ar e encerrar a luta. Não havia planejado atirá-lo contra uma ponta de metal enferrujado. O prego rasgara a carne de seu irmão até o osso. Nunca tivera a intenção de provocar um ferimento fatal, mas havia sido esse o desfecho daquele confronto.

Nas semanas seguintes a doença se instalara e progredira. Os dedos de Lewis ficaram rígidos. Os músculos de sua nuca eram salientes como cordas. A mandíbula travou fechada. A fúria, a raiva e o amor ficaram contidos dentro dele. Ele morrera chorando, falando seu idioma por entre os dentes cerrados, palavras que a mulher não pudera entender. As palavras penetraram na alma do irmão mais velho e nunca mais permitiram que ele tivesse um só instante de paz depois disso. O caçula o amaldiçoara no idioma de sua terra natal, praguejando contra seu amor na linguagem que aprendera com os pais. Seu amor por aquela mulher. De acordo com a maldição, Morrison nunca mais encontraria o amor. Morto, Lewis recuperara a calma e o mais velho pudera tocá-lo. Sussurrando, pedira perdão e chorara, porque havia compreendido que o mundo se tornara vazio e que seus pecados eram grandes demais para merecerem perdão. Retirara do bolso o objeto que ganhara do pai por ser o primogênito, um pingente que já havia sido passado através de muitas gerações, uma moeda retirada de um sangrento campo de batalha onde clãs lutavam contra clãs numa guerra tola que só beneficiara outros homens. Pressionando o objeto contra o peito do irmão, deixara-o ali e partira.

A partir daquele dia sua vida se tornara um castigo. Ficara sozinho no mundo, e tudo por sua própria culpa. Revira aquela luta em sonhos centenas de vezes. Quando acordava, pedia a Deus para mudar aquele momento de forma a ser ele o atingido por aquele prego, não Lewis. Mas Deus ficava em silêncio. Nessa batalha secreta e interna, desejara tanto a própria morte que acabara por matar muitas outras coisas. Às vezes era tomado de assalto, como quando estava sozinho nas planícies, nas manhãs geladas quando os dedos perdiam a capacidade de sentir e as mãos ganhavam um tom azulado, nas noites que passara olhando para a fogueira do acampamento compartilhado com fantasmas, em qualquer momento em que desafiasse a mortalidade matando aquilo que o teria matado. Então era invadido pela certeza de que Deus não permitiria sua morte. Durante mais de vinte anos, a vida havia sido apenas uma aflição. Até que recebera o bilhete. Lera as palavras e quase pudera ouvir a voz que as teria pronunciado, caso voltasse a ficar diante daquele belo rosto. Então pensara que, talvez, apenas talvez, estivesse tendo mais uma chance.

Morrison moveu-se, percebendo que havia ocorrido uma pequena mudança na luz. Uma mudança mínima. Podia ver contornos escuros onde antes existira apenas a escuridão. Havia uma sombra criada pelo galpão e, na parede mais distante, uma indicação dos padrões da alvenaria. O amanhecer ainda estava distante, mas a noite já reconhecia sua presença longínqua. O velho ergueu o rifle e cheirou o cano mais uma vez. Estava chegando a hora. Talvez fosse tolice aquela sua missão, mas nunca mais teria outra oportunidade. Não como aquela. Mais uma chance. E mais uma morte para acompanhá-la.

Oito

— O que está dizendo? — William perguntou. Estivera ouvindo as palavras de Dover com atenção e receio. Acompanhara o relato que resgatava seu passado e envolvia nomes de pessoas mortas. Ela revisara acontecimentos como se pretendesse reescrever sua história. Ouvira cada palavra, mas, mesmo assim, não conseguia utilizá-las para formar um todo. O medo o invadia como o gelo formando uma fina camada sobre a superfície de um lago.
— O que isso quer dizer?
— Quer dizer que o homem é seu parente.
— Que tipo de parente?
— Qual era o nome de seu pai?

William desviou os olhos dos dela, subitamente tímido. Em todo o tempo que estavam juntos, nunca havia compartilhado esse fato tão simples da história de sua família. Conhecia o nome. Nesse exato momento ele surgia em sua cabeça cintilante e claro, mas quando o pronunciara em voz alta? Quando alguém além de sua mãe fizera tais perguntas e solicitações? Nunca tivera importância. O homem estava morto. E havia sido branco. William sentia-se satisfeito com a condição de órfão de pai, tão satisfeito quanto tantos outros irmãos de cor na mesma situação. Voltou a olhar para Dover e não encontrou nenhum sinal de malícia, deboche ou crítica em sua expressão. Apenas a pergunta.

— Morrison — respondeu. — Lewis Morrison.

Ela fechou os olhos e deixou escapar o ar que mantivera preso nos pulmões. Seus lábios tremeram por um instante, depois recuperaram a calma. Ela exibiu o pedaço de papel dobrado.

— Ele deixou isto aqui pra você.

Confuso, William olhou para a carta como se houvesse sido enviada por um fantasma.

— Deixou o papel comigo antes de sair. Disse que você devia ler.

Ainda perplexo, ele ergueu a mão e pegou a carta.
— Você leu?
Dover balançou a cabeça.
— Isso é seu. Não me diga que não sabe ler. Sei que aprendeu. Sei que tentaram envergonhar você, até que esquecesse todas as lições, mas sei que você ainda sabe. Às vezes vejo isso em seus olhos, quando olha para as palavras e vê o sentido. Nunca foi capaz de parecer estúpido. Não pra mim, pelo menos.

William segurava o papel entre os dedos. Não queria ler o que estava escrito nele. Não queria, mas sabia que tentar ignorar a mensagem não mudaria seu teor. Por isso ele desdobrou o papel e, tremendo de ansiedade e receio, virou-o para começar a decifrar a letra incerta e cheia de curvas. Sentiu a mão de Dover em sua perna e experimentou uma profunda gratidão pelo conforto silencioso.

E leu.

Andrew Morrison,
Vai ficar surpreso com esta carta e talvez não se sinta feliz com ela. Vi o sr. Moser por aqui e ele me disse que havia encontrado você em Saint Lewis. Disse que talvez visse você novamente e, se fosse o caso, entregaria esta carta. Por isso escrevi. Deve estar surpreso por esta velha negra saber escrever, levei minha vida toda para aprender. Espero que esse velho escocês aí saiba ler. Logo vou passar para outro mundo, e antes disso quero ficar em paz. Sabe como eu sou. Então, aqui vai.

Depois que você foi embora e Lewis foi enterrado, eu tive um filho. Um menino que o sinhô da fazenda chamou de William. Eu criei esse menino e falei pra ele muito sobre o pai dele, Lewis, e sobre a terra dele e tentei que ele sentisse orgulho de alguma coisa. Não sei se fui capaz de semear tal sentimento. Mas eu menti. Lewis não é o pai de meu filho. Você é. Sei disso porque senti você em mim, e não peça para explicar. Ele é seu filho. Sei que é, mas não sei explicar por que acho. Mas vai saber que é verdade quando ler esta carta. Tudo vai soar verdadeiro dentro de você, e essa é a única prova que precisamos. Não é?

Agora, tenho dois pedidos, e se é mesmo escocês vai fazer os dois, pois assim vai honrar seu irmão e a família de vocês. Pri-

meiro terá de vir até aqui, tirar William deste lugar e levar ele para a liberdade. Seu filho é um escravo, e agora você sabe disso. Então tire ele daqui. Conte a ele a verdade. Diga que é pai dele, mas que ele é do amor entre mim e Lewis, e essa é uma verdade mais forte do que o sangue. Aconteceu algo entre você e eu, mas não foi amor. Explique a ele que ele é fruto do amor. Ensine tudo sobre o pai dele. Transforme em verdade o crime que fez contra mim e contra Lewis.

Isso é tudo. Por favor, faça o que pedi.

Annabelle.

Terminada a leitura, William deixou a cabeça cair contra o encosto da cama. Os olhos vagaram pelo teto por um momento, e depois ele os fechou. Ouviu Dover se mexer a seu lado. Ela pigarreou. Sabia que o som era um sinal, mas, mesmo assim, não respondeu. Era demais. Precisava de alguns momentos. Alguns poucos momentos para reestruturar tudo em que havia acreditado ao longo da vida. Tinha um pai. Vira seu rosto.

Nove

O *céu se tingia de luz anunciando a chegada de um novo dia. Ainda não era possível ver o sol ou seus raios vermelhos pintando o firmamento. Também não havia cores na viela úmida, apenas o negro, o cinza e as tonalidades entre eles. Mas o dia chegava aos poucos. Morrison podia senti-lo, como os homens que dormiam no interior do galpão atrás dele. Alguém acordou espirrando. Um objeto pesado caiu no chão, o metal se chocando com as pedras com um estrondo assustador. Um coro de vozes sonolentas ergueu-se num protesto rouco. As queixas desapareceram num silêncio que tentava ser como o anterior, mas não era. Tudo ficou quieto por algum tempo, mas a noite se despedia. Logo os homens tiveram de reconhecer esse fato, embora relutantes. Eles se moveram em suas camas improvisadas, tossiram para limpar a garganta e trocaram cumprimentos em grunhidos que logo foram tomando a aparência de um diálogo verdadeiro. Morrison levantou-se e flexionou os dedos, tentando aliviar a rigidez nas velhas articulações. Mais uma vez em pé sobre o caixote, olhou através de uma janela suja. A cadela ergueu a cabeça para observá-lo.*

Os homens haviam feito uma fogueira no chão de pedras do galpão. Estavam reunidos em torno do fogo, esperando pela fervura da água recolhida em uma chaleira equilibrada com precariedade sobre algumas tábuas que serviam de combustível. Os olhos de Morrison passeavam pelo grupo, tocando cada homem e recolhendo informações. Apesar de toda a atenção dedicada àqueles sujeitos covardes e desprovidos de vontade própria, não era atrás deles que estava. Satisfeito com o que vira, o velho desceu do caixote e retomou sua espera.

Ficou sentado pensando que, em outro tempo, poderia ter entrado no depósito com o rifle na mão, pronto para apertar o gatilho. Teria atirado no primeiro que se movesse e continuaria atirando, movendo o cano da arma até esgotar todas as balas, para só então soltá-la e usar as próprias mãos. Teria girado entre eles percorrendo toda a distância que os separava uns dos outros, reconhecendo por meio do instinto a veloci-

dade e as intenções de cada homem. Teria identificado os pontos fracos de seus corpos como se uma luz apontasse para eles. Um nariz arrebitado seria mais fácil de quebrar com um soco, uma garganta que poderia ser apertada por seus dedos, um joelho a ser fraturado por um chute violento. Teria buscado a morte e assim escapado dela. Era bom nisso, na aplicação de seu talento para a violência. Por mais tempo que se houvesse passado entre o presente e aqueles episódios do passado, sabia que o dom ainda existia dentro dele.

Parte de seu ser clamava por esse tipo de alívio num momento de grande tensão, mas sabia que as coisas haviam mudado. Não buscaria mais a morte. Já não queria mais morrer. Não podia imaginar como seria o futuro, mas, pela primeira vez em mais de vinte anos, queria ver o amanhecer de um novo dia, e o dia depois dele, e muitos outros ainda. Queria se sentar com aquele rapaz e descobrir o que podiam aprender juntos, um com o outro. Morrison com sua pele pálida, quase translúcida, e William com seu tom trigueiro, castanho como a terra úmida. Conversariam muito, conhecendo um ao outro, descobrindo significados para a entrada do outro em suas vidas, estudando a vida daqueles que já não estavam entre eles. Era uma idéia estranha, sim, uma noção que seu pai jamais teria imaginado, mas seu pai estava morto e enterrado em outro país distante dali. Aquele homem vivera e morrera como um pobre camponês em um lugar antiquado. Nunca conhecera o mundo além das praias escocesas. O que ele poderia saber da vida de seu filho? Esse era um país estranho que empurrava os homens em direções antes inconcebíveis. Um país que zombava de tradições mantidas como sagradas. Mas, Morrison começava a crer, era uma nação que também permitia a criação de novos significados, de novos símbolos, de novas definições de raça, credo e sangue. Havia algo de raro em tudo isso. A humanidade ainda teria de compreender o significado de um panorama tão amplo e complexo. Estranho ter levado mais de vinte anos para se dar conta disso. Estranho que só agora sentisse a mente clara, nítida.

A voz de Humboldt chamou sua atenção para o presente. Ela soou acima das outras, impondo-se, espremendo-as, reduzindo-as a um sussurro. Devia ter chegado pelo outro lado do galpão. Como sempre, entrara cheio de propósito, fazendo muito barulho e demonstrando ousadia. Morrison encolheu-se e manteve os olhos fixos nas calhas do telhado, nos retângulos escuros das janelas. Podia ouvir os homens entrando em ação, despertando completamente. Imaginou-os balançando a cabe-

ça para espantar o sono, coçando os olhos e bebendo o café fumegante. A cadela levantou-se, desconsertada pela estranha postura de Morrison, mas ele silenciou-a com um gesto autoritário. Segurando o rifle diante do corpo, subiu no caixote.

Lá dentro, os homens estavam reunidos em torno de Humboldt. Ele era um alvo claro no centro do grupo. O peito largo e exposto, os dentes e os olhos brilhando iluminados pelo fogo, os braços gesticulando com uma energia que nenhum outro ali demonstrava. Ele falava alto, embora as palavras parecessem brotar em assincronia com os movimentos dos lábios. A qualidade da luz refletida em seu rosto exagerava o efeito. A cabeça calva e sem chapéu brilhava de maneira pouco natural, assumindo tons de vermelho, laranja e amarelo a cada mudança de posição ou movimento diferente, lembrando o halo de um demônio.

Morrison afastou os pés, inclinou o corpo e ergueu a arma. Ela parecia mais pesada do que antes. Por um momento pensou que algo se houvesse enroscado nela, mas não havia nada. Estava apenas cansado, fatigado e tenso, pronto para acabar tudo aquilo de uma vez por todas. Sentia-se um pouco contrariado, pois sabia que alguns homens o julgariam covarde por ter concebido tal plano. Mas tudo era apenas uma questão de prática. Uma estratégia, uma voz razoável que só recentemente passara a soar dentro dele. Nem todos precisavam morrer, embora todos merecessem a morte. Não precisava arriscar tudo, nem tinha de comportar-se de acordo com as noções que outros homens podiam ter sobre virilidade. De que serviriam a coragem, o decoro e a masculinidade no trato com gente como aquela reunida no interior do galpão? Poderia lidar com Humboldt seguindo os caminhos da dignidade e do caráter? Teria alguma satisfação cumprindo as cerimônias e as formalidades? Não podia perder tempo com isso, pois aqueles homens não se norteavam por noções tão ultrapassadas. Além do mais, havia muito Humboldt abrira mão do direito de morrer com dignidade. Chicoteara um homem melhor do que ele, alguém com sangue mais antigo e nobre nas veias. Apesar da pobreza, Morrison pensou, seu pai jamais permitiria que tal ofensa ficasse impune. Nem ele.

A cadela deixou escapar um ganido fraco.

Morrison ignorou-a. Ergueu o rifle e aproximou a mira do vidro. Puxou o martelo para trás e sentiu quando ele se encaixou na primeira ranhura. O animal repetiu seu queixume, mas Morrison silenciou-a, sua atenção concentrada no peso da arma. Os músculos dos ombros já *estavam doendo. Um dos bíceps sofreu uma contração; uma dor se irradiou do dorso da outra mão, como se um alfinete houvesse sido enterrado na articulação de um dedo. Tinha de enxergar através de todas essas coisas, ele pensou. Além delas. Não permitiria que o corpo o traísse agora, não num momento de tão grande importância. Morrison coçou o nariz com o dorso da mão. Foi esse movimento que o fez ver o que o animal estava tentando comunicar com seus ganidos.*

Sentiu-se paralisado.

A cadela também estava imóvel.

Um homem havia surgido na entrada da viela, a pouco mais de três metros dele. Ele saiu das sombras para a luminosidade cinzenta do amanhecer. Por um segundo Morrison julgou ter sido descoberto, e nesse instante pensou que todo o seu plano havia sido arruinado. Não podia ver se o homem estava armado, mas sabia o que faria, mesmo que ele não portasse uma arma. O rifle não era mais um peso em suas mãos. Pelo contrário, tornara-se leve como um galho fino e seco. O corpo estava livre de toda a fadiga, e ele decidiu que não fracassaria em seu propósito, nem que aquela fosse a última realização de sua vida. O dedo acariciou o gatilho, puxou-o para trás até sentir a resistência, aquele ponto de pressão tão familiar anterior ao caos. Manteve o gatilho naquela posição, sabendo que tudo que tinha de fazer era olhar para Humboldt e concluir seu plano. Mas ainda não havia desviado os olhos do homem na entrada da viela, e por causa dessa hesitação o momento passou.

O homem seguiu em frente com passos arrastados, pigarreando, uma das mãos coçando as partes íntimas. Morrison o reconheceu, não como alguém com quem já houvesse falado, mas como um sujeito que se reunira com Humboldt pouco antes do ataque ao navio. Eles haviam entrado juntos na embarcação. O desconhecido estivera nervoso, silencioso e até um pouco trêmulo. Se naquele dia seguira ordens, hoje parecia sem ação. Ele caminhava em um círculo estreito, parando para se coçar e depois permanecendo alguns segundos parado, silencioso, olhando para o chão como um idiota. Finalmente, ele identificou seu desejo. Com um braço apoiado na parede do galpão, o sujeito manejou os botões da braguilha e conseguiu libertar-se a tempo de urinar sem molhar a calça. O líquido atingia as pedras do calçamento com um ruído amplificado pelo corredor estreito.

A cadela deu alguns passos para a frente e parou, uma pata suspensa no ar, o focinho erguido, os olhos fixos no homem, os pêlos das costas eriçados. As orelhas eram mantidas bem baixas, coladas à cabeça. Ela olhou para Morrison, mas não recebeu nenhuma orientação. Sabia que ele a observava, e por isso continuou esperando por um sinal, uma ordem para entrar em ação. Aborrecida com a presunção do desconhecido, voltou a fitá-lo demonstrando sua contrariedade com o comportamento inoportuno. Por que ele havia decidido marcar território exatamente ali, e com tanta veemência? Um grunhido brotou de sua garganta e passou por entre os dentes.

Morrison não saberia dizer se o homem escutou o grunhido ou se outro som qualquer o despertou do devaneio, mas ele ergueu a cabeça. Seus olhos encontraram a silhueta de Morrison, uma forma que mal devia ser visível na escuridão da viela. Ele olhou, inclinou a cabeça, retirou a mão da parede e esfregou os olhos. Só depois de tudo isso entrou em ação. Interrompendo o fluxo da urina, tentou esconder sua intimidade dentro da calça e começou a gritar. As palavras não faziam sentido em sua excitação, mas soavam altas o bastante para merecerem uma reação rápida.

— Pegue!

A cadela saltou para a frente. Morrison virou-se para o objetivo original. Puxando o martelo completamente até o último estágio, apontou o cano do rifle e disparou através do vidro da janela. Onde antes havia apenas a escuridão e a sujeira, agora existia um vão. Por um segundo, tudo que ele conseguiu ver foi um brilho ofuscante. Temia ter sido traído pelo reflexo. Mas, depois dos segundos iniciais, conseguiu enxergar a cena com nitidez e constatou que Humboldt era o centro dela. O homem o encarava perplexo, uma das mãos pressionando o peito, a surpresa estampada no rosto. Os outros homens se abaixavam e tentavam correr, tropeçando uns nos outros, derrubando canecas de café e chutando cadeiras e alforjes espalhados pelo chão. Apenas Humboldt continuava parado, a mão cobrindo o buraco que acabara de ser aberto em seu peito, ponto de entrada de uma bala que havia partido suas costelas, rasgado o coração e se alojado entre duas vértebras de sua coluna. O rosto ainda tinha aquela mesma expressão surpresa, como se ele houvesse tropeçado em algum objeto e caísse lentamente. A boca se abriu, mas ele não conseguiu dizer nada. Antes que o som pudesse brotar da garganta, o corpo tombou com um estrondo assustador. Morrison ainda ficou ali parado por alguns instantes, mas os outros homens haviam desaparecido, e não havia mais nada que ele pudesse fazer. Acabara. *Rápido, saltou do caixote e correu para a entrada da viela. Lá ele sofreu mais um choque.*

A cadela e o homem estavam envolvidos num embate físico, rolando pelo chão. De repente todos os movimentos cessaram. Mais alguns segundos, e a imobilidade foi rompida pelo homem, que se levantou com os dois braços balançando como cordas soltas. No final de um deles, entre os dedos, uma faca brilhava sob a luz do amanhecer. Seu pênis pendia da abertura da calça, flácido e fatigado como se também houvesse participado da ação. Ele olhou para o animal. A cadela se contorceu no chão numa tentativa inútil de levantar-se, mas desistiu rapidamente do esforço e ficou quieta. O homem estava tão fascinado pelo que via que só notou a aproximação de Morrison quando já era tarde demais.

O caçador esmagou seu nariz com a coronha do rifle, enviando estilhaços de ossos e cartilagens até os recantos mais distantes do crânio. Antes mesmo que ele atingisse o chão, Morrison já estava de joelhos ao lado da cadela. Seu corpo estava inerte, e a umidade que sentia entre os dedos já havia tingido de vermelho parte dos pêlos. Apertando-a contra o peito, ele voltou pela viela, em meio às sombras, seguido pelos gritos dos homens e pelo ruído de seus pés contra as pedras do solo e os tiros das pistolas dirigidos a ele. Mas não parou para defender-se. Não havia mais nenhuma luta que julgasse digna de seu esforço. Levando sua carga, ele apenas correu.

Dez

William ficou quieto enquanto Dover lia a carta em silêncio. Ele olhava para o teto, os olhos atraídos mais uma vez pelas manchas de umidade nas vigas de madeira. Por mais que as estudasse, elas pareciam estar sempre em processo de expansão, cada anel ecoando para o lado de fora, um momento capturado na imobilidade, ocultando o movimento embora seus olhos o imaginassem. Perdeu-se na contemplação dos círculos escuros, olhando para o teto e pensando em um lago, as ondulações da superfície serena perturbadas por uma pedra, uma rocha que estava em sua mão. Imaginou-se erguendo o braço e lançando a pedra, seguindo seu arco pelo ar e para o fundo, no centro das ondas que se formaram antes mesmo de sua queda. Era uma espécie de lembrança, embora não pudesse afirmar com certeza se a cena fizera parte de um sonho ou de um momento real.

A leitura de Dover não era melhor do que a dele. Sem dúvida, ela não compreendia a carta em todos os detalhes, mas, quando baixou a folha de papel e olhou para William, seu rosto indicava que havia entendido a maior parte dela. Não havia surpresa em seus traços, nenhum sinal de ansiedade, nenhuma pergunta. A expressão era composta, mantida firme por uma determinação que William não sabia como interpretar.

— Agora é você que está olhando pra mim de um jeito estranho — ele disse, não por pensar realmente o que dizia, mas por necessidade de falar alguma coisa.

Dover balançou a cabeça. Com esse movimento simples, ela silenciou todas as tolices que William ainda podia dizer para fugir do silêncio.

— Não vamos desperdiçar palavras. — Ela moveu a cabeça no sentido da carta, indicando que ela era o objeto de seu discurso. — Isto é sua mãe falando com você. Ela se colocou no papel e agora fala com você do túmulo. Está fazendo do lado de lá o que não pôde aqui. Ela acabou de trazer seu pai para você.

William parecia embalado pelas palavras, mas despertou do transe ao ouvi-la mencionar seu pai.

— Não sei nada sobre aquele homem. Não importa o que diz a carta. Minha mãe contou muitas mentiras na vida. Pode ser só mais uma. — Ele fazia um grande esforço para demonstrar firmeza, mas era um esforço inútil. As palavras desapareciam perto do final de cada frase, os lábios duvidando do que proferiam.

Dover ouviu e respondeu com delicadeza.

— Você nunca foi justo com sua mãe. Desde que conheço você, tem sempre alguma coisa para dizer contra ela. Tentou esquecer ela, certo de que eu poderia preencher o lugar que foi dela em seu coração. Não negue. Pense nisso. Pense nisso por algum tempo e veja se não estou certa. Mas não lute contra isso, William. Não finja que não é real. Não precisa entender tudo de uma vez. Vamos fazer o que precisa ser feito esta noite, e amanhã chegará por si mesmo. Que venha a próxima semana, e a semana depois dela. Vai ter todo o tempo que precisa para conhecer ele.

William olhou para ela e desviou o olhar. Começou a falar, mas mordeu o lábio inferior e pressionou-o com os dentes até sentir dor.

— Ela devia ter me contado — murmurou. — Ela sempre falava sobre ele. O tempo todo... sobre meu pai. Sobre o outro, quero dizer. — Como se perdesse o fio do raciocínio, encarou-a novamente. Nada daquilo era claro. Sua cabeça era um amontoado de idéias, pensamentos e emoções, lembranças e uma melancolia que sempre vinha atrás delas. Traduzir toda essa confusão em palavras só tornava a situação ainda pior. — Ela devia ter me contado — repetiu.

— Ela contou — Dover argumentou. — Foi o que ela fez. Só escolheu o momento melhor pra ela. Ela disse de um jeito que a mensagem chegou com o mensageiro, não antes dele.

Os dois ouviram as batidas na porta da casa, os passos que conduziam quem ia atender o visitante, as vozes baixas e distantes numa conversa breve, e finalmente o som mais pesado de botas masculinas.

— Deve ser o vendedor de carvão — Dover comentou. — Chegou a hora.

— Preciso de tempo pra pensar — William respondeu aflito, os olhos fixos no teto, como se seguissem os passos através da poeira que se desprendia das vigas.

— Mas você não tem tempo. Esta noite pode ser nossa liberdade. Sabe disso, não é? Aquele homem, Andrew Morrison, foi enviado para ajudar a gente. Ele é o nosso salvador. Não sei que tipo de coisa ele fez na vida, não sei quem é ou por que veio até aqui. Mas ele está aqui. Não preciso saber tudo sobre ele. Posso ver em seus olhos o que é necessário saber. Em seus olhos e em suas ações.

Ela se aproximou. Inclinou-se sobre William como era possível, levando em conta a barriga enorme, e impediu sua visão do teto.

— Você é muito bonito, William, e é forte. O ponto é que nem sempre sabe para que nem como usar essa força. Sempre pensei saber mais do que você. Queria que odiasse o mundo, que usasse sua raiva como uma arma. — Dedos trêmulos cobriram sua boca, como se assim ela pudesse pegar as palavras e dar a elas a forma mais clara e exata possível. — Mas esse não é o único caminho. Não é o caso de perdoar ele, não esta noite, pelo menos. Lembra quem escreveu a carta. Nan escreveu, e o que quer que tenha acontecido entre eles, ela acreditava que Morrison merecia uma chance de consertar o erro. Agora estou pedindo pra você algo muito grandioso, algo muito maior do que raiva. Quero que tenha a coragem de confiar nela, de acreditar que algo impossível pode ser possível. Não é isso que diz a mensagem? Não era isso que Redford tentava ensinar pra gente?

William havia fechado os olhos enquanto a ouvia. Ele os abriu. Estavam vermelhos e úmidos, hesitantes. Quando falou, ele não respondeu as perguntas de Dover, preferindo abordar outra questão.

— Eu não acreditava nela — contou. — Todo aquele tempo eu pensei que ela estava mentindo. Achava que ela fosse como qualquer negra e eu mais um bastardo que não conhecia o pai.

— Bem, não é a primeira vez que erra — Dover respondeu sorrindo. — E nem vai ser a última.

A porta do porão se abriu. Vozes invadiram o pequenino aposento. A escada rangeu sob o peso dos passos.

— Precisa decidir agora — Dover apontou. Estendendo uma das mãos, limpou as lágrimas que corriam pelo rosto de William e deslizou os dedos até seus lábios. — Sua mãe voltou para dar uma lição ao filho. Vai honrar ela desta vez?

Onze

Os pulmões de Morrison ardiam no peito. As pernas eram pedestais de tortura e a porção inferior das costas tornou-se o centro de seu ser, fonte de uma dor que se estendia em todas as direções como as patas de uma aranha gigantesca que sugava sua vida. Mas ele não diminuía a velocidade dos passos. Corria por ruas estreitas, alamedas e vielas como se as conhecesse de cor, confiando nas próprias pernas, às vezes tropeçando. Uma vez chegou a cair de joelhos, em outra teve a testa atingida por uma protuberância que não havia notado. No início, os outros homens correram atrás dele, mas ele optou por uma rota sinuosa, contornando galpões e percorrendo vias secundárias, pulando muros e passando por baixo de cercas, atravessando um mercado que ainda nem abrira suas operações. Passava por mercadores assustados que não entendiam aquela cena grotesca. Um homem velho com um cão inerte nos braços e os olhos cheios de dor, raiva e resignação. Em pouco tempo o barulho dos tiros foi ficando para trás, cada vez mais longe. Ouvia apenas o ruído dos próprios passos e de sua respiração, as poucas palavras que proferia e o arfar da cadela.

Falava de maneira entrecortada enquanto corria, sussurrando palavras de coragem, dizendo ao animal que ainda fariam muitas coisas juntos no futuro, descrevendo grandes caçadas, imensos espaços abertos, a liberdade. Ela ainda tinha força, dizia. Poderia superar. Assim tentava convencê-la a permanecer deste lado da morte. Exigia que ficasse viva. Depois, dominada pela fadiga e pela dor da perda, a voz sucumbiu sob a força dos soluços. Morrison parou perto de uma avenida movimentada. Jamais teria escolhido aquele local, mas era comandado pela emoção. Não tinha mais forças para prosseguir. Devagar, pôs o animal no chão e analisou seus ferimentos com mais cuidado. Ela fora atingida pela lâmina e tinha um corte que se estendia desde uma orelha até o ombro. O corte era profundo o bastante para imaginar os danos sofridos por músculos e cartilagens. Era um ferimento impressionante e sangrento, mas não permitiria que a vida do animal se esvaísse por aquela brecha. Havia outra marca, apenas uma pequenina abertura do tamanho da ponta de uma lâmina afiada, mas ali residia o verdadeiro perigo. O ferimento devia ser profundo e alcançar um dos pulmões, porque ela respirava pela boca e exalava o ar pela cavidade em seu peito em jatos ruidosos e estranhos.

Morrison tirou a jaqueta. Segurou a peça de roupa entre as mãos como se considerasse a idéia de rasgá-la, mas depois jogou-a no chão e despiu a camisa, rasgando o tecido no meio das costas de forma a dividi-lo em duas metades. Ajoelhado, aproximou os dois pedaços de pano dos ferimentos, como se tentasse medi-los e descobrir a melhor maneira de protegê-los com bandagens improvisadas. Só então se deu conta de que não sabia como tratar de tais feridas. Elas não se encaixavam perfeitamente. Precisava de ajuda. Ainda sem camisa, inclinou o corpo e tomou o animal nos braços mais uma vez Ela gemeu ao sentir a pele humana contra o corpo. Seus olhos se abriram e buscaram os dele. A cadela ganiu baixinho, como se não o reconhecesse. Moveu as patas traseiras, mas, ao encontrar apenas o vazio, desistiu da tentativa. O homem voltou a correr e a falar, explicando que ia buscar ajuda para salvá-la. Aquilo era demais para ele. Sentia-se culpado por seu sofrimento e faria tudo que pudesse para ajudá-la. Era uma promessa. Ainda podia confiar nele. Correria com ela nos braços até onde fosse necessário, mas nunca fugiria de seu dever de ajudá-la. Não era mais esse tipo de homem.

Morrison parou ao alcançar a praça central. Olhou em volta, tentando decidir para onde iria. O céu era de um azul opaco, tingido a leste por uma faixa rosada tão suave e delicada quanto a parte interna de uma concha. Mas a praça estava quieta demais. Como se nada ameaçasse a normalidade de mais um dia. A fachada das casas lembrava rostos com olhos de janelas e bocas de portas. Ao primeiro olhar não havia movimento algum, exceto o dos pombos descendo dos telhados em busca de alimento. Por um momento, Morrison foi tomado pelo medo de que tudo terminasse ali, no silêncio de mais um amanhecer. Tanta luta por nada. Estava sozinho no mundo, mais ainda agora, pois havia matado o único ser cuja fidelidade tivera, e aqueles de quem tentara se aproximar para reparar erros do passado o tinham rejeitado.

Então os viu.

O vagão coberto estava do outro lado da praça. A carga de carvão fora deixada na calçada, e o jovem imigrante ajudava Dover a entrar na carroça. Não podia ver William, mas sabia que ele estava ali, quieto e *escondido sob a lona que cobria o vagão. Estavam todos ali. Começou a caminhar na direção da carroça, através da praça, passando por baixo dos enormes carvalhos. Estava na metade do caminho quando os outros o viram. O rosto de Dover surgiu sob a lona e, um momento depois, os olhos de William também apareceram. Os dois rostos morenos acompanhavam seu avanço. O velho escocês cambaleava, cansado como nunca estivera antes, com o corpo inerte da cadela nos braços, pensando que ali, diante dele, estava toda a família que ainda tinha no mundo.*

Epílogo

Os gritos podiam ser ouvidos no convés. Os tripulantes trocavam olhares preocupados e, como homens supersticiosos que eram, mantinham-se em silêncio. Os gritos eram como uivos enlouquecidos que soavam na linha divisória entre a vida e a morte. Às vezes eram gemidos tão profundos que lembravam protestos da espinha torturada do próprio navio. Em outros momentos eram sons agudos e lancinantes que cortavam os ruídos do mar como uma faca cortando a carne. E todos esses barulhos eram produzidos por uma única mulher. Eram os gritos de alguém que dava a vida, e a emoção contida no silêncio da tripulação traduzia uma humildade recém-descoberta por aqueles homens. O navio seguia viagem, porque o movimento do mundo e de seus oceanos não é interrompido para marcar a chegada de mais uma criatura.

A mulher na cabina sob o convés possuía um ritmo próprio que desafiava todo o resto. Ela se sentia rasgar ao meio, dominada por uma grande pressão, como se o corpo contivesse em seu interior toda a criação e ela já não pudesse mais retê-la. Sentia dor, mas, de certa maneira, o sofrimento era também alegria, porque ela acreditava que seu filho nasceria em um mundo sem amos ou senhores. Ninguém jamais poria as mãos naquela criança para reclamá-la como sua propriedade. Fazendo força, sentiu que o movimento da embarcação entrava em sintonia com o de seu corpo. Aumentou a intensidade da força, certa de que o navio decidira ajudá-la. Rangia os dentes, e a madeira da embarcação rangia ao cortar a crista de mais uma onda. A mulher lançou uma imprecação contra a vida, e o barco começou a descer da onda. Antes do final da descida, o bebê escorregou para fora e encontrou os braços do pai. O recém-nascido era roliço e macio, escorregadio e úmido. O ar atingiu seu rosto pequenino como um choque elétrico e tudo se fez silêncio.

O navio rangeu e começou a subir outra onda. Os homens no convés eram castigados pelo vento e ouviam apenas a fúria do vento e do mar. No fundo da nau, o silêncio se estendia interminável. O pai levantou-se tremendo, tomado por um misto de alegria e medo. Sem saber o que fazer, ficou ali parado e fascinado, até que o homem branco sussurrou em seu ouvido as instruções que eram fruto de um conhecimento adquirido em algum lugar do mundo. Aquele velho que nunca pensara em si mesmo no papel de pai, que tirara tantas vidas sem jamais acreditar ter criado uma delas, parecia tão habilidoso quanto qualquer parteira. Ele examinou a boca e o nariz do bebê. Depois de limpá-los, empurrou as mãos do pai e o corpo pequenino e ainda quente para os seios da mãe. Nesse momento o escocês sentiu algo que jamais sentira antes e que descobriu ser a grande bênção da vida. E também, por trás dela, uma enorme tristeza que ele não queria associar àquele momento. A mãe tomou o bebê nos braços, o cordão que os unia ainda pulsando. A umidade que recobria aquele corpo era seu próprio sangue perpetuado. Teria lambido a cria para limpá-la, semelhante em instinto à cadela que a tudo assistia de um canto da cabina.

O bebê despertou do estupor e assumiu seu papel no drama da vida. Devagar, ergueu a cabeça, abriu a boca e gritou o trauma do nascimento. A menina gritava pela alegria de estar viva e pelas maravilhas que ainda encontraria. Gritava com a força da voz de todos aqueles que haviam vindo ao mundo antes dela e que viviam dentro dela. Chorava, como fazem todos os bebês, como faziam todos os que estavam naquela pequena cabina, emocionados. Eles choravam pela chegada de mais um bebê ao mundo.

Como todos nós choramos.

Agradecimentos

Dedico *Jornada na Escuridão* não só a minha mãe, Joan Scurlock, mas também quero expressar a extensão do débito que tenho com ela pela concepção deste livro. Este romance nasceu da pesquisa que ela estava fazendo sobre a história de nossa família. Ela abriu meus olhos para a diversidade da experiência americana e desafiou-me a descobrir e explorar aspectos raramente reconhecidos de nosso conturbado passado. Obrigado, mãe. Seu trabalho continua.

Meu agradecimento sincero também a Marita Golden. Obrigado por ter criado a Fundação Zora Neale Hurston/Richard Wright há mais de uma década e por ter sido fonte de orientação e inspiração. Se você ainda não ouviu falar sobre a Fundação Hurston/Wright, por favor, pesquise em seu website. Essa organização apóia, encoraja e estimula aspirantes a escritores afro-americanos, auxiliando portanto a influenciar de maneira positiva o futuro da literatura americana.

Gostaria de agradecer a minha editora, Debbie Cowell; a meu agente, Sloan Harris; e também a Bill Thomas, Steve Rubin e todos da Doubleday. Reconheço não só o apoio que eles demonstraram por meus dois primeiros livros mas também a disponibilidade que tiveram para sonhar um futuro comigo. Obrigado a Jeffrey Lent e família por terem conversado tanto comigo sobre romances, filhos, cavalos, e sobre manter a sanidade como um todo enquanto tentava fazer funcionar a vida deste escritor. Minha gratidão e meu amor a todos que fazem parte de minha família. Enfrentamos momentos difíceis nesse último ano, e jamais esquecerei a força e a sabedoria que todos demonstraram. E, é claro, eu não chegaria a lugar nenhum sem minha esposa, Gudrun, e meus filhos, Maya e Sage. Também é neles que o trabalho de minha mãe se perpetua, agora e sempre.

Embora este trabalho tenha sido inspirado em uma rigorosa pesquisa histórica, o romance propriamente dito é fruto de minha imaginação. Todas as personagens e eventos são fictícios e os cenários, como Annapolis e Filadélfia, foram usados com todo o respeito. Embora tenha me esforçado muito para garantir a precisão de todos os detalhes históricos, assumo também a responsabilidade por quaisquer erros. Não vou catalogar todos os títulos que consultei enquanto escrevia este romance, mas admito que, como autor de ficção, furtei descaradamente das palavras de estudiosos mais disciplinados, incluindo James Hunter e seu *A Dance Called America*. Um título, mais do que qualquer outro, inspirou momentos-chave e pontos principais nesta ficção: *Runaway Slaves*, de John Rope Franklin e Loren Schweninger.